古典詩歌研究彙刊

第十五輯

龔鵬程 主編

第9冊

宋詞比較論

房 日 晰 著

國家圖書館出版品預行編目資料

宋詞比較論／房日晰 著 — 初版 — 新北市：花木蘭文化出版
社，2014〔民103〕
目 2+292 面：17×24 公分
（古典詩歌研究彙刊 第十五輯：第 9 冊）
ISBN 978-986-322-597-3（精裝）
1. 宋詞 2. 詞論
820.91 103001198

ISBN-978-986-322-597-3

9 789863 225973

古典詩歌研究彙刊
第十五輯 第九冊
ISBN：978-986-322-597-3

宋詞比較論

作 者 房日晰
主 編 龔鵬程
總 編 輯 杜潔祥
副總編輯 楊嘉樂
編 輯 許郁翎
出 版 花木蘭文化出版社
社 長 高小娟
聯絡地址 235 新北市中和區中安街七二號十三樓
電話：02-2923-1455／傳真：02-2923-1452
網 址 http://www.huamulan.tw 信箱 hml 810518@gmail.com
印 刷 普羅文化出版廣告事業
初 版 2014 年 3 月
定 價 第十五輯 20 冊（精裝）新台幣 30,000 元

宋詞比較論

房日晰 著

作者簡介

房日晰（1940.1～），陝西旬邑人，西北大學文學院教授。著有《李白詩歌藝術論》、《唐詩比較研究》、《宋詞比較研究》等。現已退休。

提　　要

　　《宋詞比較論》是著者《唐詩比較研究》的姊妹篇。她仍秉承著《唐詩比較研究》的寫作宗旨，通過對宋代 32 位著名詞人詞篇的比較研究，其中特別對蘇軾、辛棄疾、姜夔等在詞史上有突出貢獻的詞人，作了多角度多側面地探討，揭示各個詞人創作的藝術個性，展示宋詞創作的歷史風貌。全書分為上、下兩編，上編以史為經，以同代並稱的一、二流詞人為緯，在對其詞作的細緻比較中，揭示各個詞人創作的藝術特色；下編以豎切為主，通過在詞史上有重大影響詞人對前人的繼承與創新，探索不同類型詞風之演變與承傳，揭示詞作流派之特質與演變。全書寫作試圖把史的時序延展與專題的深度探索相結合，並對詞的藝術本質作了較深入地探究。在美學範疇的運用上，注意現代與傳統概念的對接與融通。行文深入淺出，雅俗共賞，可以說是一部與時下通行模式異樣的「宋詞簡史」，希望使讀者對宋詞有一種全新的體會與感覺。此書可供初學中國文學史與宋詞愛好者的閱讀與參考。

目

次

敍　論

　　宋詞是我國文學史上的一朵奇葩，她以獨特的面貌、奇特的姿容步入宋代文壇。她像一位極其漂亮的姑娘，活潑、溫柔、芳香，有著清脆響亮的歌喉、優美的身段，帶著瀟灑的氣質，笑盈盈地走上舞臺。剛一亮相，就贏得了經久不息的掌聲。宋詞有著極廣泛的社會基礎，受到讀者的喜愛，一千年來，傳誦不衰。

　　對於宋詞的研究，幾乎是與宋詞的創作同步的：研究指導著詞的創作，創作豐富著研究的內容。人們對詞的評騭，在體制、格調、內容、形式、語言等方面，作了多方面的研究與探索，促使其內容更爲豐富，形式更爲完美。但眞正對宋詞進行深入研究，則要等到明清時代：詞論家寫了數以百計的詞話，選家則又根據不同的審美標準，編了眾多的選本，從選詞到點評，從內容到形式，從音韻到圖譜，無一不納入研究的視野。儘管詞論家作了大量的研究與闡釋，但宋詞豐富的內涵與藝術魅力，並未爲研究者所窮盡，還有許多未開墾的處女地有待開掘，還有許多未研究的空間可以涉足，讀者在閱讀宋詞的過程中，對其內涵還會時有創造性地豐富和發展。這是一個汲之不盡、十分甘甜，富含有益於身心健康的礦物質的水井，值得我們下大力氣探掘。毋庸諱言，宋詞因其固有的特性——以言情見長，在反映現實的深廣程度上，不能與言志的詩同日而語，且因我國詩學中言志觀念的

根深蒂固，也受到過嚴重的誤解與過分的貶抑。一些封建衛道者或持不同藝術觀的人，對宋詞則不免輕視甚或蔑視，認爲詞是小道，難登大雅之堂。這種偏見，隨著社會的發展與審美觀念的更新，已漸次消失了。但對詞的藝術魅力的嘆服與絕大部分詞的思想性的不足道，作爲文學的批評，往往處於尷尬的地位。

改革開放以來，由於文學批評中舊觀念、舊思維的不斷解構，宋詞的研究，得到空前的發展與活躍。我們毫不誇張地說，宋詞的研究，已成爲宋代文學研究的中心。研究隊伍的擴大，研究領域的開拓，研究問題的深入，研究水平的提高，都是空前的。許多詞集得到了整理與箋釋；許多詞人的生平與創作，得到了深入的研究。對宋詞的研究，從宏觀到微觀，從核心到周邊，以新的理論、新的視野，探幽闡微，取得了很大的成就，拓展了一個全新的局面，這是十分可喜的。

著者以偶然的機緣，得到有關部門的支持，在接近退休的年月，步入學習研究宋詞的行列；大部分工作，則是在退休以後進行的。由於學識的淺薄，精力的衰退，事務的冗雜，一本小書的寫作，竟成了長跑中的馬拉松。動手十多年了，才勉強交差，這是十分慚愧的。著者研究宋詞的初衷，欲以比較的方法，對同時或異代並稱、詞風相近的重要詞人，作一些研究，以彰顯詞人的藝術個性特徵。十多年來，雖然對宋詞作了一些考察，然離初衷尚有很大的距離。名曰「研究」，實際只是個人在學習宋詞中微不足道的點滴體會罷了。

作爲音樂文學的詞，由於樂譜的失傳，我們已很難瞭解其眞實面貌；作爲語言文學的詞，我們尚可對詞的語言文學的特性，作進一步研究。諸如詞的意象、意境、風格、語言之研究，不可或缺。在對宋詞文學研究漸趨邊緣化的今天，著者試圖回歸到對詞的文學本質的探討，從而展示宋詞文學的整體風貌，彰顯宋代重要詞人創作的個性特色。質言之，著者是以宋詞本身作爲研究對象的，從對詞的細讀、體悟到理論的概括與提升。在研究過程中，盡量吸收前人與當代學人的研究成果，又力圖作出自己獨立的判斷。

　　研究者都在追求自己的個性，努力打造自己的品牌，以求成果與世長存。這種精神，令人欽佩和嚮往。對我而言，很坦率地講，這本小冊子，只要不過早地作爲覆瓿之用，也就心滿意足了。

上　編

第一章　北宋詞

第一節　范仲淹與王安石

　　范仲淹與王安石，都是北宋時期著名的政治家，主張並主持了當時的政治革新。范仲淹在仁宗朝，拜樞密副使，改參知政事，推行慶曆新政，爲守舊派所阻撓，半途而廢。王安石在神宗朝幾次拜相，推行新法，被列寧譽爲中國十一世紀的改革家。他們在中國政治史上，都寫下了非常厚重的一筆，值得中國政治史研究者深入探討。同時，他們又都是成就卓越的詞人，雖然存詞不多，然藝術水準很高，又在某些方面能夠開風氣之先，因此在詞史上就有了相當高的地位，受到宋詞研究者的重視。據王兆鵬、劉尊明《20 世紀宋代主要詞人研究成果排名表》，〔註1〕范仲淹的研究成果有 70 項，居宋代詞人研究成果的第 18 名；王安石詞的研究成果有 55 項，居宋代詞人研究成果的第 20 名。數字是最能說明問題的，這足以說明他倆的詞，都受到了學界的特別關注，這應引起我們高度的重視。

一

　　在以儒家思想爲核心的封建社會裡，政治家與文學家幾不可分：儒家強調「學而優則仕」，「窮則獨善一身，達則兼濟天下」。如此，

〔註 1〕劉尊明：《唐宋詞綜論》，第 352 頁，中國社會科學出版社，2004。

文學家是政治攀登的失敗者，政治家則因有權勢而漸與文學疏離。范仲淹與王安石則是政治家兼文學家。

范仲淹與王安石，首先都是政治家，他們在政治舞臺上的表演，都是相當精彩的。即便在文學創作上，也首先是以詩文著名的文學家。范仲淹的《岳陽樓記》，至今家傳戶誦；王安石不僅是唐宋古文八大家之一，而且在詩歌的創作上，形成「王荊公體」，有著很高的歷史地位。在文學上，他們並非專注於詞的創作。可以說，他們對詞的創作，都只是在詩文創作之餘的偶一涉足而已。因此，存詞很少。雖然有散佚，但本來寫作就不多，卻是鐵的事實。范仲淹今存詞僅有5首，然卻可以說他的每一首詞，都是精絕之作，值得我們細細品味。王安石存詞29首，其特別精妙者，也有七、八首。他們詞的特點都是少而精，能夠超越時輩，蜚聲詞壇，卓絕千古，廣為流傳，而為後人所艷稱。

二

范仲淹、王安石的詞，都以風格多樣、善於創新而著稱於世。他們既有叱咤風雲、感情逸宕的豪放詞，也有情感細膩、蘊藉含蓄的婉約詞。在詞的創作上，拓寬了藝術創新的領域。

范仲淹的《漁家傲》，既是著名的為詞的創作中不可多見的邊塞詞，又是一首氣凌霄漢感情豪逸的豪放詞。在中國詞史上，有其重要的地位。

> 塞下秋來風景異。衡陽雁去無留意，四面邊聲連角起，千嶂里，長煙落日孤城閉。　　濁酒一杯家萬里。燕然未勒歸無計，羌管悠悠霜滿地。人不寐，將軍白髮征夫淚。

這是詞人戍守邊疆對邊關生活有深切體驗而寫的一首著名的邊塞詞，洋溢著強烈的愛國情緒。在極端艱苦的征戰生活中，他們盼望建功立業、勒銘燕然，凱旋而歸。詞的感情豪邁悲壯，境界開闊，對宋代邊塞詞與豪放詞的創作，都有著深切的影響，是一首在豪放詞的創

作上開風氣之先的一代傑作。

王安石的《桂枝香》，也早已享譽詞壇，是備受學人與選家關注的名篇。著名詞人蘇軾讀了此詞以後，非常感慨地說：「此老乃野狐精也。」對其表現的精湛的藝術特色，讚譽之情，溢於言表。

> 登臨送目，正故國晚秋，天氣初肅。千里澄江似練，翠峰如簇。歸帆去棹殘陽裏，背西風，酒旗斜矗，彩舟雲淡，星河鷺起，畫圖難足。　念往昔，繁華競逐，嘆門外樓頭，悲恨相續。千古憑高，對此謾嗟榮辱。六朝舊事隨流水，但寒煙、芳草凝綠。至今商女，時時猶唱，《後庭》遺曲。

此詞上闋寫景，秋天雖然蕭殺，但南京山水之壯闊，遠非尋常：既有「千里澄江如似練」之長江浩浩奔流，一瀉千里；又有諸多「翠峰如簇」，插入雲霄，凌逼青天。山水輝映，氣勢非凡。更有水上船隻，市裡酒旗，河裡彩舟，天上星河，如此繁花似錦之景象，實在是「畫圖難足」，無法一一展示；下闋抒情，既發抒對六朝興亡之感，又觸及現實。這歷史上的悲劇，曾經在此「悲恨相續」，「至今商女，時時猶唱，《後庭》遺曲」。歷史上有許多驚人的相似之處，詞人在懷古的同時，不免悲今。他感觸很深，感慨也很深。這是一首寫得極好的慢詞，在慢詞創作還不盛行的情況下，他能寫出這樣精警的慢詞，實在是不可多得的。

范仲淹與王安石，不僅給我們留下了精警絕倫的豪放詞，而且還都寫下了蘊藉含蓄的婉約詞。創作風格多樣，顯示出大家風範。

我們先讀范仲淹的《蘇幕遮》：

> 碧雲天，黃葉地，秋色連波，波上寒煙翠。山映斜陽天接水，芳草無情，更在斜陽外。　暗鄉魂，追旅思，夜夜除非，好夢留人睡。明月樓高休獨倚，酒入愁腸，化作相思淚。

這首詞抒羈旅鄉思之情，寫得十分深婉。上闋寫景，以穠麗遠闊的秋景襯托離愁別緒。末句「芳草無情，更在斜陽外」，直接導出離思鄉

情。下闋抒情，「暗」、「追」二字，將暗淡、淒傷纏綿不休的「鄉魂」、「旅思」寫得淋漓盡致。主人公獨倚高樓，自雲碧天明至夕陽西下，直至明月高高地掛在天空，足見其思念之良久與淒苦。而「酒入愁腸，化作相思淚」，更顯其鄉思鬱積之深。主人公思鄉之情，眞是難以爲懷了。此詞上闋寫景如畫，借景抒情，對後代文學頗有影響。譬如《西廂記·長亭送別》的曲子，就化用了這首詞。此外《御街行·秋日懷舊》、《定風波·自前二府鎭穰下營百花洲親製》，都是寫得很好的婉約詞，值得一讀。

王安石的《千秋歲引·秋景》，是可與范仲淹《蘇幕遮》媲美的一首婉約詞：

> 別館寒砧，孤城畫角。一派秋聲入寥廓。東歸燕從海上去，南來雁從沙頭落。楚臺風，庾樓月，宛如昨。　　無奈被些名利縛，無賴被他情擔擱。可惜風流總閒卻。當初謾留華表語，而今誤我秦樓約。夢闌時，酒醒後，思量著。

此詞上闋以淒清哀婉的秋聲、岑寂而清冷的秋光，襯托詞人心中的離情別緒，引出下闋的無限感慨，抒發了詞人宦海倦旅、苦悶哀怨的心情。在寫法上能夠虛實相間，用典嫺熟，顯示出空靈迴蕩而又情眞意切的韻味。因而惻惻動人，感人肺腑。餘如《清平樂》「留春不住」、《生查子》「雨打江南樹」、《謁金門》「春又老」，都是寫得很好的婉約詞。

三

范仲淹與王安石，作爲政治家的一生，他們在仕途上坎坷而不平凡的經歷，都積聚了極爲豐富的人生處世經驗。在極爲複雜的政治經歷中，必然有著豐富的人生感悟，詞人將這種人生感悟，作一番深刻的思索，經過咀嚼，上升到哲學理論的高度，寫出特別富於哲理的精警之作。這些作品，雖然不是直接以情動人，卻能以精警的哲理，啓悟人生，引起讀者對複雜人世的認眞思考。

范仲淹的《剔銀燈》，是一首積聚了豐富政治經驗的哲理詞：

> 昨晚因看蜀志，笑曹操，孫權、劉備，用盡機關，徒

勞心力，只得三分天地。屈指細尋思，爭如共、劉伶一醉。

　　人世都無百歲，少癡騃，老成尫悴。只有中間，些子少年，忍把浮名牽繫。一品與千金，問白髮，如何迴避。

上闋由讀《蜀志》而得出結論：曹操、孫權、劉備，一生浴血奮戰，你爭我奪，僅得三分割據，還不如劉伶一醉。人盡皆知，曹操、孫權、劉備，都是歷史上的英傑，詞人卻說，曾經是三國鼎立的幾位梟雄，竟不如陣日沉迷於酒的一個醉漢，真是驚世駭俗之論。這個結論是如何得出的呢？下闋作了回答：謂人生本來就很短促，再除過少年不更事和老年的痴騃，真正生活得很明白可以施展才華的年代是很短很短的，怎能不痛痛快快的享樂，卻被浮名牽繫，在官場奔波。在官場即便仕途通達，一帆風順，也難超過曹操、孫權、劉備一生的業績。無論是官達宰衡還是富比石崇，又都無法迴避人生衰老的命運。正如唐詩僧貫休所言：「公道唯有世間髮，貴人頭上不曾饒。」一品官可達，千金財可積，然人的年壽有限，不可能長生不老，這是不爭的事實。此詞似是消極，似勸人及時行樂，其實是正話反說。古人謂此詞「寓勸世之意」，〔註2〕是很有道理的。范仲淹之所以說歲月不居，光陰不再，想努力作一番事業，對國家與民族作出一番大的貢獻。然由於仕途坎坷，雖欲「先天下之憂而憂，後天下之樂而樂」而不可得。其高風亮節，卻被人誤解，遭人暗算，受人攻擊，遂不免發牢騷，說欲其努力奉獻，還不如醉生夢死！這不過是想有所作為而不可得的牢騷罷了。我們應該理解詞人的苦衷，理解詞的真實含義。

　　再看王安石的《浪淘沙令》：

　　　　伊、呂兩衰翁，歷遍窮通，一為釣叟一耕佣。若使當時身不遇，老了英雄。　　湯武偶相逢，風虎雲龍，興王只在笑談中，直至如今千載後，誰與爭功？

這是一首著名的哲理詞，它尖銳地提出了人生的機遇問題。機遇是偶

<hr>

〔註2〕龔明之：《中吳紀聞》，引自施蟄存、陳如江：《宋元詞話》，第321頁，上海書店出版社，1999。

然的，是可望而不可求的，但卻能決定人生事業的成敗。賢如伊尹、呂尚，如無機遇，只會老於漁樵，無所成就。正因爲他們以偶然的機會，遇到了商湯、周文王這樣的英主，因而才如魚得水，充分地施展了自己的政治才華，才有「風虎雲龍，興王只在笑談中」的壯舉，在商朝與周朝的興起和發展中，立下了無與倫比的功勳。千百年來，無人與之相比。由此可見，機遇對於個人事功之重要。可誰又能主動掌握千載難逢的機遇呢？這是詞人在此詞中的潛臺詞。

這兩首詞，都蘊積了極豐富的人生經驗，含有極深刻的哲理，給人思想上以深刻的啓示。同時，在藝術表現上也頗有特色。由於用了散文化的筆法，且用了口語化的語言，使詞明白曉暢，說出了啓人深思的道理。其語淡如水，而思力卻濃於酒，而寓意深刻，讀來味長。這對後來的豪放派詞人，特別是辛棄疾及辛派詞人的豪放詞之創作，有著積極而深刻的影響。

四

范仲淹與王安石的詞，都受到詞論家的讚譽。關於范仲淹的詞，張德瀛說他「工於詞」，〔註3〕魏禮讚揚他的詞「圓渾流轉」。〔註4〕趙師岦因王安石《桂枝香》詞而讚其「眞一代奇材」，〔註5〕王灼則謂：「王荊公長短句不多，合繩墨處，自雍容奇特」，〔註6〕楊希閔謂「詞亦峭勁，如冬嶺孤松，遠霄鶴鳴」。〔註7〕這些讚譽之詞，都是經得起推敲的。

〔註3〕張德瀛：《詞徵》卷五，唐圭璋：《詞話叢編》，第 4151 頁，中華書局，1986。

〔註4〕魏禮：《魏季子文集》卷七，引自孫克強：《唐宋人詞話》，第 155 頁，河南文藝出版社，1999。

〔註5〕趙師岦：《呂聖求詞序》，引自孫克強：《唐宋人詞話》，第 216 頁，河南文藝出版社，1999。

〔註6〕王灼：《碧鷄漫志》，第 8 頁，遼寧教育出版社，1998。

〔註7〕楊希閔：《詞軌》卷四，引自孫克強：《唐宋人詞話》，第 218 頁，河南文藝出版社，1999。

　　說范詞寫得「圓渾流轉」、「工於詞」，實則是渾成自然。詞的渾成自然，是一種不易達到的藝術境界。與渾成相反，詞的意境往往寫得支離而有拼湊之感；與自然相反，往往有做作之態，要能做到無拼湊做作，達到渾成自然，確非易事。所謂渾成自然，並非是詞人順手拈來、妙手偶得之境，而是經過一番辛苦的鍛煉之功而後才達到的高超的藝術境界。著名詞人周邦彥的詞，之所以受到人們的推崇和讚譽，蓋因其意境渾成。無疑，范詞的自然渾成，境界完美，在北宋詞是開風氣之先的，是應當予以充分地肯定的。

　　王安石詞的奇特、峭勁，令人「絕倒」，這自然是有很高的藝術功力，是「一代奇材」在詞的創作上的表現，值得肯定。然他在詞的創作中，過分恃才使力，使詞有以才學爲詞之嫌。其詞風「劖削，而或傷於拗」，〔註8〕這是他的執拗的個性使然。從藝術境界的完美上，其詞不免略遜於范仲淹一籌。

第二節　晏殊與張先

　　張先與晏殊都是北宋時期著名的婉約詞人。張先雖長晏殊一歲，卻是晏殊的門生，並受到他的特別賞識：「每張來，即令侍兒出侑觴，往往歌子野所爲之詞。」〔註9〕張先也以晏殊爲知己，長期相依，並爲其《珠玉詞》作序，可見二人一生情誼之深。

　　張先、晏殊都擅長作小令，內容多係離情別恨、花光月影、流連詩酒，抒寫著文人的感情與風韻。晏殊承南唐詞風而有所發展，張先雖然也承南唐詞風，然因壽長，已跨入開始創作慢詞的北宋中期，故《安陸詞》中有十九首慢詞，在詞史上的影響與地位，自然與晏殊略有不同。加上他二人的社會地位、審美情趣、構思重心不同，其詞的藝術特色與風格也略有差異。

〔註 8〕徐釚：《詞苑叢談》，第 75 頁，上海古籍出版社，1981。
〔註 9〕張惠民：《宋代詞學資料匯編》，第 181 頁，汕頭大學出版社，1993。

一

　　張先小令特別注重詩意的描寫，善於創造一種優美的詞境，藉以寄寓詩人的情懷；晏殊也注重詞的意境描寫，同時又特別注重情思的抒發，其詞有一種頗爲濃鬱的抒情意味。前者注重客觀的描寫，寓情於客觀景物的描寫之中，其詞有著濃鬱的詩的氛圍與濃重的詩的情調；後者重視主觀感情的抒發，藉景以抒情，有著頗爲濃鬱的主觀色彩。

　　《醉垂鞭》是張先一首頗得好評的詞，也是很能代表張先小令藝術特色的一首詞作：

　　　　雙蝶繡羅裙，東池宴，初相見。朱粉不深勻，閑花淡淡春。　　細看諸處好，人人道，柳腰身。昨日亂山昏，來時衣上雲。

此詞描寫了一位極有風韻的風塵女子：她的羅裙繡了一雙漂亮的蝴蝶，臉上敷了層薄薄的粉。她穿著素雅，淡掃蛾眉，顯得特別的悠閒清秀。「閑花淡淡春」，暗示她有著秀雅而美麗的情態。仔細一看，她神態大方而又婀娜多姿，猶如神女帶著雲彩從山峰飄然而下。詞人略加點染，就非常生動地寫出了這位女子的神韻。詞中有描寫，有敘述，在描寫敘述中富於暗示。筆墨不多，卻寫出了她的神韻與風采。詞人對其愛慕與喜悅之情，躍然紙上。「意態由來畫不成」，此詞卻善寫人的意態，富於暗示意味，感情含蓄而別有情韻，因此受到詞論家的特別讚賞。陳廷焯云：其「蓄勢在一結，風流壯麗」，〔註 10〕周濟稱它爲「橫絕」〔註 11〕之作，說它「橫絕」，說它結尾的「風流壯麗」，就在於詩人在描寫中寓有極強的暗示力，並給讀者提供了頗爲豐裕的思考與想像的空間。能誘發讀者的想像力，從而使欣賞者的創造力得到充分發揮。

〔註 10〕吳熊和、沈松勤：《張先詞編年校注》，第 93 頁，浙江古籍出版社，1996。
〔註 11〕唐圭璋：《宋詞三百首箋注》，第 8 頁，上海古籍出版社，1979。

又如《南鄉子‧中秋不見月》：

　　　　潮上水清渾，棹影輕於水底雲。去意徘徊無奈淚，衣
　巾。猶有當時粉黛痕。　　海近古城昏。暮角寒沙雁隊分。
　今夜相思應看月，無人。露冷依前獨掩門。

這是一首意境朦朧的詞。詞題是「中秋不見月」，抒寫了遊子在中秋
佳節的思鄉之情。遊子看到水中的棹影、雲影，表現將要遠離時的徘
徊與憂傷。最後推出特寫鏡頭，帶有當時粉黛痕的衣巾，將他情思的
底蘊透露出來，同時也揭示出雖見月而不想見月的矛盾心理，因爲月
雖圓而人未團圓，徒增其感念憂傷之情。下闋寫古城、寒沙、雁隊、
閨中掩門而不欲見月，寫想像中妻子獨掩閨門的清冷寂寞，反襯自己
的心情。詞境輕倩而跳脫，感情執著而深厚。在對氛圍濃墨重彩的渲
染中，來突現主人公的心緒。

　　從以上兩首詞不難看出，張先是很善於描寫詞境的。在《安陸詞》
中，善於描寫詞境的詞是很多的，譬如「沙上並禽池上暝，雲破月來
花弄影。重重簾幕密遮燈，風不定，人初靜，明日落紅應滿徑」（《天
仙子‧時爲嘉禾小倅以病眠不赴府會》），「數聲鶗鴂又報芳菲歇。惜
春更把殘紅折。雨輕風色暴，梅子青時節。永豐柳，無人盡日飛花雪」
（《千秋歲》「數聲鶗鴂」）。其對於詞境的描寫，是相當典型的。意蘊
的含蓄豐厚，詩意的濃鬱，都是值得稱道的。

　　晏殊《珠玉詞》被詞論家推爲北宋之正宗，其詞「妙處俱在神韻，
不在字句」。〔註12〕所謂神韻，是說他的詞神情淡遠，韻味醇厚，詞
境高妙，有悠然不盡之致。他尤其善於抒情，寫詞時往往經過層層鋪
墊，將感情意緒推到極致，然後再直接傾瀉，故其詞中的感情深厚淋
漓而又別有情韻。如《破陣子》：

　　　　海上蟠桃易熟，人間好月長圓。惟有擘釵分鈿侶，離
　別常多會面難，此情須問天。　　蠟燭到明垂淚，薰爐盡
　日生煙。一點淒涼愁絕意，謾道秦箏有剩弦，何曾爲細傳？

─────────────
〔註12〕孫克強：《唐宋人詞話》，第 195 頁，河南文藝出版社，1999。

蟠桃三千年一熟而曰易熟，月亮一月一圓而曰長圓，以此反襯「擘釵分鈿」情侶的「離別常多會面難」的情景，將離愁別恨以及別後相思寫得深沉而強烈，「此情須問天」遂脫口而出，只有公正神明的老天才知道我的心情，而我的情意對天日可表。這句直接抒情的詞句，將其與情侶生離死別的沉痛而深摯的感情，推到了最高峰。下闋寫別離後度日如年之情景：詩人寫整夜不熄而垂淚的蠟燭，寫整日輕煙裊裊的香爐，都意在渲染主人公獨處的淒清而悲涼的氛圍。這種淒涼愁絕的情思，雖有「秦箏」，哪能傳達心曲幽情的萬一？「何曾為細傳？」這種帶有強烈的主觀抒情意味的詞句，將其感情表現得強烈而突出。詞人對環境濃墨重彩的描寫，形成有力的襯托，而後抒發出濃厚強烈的感情，以此引起讀者心靈的顫動與共鳴，藝術效果是十分強烈的。晏殊是擅長氛圍的渲染與典型環境的描寫的。「檻菊愁煙蘭泣露。羅幕輕寒，燕子雙飛去。明月不諳離恨苦，斜光到曉穿朱戶」（《鵲踏枝》）。「細草愁煙，幽花怯露，憑欄總是銷魂處。日高深院靜無人，時時海燕雙飛去」（《踏莎行》）。寫檻菊、泣蘭、細草、幽花、雙燕，都在於寫主人公生活的幽怨、孤獨、淒清的環境，為抒發強烈的感情作鋪墊。晏殊這類詞是極多的，如《鳳銜杯》「青蘋昨夜秋風起」、《清平樂》「紅箋小字」、《采桑子》「紅英一樹春來早」、《撼庭秋》「別來音信千里」等，都有著極相似的藝術特點。

總之，張先藉詞的高妙意境的描寫，以生動優美的生活畫面，引導讀者步入詞人描寫的意境之中，去作感同身受的體驗；而晏殊詞通過對典型環境的描寫與氛圍的渲染，自然引出濃重真摯感情的抒發，讓讀者與詞的主人公一道體味別離的痛苦與酸辛。殊途同歸，同樣有力地撞擊著讀者的心靈。

二

詞人對現實生活的捕捉與表現，往往有其特殊的興趣與愛好，表現出不同的藝術個性與特色。晏殊與張先也毫無例外。他們在詞的創

作上，在遣詞造句煉意諸方面，都有著特殊的興趣愛好，形成自己獨特的藝術個性與風範。

　　晏殊寫詞，喜歡用「情」字，從而直接抒發其深厚而強烈的感情。在《珠玉詞》中，其中有二十九闋共出現了三十三個「情」字。有「情」字的詞，幾佔其全部詞作的四分之一。而有的詞，在同一首中用兩個甚至三個「情」字，如《玉樓春·春恨》「花底離情三月雨」，「無情不似多情苦」，就連用了三個「情」字。而在用「情」字時，則打破他一貫頗爲含蓄委婉的詞風，直抒胸臆，感情奔瀉而出，表現得比較直露而強烈。與晏殊相比，張先卻喜歡寫朦朧的意境，喜用「影」字，以表達某種朦朧的情思。在《安陸詞》中，有「影」字的詞有二十九首，共二十九個「影」字，有「影」字的詞佔全部詞作的六分之一。張先的「影」字沒有晏殊詞中「情」字出現的頻率高，然其影響遠比晏殊大。在詞史的掌故中，有所謂「張三影」、「張四影」、「張五影」，而以「張三影」之名昭彰卓著，流譽古今。晏殊的三十三個「情」字與張先詞中的二十九個「影」字，構成了他們各自審美特徵的一個重要方面。以「情」字說，當然沒有「不著一字，盡得風流」的含蓄韻致，但卻可以說，著一「情」字而盡得風流，將感情表現得眞摯而深厚；以「影」字言，儘管將情境寫得影影綽綽，蘊蓄其中的情思顯得非常朦朧，然「心有靈犀一點通」，使讀者心領神會，有很好的藝術效果。如果說，晏殊在詞中多次用了「情」字而情愈顯，那麼，張先在詞中因用了「影」字而情愈隱。無論顯隱，其情感都是極爲眞實濃鬱的。

　　晏殊詞中的情，多係寫男女之情。這種情感之強烈深厚，雖因不同的詞境而異，但卻同樣表現得眞摯而感人。這種感情，有「此情須問天」（《破陣子》「海上蟠桃易熟」）的深沉決絕之情；有「此情千萬重」（《破陣子》「燕子欲歸時節」）的深廣之情；也有難寄之厚情，「惆悵此情難寄」（《清平樂》「紅箋小字」）；也有脈脈深情，「密意深情誰與訴」（《漁家傲》「粉面啼紅腰束素」）；也有纏綿俳惻之情，「此情拼

作，千尺遊絲，若住朝雲」（《訴衷情》「青梅煮酒斗時新」）；還有諸多的別離感傷惆悵之情，「人生有限情無限」（《踏莎行》「綠樹歸鶯」），「無情不似多情苦」（《玉樓春‧春恨》），「年年歲歲情」（《破陣子》「湖上西風斜日」）。如此等等，將情之真實、深厚、永久，寫得真摯而明朗，將其牽腸掛肚、縈繞胸懷的情愫，寫得深厚而淋漓。總之，晏殊在詞中善用「情」字以表現男女之間的真情，尤其將離情與別恨，寫得深厚、廣博而強烈，詞旨明朗而雋永，不愧為抒情的高手。

張先寫詞善用「影」字，用以表現詩人某種朦朧的情思。他在描寫客觀景物時，不是直接的描繪，而喜歡寫影影綽綽、令人難以清晰透視的朦朧之美，表現一種隱約的情感。讓你思索，讓你仔細體味，能使你在掩卷後仍留有頗為香醇的詩味，並沉潛於詩味的體驗之中。總之，它有著濃厚的含蓄蘊藉之美，「能充分地表現一種有空間距離感的朦朧清幽、輕倩飄浮的美」，〔註13〕這種美的魅力，能令人陶醉其中而不能自拔。

胡仔《苕溪漁隱叢話》引《古今詩話》云：

有客謂子野曰：「人皆謂公『張三中』，即『心中事，眼中淚，意中人』也。」公曰：「何不目之為『張三影』？」客不曉，公曰：「『雲破月來花弄影』；『嬌柔懶起，簾壓捲花影』；『柳徑無人，墮花絮無影』，此余生平所得意也。」

這三個「影」字，的是詞人得意之筆，寫得非常絕妙。三句中尤以「雲破月來花弄影」最為傳神。王國維云：「『雲破月來花弄影』，著一『弄』字，而境界全出矣。」〔註14〕它活畫出月光從雲縫中出沒使花影忽隱忽現閃爍不定的情景，而一個「弄」字，又將其情景寫活了，無怪乎王國維要對它盛讚了。

詩詞中的關鍵字眼，用得好便境界全出，詩意全活。譬如，被人艷稱的王安石的「春風又綠江南岸」的「綠」字，張先「雲破月來花

〔註13〕劉揚忠：《唐宋詞流派史》，第317頁，福建人民出版社，1999。
〔註14〕周錫山：《人間詞話匯編匯校匯評》，第29頁，北岳文藝出版社，2004。

弄影」的「弄」字，宋祁「紅杏枝頭春意鬧」的「鬧」字，或擬人，或改變詞性，都能寫出異常鮮活的意境。張先的詞，則喜歡寫朦朧的意境。朦朧的意境如霧中之花、雲中之月，影影綽綽，極難窮形盡相。對這不大清晰的景象，人們卻往往有特高的興致，對之玩味無窮。張先大概出於對朦朧詞境的特別喜好，又愛用「影」字描寫和展示一些朦朧的意境。他的詞以善寫「影」字著稱，在描繪客觀事物、抒發主觀感情中，善於以影藏形，因此有餘音裊裊、不絕如縷之致。晁補之稱讚張先韻高，就是指其詞含蓄而有韻致。他寫詞能避免直說，也不願將意思說盡，而有意留有餘意，給讀者留下欣賞再創造的較寬裕的空間。在他的詞集中，帶「影」字的句子，大都寫得高妙而卓絕，令人讚賞不已，「棹影輕於水底雲」（《南鄉子・中秋不見月》），雲影輕，棹影更輕，表現了船隻的輕便而快捷。「中庭月色正清明，無數楊花過無影」（《木蘭花・乙卯吳興寒食》），楊花輕而易散，有無影無蹤之感，隱喻行人一去杳無蹤跡，寓惆悵難言之情。「那堪更被明月，隔簾送過鞦韆影」（《青門引・春思》），本來就有極濃鬱的相思之情，又看到月下美人打鞦韆的身影，情何以堪？「猶有花上月，清影徘徊」（《仙呂宮・宴春臺慢・東都春日李閣使席上》），這難道僅僅是月亮在徘徊？「鴛鴦集，仙花鬥影」（《雙韻子》「鳴鞘電過曉鬧靜」），這難道僅僅是寫鴛鴦群集，百花爭春？這裡的「影」字，實在是寫影外之影，有含蓄蘊藉、悠然不盡之妙。

在《安陸詞》中，花影出現了十一次，人影出現了五次，另外還有月影、燈影、旗影、鳥影、鞦韆影等，寫出了詞人的朦朧隱約之思，表現了含蓄蘊藉之美。

張先詞喜鍊句，極有韻致。譬如「啄木細聲遲，黃蜂花上飛」（《醉蓬萊・贈琵琶娘年十二》），以蜂聲喻琵琶聲，極狀琵琶娘彈奏之妙。「惜恐鏡中春，不如花草新」（《菩薩蠻》「憶郎還上層樓曲」），寫思慮憔悴而又有年老色衰之嘆！「何處斷離腸，西風昨夜涼」（《菩薩蠻》「篳紋衫色嬌黃淺」）、「細看玉人嬌面，春光不在花枝」（《清平樂・

禁閣使席》），都是含蓄而又雋妙的詞句。「不如桃李、猶解嫁東風」（《一叢花令》「傷高懷遠幾時窮」），更是古今人所共賞的「無理而妙」的絕妙詞句。

總之，「情」字之於晏殊，「影」字之於張先，是其詞個性、風格、藝術特徵的一個重要標誌，而張先不特善用「影」字，而且善於琢字煉句，有一些傳誦不衰的雋妙詞句。也許是由於這帶「影」字或不帶「影」字的詞句寫得過分佳妙，而詞的其他句子相對平弱，詞境似不夠渾融。雖然如此，我們仍然認為，張先是北宋詞人中，在詞的創作上作出了較大貢獻的名家。

三

就文學史上的地位而言，被推為「詞之正宗」的晏殊，其詞仍繼南唐的清疏婉約之風，所謂「風流蘊藉，一時莫及，而溫潤秀潔，亦無其比」。〔註15〕「歐、晏正流，妙處俱在神韻，不在字句」。〔註16〕詞的意境渾融，剔透玲瓏，有如碧玉之光潔透亮。張先詞秀麗峭勁，俊逸精妙，娟潔流暢，或有發越處，警句頗多，渾成似有不足。李清照以為「雖時時有妙語，而破碎何足名家」。〔註17〕評語雖苛，卻並非空穴來風。他的詞或為過多的名句雋語所累，有時全篇反失去特有的光彩，偶出現一些有句無篇的詞作。以玲瓏渾成講，張先比晏殊略有某些不足。然晏殊在詞的發展史上的貢獻，主要是繼承並鞏固前人已取得的成果，在這方面，他與歐陽修都取得了巨大的成就，其功績是不可抹殺的。但他對詞的開拓與創新不夠，不能與張先相比。張先詞風格多樣，且有較多的慢詞，在詞史上的影響，大大地超過了晏殊。

第一，張先詞在詞史上是承前啟後的。對此清代的詞論家陳廷焯在《白雨齋詞話》中，作出剴切的論述：

〔註15〕唐圭璋：《詞話叢編》，第83頁，中華書局，1986。
〔註16〕孫克強：《唐宋人詞話》，第195頁，河南文藝出版社，1999。
〔註17〕王仲聞：《李清照集校注》，第194頁，人民文學出版社，1979。

> 張子野詞，古今一大轉移也。前此則爲晏、歐，爲溫、
> 韋，體段雖具，聲色未開；後此則爲秦、柳，爲蘇、辛，
> 爲美成、白石，發揚蹈厲，氣局一新，而古意漸失。子野
> 適得其中，有含蓄處，亦有發越處。但含蓄不似溫、韋，
> 發越亦不似豪蘇膩柳。規模雖隘，氣格卻近古。

其實，歐、晏、張、柳都是同時代人，張、柳倒比歐、晏年長一些。張先壽長，有一些名作寫於其他三人逝世之後。然歐、晏寫小令，且繼承了南唐詞風。而張、柳都寫了較多的慢詞，寫法上都程度不同地採用了鋪敍延展手法，然柳俗張雅，風調自別。就是慢詞，張先也不同於蘇、辛、周、柳諸人的做法，而主要採用了小令做法。夏敬觀云：「子野詞凝重古拙，有唐五代之遺音，慢詞亦多用小令做法。」「在北宋諸家中，可云獨樹一幟」。〔註18〕他的慢詞，往往寫得含蓄委婉，情景交融。他能承前之詞風，含蓄蘊藉；啓後之詞風，詞氣發越，爲此，陳廷焯對他極爲推崇，稱張子野爲一體，說「子野詞，於古雋中見深厚」，「詞品超絕」。〔註19〕況周頤說他的詞是「風流高格調」，〔註20〕吳梅稱其「規模既正，氣格亦古，非諸家能及也」。〔註21〕劉揚忠說他「是北宋詞中傳統與創新兩股勢力之間互相轉化的橋樑」。〔註22〕如此等等，都足以說明他的詞風有著獨立的品格，他在詞的發展中所起的重要作用，以及在詞史上的卓越地位。這是晏殊以及其他詞人不能代替的。

第二，張先詞對周邦彥是有很大影響的。陸侃如、馮沅君在談到張先詞的特點時說：「1. 無論寫人或寫物，張詞都喜用些華麗的字面……2. 張詞又喜煉字……3. 張詞常用《人間詞話》所謂『代字』。

〔註18〕夏敬觀：《映映詞評》，《詞學》，第五輯，第197頁～198頁，華東師範大學出版社，1986。
〔註19〕陳廷焯：《白雨齋詞話》，第206頁、128頁、171頁，人民文學出版社，1959。
〔註20〕唐圭璋：《詞話叢編》，第4423頁，中華書局，1986。
〔註21〕吳梅：《詞學通論》，第69頁，華東師範大學出版社，1996。
〔註22〕劉揚忠：《唐宋詞流派史》，第314頁，福建人民出版社，1999。

4.張詞已有喜鋪敘的傾向。」「這四點對後來的大詞人周邦彥都有點影響。周詞工巧而遒勁，很接近張作」。〔註23〕

陸、馮之說極是。關於周邦彥詞的特點之一，是善於在文辭上下功夫：如喜用典故、喜煉字，愛用華美的詞句；又在寫法上善於鋪敘，這與張詞極相似，不過比張詞用得更普遍、更嫻熟、更完美一些，這是符合後來居上規律的。而周詞之所以具有這些藝術特點，是與受張詞的影響分不開的。雖然，這對周詞來說，僅僅是一些寫作技法，而且就這幾點說，也早已遠遠超過了張詞。然張先對他的起航導路之功，卻不可沒。

錢基博在談到周邦彥《訴衷情・殘杏》、《一落索》「眉共春山爭秀」、《南柯子》「寶合分時果」等詞時也說：「婉媚清新，麗處能朗，得張先之意。」〔註24〕薛礪若在談到張先詞的影響時說：「後來如賀鑄、周邦彥等，無不受其影響，而形成了一新的系統——北宋艷冶一派的詞人。」〔註25〕由此可見，就詞的造境與選材說，他的一些詞，也是受到張先詞的影響的。

第三，張先對姜白石詞有著一定的影響。先著在評張先《青門引》「乍暖還輕冷」時說：「子野雅淡處，便疑是後來姜堯章出藍之助。」〔註26〕又在評《師師令》「香鈿寶珥」時說：「白描高手，為姜白石之前驅。」〔註27〕指出其用白描手法與詞的雅淡風格，對姜夔詞的深切影響。關於張先對姜夔詞的某些影響，這在姜詞中是有跡可尋的。

如上所述，我們可以毫無誇張地說：張先詞對兩宋詞的發展，有著廣泛而深刻的影響。他在詞的承前啟後上，有著相當的功績。從這一點講，晏殊與他是無法比擬的。當然，晏殊恪守詞為艷科的傳統，繼承南唐詞含蓄蘊藉的風格，他對詞的本色的鞏固，成績也是不可抹

〔註23〕陸侃如、馮沅君：《中國詩史》，第624頁～625頁，作家出版社，1956。
〔註24〕錢基博：《中國文學史》，第605頁，中華書局，1993。
〔註25〕薛礪若：《宋詞通論》，第89頁，開明書店，民國三十七年。
〔註26〕唐圭璋：《詞話叢編》，第1346頁，中華書局，1986。
〔註27〕同上註，第1352頁。

殺的。不過，從詞的發展角度講，他的詞重在守成，不免有點保守，開拓略嫌不足。

第三節　晏殊與歐陽修

　　晏殊、歐陽修都是北宋著名的詞人，他們的詞受《花間詞》、特別是南唐馮延巳的影響很深。內容上大都是表現士大夫高雅的閒情逸趣，詞風深美婉約，風格雅潔秀雋。晏、歐之詞並稱，一時難分高下。然他們之所以在詞史上有相當高的地位，則是因其詞的取材內容或有不同，詞的創作各有自己的個性，並非是從一個模子裡產出的同樣貨色。譬如晏殊就有 30 首祝壽之作，這在北宋詞人中實在是罕見的；歐陽修有俗詞 60 餘首，寫得生動活潑，艷而有節；且有 10 餘首豪放之作。如此等等，在詞史上有著重要的地位與影響。然其詞的個性特徵，往往為當今文學史家所忽略。因此，有詳加比較研究之必要。

一

　　晏殊、歐陽修詞風相近，表現在以下幾個方面：

　　第一，在《全宋詞》中，晏殊、歐陽修有《浣溪沙》「青杏園林煮酒香」、《漁家傲》「粉筆丹青描未得」等 11 首詞重出互見，編者唐圭璋先生與當今晏、歐詞的研究者，都拿不出帶有傾向性的意見。以是，二集並存，難以確定其真正的歸屬。自然，這 11 首詞的著作權，非晏即歐，某些詞只能是晏殊或歐陽修一人所作，絕不可能是他們合作的結果。唐先生與當今晏、歐詞研究的學者，之所以未能明確分辨，並歸其所歸，是因為二人詞的總體風格極為相近，特別是這 11 首詞，既無其他資料的依據，又從個人風格上難以識辨。因此，無論從哪一家詞集中都無從肯定或刪除。更有甚者，一些注家，對此竟視而不見：注晏殊詞者以之為晏詞，注歐陽修詞者以之為歐詞。中國書店出版的《晏殊詞新釋輯評》、《歐陽修詞新釋輯評》，就是這麼做的。這是一種不負責任的態度，剝奪了讀者對這 11 首詞作者究竟是誰的知情

權。假如晏、歐詞整體風格相差甚遠，那麼，關於這 11 首詞的作者分辨與眞正歸屬的解決，就不那麼困難了。至少，從風格的差異上，可以說出一些可供參考的意見，使這些詞歸屬的謎團，得以澄清或接近澄清。這 11 首詞之歸屬之所以至今未能解決，也反證了晏、歐詞總體風格之近似。

第二，晏、歐詞有極爲相似的藝術風格。關於晏、歐詞的藝術風格，宋代的王灼在其《碧雞漫志》卷二曾說：

> 晏元獻公、歐陽文忠公，風流蘊藉，一時莫及，而溫潤秀潔，亦無其比。〔註28〕

《錦瑟詞話》載王士禎語稱：

> 歐晏正派，妙處俱在神韻，不在字句。〔註29〕

清代的郭麐在其《靈芬館詞話》卷一亦云：

> 詞之爲體，大略有四：風流華美，渾然天成，如美人臨妝，卻扇一顧，《花間》諸人是也。晏元獻、歐陽永叔諸人繼之。〔註30〕

王灼、王士禎、郭麐等人，都認爲晏殊、歐陽修詞的風格相近，並將其相提並論，這是很有見地的。現存晏殊、歐陽修詞，有百分之六十以上的詞，風格溫潤婉約，極爲相似。例如晏殊詞《采桑子》：「時光只解催人老，不信多情，長恨離亭，淚滴春衫酒易醒。梧桐昨夜西風急，淡月朧明。好夢頻驚，何處高樓雁一聲。」歐陽修詞《采桑子》：「畫樓鐘動君休唱，往事無蹤。聚散匆匆。今日歡娛幾客同。去年綠鬢今年白，不覺衰容。明月清風。把酒何人憶謝公。」這兩首詞，感情誠摯深婉，意境空靈。讀後令人有餘音裊裊、不絕如縷之感。

第三，今之論者，多以晏、歐並稱，蓋因詞風相近。

吳梅《詞學通論》云：

> 大抵開國之初，沿五季之舊，才力所詣，組織較工。

〔註28〕唐圭璋：《詞話叢編》，第 83 頁，中華書局，1986。
〔註29〕朱崇才：《詞話叢編續編》，第 116 頁，人民文學出版社，2010。
〔註30〕唐圭璋：《詞話叢編》，第 1503 頁，中華書局，1986。

　　　　晏、歐爲一大宗，二主一馮，實資取法，顧未能脱其範圍
　　　　也。〔註31〕

劉大杰《中國文學發展史》云：

　　　　晏殊，作品很多，眞能爲宋初詞壇領袖的，是晏殊與
　　　　歐陽修。……晏、歐的詞，表現上層社會的生活與感情，
　　　　但他們所表現的範圍，是狹隘的，形式是短小的。〔註32〕

中國社會科學院文學研究所《中國文學史》云：

　　　　歐陽修……和同時代名詞人晏殊的創作大致相近。
　　　〔註33〕

吳梅、劉大杰、中國社會科學院文學研究所文學史編寫組都認爲晏
殊、歐陽修詞的題材、體制、結構、風格以及創作繼承等方面均極相
似，如此，晏、歐詞風相近，已成共識，似不必再饒舌詞費了。

二

　　晏殊、歐陽修詞，都有自己的藝術個性，面貌各異，卻是毋庸置
疑的。

　　首先，晏殊是典型的婉約派詞人，其詞體物細膩，描摹精妙，其
要眇宜修處，歐陽修詞達不到；歐陽修作爲婉約派詞人，卻寫了一定
數量的豪放詞，也是晏殊所不及。

　　鄭騫《成府談詞》云：

　　　　《珠玉詞》緣情體物，細妙入微處，爲六一所不及；
　　　六一情調之奔放、氣勢之沈雄，又爲珠玉所無。〔註34〕

鄭騫對晏殊、歐陽修詞的創作特色各異的情景，概括頗爲準確，這對
我們研究晏、歐詞不同的藝術特色，很有啓示。晏殊詞極善於緣情體

〔註31〕吳梅：《詞學通論》，第 63 頁，華東師範大學出版社，1986。
〔註32〕劉大杰：《中國文學發展史》（中）第 226、233 頁，古典文學出版社，
　　　　1958。
〔註33〕中國社會科學院文學研究所：《中國文學史》，第 567 頁，人民文學
　　　　出版社，1962。
〔註34〕《詞學》，第十輯，第 147 頁，華東師範大學出版社，1992。

物，故詞中描摹情景細妙入微，詞風婉柔細膩，將詞的婉約風格表現得突出而典型。譬如《清平樂》：「金風細細，葉葉梧桐墜。綠酒初嘗人易醉，一枕小窗濃睡。紫薇朱槿花殘，斜陽卻照欄干。雙燕欲歸時節，銀屏昨夜微寒。」這一首詞表現的只是詞人一時淡淡的閒愁和略含淒婉的情緒，卻寫得如此委婉而細膩、深切而感人。這是因為從描寫情景說，此詞「以景緯情，妙在不著意為之，而自然溫婉。」〔註35〕從遣詞造句說，用字精妙，其「濃」字之著意，尤堪稱道。蓋「少飲已易醉矣，醉且濃睡，此『濃』字點出深愁，運字之細，不見斧斤，直開二百年後吳夢窗之蹊徑。」〔註36〕誠哉斯言，開「夢窗之蹊徑」，尤宜深思。

再如《清平樂》：

> 紅箋小字，說盡平生意。鴻雁在雲魚在水，惆悵此情難寄。　斜陽獨倚西樓，遙山恰對簾鈎。人面不知何處，綠波依舊東流。

這是一首抒情名篇，它非常細膩地傳達出對情人的深切懷念以及相思之情難以寄託的惆悵。情思微妙，情調低徊婉曲，以景結情，詞格甚高。誠如趙尊岳先生說評：「此詞說離情之深，莫與倫比；用筆之妙，更匪夷所思。」〔註37〕

晏殊詞詞情深婉、格調高絕之作甚多。如《踏莎行》：「小徑紅稀，芳郊綠遍，高臺樹色陰陰見。春風不解禁楊花，濛濛亂撲行人面。翠葉藏鶯，朱簾隔燕，爐香靜逐遊絲轉。一場愁夢酒醒時，斜陽卻照深深院。」《鵲踏枝》：「檻菊愁煙蘭泣露，羅幕輕寒，燕子雙飛去。明月不諳離恨苦，斜光到曉穿朱戶。昨夜西風凋碧樹，獨上高樓，望盡天涯路。欲寄彩箋兼尺素，山長水闊知何處。」前者以十分貼切的筆墨，寫了暮春景色，襯出主人公淡淡的哀愁，空靈有味；後者借秋天

〔註35〕唐圭璋：《唐宋詞簡釋》，第56頁，上海古籍出版社，1981。

〔註36〕趙尊岳：《珠玉詞選評》，《詞學》，第七輯，第154頁，華東師範大學出版社，1989。

〔註37〕同上註，第153頁。

淒清景象以抒情，感情淒婉沉重。如此等等，都顯示出晏殊詞善於緣情體物、細微入妙的特色。這在婉約詞中，是很典型的。

　　歐陽修的主導風格是婉約的。所謂「歐公一代儒宗，風流自命，詞章幼（窈）眇，世所矜式。」〔註38〕就是對他婉約詞成就的充分肯定。如《踏莎行》「候館梅殘，溪橋柳細。草薰風暖搖征轡。離愁漸遠漸無窮，迢迢不斷如春水。寸寸柔腸，盈盈粉淚。樓高莫近危欄倚。平蕪盡處是春山，行人更在春山外。」此詞上闋寫行人憶家，下闋寫閨人憶外。感情柔婉而深厚。餘如《訴衷情》「清晨簾幕捲輕霜」、《蝶戀花》「庭院深深深幾許」、《木蘭花》「別後不知君遠去」，都是婉約詞中的經典之作，完全可以和晏殊的婉約詞媲美。但卻還有一些疏雋之作，甚而還寫了一些豪放詞，卻為晏詞所罕有。邱少華先生說：「歷來論詞史者以晏（殊）、歐並稱，為宋初小令代表作家，同入婉約派。其實，歐陽修詞風亦有豪放的一面，即使以嚴格的標準來考量，他的豪放詞也在十首以上，數量實在不算少了。」〔註39〕這十首以上的豪放詞，無論從佔歐陽修詞創作的比例或絕對數字來說，都不算多，然北宋豪放詞總數就不多，有些學者甚至說：「一共也數不到十首。」〔註40〕這大概是把豪放詞的標準定的太高且掌握太嚴了，但放寬其衡量的尺度，充其量也只有四五十首，蘇軾是以豪放派詞人名世的，然其豪放詞也不到二十首。以此觀之，歐陽修寫的豪放詞實在不算太少了。歐陽修在蘇軾以前，其詞以婉約詞著稱，而能寫出十多首豪放詞，這是很了不起的，在詞史上有很高的地位。因此，王國維對其有很高的評價。他說：「永叔『人間自是有情痴，此恨不關風與月』『直須看盡洛城花，始與東風容易別。』於豪放之中有沉著之致，所以尤高。」〔註41〕就是說他的豪放詞不是一味的豪放，雖然豪情滿懷，卻仍很有

〔註38〕曾慥：《樂府雅詞》，唐圭璋等：《唐宋人選唐宋詞》，第 295 頁，上海古籍出版社，2004。
〔註39〕邱少華：《歐陽修詞新釋輯評・前言》，第 6 頁，中國書店，2001。
〔註40〕吳世昌：《詩詞論叢》，第 126 頁，北京出版社，2000。
〔註41〕滕咸惠：《人間詞話新注》（修訂本），第 98 頁，齊魯書社，1986。

理智，故將豪放之情，寫得仍有節制。

且看《玉樓春》：

> 兩翁相遇逢佳節。正值柳綿飛似雪。便須豪飲抵青春，莫對新花羞白髮。　　人生聚散如弦筈，老去風情尤惜別。大家金盞倒垂蓮，一任西樓低曉月。

這首詞寫朋友相勉老當益壯的情懷，語言雄健，感情奔放，境界壯闊，是一首比較典型的豪放詞。餘如《朝中措》「平山欄檻倚晴空」、《浪淘沙》「把酒祝東風」、《聖無憂》「世路風波險」、《聖無憂》「相別重相逢」、《采桑子》「十年前是尊前客」、《漁家傲》「四季才名天下重」、《漁家傲》「十二月嚴凝天地閉」等，都是感情激越、豪情滿懷的。如果將這些詞置於蘇、辛詞集中，也是一時難辨的。因此，我們似可以說：他的詞豪放開蘇、辛，他與范仲淹都是豪放詞派的先行者。其詞用語健朗，有時語言不免有點兒硬，至少不如一些婉約詞人的用語那麼柔和軟媚，是似詩的而非純詞的，是詞的語言向詩的語言靠攏或過渡。這種用語特色，對蘇軾「以詩為詞」的做派，不能說沒有影響。

　　歐陽修有豪放詞 10 餘首，這不是一個小的數字，絕不能忽略，不可等閒視之。應當指出，它在詞的創作上獨開一面，對詞的發展，有很大的影響。誠如馮煦所說：「疏雋開子瞻，深婉開少游。」〔註42〕關於「深婉開少游」姑且存而不論，就其「疏雋開子瞻」來說，可謂厥功甚偉。在宋詞豪放詞的創作長河中，如果說是范仲淹開其端，那麼，歐陽修則壯其勢，使豪放詞的創作由涓涓細流而漸次走向汪莽，到蘇軾筆下，猶如黃河巨浪，則顯得壯闊而有氣勢，辛詞亦似長江，更加汪洋恣肆，從而形成詞史上的蘇辛派別。由此可見，歐詞在詞史上之功勳可謂偉烈，幾近無以復加了。

　　第二，晏殊、歐陽修都寫了許多艷詞，其詞風卻有很大的差異：晏殊之詞氣格溫潤，其描寫艷情，重在心靈感受，表現靈妙的境界；

〔註42〕馮煦：《蒿庵論詞》，唐圭璋：《詞話叢編》，第 3585 頁，中華書局，1986。

歐陽修艷詞善寫人物形象。表現青年男女之間微妙的感情。極具創造性，寫得十分精彩。

晏殊《玉樓春‧春恨》，即是不可多得的絕妙好詞：

> 綠楊芳草長亭路，年少拋人容易去。樓頭殘夢五更鐘，花底離情三月雨。　　無情不似多情苦，一寸還成千萬縷。天涯地角有窮時，只有相思無盡處。

此詞將離情雖寫得「爽快決絕」，〔註43〕特別是下闋用了白描手法，並直抒胸臆，將心靈感受與精神境界一股腦兒的全盤托出，寫得淋漓盡致，但卻令人感覺「婉轉纏綿，情深一往，麗而有則，耐人玩味。」〔註44〕這首淒艷之作，感情低徊反覆，言有盡而意無窮，值得我們細細品味。

再如《破陣子‧春景》：

> 燕子來時新社，梨花落後清明。池上碧苔三四點，葉底黃鸝一兩聲。日長飛絮輕。　　巧笑東鄰女伴，採桑徑裡逢迎。疑怪昨宵春夢好，元是今朝鬥草贏。笑從雙臉生。

這是一首農村詞，清新活潑，尤其是下闋寫年輕的村女們的歡笑鬥樂，寫得風神婉約，如聞香口，如見姿容，極為生動。所謂「不必言情而自足於情。一字一句，落落大方，能得天籟，斯即為詞中之聖境。珠玉是矣。」〔註45〕

歐陽修的艷詞，寫得生動活潑，生氣勃勃。雖涉男女禁區而又寫得微妙含蓄，艷姿多情，卻決無張揚色情之嫌。其寫人物形象，又能躍然紙上，活潑而清新。《南歌子》「鳳髻金泥帶」、《醉蓬萊》「見羞容斂翠」、《御街行》「夭非華艷輕非霧」，都是寫艷情的佼佼者，其寫人物形象之逼真傳神，尤堪稱道。如《南歌子》：

〔註43〕沈際飛：《草堂詩餘正集》，劉揚忠：《晏殊詞新釋輯評》，第193頁，中國書店，2003。

〔註44〕陳廷焯：《白雨齋詞話》，唐圭璋：《詞話叢編》，第3886頁，中華書局，1986。

〔註45〕趙尊岳：《填詞叢論》（卷三），《詞學》，第四輯，第81頁，華東師範大學出版社，1984。

鳳髻金泥帶，龍紋玉掌梳。走來窗下笑相扶。愛道畫
眉深淺、入時無。　　弄筆偎人久，描花試手初。等閒妨
了繡功夫。笑問雙鴛鴦字、怎生書。

此詞寫新嫁娘之美艷、纏綿，對丈夫之親暱與眷戀，嬌態憨態可掬，
風神生動如畫。我們可以毫無誇張地說，詩人具有了小說家描寫人物
形象故事情節以至細節的卓越能力，筆下的人物形象有很強的雕塑
感，讀後烙印極深。此詞寫人物形象生動，在我國抒情詩中，實在是
不可多得的。又如《醉蓬萊》「見羞容斂翠」，寫少女與情人初次幽會
時之複雜心情，十分逼真，也是值得稱道的。

　　詞作為古典抒情詩的類別之一，所寫形象，一般是詞人的自我形
象，罕見有客觀描寫之形象。歐陽修的一些詞，卻描寫或竟塑造了生
動的人物形象。這在宋詞以至中國的古典抒情詩中，卻都是罕見的。
因此，在詞中描寫人物形象，可謂歐陽修一大創舉。而他在描寫人物
形象時，又能以極省儉的筆墨，以畫眼睛的手法，約而有節，生動而
傳神，這是值得我們為之擊節讚賞的。

　　第三，晏殊詞中有壽詞 30 首，佔其全部詞作的 1/5 強，這實在
不是一個小的數字與比例。據劉尊明先生檢索統計，在宋詞中「其全
部壽詞總數竟達 2554 首，約佔《全宋詞》作品總數（21055）的 1/8
弱，12.13％。」〔註 46〕壽詞創作之豐收，主要是南宋詞人之「業績」，
北宋人創作的壽詞，還不成氣候，僅有 32 人創作的 180 餘首。〔註 47〕
許多詞人，只是偶有所作罷了，而晏殊的壽詞創作，竟佔北宋全部壽
詞的 1/6，真可謂泱泱大觀了。對其壽詞創作，一般持全盤否定態度。
馮沅君謂晏殊壽詞、詠物、歌頌昇平的「這三種詞，約佔《珠玉詞》
的三分之一，就中壽詞尤多。這三種詞大都無內容，少風致，讀之味
如嚼蠟，而壽詞尤劣。」〔註 48〕的確，這 30 首壽詞，無論從思想內

〔註 46〕劉尊明：《唐宋詞綜論》，第 136 頁，中國社會科學出版社，2004。
〔註 47〕同上註。
〔註 48〕陸侃如、馮沅君：《中國詩史》，第 62 頁，作家出版社，1957。

容與藝術特色講，都很難做出一些正面的或者較肯定的評價，但也似乎不可一筆抹殺。這是因爲作爲壽詞，爲其濃烈地世俗情味和客套應酬性質所決定，作爲社會風尚的一種表現，反映社會習俗的一個側面，不無益處。他的壽詞主要是他壽，其對象包括皇帝、同僚、妻子、歌妓，雖係酬應無聊之作，也可概見北宋上層社會生活習俗，精神風貌。何況有的詞「比較眞實地保留了當時上層士大夫文化生活的若干畫面。」〔註49〕有的詞成功地表現了歌妓形象。藝術上也並非都是「淺俗凡庸」，大部分壽詞還都寫得「得體」，個別詞寫得「情親而調婉，境諧而格高」，〔註50〕頗有清新自然之致。從詞史角度講，他的壽詞創作開風氣之先，對南宋壽詞的創作，有其極大的影響。然壽詞大量出現，畢竟是詞史上一股強勁的逆流，其惡劣影響，晏殊也無以辭其咎。遍檢歐詞，在240餘首詞中，卻無一首壽詞，在創作上，確能貞操自守。由此可見：晏、歐於壽詞之創作，功過判然。然誠如上文所論，晏殊對壽詞的創作，也不宜徹底否定。

　　第四，晏、歐詞的語言風格有別。晏殊的語言典雅，雍容而華貴。語淺情深，有低迴反覆之致；歐陽修詞的語言含蓄而雋永，耐人品味。又常以民間語入詞，新巧鮮活，特富表現力。其對詞的發展，影響尤巨。誠如錢基博先生所云：「思路甚雋，而筆意有二：有冶麗同晏殊，而特爲深婉以開秦觀者……有空靈出韋莊，而抒以疏俊以開蘇軾者，……大抵晏詞婉麗，尚是晚唐之風流；而歐筆屈折，已開蘇詞之跌宕。」〔註51〕

　　晏殊之詞，如：

　　　　芙蓉金菊鬥馨香，天氣欲重陽。遠村秋色如畫，紅樹
　　間疏黃。　　流水淡，碧天長，路茫茫。憑高目斷，鴻雁
　　來時，無限思量。（《訴衷情》）

〔註49〕劉揚忠：《晏殊詞新釋輯評》，第95頁，中國書店，2003。
〔註50〕同上註，第79頁。
〔註51〕錢基博：《中國文學史》，第521頁，中華書局，1993。

綠樹啼鶯，雕梁別燕，春光一去如流電。當歌對酒莫
沉吟，人生有限情無限。(《踏莎行》)

以上兩首詞，典型地表現出雍容華貴、語淺情深的用語特點。

歐陽修之詞，如：

把酒祝東風。且共從容。垂陽紫陌洛城東。總是當年
攜手處，遊遍芳叢。　　聚散苦匆匆。此恨無窮。今年花
勝去年紅。可惜明年花更好，知與誰同。(《浪淘沙》)

好個人人，深點唇口淡抹腮。花下相逢、忙走怕人猜，
遺下弓弓小繡鞋。　　剗襪重來，半嚲鳥雲金鳳釵。行笑
行行連抱得，相挨。一向嬌癡不下懷。(《南鄉子》)

前者語言含蓄雋永，後者語言新巧鮮活，表現截然不同的語言特色。
餘如《浪淘沙》「把酒祝東風」、《鹽角兒》「增之太長」、《迎春樂》「薄
紗衫子裙腰迎」，都很典型地表現出歐陽修詞的語言特色。

總之，從詞的發展趨勢看，晏殊詞謹守緣情，仍停留在娛樂、呈
藝、酬應上，多係遊戲之作。歐陽修詞則逐漸向言志方向發展，題材
漸趨廣泛，內容較為豐富，感情比較明朗，有較強的社會意義。他對
宋詞健康的向前發展，有著較大的貢獻。

第四節　晏殊與晏幾道

晏殊晏幾道父子，都是北宋詞壇婉約詞的重要作家，其詞的主要
內容無非是個人的閒愁閒緒、離情感傷，根本談不上是對社會生活的
深刻反映。然其詞風婉約，詞調圓潤，感情真摯動人，在詞的創作上，
取得了很高的藝術成就，受到歷代詞論家的讚譽。毛晉云：「晏氏父
子，具足追配李氏父子。」〔註52〕他將晏殊父子與南唐二主詞相提並
論，是有一定道理的。晏殊父子繼承南唐二主詞風，在推動婉約詞的
發展上作出了積極的貢獻，在詞史上有著重要的地位。

〔註52〕柏寒：《二晏詞選》，第122頁，齊魯書社，1985。

一

晏殊（991～1055），字同叔，臨川（今江西撫州市）人。七歲能
屬文，景德初，以神童召試，賜進士出身，屢擢知制誥翰林學士。慶
曆中，拜集賢殿學士同中書門下平章事，兼樞密院使。出知永興軍，
後以疾歸京師，留侍經筵。卒，諡元獻，有《珠玉詞》行世，存詞一
百三十餘首。

晏殊身為太平宰相，生活優裕，在日常的政務之餘，就是宴樂。
葉夢得云：

> 晏元獻雖早富貴，而奉養極約。惟喜賓客，未嘗一日
> 不燕飲。而盤饌皆不預辦，客至旋營之……亦必以歌樂相
> 佐，談笑雜出……稍闌，即罷遣歌樂曰：「汝曹呈藝已遍，
> 吾當呈藝。」乃具筆札，相與賦詩，率以為常。前輩風流，
> 未之有比也。

太平宰相晏殊，生活面非常狹窄，感情也相當平和，既無國事之憂慮，
又無個人生活上的愁煩，整日間除過宴樂以外，就只有一點偶然的閒
愁閒緒，再加上他把詞的創作看成「呈藝」，主要表現自己的藝術才
情，而不是反映社會生活。他承襲晚唐五代詞的遺風，多為遣興娛賓
而作，題材狹窄，多描寫流連光景的闌珊情緒，其詞大部分是反映士
大夫宴遊的生活以及良時易逝、歡時無多的感慨，缺乏深刻的現實意
義。如《浣溪沙》「一曲新詞酒一杯」、《浣溪沙》「一向年光有限身」、
《木蘭花》「燕鴻過後鶯歸去」、《踏莎行》「小徑紅稀」等，都是這種
感情的典型表現。

晏殊所處的時代，政通人和，天下晏安，作為宰相，他對政治權
勢無所追求，對生活也很滿足，他已是意滿志得別無所求了。這種滿
足感使他思想不免平庸，感情意緒上也無大的波瀾，只有似有若無的
閒愁閒緒在腦中縈繞。因此，其詞似無深刻的思想內容可言，但我們
只要仔細地體味他在詞中所表現的感情，特別是表現遲暮之感和時光
流逝的感傷時，就覺得他在詞中除表現閒愁閒緒之外，似仍有所求，

但這種追求不夠明朗，不好把捉。因其將填詞當做消遣，而不像寫詩那樣鄭重其事地抒懷言志，因而，他在詞中表現的感情的深層內涵，往往被人忽視。從深層講，他詞中所表現出的閒愁閒緒，並非都是富貴已極的滿足，或百無聊賴的情緒。他的一些寫閒愁閒緒的詞篇，有時蘊含著詩人不滿足的遺憾，他並不因富貴已極、位極人臣而滿足，在思想生活上沒有絲毫的遺憾。當然，也不是說他有強烈的權勢欲或非分之想。他絕沒有篡位而達九五至尊的奢望，也不企羨富如石崇的豪奢，但卻隱隱約約地透露出精神生活上的某些缺憾，顯示出個人的某種願望與追求。譬如為人樂道的《浣溪沙》：

> 一曲新詞酒一杯，去年天氣舊亭臺，夕陽西下幾時回？
>
> 無可奈何花落去，似曾相識燕歸來，小園香徑獨徘徊。

詞人在聽曲飲酒中深感時光流逝之快，有江山依舊人漸衰老之感。詞人追問「夕陽西下幾時回？」宇宙長在而生命卻難永恆，回答只能是「羲和自趁虞泉宿，不放斜陽更向東」。「從來繫日乏長繩，水去雲回恨不勝」（李商隱《樂遊原》）。詞人這種無可奈何的情緒也和李商隱相同，時光不可逆轉，這只能使志士浩嘆而已。「小園香徑獨徘徊」，詞人陷入深沉而冷靜的思索之中。人只能在有限的生命中，作出更多更大的貢獻，使業績永恆，從而使生命由有限走向無限，以事業上的巨大成就作為生命的延續。「無可奈何花落去，依曾相識燕歸來」。時光飛逝，春去秋來，詞人帶有濃厚的感傷情緒。這兩句詞在其七律《示張寺丞王校勘》詩中曾經出現，可見詞人對它的珍愛。由此也可體察詞人感情的走向。「勸君莫作獨醒人，爛醉花間應有數」（《木蘭花》「鴻雁過後鶯歸去」）。「當時共我賞花人，點檢如今無一半」（《木蘭花》「池塘水綠風微暖」）。這是生命的警鐘，也是詞人清醒中的悲哀！張宗櫹云：「東坡詩『尊前點檢幾人非』，與此詞結句同意。往事關心，人生如夢，每讀一過，不禁惘然！」〔註53〕他在惘然中對生活的理想似有追求，但又不夠明晰，撲朔迷離。值得注意的是，時光流逝的傷

〔註53〕張宗櫹：《詞林紀事》，第 173 頁，上海古籍出版社，1998。

感一直橫在胸中，這種情緒在其詞中時有流露：「朝雲聚散眞無那，百歲光陰能幾個？」(《木蘭花》「玉樓朱閣橫金鎖」)「當歌對酒莫沉吟，人生有限情無限」(《踏莎行》「綠樹歸鶯」)。「時光只解催人老……浮生豈得長年少」(《漁家傲》「畫鼓聲中昏又曉」)。「東流到了無停住」(《漁家傲》「粉面啼紅腰束素」)。「兔走鳥飛不住，人生幾度三臺」(《清平樂》「春花秋草」)。「何人解繫天邊日，佔取春風，免使繁紅，一片西來一片東」(《采桑子》「陽和二月芳菲遍」)。「勸君看去利名場，今古夢茫茫」(《喜遷鶯》「花不盡」)。「金烏玉兔長走，爭得朱顏依舊」(《秋蕊香》「梅蕊雪殘香瘦」)。如此等等，在時光易逝的感嘆中，對人生的價値有著某些深刻的反省和思索，誠如陶爾夫先生在評《浣溪沙》「一曲新詞酒一杯」時說：「作者以有限的生命來體察無窮的宇宙，把人生放到時空這一廣大範圍中來進行思考，於是，這首詞便具有某種厚重的哲學韻味了。」〔註54〕這種「厚重的哲學韻味」在晏殊詞中不時出現，譬如「滿目山河空念遠，落花風雨更傷春」(《浣溪沙》「一向年光有限身」) 二句，通過對廣袤的空間和飛逝的時光的描寫，表現詞人感時傷春的深沉感慨，情緒相當強烈，因此，吳梅以爲此二語「較『無可奈何』勝過十倍」，〔註55〕這是頗有道理的。當然，對大晏這類詞的思想意義不能作過高的評價，但其惜時情愫以及豐富的內涵，絕不能輕輕抹殺或一筆勾銷的。

　　表現男女之間的離愁別恨，是晏殊詞內容的另一個重要方面。《清平樂》「紅箋小字」、《踏莎行》「祖席離歌」等，都是這類詞的典型代表，它抒寫情人睽違、別易會難的生離死別之痛，這是具有普遍意義的主題。「年年歲歲好時節，怎奈尙有人離別」(《望漢月》「千縷萬條堪結」)。「無情不似多情苦，一寸還成千萬縷。天涯地角有窮時，只有相思無盡處」(《玉樓春·春恨》)。「準教楊柳千萬絲，就中牽繫人

〔註54〕陶爾夫：《珠玉詞：詩意的生命之光》，《北京大學學報》，1988 年第
　　　　5 期。
〔註55〕吳梅：《詞學通論》，第 65 頁，華東師範大學出版社，1996。

情」（《相思兒令》「昨日探春消息」）。他將這種牽繫人情的別離寫得
真摯而動人。

晏幾道（1030～1106？）字叔原，晏殊第七子。著有《小山詞》，
今存詞二百五十餘首。

晏幾道雖然家世煊赫，然仕途卻很不得意。神宗熙寧七年
（1074），鄭俠上書請罷黜呂惠卿，反對新法，事發下獄。幾道因曾
與鄭俠往來而被牽連入獄，他毫無怨言。後來曾作過潁昌許田鎮監
官，崇寧四年間，為開封府推官，以獄空，轉一官，賜章服。其餘則
難以考究了。他出身富貴之家未能守其富貴，且個性與世俗不合，落
魄不羈，為人耿介，能清節自守，不登權貴之門。黃庭堅在《小山詞
序》中，對他的處世為人作了生動的描寫：

> 叔原固人英也，其自痴亦自絕人。愛叔原者，皆慍而
> 問其目，曰：仕途連蹇，而不能一傍貴人之門，是一痴也：
> 論文自有體，而不肯一作新進士語，此又一痴也：費資千
> 百萬，家人寒饑，而面有孺子之色，此又一痴也：人百負
> 之而不恨，己信人，終不疑其欺己，此又一痴也。

此處所說的「痴」，是對他人格的高度讚揚，不巴結權貴以求陞遷，
不投朝廷之所好而作進士語，不吝惜錢財，不怕窮困潦倒，胸襟廓落
而又寬於待人，他是一個很正直的人，然卻不合時宜，遭到世人的冷
遇和白眼。於是將其感情寄託於「哀絲豪竹」之中「期以自娛」，他
沒有其父那樣優悠不迫的生活與政務之餘的閒愁閒緒，面對嚴峻的現
實與人生不免深有感慨。然又無以自處，也不能拋棄貴公子落魄不羈
的庸人習氣，流連於歌樓酒館，藉以消愁解悶，因此，他對歌女生活
有著深切的體會與同情。他在詞裡也寫離愁別緒，深切動人。由於家
世的衰敗和生活的落魄，詞裡流露出一種很深的感傷情緒，有著強烈
的身世之感，並打上了鮮明的時代烙印。如「古來多被虛名誤，寧負
虛名身莫負。勸君頻入醉鄉來，此是無愁無恨處」（《玉樓春》「雕鞍
好為鶯花住」）。他追求個性自由的情緒是那麼強烈，那麼執著，卻不

免碰壁。在碰壁之餘，只有借酒澆胸中之塊壘了。因此，經常抒發不得志的牢騷：「誰知錯管壽殘事，到處登臨曾費淚。此時金盞直須深，看盡落花能幾醉。」（《玉樓春》「東風又作無情計」）詩人以遒勁的筆姿寫沉痛的傷春情緒，寄寓著對自己落魄身世的感嘆。在表現思想感情上，他的《阮郎歸》是具有代表性的。詞云：

> 天邊金掌露成霜，雲隨雁字長。綠杯紅袖稱重陽，人情似故鄉。　　蘭佩紫，菊簪黃。殷勤理舊狂。欲將沉醉換悲涼，清歌莫斷腸。

此詞在沉痛感傷中不失倔強之氣，頗能顯示小晏之個性與獨立人格。「殷勤理舊狂」一句，將其滿腹憤激不平之氣和盤托出。不合時宜而不悔，且有堅持到底絕無回首之意。其對當時社會的憤激與抗爭之意溢於言表。況周頤釋此詞云：

> 「綠杯」二句，意已厚矣。「殷勤理舊狂」五字三層意。「狂」者，所謂一肚不合時宜，發見於外者也。狂已舊矣，而理之，而殷勤理之，其狂若有甚不得已者。「欲將沉醉換悲涼」是上句注腳。「清歌莫斷腸」，仍含不盡之意。此詞沉著厚重，得此結句，便覺竟體空靈。〔註56〕

此詞內容厚重，是指「殷勤理舊狂」這種帶有強烈情緒的語句。他這種感情，在某種程度上帶有一定的叛逆性，是落魄以後的清醒與抗爭，是有典型意義的。

　　內容的厚重，使二晏詞在詞史上具有重要的地位，但其具體表現卻有很大的不同。大晏的厚重，表現在對哲理的思索中，有一種生命的迫切感，歸趣在於作爲個體的人對社會如何才能作出更大的貢獻；小晏的厚重，則是因爲感情中蘊含著某種程度的反叛，發展趨向則是對現有制度的破壞。相較而言，小晏詞內容的厚重，更具有社會意義。

　　表現男女之間的摯愛之情是小晏詞的重要內容之一。比起大晏

〔註56〕況周頤：《蕙風詞話》，第25頁，人民文學出版社，1960。

來，其感情更爲坦誠、眞摯而強烈，如《清平樂》「留人不住」的「此後錦書休寄，畫樓雲雨無憑」，周濟謂「結語殊怨，然不忍割」。〔註57〕所謂「殊怨」，其實是指愛之深而怨之烈罷了，因此，選家對此詞雖覺感情激憤，有失溫柔敦厚之旨，卻不忍割愛。這類「殊怨」之詞，求之小山詞集，可謂比比皆是。「回頭滿眼淒涼事，秋月春風豈得知」（《鷓鴣天》「鬥鴨池南夜不歸」），「相思本是無憑語，莫向花箋費淚行」（《鷓鴣天》「醉拍春衫惜舊香」）等等，在淒怨中表現了深摯之情。他還喜歡寫夢，其詞集中，有五十五首都寫了夢境，表現了夢寐以思的極爲執著的感情。他的詞寫別離相思之苦痛，十分眞切，感動著千千萬萬的讀者。

二

晏殊父子的詞的創作，都以婉約爲主，詞風極爲相似，如感情的優柔婉轉，語言的清麗精工等。雖然如此，但又各有自己的追求，表現出不同的藝術個性。

首先，在藝術表現上，二人追求的重心不同：大晏極力追求詞的氣象的表現，他企圖營造美的意境打動讀者的心靈。小晏則是一位純情的詞人，他極力追求眞情的表現，通過眞情與讀者交流。他善於以袒露的胸襟和眞實的情愫敲開讀者心靈的門窗。

關於晏殊對詞的氣象的追求，吳處厚《青箱雜記》載：

> 晏元獻公雖起田裡，而文章富貴，出於天然。嘗覽李慶孫《富貴曲》云「軸裝曲譜金書字，樹記花名玉作籤。」公曰：「此乃乞兒相，未嘗語富貴者，故余每詠富貴不言金玉錦繡，而惟說其氣象。若『樓臺側畔楊花過，簾幕中間燕子飛』，『梨花院落溶溶月，柳絮池塘淡淡風』之類是也。」故公自以此句語人曰：「窮兒家有這景致也無？」

李慶孫之《富貴曲》，極力描摹與刻畫富貴之態，追求表面的華貴，

〔註57〕周濟：《宋四家詞選》，第19頁，古典文學出版社，1958。

跡近形似，難免卑俗鄙陋之譏。晏殊則能以淡雅之筆書寫富貴，能遺貌取神，神清而氣遠，表現出清淡雅致的意境。表現了富的風神，空靈而有韻。關於氣象，誠如劉逸生所說：「頗接近後世的所謂『意境』。詞人使用委婉其詞的手法，巧妙地運用景物的暗示能力，去表現作品的主題。」〔註58〕因此，這種氣象的追求，或藉景抒情，或極力渲染氛圍，使詞含蓄蘊藉，蘊含著詩人極豐富的感情。它對詞的境界的拓展，對詞的意境的深化，都有著很大的作用。

　　小晏詞善於言情，此為歷代詞論家所稱道。陳廷焯讚揚他「工於言情」，但又批評他「情溢詞外，未能意蘊言中」，又說：「李後主、晏叔原皆非詞中正聲，而其詞則無人不愛，以其情勝也。情不深而為詞，雖雅不韻，何足感人？」〔註59〕馮煦則以為他是「古之傷心人也。其淡語皆有味，淺語皆有致」。〔註60〕這種批評，是比較符合小晏創作實際的，小晏詞因其情真、情深，因此有著很強的藝術力量。如《阮郎歸》：

　　　　舊香殘粉似當初，人情恨不如。一春猶有數行書，秋
　　來書更疏。　　　衾鳳冷，枕鴦孤，愁腸待酒舒。夢魂縱有
　　也成虛，那堪和夢無？

上闋寫恨，以舊香殘粉起物是人非之慨，「一春」兩句，是「人情恨不如」的具體化。下闋寫孤寂，「衾鳳冷」兩句寫閨中落寞之情，「愁腸」由此而發，「夢魂」兩句採用遞進的手法，寫足相思而怨恨之情。直抒胸臆，感情強烈。

　　晏殊詞追求氣象，在情景交融中寫出空靈的意境，表現心靈的奧秘。小晏詞追求感情的真誠袒露，往往用白描手法，直寫胸中之真情。因此，大晏詞給人更多的是理性的思考，能引起讀者的思索與回味；小晏詞給人更多的則是情緒的感染，能引起讀者心靈的震顫。

〔註58〕劉逸生：《晏殊附晏幾道》，見呂慧鵑：《中國歷代著名文學家評傳》，
　　　　　第3卷，第69頁，山東教育出版社，1984。
〔註59〕陳廷焯：《白雨齋詞話》，第196頁，人民文學出版社，1959。
〔註60〕馮煦：《蒿庵詞話》，第61頁，人民文學出版社，1959。

　　晏殊的《清平樂》「紅箋小字」、《清平樂》「金風細細」、《踏莎行》「小徑紅稀」等詞，都是通過景色的描寫，表現自己的意緒，意境完美，給人以更多的思索與回味。如《踏莎行》：

　　　　小徑紅稀，芳郊綠遍，高臺樹色陰陰見。春風不解禁楊花，濛濛亂撲行人面。　　翠葉藏鶯，朱簾隔燕，爐香靜逐遊絲轉。一場愁夢酒醒時，斜陽卻照深深院。

此詞描繪暮春初夏景象，抒寫時序流逝引起的情緒波瀾。上闋著力描繪景色，從景色中顯示出節序的轉換。「春風」兩句用了擬人化手法，將節序轉換寫得極有神采。下闋寫了主人公的輕愁，這種閒愁意緒是通過典型的氛圍渲染表現出來的，可謂「神到」之作。詩人的感情寓於意境描寫之中，表現得婉約而平和。詩人描寫時序流逝的感慨，能引起讀者回味與深思。

　　晏幾道寫男女之間的離愁別緒，感情淒苦而傷痛，一至發出絕望的悲哀。「衣上酒痕詩裡字，點點行行，總是淒涼意。紅燭自憐無好計，夜寒空替人垂淚」（《蝶戀花》「醉別西樓醒不記」）。「樓上金鍼穿繡縷。誰管天邊，隔歲分飛苦。試等夜闌尋別緒，淚痕千點羅衣露」（《蝶戀花》「碧落秋風吹玉樹」）。「分鈿擘釵涼葉下，香袖憑肩，誰記當時話。路隔銀河猶可借，世間離恨何年罷」（《蝶戀花》「喜鵲橋成催鳳駕」）。詞人以加倍的寫法，抒離恨之痛，哀怨殊深。他還善於通過對夢境的描寫，表現離恨別情的痛苦與感傷。「春思重，曉妝遲，尋思殘夢時」（《更漏子》「柳絲長」）；「到情深，俱是怨，惟有夢中相見」（《更漏子》「欲論心」）；「遠水來從樓下路，過盡流波，未得魚中素。月細風尖垂柳渡，夢魂長在分襟處」（《蝶戀花》「碧玉高樓臨水注」）；「夢魂慣得無拘檢，又踏楊花過謝橋」（《鷓鴣天》「小令尊前見玉簫」），如此等等，他將夢寐以思的感情表現得淋漓盡致。夢是現實的投影，他通過對夢境的描寫，將離愁別恨寫得淒婉而感傷。

　　小晏詞深入淺出，這是值得稱道的。「明年應賦送君詩，細從今夜數，相會幾多時」（《臨江仙》「身外閑愁空滿」）。陳廷焯讚其「淺

處皆深」。〔註61〕「曉霜紅葉舞歸程，客情今古道，秋夢短長亭」，「少陵詩思舊才名，雲鴻相約處，煙霧九重城」（《臨江仙》「淡水三年歡意」）。陳氏又讚其「情詞兼勝」，〔註62〕「風吹梅蕊鬧，雨細杏花香」（《臨江仙》「淺淺餘寒春半」），在工切的對仗中，頗能表現詞的境界。他善於以清新雅致的語言，含蓄而婉轉地表現情思，形成曲折深婉的藝術特色。

　　文學是語言藝術，作為文學形式之一的詞，它對語言的運用尤為講究。幾乎每一個詞人都有自己的個性與風格，從而形成獨有的藝術特色。二晏詞的語言有什麼特點呢？大晏詞語言蘊藉含蓄，韻味深厚，耐人咀嚼；小晏詞的語言自然率真，清淺可愛。

　　大晏詞除了「離別常多會面難，此情須問天」（《破陣子》「海上蟠桃已熟」），有些顯露而激越外，一般都寫得平和蘊藉，語言婉約而含蘊。

　　談到大晏詞的語言，劉熙載說：「詞中句與字，有似觸著者，所謂極煉如不煉也。晏元獻『無可奈何花落去』二句，觸著之句也。」〔註63〕「文章本天成，妙手偶得之」，〔註64〕所謂「觸著」就是妙手偶得的意思。從創作情緒來說，是客觀景象與詩人靈感妙合無垠的產物；從語言的推敲來說，是鍛煉之極而復歸自然，即雖極爐錘之工而不留毫髮跡痕也。他的詞境深，語言精，絕少雕琢之作。如《木蘭花》：

　　　　玉樓朱閣橫金鎖，寒食清明春欲破。窗間斜月兩眉愁，
　　簾外落花雙淚墮。　　朝雲聚散真無那，百歲相看能幾個？
　　別來將為不牽情，萬轉千回思想過。

此詞「橫金鎖」的「橫」字，「春欲破」的「破」字，都是含義豐富、頗為精警的字眼：一個「橫」字，寫出了門庭冷落的情景；一個「破」字，寫盡春意闌珊之態。「窗間斜月」兩句，是情景交融、精工美妙

〔註61〕陳廷焯：《白雨齋詞話》，第 11 頁，人民文學出版社，1959。
〔註62〕同上註。
〔註63〕劉熙載：《藝概》，第 121 頁，上海古籍出版社，1978。
〔註64〕錢仲聯：《劍南詩稿校注》，第 4469 頁，上海古籍出版社，1985。

的佳句。「朝雲」兩句饒有情趣，能激起讀者更多的聯想。

又如《清平樂》「金風細細」一首，或讚其「不求工而自合」，〔註65〕或稱道「情味於言外求之」，〔註66〕對其欣賞之情，溢於言表。餘如「不向尊前同一醉，可奈光陰似水聲。迢迢去未停」（《破陣子》「湖上西風斜日」），「月好漫成孤枕夢，酒闌空得兩眉愁。此時情緒悔風流」（《浣溪沙》「閬苑瑤臺風露秋」），如此等等，都是「極煉如不煉」的絕妙好句。

晏幾道的詞，有些也像大晏一樣，寫得含蓄蘊藉，如《菩薩蠻》：

> 哀箏一弄湘江曲，聲聲寫盡湘波綠。纖指十三弦，細
> 將幽恨傳。　　當筵秋水慢，玉柱斜飛雁。彈到斷腸時，
> 春山眉黛低。

此詞誠如黃蓼園所說：「末句意濃而韻遠，妙在能蘊藉。」〔註67〕但他最為擅長的是用白描的手法寫景，自然而精鍊，能將平平常常的景物寫得妙絕而極富詩意。如被人艷稱的《臨江仙》：

> 夢後樓臺高鎖，酒醒簾幕低垂。去年春恨卻來時，落
> 花人獨立，微雨燕雙飛。　　記得小蘋初見，兩重心字羅
> 衣。琵琶弦上說相思。當時明月在，曾照彩雲歸。

這首詞受到詞論家的普遍讚譽。陳廷焯云：「小山詞，如『去年春恨卻來時，落花人獨立，微雨燕雙飛』。又『當時明月在，曾照彩雲歸』。既閑婉，又沉著，當時更無敵手。」〔註68〕譚獻謂「落花」兩句：「名句，千古不能有二。所謂柔厚在此。」〔註69〕俞陛雲說：「『落花』二句正春色惱人，紫燕獨解『雙飛』，而愁人翻成『獨立』。論風韻如微風過簫，論詞采如紅蕖照水。」〔註70〕被詞論家盛贊的這兩句詞，其

〔註65〕唐圭璋：《詞話叢編》，第 1345 頁，中華書局，1986。
〔註66〕俞陛雲：《唐五代兩宋詞選釋》，第 161 頁，上海古籍出版社，1985。
〔註67〕唐圭璋：《詞話叢編》，第 3030 頁，中華書局，1986。（按：此詞為黃蓼園誤作張先詞）
〔註68〕陳廷焯：《白雨齋詞話》，第 11 頁，人民文學出版社，1959。
〔註69〕譚獻：《復堂詞話》，第 22 頁，人民文學出版社，1959。
〔註70〕俞陛雲：《唐五代兩宋詞選釋》，第 174 頁，上海古籍出版社，1985。

實是五代翁宏《春殘》詩中的頷聯。詞人順手拈來，水乳交融，不著
痕跡，成爲詞境不可分割的一部分，作爲詩反倒很少有人提及了。這
是很值得思索的問題，是詞的借境成功的例證之一。關於詞的借境問
題，筆者有專文討論，此處不贅。這兩句不特是詞語言美的典範，更
重要的是適於表現詞人精心營造的意境，可謂天造地設，渾融無間，
沒有絲毫拼湊的痕跡。這種借來的語言，喧賓奪主，反倒成了此詞最
爲精彩的部分，令人拍案叫絕。

　　晏幾道的詞雖然多用白描手法，卻極有思致，思緒曲折深婉，構
思新穎獨到，感情深厚濃烈。如：

　　　　從別後，憶相逢。幾回魂夢與君同。今宵剩把銀釭照，
　　猶恐相逢是夢中。（《鷓鴣天》「彩袖殷勤捧玉鍾」）

　　　　花不語，水空流。年年拚得爲花愁。明朝萬一西風動，
　　爭向朱顏不耐秋。（《鷓鴣天》「守得蓮開結伴遊」）

　　　　去時約略黃昏，月華卻到朱門。別後幾番明月，素娥
　　應是銷魂。（《清平樂》「暫來還去」）

語言是那麼自然、樸素、清新，不事雕飾，韻味天然。這種絕妙的語
言，自然而精鍊，又有著極強的表現力，著實讓人讚嘆。

第五節　柳永與歐陽修的艷詞

　　受唐五代詞爲艷科之影響，北宋詞人，仍多喜寫艷詞。晏殊、歐
陽修、張先、柳永、晏幾道、秦觀、賀鑄、周邦彥、黃庭堅等著名詞
人，都寫過一定數量的艷詞，甚至連寫詞甚少的名臣范仲淹、司馬光
也寫艷詞。江尚質云：「賢如寇準、晏殊、范仲淹、趙鼎，勳名重臣，
不少艷詞。」〔註71〕可見，寫艷詞並非個別詞人的愛好，而是一時的
風尚。其數量之多，質量之高，影響之大，當推歐陽修和柳永。歐陽
修艷詞今存六十餘首，柳永有艷詞近七十首。艷詞創作約佔他們全部

〔註71〕孫克強：《唐宋人詞話》，第 174 頁，河南文藝出版社，1999。

詞作的三分之一，這是一個不小的數字，值得重視和研究。

同是寫艷詞，歐、柳有著不同的個性與特色，在當時與後代均有不同的影響。因此，有比較研究的必要。

一

歐陽修、柳永都喜歡寫艷詞，其題材相同，風格相近，因此某些詞彼此相混，難以分判。譬如《鳳棲梧》兩首同時收入柳永《樂章集》和歐陽修的《近體樂府》（《歐集作《蝶戀花》），學者對其所屬，至今尚無傾向性的意見。《全宋詞》則將其分別收入柳、歐詞集。一詞兩屬，說明他們在詞的創作上有很接近的一面，其藝術風格並非是涇渭分明的。雖然如此，但只要我們仔細分辨，還是可以找出許多不同特點的。

首先，從詞的描寫對象來看，歐詞多寫下層官吏與妓女之情，柳詞多寫落魄文人的狎妓。前者是在朝的，狎妓有違國家憲令；後者是在野的，並未干犯國家禁令。他們身份不同，但其狎妓都是一種精神的慰藉與對現實的某種反抗。

歐陽修生活不拘小節，常有狎妓行為。范正敏《遯齋閒覽》記其與官妓相狎，趙令時的《侯鯖錄》記其在潁州曾與一妓相約，孔平仲《孔氏談苑》載其在滁州時攜妓遊玩山水。因此歐陽修寫了諸多艷詞，他的《臨江仙》就是一首極負盛譽的艷詞：

> 柳外輕雷池上雨，雨聲滴碎荷聲。小樓西角斷虹明。欄杆倚處，待得月華生。　　燕子飛來窺畫棟，玉鈎垂下簾旌。涼波不動簟紋平。水精雙枕，傍有墮釵橫。

此詞據錢愐《錢氏私志》載：「歐文忠任河南推官，親一妓。時先文僖罷政，為西京留守，梅聖俞、謝希深、尹師魯同在幕下。惜歐有才無行，共白於公，屢諷而不之恤。一日，宴於後園，客集而歐與妓俱不至，移時方來，在坐相視以目。公責妓云：『末至何也？』妓云：『中暑往涼堂睡著，覺失金釵，猶未見。』公曰：『若得歐推官一詞，當

為償汝。』歐即席云……坐客皆稱善，遂命妓滿酌觴歐，而令人公庫
償釵。」〔註72〕

　　歐陽修與妓女雙雙遲到，這是十分尷尬的。「在坐相視以目」，若
不是在留守貴賓席上，恐怕就要起鬨了。宋代的官吏狎妓，是要受到
嚴譴的。朱熹為了懲治唐仲友，棍棒相加，逼嚴蕊承認與唐有私，就
是例證。錢惟演讓妓女求歐公一詞，可謂謔而近虐。歐陽修則毫不推
辭，並寫了與狎妓相關的詞，但因善寫麗情，遂將自己因狎妓而誤事
的情節，巧妙地掩飾過去，可謂才思過人而善寫艷詞。

　　此詞寫景則能換步移形，錯落有致；寫情則不著一字，盡得風
流。允為寫情的上乘之作，得到詞論家的一致好評。沈際飛云：「雨
忽虹，虹忽月，夏景爾爾，拈筆不同。玩末句風韻，宜當凌厲秦、
黃，一金釵曷足以償之。」〔註73〕許昂霄云：「不借雕飾，自成絕唱。」
〔註74〕俞陛雲說：「後三句善寫麗情，未乖貞則，自是雅奏。」〔註
75〕明明是狎妓，卻只寫了美人的睡景。水精雙枕的描寫，以及枕旁
墮落的一隻黃燦燦的金釵，巧妙地透露了個中情景。以無人而寫人，
空靈妙筆，就更能引起讀者的想像，含蓄蘊藉，麗不傷雅。其狎妓
誤公反倒成了文人趣事，因此詞獨具風韻，人們喜其浪漫多情，對
其誤公卻不深責。

　　柳永早年，科場失意，仕途偃蹇，落魄不羈，常藉狎妓以抒胸中
之鬱悶。他的《黃鍾宮·鶴冲天》是一首傳誦之作：

　　　　黃金榜上，偶失龍頭望。明代暫遺賢，如何向。未遂
風雲便，爭不恣狂蕩。何須論得喪。才子詞人，自是白衣
卿相。　　煙花巷陌，依約丹青屏障。幸有意中人，堪尋
訪。且恁偎紅翠，風流事、平生暢。青春都一餉。忍把浮
名，換了淺斟低唱。

〔註72〕唐圭璋：《宋詞紀事》，第37頁，上海古籍出版社，1982。
〔註73〕邱少華：《歐陽修詞新釋輯評》，第188頁，中國書店，2001。
〔註74〕同上註。
〔註75〕同上註。

此詞寫詩人科場失意後的牢騷，在自我調侃中帶有較濃厚的頹唐情緒。詩人在功名追求失意之後，去妓院訪意中人，藉以解悶。詞寫得頹唐而不頹廢，「忍把浮名，換了淺斟低唱」，忍，實際含有怎忍、不忍之意，他並非甘心情願地廢棄功名，淺斟低唱只是一時的慰藉而已，「偶失」、「暫時」等詞的運用，都極有分寸。儘管詩人因科場失意而有滿腹牢騷，然對自己才能的自信與自許，對取得功名，仍充滿了希望。詞人卻因此詞，受到統治者的申斥，由是仕途偃蹇，誠非詞人始料之所及。據吳曾《能改齋漫錄》載：「仁宗留意儒雅，務本理道，深斥浮艷虛美之文。初，進士柳三變，好爲淫冶謳歌之曲，傳播四方。嘗有《鶴冲天》詞云：『忍把浮名，換了淺斟低唱。』及臨軒放榜，特落之，曰：『且去淺斟低唱，何要浮名！』至景祐元年方及第。後改名永，方得磨勘轉官。」〔註76〕

歐陽修的《臨江仙》將自己狎妓的醜事，以巧妙的筆觸輕輕掩過，遂使風流韻事成爲士林的雅聞；柳永的《鶴冲天》則直接寫自己的狎妓，藉以抒發不得志的牢騷。以風格論，歐隱而柳顯；以情緒言，歐詞流露的情緒平穩而和緩，柳詞的憤激之情溢於言表。以儒家溫柔敦厚的詩教言，柳詞有失忠厚。以今觀之，柳詞中表現的反抗意識，卻有著較大的社會意義。

其次，柳永的艷詞，善用長調筆法，肆力鋪敘衍展，詞境恣肆質實；歐陽修的艷詞，善用小令筆法，詞境空靈而詞意玲瓏。《南歌子》是頗有代表性的名作：

　　　　鳳髻金泥帶，龍紋玉掌梳。走來窗下笑相扶。愛道畫
　　眉深淺、入時無。　　弄筆偎人久，描花試手初。等閒妨
　　了繡功夫。笑問雙鴛鴦字、怎生書。

上闋寫新婦的梳妝打扮，情態豐韻，十分逼眞。末句問語，透露了她對丈夫審美情趣的特別關注，反映了她細心窺探丈夫心靈的奧秘和取悅丈夫的心態。下闋寫她繡花，似含矜持；問鴛鴦二字如何寫，飽含

〔註76〕唐圭璋：《宋詞紀事》，第 17 頁，上海古籍出版社，1982。

調皮與挑逗的意味。詞寫得生動活潑，富於神韻；兩句問話，恰切地表現了新婦的心態。新婚燕爾，其樂融融，爲了生活的和諧與融洽，她細心地揣摩丈夫的脾性。此詞的敘事、動作描寫以及通過對話反映新婦特定的心態，頗似小說與戲劇的表現手法，富有敘事性作品的架構與神韻。這種描寫生動、情韻盎然的表現手法，在詞中還是少見的，遠非一般的抒情小詞所能比。沈際飛云：「前段態，後段情，各盡，不得以蕩目之。」〔註77〕將新婦寫得生動活潑，甚至有點兒嬌縱，但不放蕩。此詞寫新婚生活的片段，十分逼眞，這在古今詩詞中，還是少有的場景。

柳永的《小鎭西》，也是一首具有代表性的艷詞：

> 意中有個人，芳顏二八。天然俏、自來奸點。最奇絕，是笑時、媚靨深深，百態千嬌，再三偎著，再三香滑。
>
> 久離缺。夜來魂夢裡，尤花滯雪。分明似舊家時節。正歡悦。被鄰雞喚起，一場寂寥，無眠向曉，空有半窗殘月。

詞人主要是通過敘述，表現他對意中人的強烈思念之情。上闋寫思念之人，她正當二八妙齡，聰慧漂亮，溫柔多情；下闋寫夢中與意中人雲雨綢繆，卻被鄰居的雞喚醒，產生無限的惆悵與寂寥。此詞在寫法上以展衍鋪敘爲主，也夾雜一些描寫。通過這種手法，將其對意中人的強烈思念之情，淋漓盡致地表現出來。

歐陽修《南歌子》詞，採取客觀的描寫，人物形象富於雕塑感，她栩栩如生地站在讀者面前。柳永的《小鎭西》以鋪敘衍展的手法，表現主體的心態，細膩而深入，同樣描寫人物的心態，歐詞在人物舉止行動之中，滲透了人物的心理活動；柳詞則直接描寫人物的心境。筆法不同，卻有異曲同工之妙。

第三，歐陽修、柳永的艷詞，有寫戀人的密會私約；有寫青年男子對少女的艷羨與渴求；也有交媾的描寫或暗示，如此等等，雖然情

〔註77〕《草堂詩餘別集》卷二，明刊本。

調不高，但也反映了某種現實生活，寫了一些個人生活中不便道出的
眞情。作爲士大夫階層，他有勇氣撕破道貌岸然的僞裝，亮出靈魂的
底蘊，也有其值得肯定的一面。柳永的《中呂調・燕歸梁》是寫男女
幽會的：

> 輕躡羅鞋掩絳綃。傳音耗、苦相招。語聲猶顫不成嬌。
> 乍見得，兩魂消。　　匆匆草草難留戀，還歸去，又無聊。
> 若諧雨夕與雲朝。得似個、有囂囂。

上闋寫幽會時的激動與歡樂；下闋寫分離後的無聊與對諧秦晉的希
冀。詩人以敍述的筆法，將其發生發展的過程作了生動的敍述，宛然
紙上，情景如畫。

歐陽修的《醉蓬萊》，也是寫男女私約幽會的：

> 見羞容斂翠，嫩臉勻紅，素腰裊娜。紅藥欄邊，惱不
> 教伊過。半掩嬌羞，語聲低顫，問道有人知麼。強整羅裙，
> 偷回波眼，佯行佯坐。　　更問假如，事還成後，亂了雲
> 鬟，被娘猜破。我且歸家，你而今休呵。更爲娘行，有些
> 針線，誚未曾收囉。卻待更闌，庭花影下，重來則個。

上闋寫女子幽會時的擔驚受怕、嬌羞窘態以及有意遮掩的情景；下闋
寫女子婉言拒絕男子的要求，並約定夜深更闌於庭花影下相會。詩人
生動地描寫了女子的姿容，又細緻地表現出她擔驚受怕的心態以及希
望重新幽會的叮囑，此與《西廂記》的《鬧簡》已相差無幾了。歐陽
修寫艷情的《鼓笛慢》、《鹽角兒》等詞，都寫得輕巧而自然，富於立
體感。

同樣是描寫幽會，柳永採用平面的生動細緻的敍述，突出人物的
心態；歐陽修則通過立體的描寫，突出人物的聲情。她們的艷詞，都
是唐五代「詞爲艷科」的繼續，且對金元雜劇曲子的形成，有其不可
忽視的影響。

第四，歐陽修的艷詞，或用比興，或對情慾進行淡化和虛化，取
神遺貌。誠如王國維所說：「詞之雅鄭，在神不在貌，永叔、少游雖

作艷語，終有品格。」〔註78〕他極力追求雅正的美，因此艷而不俗。
譬如《望江南》：

> 江南蝶，斜日一雙雙。身似何郎全傅粉，心如韓壽愛
> 偷香，天賦與輕狂。　　微雨後，薄翅膩煙光。才伴遊蜂
> 來小院，又隨飛絮過東牆，長是爲花忙。

這首寫蝴蝶的詞，是詠物詞；並非是爲詠物而詠物，而是以物喻人，
生動地表現了眠花醉柳、尋歡作樂的輕狂男子「長是爲花忙」的世情。
他還寫了許多表現別情離緒的詞，寫得眞摯而動人。如「佳辰只恐幽
期闊，密贈殷勤衣上結。翠屏魂夢莫相尋，禁斷六街清夜月」（《玉樓
春》「西亭飲散清歌闋」）。「別後不知君遠近，觸目凄涼多少悶。漸行
漸遠漸無書，水闊魚沉何處問。夜深風竹敲秋韻，萬葉千聲皆是恨。
故敧單枕夢中尋，夢又不成燈又燼。」（《玉樓春》）上闋寫與丈夫別
離後的孤寂凄涼，音訊渺茫，思念彌深；下闋寫晚上輾轉反側，久難
入寐的情景。苦苦思念，一片眞情。

　　與歐詞相比，柳永的艷詞則不免俗氣。如《西江月》就是一首卑
俗之作：

> 師師生得艷冶，香香於我情多。安安那更久比和，四
> 個打成一個。　　辛自蒼皇未款，新詞寫處多磨。幾回扯
> 了又重接，姦字中心著我。

此詞寫其與師師、香香、安安三個妓女玩鬧，打情罵俏，卑俗可厭。
餘如《木蘭花令》「有個人人眞攀羨」、《鳳凰閣》「匆匆相見」，也是
卑俗之作。

　　第五，歐陽修、柳永的一些艷詞，用了民歌的調子和一些鮮活的
口語，輕倩、活潑、親切，富有藝術表現力和生命力。譬如，歐陽修
的詞：

> 離思迢迢遠，一似長江水。去不斷，來無際。紅箋著
> 意寫，不盡相思意。爲個甚，相思只在心兒裡。（《千秋歲》）

〔註78〕周錫山：《人間詞話匯編匯校匯評》，第87頁，北岳文藝出版社，2004。

　　　　願妾身爲紅菡萏，年年生在秋江上。重願郎爲花底浪，
無隔障。隨風逐雨長來往。(《漁家傲》)

　　　　屏裡金爐帳外燈，掩春睡騰騰。綠雲堆枕亂鬆鬢。猶
依約，那回曾……空贏得、瘦棱棱。(《燕歸梁》)

《千秋歲》以輕快的調子，寫深沉的相思，《漁家傲》以獨特的比喻，
寫與丈夫的聚會，永不分離。《燕歸梁》則用了「騰騰」、「鬆鬢」、「瘦
棱棱」等口語，富於生活氣息。餘如「姿姿媚媚端正好」(《醜奴令》)，
「好個溫柔模樣兒」、「遺下弓弓小繡鞋」(《南鄉子》)，「慧多多，嬌
的的」(《鹽角兒》)，都用了鮮活的口頭語，顯得生動而親切。

　　柳永的艷詞則往往用通俗的語言，表現市民的情趣：

　　　　針線閒拈伴伊坐。和我。免使年少，光陰虛過。(《定風
波》)

　　　　願奶奶，蘭心蕙性，枕前言下表余深意。爲盟誓，今
生斷不孤鴛被。(《玉女搖仙佩》)

　　　　錦帳裡，低語偏濃；銀燭下，細看俱好。那人人，昨
夜分明，許伊偕老。(《兩同心》)

這些詞都以淺近卑俗的語言，表現市民的生活和感情，與歐陽修的艷
詞，自異其趣。

　　　　香靨深深，姿姿媚媚，雅格奇容天與。自識伊來，便
好看承，會得妖嬈心素。(《擊梧桐》)

　　　　待恁時，等著回來賀喜，好生地，剩與我兒利市。
(《長壽樂》)

情趣、語言、格調，都是市民的。其格調似雅而實俗。

　　因此，同樣是學習民間語言、民歌情調，歐、柳的艷詞仍有較大
的甚至存在著本質的差別：歐學習的是外在的，主要是學習其生動活
潑的形式；柳學習的是內在的，其詞的內容、情趣也是市民的。歐的
趨俗是作爲雅的點綴，似俗而更雅，他通過向民歌與民間語言的學
習，走上新的雅的道路；柳的學習似雅而實俗，通過學習，走上眞正
的俗的道路。他們在詞的創作上，都爲詞灌注了新的血液，使詞開始

逐步發展興盛起來。

二

　　同樣的寫艷詞，歐、柳在文學史上有不同的遭遇，詞論家給予迥然不同的評價。歐詞得到許多文人的辯護，而柳詞則受到種種不應有的責難。

　　柳永在當時文人心目中，是典型的封建浪子的形象：「日與狎子縱遊娼館酒樓間，無復檢率。自稱云『奉聖旨塡詞柳三變』。」〔註79〕他與輕薄蕩子出入歌樓酒館，塡詞多爲寫艷詞。其詞「大概非羈旅窮愁之詞，則閨門淫媟之語。若以歐陽永叔較之，萬萬相遼」。〔註80〕「殊雖作曲子，不曾道『彩線慵拈伴伊坐』」。〔註81〕這是說他的艷詞與歐、晏詞迥然有別。妓女鳩錢葬他時，有浪子數人戲曰：「這大伯做鬼也愛打鬨。」〔註82〕

　　歐陽修的艷詞，則受到歷代諸多人的辯護。或以爲小人僞託，曾慥云：「歐公一代儒宗，風流自命，詞章窈眇，世所矜式，當時小人或作艷曲，謬爲公詞。」〔註83〕陳振孫云：「歐陽公詞，多有與《花間》、《陽春》相混，亦有鄙褻之語廁其中，當是仇人無名子所爲也。」〔註84〕羅泌云：「其甚淺近者，前輩多謂劉輝僞作，故削之。」〔註85〕或以爲有寄託，談到《望江南》「江南柳」時，宋翔鳳云：「此詞極佳，當別有寄託，蓋以嘗爲人口實，故編集者去之。」〔註86〕

　　所謂僞託，或謂小人，或爲仇人，或爲劉輝，均係傳聞或猜測之詞，沒有鐵證，殊難取信。所謂寄託，也因其詞極佳，別無證據，似

〔註79〕張宗橚：《詞林紀事》，第230頁，上海古籍出版社，1998。
〔註80〕孫克強：《唐宋人詞話》，第122頁，河南文藝出版社，1999。
〔註81〕唐圭璋：《宋詞紀事》，第16頁，上海古籍出版社，1982。
〔註82〕張宗橚：《詞林紀事》，第238頁，上海古籍出版社，1998。
〔註83〕孫克強：《唐宋人詞話》，第190頁，河南文藝出版社，1999。
〔註84〕同上註，第191頁。
〔註85〕張惠民：《宋代詞學資料匯編》，第193頁，汕頭大學出版社，1993。
〔註86〕邱少華：《歐陽修詞新釋輯評》，第352頁，中國書店，2001。

不足憑信。艷詞也有極佳者，這在中國文學史上不乏例證。蓋因「歐公一代儒宗，世所矜式」，在他們看來，似不可能寫此猥褻之詞，因此設詞爲其寫艷詞辯護。這是將歐陽修偶像化後，連他的私生活與男女感情也予以抹殺。其實，歐公少年時代，很有一些浪漫的情調。他將其浪漫情調，寫成艷詞，公之於世，何足爲怪？

歐陽修是否作艷詞，至今仍是一樁未了的公案，夏承燾云：「詞人綺語，攻擊之者乃資爲口實，醉翁琴趣中艷體若江南柳者尚多，吾人讀詞，固不致信以爲眞也。」「北宋士夫如范仲淹、司馬光亦爲艷詞，不必爲歐陽修諱」。〔註87〕謝桃坊云：「既然《琴趣外篇》係歐輯己作與流行歌曲之集，其中一百二十五首見於《近體樂府》者多數固爲歐公之作，則其餘的七十八首艷詞便於歐公無涉了。」〔註88〕則從版本學的角度，對歐作艷詞，作了徹底的否定。幾乎與謝氏同時，陳尚君先生經過嚴密的考證，以爲「《琴趣外篇》雖有少量他人以至仇人詞羼入，多數應肯定爲歐陽修所作」。〔註89〕關於《錢氏私志》記載歐公盜甥的醜聞，或謂誣衊，或云與婢女有私。今人舒蕪，則斷爲「嗜幼」，如此等等，歧見錯出。其實，在沒有充分的證據說明歐公的艷詞爲僞作前，我們寧可信其爲歐陽修所作，《醉翁琴趣外篇》，畢竟爲宋人所編。作爲士大夫的歐陽修，其生活中特別是年輕時也有風流的一面，這些艷詞，或爲其艷冶生活的眞實反映。這些詞雖然沒有多大的社會意義，但畢竟是其生活的一部分，我們既不必深責，更不必爲之諱說。

艷詞來自民間。古代民歌中歌詠男女之情的，往往直露坦率，絕無遮飾。《詩經·國風》、漢魏樂府、南朝民歌、敦煌曲子詞、明清民歌，都有一些非常露骨的艷情詩。北宋詞人，向民歌學習，接受了民間這種對愛情描寫的原生態的東西，以適應歌伎演唱的需要與市民的

〔註87〕夏承燾：《唐宋詞論叢》，第215頁，古典文學出版社，1956。
〔註88〕謝桃坊：《歐陽修集考》，《文獻》，1985年第2期。
〔註89〕陳尚君：《歐陽修著述考》，《復旦大學學報》，1985年第3期。

審美情趣，而未雅化。艷詞受到一些詞評家頗為嚴厲的批評。歐陽修因其道德文章與在文壇及政壇的地位，他寫艷詞，受到許多人的辯護；而柳永的艷詞，幾乎成為眾矢之的。其實是大可不必的。

　　愛情是生活中不可或缺的一部分。所謂愛情是文學永恆的主題，是有一定道理的。文學作品對於愛情的表現，既可寫得隱約而含蓄，也可寫熱烈的閨房之樂。愛情自然也以閨房之樂為依歸。文學作品寫愛情，往往將其雅化或純情化了。那原生態的東西，不再赤裸裸地表現，這當然是一種進步。然在進步中不能說沒有一絲一毫的缺憾，至少失去了一些富有表現力的東西。詞為艷科，宋詞受市民文學的推動，又受應歌的需要，妓女為了迎合市民的欣賞趣味，以唱艷歌，這樣詞也就必然和艷情相關聯了。柳永、歐陽修的艷詞，就是在這種情況下產生的。在寫艷詞時，他們還都年輕。這些艷詞，表現了他們個人生活中的一部分感情。寫野合、寫偷情，寫床笫之事，情調不高，但也表現了在特定環境下的一些真情。大膽地撕破士大夫的道貌岸然的偽裝，寫出個人生活中難以啟齒、難為人道的真情，這要有勇氣。其寫艷詞，不值得讚揚，但也不必為之辯護或諱說。

第六節　柳永與黃庭堅的俗詞

　　柳永與黃庭堅都寫了許多俗詞，在詞史上自成一格。經統計，柳永的俗詞有 80 餘首，佔其全部詞作的五分之二；黃庭堅有俗詞 30 餘首，佔其全部詞作的六分之一。柳永的一生絕大部分精力都貢獻於俗詞創作；黃庭堅只有年輕時一度痴迷於俗詞，後來因受到法秀道人的責斥，不再繼續。因此，柳永的俗詞無論就絕對數字抑或在全集中所佔比例，遠比黃詞要多。雖然黃庭堅的俗詞創作成就與影響以及在詞史上的地位，不能跟柳永的俗詞相比，但卻仍有自己的創作個性，有其存在的價值。黃、柳的俗詞，在詞史上都有很高的地位，且有許多相似之處。為此，我們有必要將其作以比較研究。

一

柳永與黃庭堅的俗詞創作，有許多相近或相似之處。

柳永、黃庭堅一生，都寫了一些俗艷的詞。如果說柳永的俗詞除了艷詞之外，還有一些其他內容的俗詞；那麼，黃庭堅的俗詞，幾乎全部都是艷詞。

「詞爲艷科」，從《花間集》起，詞多寫得很香艷，或者顯得「香而弱」。因此，香軟之風調成了詞體文學的突出特徵。南唐詞人，因國家由衰敗到被大宋滅亡，基於家國之恨，其詞開始寫人生感慨，題材漸廣，境界始大。北宋前期，由於經濟繁榮，物質生活提高，市民文化開始活躍，詞在很大程度上成爲市民主要的文化消費品。詞人爲了適應市民的口味，爲了歌伎唱詞的需要，詞在題材上多寫男女相戀相思，以滿足市民欣賞、娛樂的要求。浪子詞人柳永，由於在科場上不得志，遂混跡於市民中間，跟歌伎交往特別密切：歌伎需要柳永寫的高質量的詞招徠聽眾，柳永在生活上需要歌伎的資助。遂應歌伎之邀，爲之填詞，其詞充滿了俗艷的特色。市民文化水平低，歌詞語言要通俗；市民有一種低級趣味，尤其喜愛聽艷情故事。如此等等，柳永填詞，都盡量滿足其需求。

柳永的俗詞，有些寫歌伎的容貌、姿態、技藝、表演特色等，爲歌伎作廣告，吸引觀眾。譬如《木蘭花》四首，分別寫心娘、佳娘、蟲娘、酥娘歌唱時的情景，確有許多看點，寫得情態逼肖，活靈活現。如寫蟲娘的：

> 蟲娘舉措皆溫潤。每到婆娑偏恃俊。香檀敲緩玉纖遲，
> 畫鼓聲催蓮步緊。　　貪爲顧盼誇風韻。往往曲終情未盡。
> 坐中年少暗消魂，爭問青鸞家遠近。

上闋及過片二句，正面描寫，言其舉止溫潤，舞姿翩翩，善於憑藉自身的俊美顧盼傳情。「偏恃俊」言其有意矜持；「蓮步緊」寫其動作輕快麻利，表現了她在表演時的自信和大方。下闋寫其技藝水平之高。「誇風韻」狀其表演時極其活潑之情態，頗有韻致，餘味不盡。末尾

二句側面描寫，通過座中年少失魂落魄，爭相盤問，襯托了她演唱時奪人的藝術魅力。

寫歌伎技藝的詞還有《晝夜樂》「秀香家住桃花徑」、《柳腰輕》「英英妙舞腰肢軟」、《鳳銜杯》「有美瑤卿能染翰」等。

有些寫艷情的，如《菊花新》：

> 欲掩香幃論繾綣。先斂雙蛾愁夜短。催促少年郎，先去睡、鴛衾圖暖。　　須臾放了殘鍼線。脫羅裳、恣情無限。留取帳前燈，時時待、看伊嬌面。

此詞以通俗的語言，寫與美人的合歡，表現異常直露，因此受到詞學家的批評。李調元謂「柳永淫詞莫逾於《菊花新》一闋。」〔註90〕雖然如此，它卻能滿足市民欣賞的情趣，受到他們的歡迎。

柳永的俗詞，除了寫艷情以外，還有寫其他內容的。譬如，《傳花枝》「平生自負」，可謂「書會才人」的自我抒懷，詞中展示了他的才情與曠達胸懷；《鳳棲梧》「簾下清歌簾外宴」，寫聽歌等，都是極好的俗詞。如果歌伎演唱，一定會引起轟動效應。

黃庭堅在年輕時候，也以封建浪子的身份，混跡下層社會。但他沒有像柳永那樣，長期生活在市民中間，學習民間情調，只是偶而接觸市民，瞭解市民的心態，寫了一些俗艷的詞。如《沁園春》：

> 把我身心，爲伊煩惱，算天便知。恨一回相見，百回做計，未能偎倚，早覓東西。鏡裡拈花，水中捉月，覷著無由得近伊。添憔悴，鎮花銷翠減，玉瘦香肌。　　奴兒又有行期，你去即、無妨我共誰。向眼前常見，心猶未足，怎生禁得，眞個分離。地角天涯，我隨君去，掘井爲盟無改移。君須是，做些兒相度，莫待臨時。

此詞上闋寫二人相思相戀無奈卻如鏡花水月，無由相偎相依以至使「玉瘦香肌」，下闋寫分離前之盟誓，希男方做好思想準備。這首詞語言明白如話，表現的感情非常眞摯。「地角天涯，我隨君去，掘井

〔註90〕李調元：《雨村詞話》卷一，引自唐圭璋：《詞話叢編》，第1391頁，中華書局，1986年。

爲盟無改移。」將其感情的誠摯，態度的堅決，都寫得入木三分。

又如《望江東》：「江水西頭隔煙樹，望不見，江東路。思量只有夢來去，更不怕、江闌往。燈前寫了書無數，算莫個、人傳與。直饒尋得雁分付，又還是、秋將暮。」將相思者的複雜心理與眞摯感情，寫得曲折盡致，語言通俗流暢。陳廷焯素不喜山谷詞，卻讚這首詞「筆力奇橫無匹，中有一片深情，往復不置，故佳。」〔註91〕餘如《少年心》「對景惹起愁悶」，也情眞意切，十分感人。

柳永、黃庭堅的俗詞，大部分都是情詞，並帶有濃厚的香艷氣息，而其感情卻淳樸、眞摯；語言通俗易懂，並用了一些常見的典故與俚語，將其深厚的感情，表現得淋漓盡致。其俗詞都是有意爲市民而寫的，也的確能夠滿足市民文化消費的需求。

二

柳永、黃庭堅雖然都寫俗詞，但在寫法上各有不同的路數，表現出各自獨特的藝術個性。

第一，柳永的俗詞是俗得很徹底的，是骨子裡的俗，可以說是徹頭徹尾、徹裡徹外的。而黃庭堅的俗詞，其俗則是表層的，往往是外在的、表面的，表現是很露骨的，缺乏藝術作品應有的蘊含。

柳永較長時期的生活在市民中間，熟悉、瞭解他們的情趣、愛好、習俗，因此，在詞裡能準確地表現他們的思想感情，適合他們的欣賞趣味。如《定風波》：

> 自春來、慘綠愁紅，芳心是事可可。日上花梢，鶯穿柳帶，猶壓香衾臥。暖酥消，膩雲嚲。終日厭厭倦梳裹。無那。恨薄情一去，音書無箇。　　早知恁麼。悔當初、不把雕鞍鎖。向雞窗，只與蠻箋象管，拘束教吟課。鎮相隨，莫拋躲。針線閒拈伴伊坐。和我。免使年少，光陰虛過。

〔註91〕陳廷焯：《白雨齋詞話》，第 162 頁，人民文學出版社，1959 年。

這首詞寫思婦對外出丈夫強烈的思念之情。上闋寫時令引起的煩惱；春光明媚，花紅柳綠，面對春意盎然的情景，主人公不是高興、愉悅，反因春色引起了無窮的煩惱，美麗的春色在其心目中卻變成了「慘」與「愁」。她懶得梳妝打扮，「終日厭厭倦梳裹」，他整天無情無緒，在索漠、苦惱中無可奈何的打發日子。「豈無膏沐，誰適爲容」，丈夫長期在外，近來沒有一點訊息，這還能爲誰高興而梳妝打扮呢？下闋寫女主人公的後悔，悔不該沒有將丈夫拘束在家裡吟課，自己「鎭相隨，莫拋躲，針線閑拈伴伊坐。」能與丈夫長期廝守在一起，親親熱熱，這就是她的愛情理想，何等樸實、眞切。詞人以通俗的語言，寫他們的生活、情趣與理想追求，寫得眞摯、樸實、纏綿，卻沒有絲毫的輕佻，這是他藝術表現的成功。他在《洞仙歌》裡也說：「願人間天上，暮雲朝雨長相見。」這種長期廝守的理想，這種頗爲低俗的情調，是市民的。他寫得實在、眞實，不誇飾，不摻假，很能表現市民的情味。秦觀的《鵲橋仙》謂「兩情若是久長時，又豈在朝朝暮暮。」其情調高雅，受到詞學家的追捧。這是士人對愛情的理想與追求，與柳永寫的市民長期廝守永不分離的愛情追求有著天壤之別。但他們在表現各自階層的愛情理想上相當精彩，都是非常出色的一筆，不可軒此而輕彼。

又如《爪茉莉·秋夜》：

> 每到秋來，轉添甚況味。金風動、冷清清地。殘蟬噪晚，甚聒得、人心欲碎，更休道、宋玉多悲，石人、也須下淚。　　衾寒枕冷，夜迢迢、更無寐。深院靜，月明風細。巴巴望曉，怎生捱、更迢遞。料我兒，只在枕頭根底，等人來、睡夢裡。

此詞在俚俗之語中間，卻又嵌入宋玉、石人的典故。這是常用之典，既不生僻，又顯得頗爲生動。他將常用的普通典故與通俗的語言搭配得很諧調，並未因用典故而破壞全詞俚俗的基調。這種俗詞，正是「以俗爲美」的審美理想在其語言風貌上的突出表現，說明其俗詞語言運

用的渾樸與成功。

柳永的俗詞，從思想感情到語言表達，之所以那麼和諧完美，與他曾經生活在市民中間並與之真正打成一片，對他們思想感情有著深刻的理解有關。

柳永在詞中，寫了他的放浪生活，揭示出他能創作俗詞的生活基礎。這對我們理解與研究柳永俗詞的特徵，極有幫助。他說：「賞煙花，聽管弦。圖歡笑，轉加腸斷」（《鳳銜杯》），「憶當時、酒戀花迷，役損詞客」（《兩同心》）、「帝里風光好，當年少日，暮宴朝歡。況有狂朋怪侶，遇當歌，對酒競留連」（《戚氏》）、「論檻買花、盈車載酒，百琲千金邀妓。何況沉醉，有人伴，日高春睡」（《剔銀燈》）、「追思往昔年少，繼日恁、把金聽歌，量金買笑」（《古傾杯》），如此等等，都是他少年時期放蕩生活的真實寫照。他曾經有一段時間，混跡煙花市場，日與歌伎玩樂，寫詩填詞。這從他的生活處境與詞的實際需要來說，要俗要艷，這就形成了其詞的風格特色。而他與她們的瞭解與熟稔，促成了他的俗詞寫作的成熟。因此，他的俗詞，才能寫得俗的徹底、俗的自然、俗的本色、俗的美，並亮出俗詞形成渾樸特色的底色。

黃庭堅年輕時候，也以封建浪子的身份，混跡於下層社會，學習民間情調，寫了許多艷詞。他曾說：「余少時間作樂府，以使酒玩世，道人法秀獨罪余以筆墨勸淫，於我法中當下犁舌之獄。」〔註92〕他的艷詞，就是他「使酒玩世」的產物，是他向民間學習的結晶。

我們現在就看他寫的兩首艷詞：

> 引調得，甚近日心腸不戀家，寧寧地、思量他，思量他。兩情各自肯，甚忙咱。　　意思裡、莫是賺人吵。噷奴真個噷，共人噷。（《歸田樂令》）

> 心裡人人，暫不見、霎時難過。天生你要憔悴我。把

〔註92〕黃庭堅：《小山詞序》，引自張草紉：《二晏詞箋注》，第 603 頁，上海古籍出版社，2008年。

心頭從前鬼，著手摩挲，抖擻了百病銷磨。　　見說那廝
脾鱉熱，大不成我便拆破。待來時㬠上與廝噷則個，溫存
著且教推磨。（《少年心》）

這首詞藝術上突出的特點，是語言的俗。它是模仿民間的，語調語氣
詞都有嚴重模仿的痕跡。但學習模擬還不很到家，語言還不夠渾樸，
有點雜湊的感覺。

　　黃庭堅的俗詞，還是十分表面的、外露的，藝術上還是比較稚嫩
的，其用語不是很純粹的俗語，難免有點兒夾生。這猶如外省人學陝
西話，儘管學得很認真，但仍只是學到個別土語方音，而沒有學會秦
人語言渾樸豪爽的特色，因為沒有完全掌握陝西人的語言體系，因此
表現的語境不是渾化諧調的。與黃庭堅的俗詞相比，柳永的俗詞是徹
底納入了俗語的體系之中，表現的是渾化諧調的。因此，他寫的俗詞，
能夠俗的美、俗的自然、俗的本色。這是因為他曾經長期生活在市民
中間，跟他們有了共同的生活習慣、共同的愛好、共同的心理與情感。
他是一位帶有濃厚市民意識的詞人，故能以世俗的趣味、世俗的心
理，描寫世俗的愛情生活。在他的詞裡，充滿了瑣細、平凡、甜蜜、
愉悅的市民情調。「從噴泉裡噴出來的都是水，從血管裡噴出來的都
是血」，他的俗詞，可以說是從具有了市民資質的柳永血管噴出來的
啊！

　　柳永、黃庭堅的俗詞，都用了通俗的白話、書面語，並夾雜了一
些方言土語。柳永詞中的方言土語，已不是很顯眼了。如果不是對方
言土語十分稔熟並仔細閱讀，則幾乎發現不了。黃庭堅詞中的方言土
語，則表現十分突出。讀他的俗詞，方言土語簡直有些扎眼。這說明
柳永向民間語言學習的成熟與到家，用起來隨心所欲，得心應手，達
到了渾化的境界。黃庭堅雖然向民間語言刻苦學習，但還不十分到
家。在他的俗詞裡，往往會跳出幾個十分扎眼的方言土語，甚至生造
一些字，有些俗字令人不甚了了，太生僻了。這反映了他向民間語言
學習的不成熟、不到位。因此，黃的俗詞語言；受到了詞學家頗為嚴

厲地批評，說他「故以生字俚語侮弄世俗。」〔註93〕而柳永俗詞的語言，則受到了詞論家的追捧。

黃庭堅的俗詞，卻有以下三個明顯的不同於柳永俗詞的個人特點：

其一，黃庭堅喜歡用生僻的方言土語，這對於方言區的人來說，生新、親切，有特殊的地方風味，可謂韻味十足。但對非方言區的廣大讀者，無疑是生澀難解，這就大大影響了其詞的傳播和理解。例如：

> 這妮尿黏膩得處煞是律。……管人閒底，且放我快活哷。(《望遠行》)

> 見來兩兩寧寧地，眼廝打、過如拳踢。……臘月望州坡上地，凍著你、影躂村鬼。(《鼓笛令》)

> 與一口、管教屢磨。　　副靖傳語木大，鼓兒裡，且打一和。(《鼓笛令》)

「妮尿黏膩」、「影躂」、「屢磨」，都是很費解的方言。有些字，如「躂」、「屢」，連字書上都沒有。

其二，喜歡用修辭學上的析字格。譬如：「你共人、女邊著子，爭知我、門裡挑心。」(《兩同心》)「女邊著子」是「好」，「門裡挑心」是「悶」。意謂你和人好，我心裡悶。這種析字格在俗詞中一再出現，將詞寫成謎語，讓人詳猜，幾成兒戲。

其三，在詞裡用了曲化的語言，這是刻意模仿民間俗曲子的結果，使詞異化，近於油滑，缺乏詞的語言應有的凝重。這種異化，對散曲的形成，頗有影響。譬如：

> 怨你又戀你，恨你、惜你，畢竟教人怎生是。(《歸田樂引》「暮雨濛階砌」)

> 憶我又喚我，見我，嗔我，天甚教人怎生受。　　看承幸廝勾，又是尊前眉峰皺。是人驚怪，冤我忔惆就。拚了

〔註93〕劉熙載：《藝概》，第108頁，上海古籍出版社，1978年。

又捨了，一定是這回休了，及至相逢又依舊。(《歸田樂引》「對景還銷瘦」)

　　　奴奴睡，奴奴睡也奴奴睡。(《千秋歲》「世間好事」)

這些曲化的語言，對元曲的形成，有很大的影響，如果說柳永俗詞對元曲形成的影響主要是俗情，那麼，黃庭堅俗詞對元曲形成的主要影響是俗調。

　　第二，柳永是站在市民立場上寫俗詞的，其俗詞從內容到形式，都達到了相當完美的程度。其詞感情眞摯，語言淳樸。可以說俗的本色自然，俗的有情趣。黃庭堅「使酒玩世」，他不脫封建浪子的習氣，其俗詞時見挑逗情調與褻譚的心理。加之對方言土語的過分依賴與模仿，反倒使俗詞顯得生澀與鄙俗。

　　柳永的《定風波》：「針線閒拈伴伊坐」，希望與丈夫長期相伴斯守，感情默默交流，有著平民夫婦的親和眞誠與淳樸。又如《錦堂春》「依前過了舊約，甚當初賺我，偷剪雲鬟。幾時得歸來，香閣深關。待伊要，尤雲殢雨，纏繡衾、不與同歡。盡更深、款款問伊，今後敢更無端。」詞中很細膩地描寫了她的心裡活動：如果將來丈夫回家歡聚時，她要狠狠地懲治他，以「纏繡衾、不與同歡」報負其負心與逾期不歸，教育他，使其刻骨銘心，以後「聽話」。這裡寫了她的心態，預設將來閨房如何使性，迫使對方屈服。將心理活動寫得婉轉而深曲，預設的行爲可笑而深切。

　　柳永的俗詞，由於語言的口語化，情調的市民化，故有很高的審美價值。因此，詞論家給予很高的評價。宋翔鳳云：「柳詞曲折委婉，而中具渾淪之氣。雖多俚語，而高處足冠群流，倚聲家當尸而祝之。」〔註94〕劉熙載謂：「耆卿詞細密而妥溜，明白而家常，善於敘事，有過前人。」〔註95〕「曲折委婉」，就表達的感情而言的；「明白家常」，

〔註94〕宋翔鳳：《樂府餘論》，引自唐圭璋：《詞話叢編》，第2499頁，中華書局，1986年。
〔註95〕劉熙載：《藝概》，第108頁，上海古籍出版社，1978年。

就語言的通俗而言的;「渾淪之氣」,就詞的結構緊湊自然而言的。總之,曲折委婉、明白家常而又具有渾淪之氣,這就構成了柳永俗詞的個性。這種獨特的個性,有著很高的審美價值。

黃庭堅的《鼓笛令》:「臘月望州坡上地,凍著你、影瞪村鬼。你但那些一處睡,燒沙糖、管好滋味。」他的另一首《鼓笛令》也說:「副靖傳語木大,鼓兒裡、且打一和。更有些兒得處囉,燒沙糖、香藥添和。」用俗語,將兩情相和寫得褻譚不堪。餘如《望遠行》、《憶帝京》等,也寫得既褻譚又露骨。

黃庭堅的俗詞,由於對方言土語的模仿與依賴,而又消化不夠,在使用上不免有生吞活剝之嫌,再加上某些篇章內容的褻譚,遂受到詞論家頗為嚴厲地批評。賀裳說:「黃九時出俚語,如『口不能言,心下快活』,可謂傖父之甚。」〔註96〕四庫館臣謂:「今觀其詞,如《沁園春》、《望遠行》……皆褻譚不可名狀。至於《鼓笛令》第三首用『瞪』字,第四首之用『屎』字,皆字書所不載,萬不可解。」〔註97〕這些批評,都是比較公允的。

柳永、黃庭堅俗詞的不同特色,與二人向市民學習的成熟與否有關。這對我們今天的文藝創作,如何深入生活、向民眾學習,仍有一定的啟示。

第七節　秦觀與黃庭堅

北宋詞人秦觀、黃庭堅,自陳師道說了「今代詞手,惟秦七、黃九爾。唐諸人不逮也」〔註98〕之後,後人每每以秦、黃並稱。雖然秦、黃的詞風不一,其創作成就也有差距,然因陳師道是秦、黃同時的著

〔註96〕賀裳:《皺水軒詞筌》,引自唐圭璋:《詞話叢編》,第 696 頁,中華書局,1986 年。
〔註97〕《四庫全書總目・山谷詞提要》,引自馬興榮、祝振玉校注:《山谷詞》,第 315 頁,上海古籍出版社,2001 年。
〔註98〕施蟄存、陳如江:《宋元詞話》,第 58 頁,上海書店出版社,1999。

名詩人，又是蘇門六君子之一，且與秦、黃都有密切的交往，因此，他的話就顯得更有分量，對後代詞論家研究秦、黃詞有著很大的啓迪和影響。與他們同時期的詩人晁補之以及稍晚的李清照，直到晚清的陳廷焯、民國時期的夏敬觀等人，對此都發表過獨特的很有見識的意見。他們的評論雖然紛紜，但卻都有很高的參考價值，值得重視。筆者欲在前賢研究的基礎上，對秦、黃詞做一點比較研究，以求對秦、黃詞的進一步深入瞭解。

一

秦觀、黃庭堅在詞的創作道路上，都經歷了由俗到雅的發展變化過程，並漸次形成各自獨特的藝術風格。秦詞清麗淒婉，是正宗的婉約詞，對以後詞風的發展，有著深遠的影響；黃詞清曠豪放，是蘇軾豪放詞派的後勁，對豪放派詞的承傳、發展，起了巨大的推動作用。

秦觀年輕時，深受李煜、柳永詞的影響，寫過一些艷曲俗調，有著較多的色情及猥褻的描寫。如《滿園春》、《迎春樂》、《一落索》、《醜奴兒》、《南鄉子》、《河傳》、《浣溪沙》、《調笑令》、《品令》二首、《臨江仙》其二等，這些詞詞意淺俗，氣格卑靡，情調都不夠健康。譬如《臨江仙》其二：

> 髻子偎人嬌不整，眼兒失睡微重。尋思模樣早心忪。
> 斷腸攜手，何事太匆匆。　　不忍殘紅猶在臂，翻疑夢裡
> 相逢。遙憐南埭上孤篷。夕陽流水，紅滿淚痕中。

此詞寫情人幽會後的分離，在描寫歡會與分離的情景時夾雜著色情描寫，與李煜的《一斛珠》情調風韻極其相似，顯然是受了李煜前期詞中那些色情描寫的影響，《河傳》也有類似的情況。而他寫的一些俗詞，受柳永詞的影響頗深。這一點，引起蘇軾的極度不滿，並對他作了嚴肅的批評。《高齋詩話》云：

> 少游自會稽入都，見東坡。東坡曰：「不意別後，公卻
> 學柳七作詞！」少游曰：「某雖無學，亦不如是。」東坡曰：

「銷魂，當此際，非柳七語乎？」東坡又問：「別作何詞？」
少游舉「小樓連苑橫空，下窺繡轂雕鞍驟。」東坡曰：「十
三個字，只說得一個人騎馬樓前過！」

從這一段話可以看出，秦觀受柳永情詞及鋪敘手法的影響。柳永詞對
他影響，並非全是消極的。其實，柳詞對秦觀詞風格的形成，在很大
程度上，都有著積極的影響。秦觀在詞的創作上，吸收了柳詞的一些
優長，增強了詞的藝術表現力，形成自己獨特的藝術風格。蘇軾是站
在不同詞的派別立場上，用他自己對詞的藝術審美判斷來批評秦觀
的。也許因爲蘇軾的批評，更重要的是因爲秦觀後來頗爲坎坷的生活
經歷，使其詞風發生了新的根本性的變化。因爲受到黨爭的排壓，秦
觀在仕途屢屢受挫，紹聖初，坐黨籍，貶爲杭州通判，後貶監處州酒
稅，徙郴州，繼編管橫州，又徙雷州，精神上受到極大的壓力，哀愁
淒怨，詞風爲之一變：內容風調由俗到雅，風格由清麗漸趨淒婉。其
詞韻致醇厚，音調諧婉，語言秀麗，幽雅清新，形成個人獨特的藝術
風格。《江城子》、《畫堂春》、《千秋歲》、《踏莎行》等，是這類詞的
代表作。如《千秋歲》詞：

水邊沙外，城郭春寒退。花影亂，鶯聲碎。飄零疏酒
盞，離別寬衣帶。人不見，碧雲暮合空相對。　　憶昔西
池會，鵷鷺同飛蓋。攜手處，今誰在？日邊清夢斷，鏡裡
朱顏改。春去也，飛紅萬點愁如海。

此詞寫時光的飛逝，對朋友的憶念，詞人由遲暮之感而引起愁緒。感
情含蓄蘊藉，淒婉動人。秦觀在許多詞裡，都反覆吟詠著這淒婉哀愁
的情緒。「便做春江都是淚，流不盡，許多愁！」（《江城子》）「郴江
幸自繞郴山，爲誰流下瀟湘去？」（《踏莎行》）這些詞柔情萬轉，哀
怨淒絕，飽含著女性的柔美。這種婉約詞風，在中國詞史上居主導地
位，被視爲詞之正宗。

秦觀還往往在以愛情爲題材的詞作中，織進了自己懷才不遇的感
慨或仕途坎坷的感傷，表現出強烈的身世之感。周濟說他「將身世之

感，打併入艷情」，﹝註99﹞指出了他的這類詞的藝術特點。

　　黃庭堅詞，早年也受柳永詞的影響，喜歡用俗語寫艷曲，很有一些淫靡俗濫的描寫，如《兩同心》、《憶帝京》、《江城子》、《歸田樂引》、《沁園春》、《望遠行》、《千秋歲》等，有的諢褻下流，不可卒讀。如《千秋歲》：

　　　　世間好事，恰恁廝當對。乍夜永，涼天氣。雨稀簾外
　　滴，香篆盤中字。長入夢，如今見也分明是。　　歡極嬌
　　無力，玉軟花欹墜。釵罥袖，雲堆臂。燈斜明媚瞢，汗浹
　　瞢騰醉。奴奴睡，奴奴睡也奴奴睡。

詞中充滿了淫靡俗濫的描寫，尤其寫歡後的妖態倦困，諢褻之至。對此，四庫館臣批評說：

　　　　今觀其詞，如《沁園春》《望遠行》《千秋歲》第二首，
　　《江城子》第二首，《兩同心》第二首、第三首，《少年心》
　　第一首、第二首，《醜奴兒》第二首，《鼓笛令》第四首，《好
　　事近》第三首，皆諢褻不可名狀。

爲此，他受到法秀的尖銳批評，自己也有所醒悟，黃庭堅說：「余少時間作樂府，以使酒玩世，道人法秀獨罪余『以筆墨勸淫，於我法中當下犁舌之獄』。」﹝註100﹞後來他翻然悔悟，筆底乾淨，不再寫淫靡之詞。

　　與秦觀相似，黃庭堅在仕途上也不順利，屢遭貶謫，經歷頗爲坎坷。然他個性倔強，心胸曠達，對於坎坷的命運，往往能以超然的態度處之。他的詞也每每有身世之感，但他對於壓迫和打擊，都不太在乎，表現得很超脫，其詞豪放曠達，語言瘦硬，表現出很強的力度。如《定風波》、《鷓鴣天》等詞，都洋溢著剛健之美。《定風波·次高左藏韻》云：

　　　　自斷自生休問天，白頭波上泛膠船，老去文章無氣

<hr>

﹝註99﹞周濟：《宋四家詞選》，第24頁，古典文學出版社，1958。
﹝註100﹞陳良運：《中國歷代詞學論著選》，第45頁，百花洲文藝出版社，
　　　　1998。

　　味，憔悴，不堪驅使菊花前。　　　聞道使君攜將吏，高會，
　　參軍吹帽晚風顛。千騎插花秋色暮，歸去，翠娥扶人醉時
　　肩。

前闋寫老而孤獨，又乏才氣，不堪於重陽賞菊的情景。其自負倔強傲
岸、不屈服於命運的性格躍然紙上。後闋讚揚高左藏的做官風流，不
拘形跡。詞中詩人與高左藏太守的形象，都很鮮明。

　　秦觀、黃庭堅在仕途上都是坎坷曲折的，然兩人性格不同，對待
命運的態度不同，這對他們詞風的形成，有著決定性的影響。秦觀是
一個逆來順受深受壓抑的人，他並不是一個會主動投身於政治鬥爭的
人，只是由於受牽連而招致不幸，再加上他性格柔弱，感情細緻，所
以內心總是陷入悲愁哀怨而不能自拔。詞如其人，因此他的詞裡總是
流露出悲怨與淒婉的情緒，形成淒婉清麗的詞風。黃庭堅雖然也不是
一個願主動投身於政治鬥爭的人，但與秦觀相比，他性格倔強，遇到
不順心的事，並非悲愁哀怨，而能以超然的態度處之，為人曠達，其
詞主體性格突出，有瘦硬剛健之風。

二

　　秦觀的詞，是典型的詞人之詞。其詞優柔婉轉，自然本色。黃
庭堅的詞，是被稱為「著腔子唱好詩」〔註101〕的詩人之詞，詞的感
情峭拔，語言瘦硬，極有力度。兩人的詞風迥異，並有著鮮明的個
性特色，分別屬於婉約和豪放兩個詞派。夏敬觀說：「蓋山谷是東坡
一派，少游則純乎詞人之詞也。」〔註102〕他所說的「東坡一派」，
即「詩人之詞」，也就是「著腔子唱好詩」的意思。質言之，就是用
寫詩的手法填詞。黃庭堅詞專注於詞的意境與主體感情的表達，而
對詞的音樂因素與傳統的表現手法有所忽視或竟有意突破，走著一
條與詞人填詞迥別的路子。「詞人之詞」是指正統的婉約詞風。張炎

〔註101〕陳良運：《中國歷代詞學論著選》，第 51 頁，百花洲文藝出版社，
　　　　1998。
〔註102〕孫克強：《唐宋人詞話》，第 322 頁，河南文藝出版社，1999。

以爲秦觀的詞，「體制淡雅，氣骨不衰，清麗中不斷意脈，咀嚼無
滓，久而知味」，〔註103〕就是主要從詞風上立論的。蔡伯世謂：「子
瞻辭勝乎情，耆卿情勝乎辭。情辭相稱者，唯少游而已。」〔註104〕
則是從情與辭的關係上立論的。如此等等，均說明秦觀與黃庭堅用
了不同的創作路數，進行詞的創作，故顯出迥然不同的詞的風貌。
在詞史上，他們分別屬於不同的詞派。

　　秦觀在學習詞創作的道路上，曾認眞學習了以溫庭筠、韋莊爲
代表的花間派詞人的詞，又深受李後主、晏殊父子、歐陽修、張先、
柳永等詞人的影響，在學習繼承前人的基礎上，有所發展，有所創
造，從而形成自己獨特的藝術風格。其詞表現出詞人之詞的諸多特
點，成爲婉約詞的典範。以題材論，其詞主要寫離情別恨，抒離別
相思之情，然又能注入個人獨特的感受，往往寄寓著身世之感，因
而有著更豐厚的內容與感人的藝術力量；以風格言，他極力追求詞
的表現上的委婉含蓄，其詞感情淒婉，情調輕柔，音詞諧和，所謂
「能曼聲以合律……形容處，殊無刻肌入骨之言」，〔註105〕因此詞
情表達婉轉而深厚；以表現論，他善於用白描的手法，表現出一時
的情致，用語工整凝練，自然深刻，所謂「初日芙蓉，曉風楊柳」，
〔註106〕自然而清新。蔡伯世稱其「辭情相稱」，這是秦觀詞語表現
上的一個很重要的特點。辭是情的載體，情是辭表達的靈魂。辭勝
乎情，情弱則辭質，缺乏感人的藝術魅力；情勝乎辭，辭弱則情不
勝負，有纖弱之弊。只有辭情相稱，才能使載體與被載和諧，達到
情韻兼善的境界。總之，他的詞體纖弱，詞境淒婉，詞調柔美，意
蘊詞中而韻流言外，有低迴婉轉一唱三嘆之妙。如《浣溪沙》：

　　漠漠輕寒上小樓，曉陰無賴似窮秋，淡煙流水畫屏幽。

〔註103〕　夏承燾：《詞源注》，第31頁，人民文學出版社，1963。
〔註104〕　孫克強：《唐宋人詞話》，第245頁，河南文藝出版社，1999。
〔註105〕　同上註，第308頁。
〔註106〕　同上註，第322頁。

　　　　　自在飛花輕似夢，無邊絲雨細如愁，寶簾閒掛小銀鈎。

此詞著筆輕柔，比喻新警，感情細膩，極委婉含蓄之致。「自在飛花」
兩句，用飄忽不定的夢境比喻飛花輕落時的自在自如，以悠悠的愁緒
比喻絲雨之細小，新警妥帖，妙語生華，給人以新異而柔美的感受。

　　又如《南歌子・贈陶心兒》其三，

　　　　　香墨彎彎畫，燕脂淡淡勻。揉藍衫子杏黃裙，獨倚玉
　　　　闌無語點檀唇。　　　人去空流水，花飛半掩門。亂山何處
　　　　覓行雲，又是一鈎新月照黃昏。

上闋寫主人公形象，全用白描。前三句是她的素像描寫，第四句寫她
獨倚玉闌思念遠人的情態。下闋寫別離相思之苦，人去室空，思念益
切。日日倚闌遠望，行人杳然，令人悵惘。「又是一鈎新月照黃昏」，
極言歲月蹉跎而行人不至。此詞深婉細膩，語語情眞，可謂「淡語皆
有味，淺語皆有致」。〔註107〕

　　秦觀晚年多次遭貶，境遇坎坷，其詞更爲淒婉，有令人不堪卒讀
之感。「人人盡道斷腸初，那堪腸已無」（《阮郎歸》）；「衡陽猶有雁傳
書，郴陽和雁無」（《阮郎歸》）。如此等等，都表現出一種淒涼絕望的
情緒。

　　總之，秦詞遠紹「花間」、南唐，於前者取其神而不襲其貌，於
後者則更接近李煜，但和婉清麗的特色超過李煜；近承二晏、歐陽修、
張先之長，而參以柳永的通俗與鋪敘。融諸家之長爲一體，婉約淒麗、
情辭兼美。當時婉約派詞人，幾無出其右者。

　　黃庭堅雖然也接受了婉約詞傳統的影響與薰陶，寫過一些婉約
詞，譬如他寫的《清平樂・春歸何處》，就是在詞史上富有特色的清
麗婉約之作。但他在創作道路上受蘇軾的影響更大一些，他往往效法
蘇軾以詩爲詞，喜歡發議論，用典故，有著以才學爲詞的傾向，並把
瘦硬詩風帶進詞中，表現出與傳統詞風迥異的瘦硬風格，這與詞崇尙
婉約的傳統是背道而馳的。東坡以詩爲詞，表現出豪邁清曠的特點，

〔註107〕　馮煦：《蒿庵論詞》，第 61 頁，人民文學出版社，1959。

黃庭堅以詩爲詞，且「寓以詩人之句法」，〔註108〕表現出瘦硬而重故實的特色。其實，他是將自己在詩學上標舉的「無一字無來處」、「點鐵成金」等手段，用之於詞了。以題材論，他除了寫離情別恨之外，還寫了許多贈人、詠物之作，又喜次韻和韻，酣暢淋漓地抒發感情；以風格言，他的詞裡感情沉鬱而清曠，筆姿峭拔而有力，所謂「涪翁信能鬱蒼聳秀，其不甚經意處，亦復老桿枒杈，第無醜枝，斯其所以爲涪翁耳」。〔註109〕在語言上，他喜歡用前人成語、典故，表現出一種典厚拙重的特點。總之，他的大部分詞都是詞意峭拔，詞格剛健，詞境清曠，詞調壯美，質實豪放，俊逸精妙，並飽含疏宕之氣。如《西江月》：

> 斷送一生唯有，破除萬事無過。遠山微影蘸秋波，不飲傍人笑我。　　花病等閒瘦惡，春愁沒處遮闌。杯行到手莫留殘，不道月明人散。

韓愈有詩云「斷送一生唯有酒」（《遣興》）、「破除萬事無過酒」（《贈鄭兵曹》），黃庭堅在「既戒酒不飲，遇宴集，獨醒其旁。坐客欲得小詞，援筆爲賦」的這首詞中，把韓愈吟酒的兩句詩湊在一起，去掉「酒」字變成兩個歇後語，這兩個歇後語構成一幅天然的對子，更突出了酒對人的危害，它能「斷送一生」、「破除萬事」，眞是危言聳聽；且語氣峻切、典雅含蓄，工整精巧之至。陳師道稱讚說：「才去一字，遂爲切對，而語益峻。」〔註110〕這個讚語對極了。正因其首句用典，才使這首即席應酬之詞，在典雅博奧中顯出它特有的審美價值。婉約詞人喜歡用輕柔婉轉的白描，黃庭堅詞中這種峻切的語氣，非婉約詞所有，也非婉約詞人所喜。至於點化古人詩句或使用典故，也是那些奉婉約詞爲圭臬的詞評家所不齒的。李清照說：「黃即尚故實，而多

〔註108〕　陳良運：《中國歷代詞學論著選》，第 44 頁，百花洲文藝出版社，1998。
〔註109〕　況周頤：《蕙風詞話・廣蕙風詞話》，第 42 頁，中州古籍出版社，2003。
〔註110〕　施蟄存、陳如江：《宋元詞話》，第 58 頁，上海書店出版社，1999。

疵病。譬如良玉有瑕，價自減半矣。」〔註111〕其實，換一個角度看，黃庭堅的用典，則豐富了詞的藝術表現手法，在詞史上，有值得肯定的一面。

　　愛用古人成語，也是黃庭堅詞的一個特色。他在填詞時，有時不是抒寫情景另鑄新詞，而往往是借用了古人的成句，表達自己的情意。這在《鷓鴣天》八首、《南鄉子》六首中，表現得尤為突出。其詞借用杜甫詩句的有「自斷自生休問天」（《定風波·次高左藏韻》）；借用杜牧詩句的有「十年一覺揚州夢」（《鷓鴣天》「紫菊黃花風露寒」）、「宜將酩酊酬佳節，不用登臨恨落暉」（《鷓鴣天》「節去蝶愁風不知」）、「與客攜壺上翠微」（《南鄉子》「黃菊滿東籬」）；借用杜秋娘詩句的有「莫待無花空折枝」（《南鄉子》「黃菊滿東籬」）；借用賈島詩句的有「秋風吹渭水，落葉滿長安」（《促拍滿路花》）。另外，還有集句詞，如《鷓鴣天·重九日集句》。古人的詩句，用在詞中，有的渾然天成，了無跡痕；有的則不免生硬，不夠渾融。因為它是典型的詩的語言，簡勁而富於力度，但卻是有背於詞以婉約為正宗的傳統的。

　　黃庭堅以矯健瘦硬的筆姿，寫了許多富於曠放之詞。《定風波·次高左藏使君韻》、《定風波·次高左藏韻》、《減字木蘭花》「詩翁才刃」、《水調歌頭》「落日塞垣路」、《虞美人》「平生本愛江湖佳」、《南鄉子》「黃菊滿東籬」、《鷓鴣天》「黃菊枝頭生曉寒」、《水龍吟·黔守曹伯達供備生日》等，都是思想曠達、性格倔強、語言瘦硬之作。說他是「著腔子唱好詩」，似乎是十分貼切的了。但他擴大了詞的題材，豐富了詞的藝術表現手法，使詞從「遣興娛賓」、「聊佐清歡」、男歡女愛、風流韻事中解放出來，抒寫廣闊的社會與人生，這在詞史上是有著積極意義的。

　　如果說秦觀善於運用白描的手法，以精警自然的語言，寫出新的

〔註111〕陳良運：《中國歷代詞學論著選》，第 72 頁，百花洲文藝出版社，1998。

詞境，情意深婉，韻味悠長；那麼，黃庭堅詞則善於運用典故、成語，以瘦硬矯健的語言，寫出特有的詞境，情意深重，峭拔有力，顯現著曠放矯健的詞風。

三

　　黃庭堅的詞風格多樣，他除了有一些清麗婉轉之作以外，更多的則受蘇詞的影響，奇橫、清曠、豪放，均有似蘇的一面，而他又滲進了自己一些作詩的路數，形成個人的一些特點。而其每一種風格的詞，都有一些傳誦之作，庶幾可以與秦觀詞相提並論。如果說秦觀是當時婉約詞派的冠軍，那麼黃庭堅在詞的創作上則近乎全能，其成就絕不可小覷。所以陳師道將秦、黃相提並論，似不無道理。而後代詞論家往往以婉約詞爲詞之正宗，強調詞的聲律諧和、語言本色、風格輕柔，由此以秦壓黃，殊失陳師道批評之本意。然以爲黃詞「『超軼絕塵，獨立萬物之表；馭風騎氣，以與造物者遊』。東坡譽山谷之語也。吾於其詞亦云」，〔註 112〕則不免譽之過當。但黃詞畢竟依違於蘇、柳之間，未能大張旗鼓地在詞壇獨樹一幟。雖然他寫了不少好的作品，屬清麗、婉約、奇橫、清曠、豪放、瘦硬之風格者均有絕唱，然其數量不多，缺乏重頭戲。他的詞在詞史上似是旁溪水汊，未能匯成主流，在詞壇沒有形成一股奔騰萬里的氣勢。詞宜要眇宜修，情韻益善，黃卻以詩筆塡詞，與詞體的特殊要求不無悖謬，這一點，則直接影響了黃庭堅未能在詞史上有如秦觀之地位與影響。論者無視其詞的創作成就，抹殺他在詞史上的地位，自然是不對的。但要將其有意拔高，把他抬高到與秦觀詞相等的歷史地位，也是很不合適的。

　　秦觀雖然也寫過少數豪放之作，如《望海潮》懷古諸作，但其主調是婉約。他在詞的創作上專主情致，故其詞清麗婉轉，嫵媚輕柔，情韻兼擅。他在婉約詞的發展上，承前啓後，有著舉足輕重的

〔註 112〕　孫克強：《唐宋人詞話》，第 295 頁，河南文藝出版社，1999。

地位。「少游詞雖極婉美，然格力失之弱」，〔註113〕這個批評也是恰當的。

第八節　趙佶與趙構

宋徽宗趙佶與宋高宗趙構，是北宋與南宋之交的兩位皇帝。他們又都是卓有成就的藝術家，其繪畫、書法、詞作，在中國藝術史上，都有一定的地位。作爲詞人，他們存詞不多而藝術性都較高，徽宗的《燕山亭》詞廣爲流傳，這都值得作一番研究。

一

宋徽宗趙佶，是一位天才的藝術家。他因爲生在皇家，哥哥哲宗趙煦過早的離世而又無子，就錯位做了皇帝。他既沒有統御全國臣民的政治才能，又缺乏一種對事業負責任的精神。因此，他做了皇帝以後，就將大權放心地交給佞臣蔡京，然後一頭鑽進藝術之宮，專心研習繪畫、書法。同時，他也沒有忘記貪圖生活的享受，而「六賊」則瞅準他對奇花異石的偏愛，投其所好，大搞「花石綱」，一時朝中烏煙瘴氣，弄得民怨沸騰，他卻不聞不問。後被金人俘去，封爲「昏德公」，在五國城過了長達八年之久的囚徒生活，經受了亡國之君最慘痛的遭遇。

在靖康之難時，徽宗、欽宗、皇家宮室、達官貴人被金人擄掠一空。在這危難之際，徽宗的第九子趙構被軍民擁立爲帝，是爲高宗。他的性格畏懦有餘而剛果不足，登上皇帝寶座以後，先後重用黃潛善、王伯彥、秦檜一類的賣國投敵人物，只知講議和稱臣奉貢，用大量的民脂民膏，換得暫時的苟安。稱他爲中興之主，無疑是將其作用誇大了。但他雖則未能力挽狂瀾於既倒，恢復故土，使大宋王朝復興。然畢竟保住了半壁江山，使宋脈延續了一百五十三年之久。他對南宋

〔註113〕 施蟄存、陳如江：《宋元詞話》，第 272 頁，上海書店出版社，1999。

政局的穩定，對中國南方經濟文化的發展，都起了重要作用。這些歷史功績，不容低估。

二

　　趙佶存詞 12 首，斷句 2。詞雖不多，但都具有較高的藝術水準。譬如《聲聲慢‧春》：

> 　　宮梅粉淡，岸柳金勻，皇州乍慶春回。鳳闕端門，棚山彩建蓬萊。沉沉洞天向晚，寶輿還、花滿鈞臺。輕煙裡，算誰將金蓮，陸地齊開。　　觸處笙歌鼎沸，香韀趁，雕輪隱隱輕雷。萬家簾幕，千步錦繡相挨。銀蟾皓月如畫，共乘歡、爭忍歸來。疏鐘斷，聽行歌、猶在禁街。

雍容華貴，鶯歌燕舞，一片昇平景象。這無疑是對現實的粉飾，然站在帝王立場，他看到的就是這表面的繁榮，哪裡會知道萬家生民的疾苦呢？

　　再如《醉落魄‧預賞景龍門追悼明節皇后》：

> 　　無言哽咽。看燈記得年時節。行行指月行行說。願月常圓，休要暫時缺。　　今年華市燈羅列。好燈爭奈人心別。人前不敢分明說。不忍抬頭，羞見舊時月。

這是一首悼亡詞，是詞人在預賞景龍門彩燈時，觸景生情，引起了對明節皇后的強烈思念。由去年的「願月常圓」的希冀，到目前的「不忍抬頭，羞見舊時月」寫得很自然，很含蓄，很有感情，語言本色，的確是一首好詞。

　　如果說他前期的詞，寫的是北宋表面的繁華，不足以深刻地反映現實，那麼當他被俘以後，由皇帝到囚犯，生活的落差是非常巨大的，這對他是致命的一擊，這時的感情自然是十分真切的。《燕山亭》、《眼兒媚》是他作囚徒時寫的詞，都是傳誦千古的名作。先看他的《燕山亭》：

> 　　裁剪冰綃，打疊數重，冷淡燕脂勻注。新樣靚妝，艷溢香融，羞殺蕊珠宮女。易得凋零，更多少、無情風雨。

愁苦。閒院落淒涼，幾番春暮。　　憑寄離恨重重，這雙
燕，何曾會人言語。天遙地遠，萬水千山，知他故宮何處。
怎不思量，除夢裡、有時曾去。無據。和夢也、有時不做。

這首詞上闋由杏花的漸次凋零，聯想到自己淒苦悲涼的晚境；下闋由
燕子的不解人意到對故宮的深切思念；由過去夢見故宮到近來連夢不
做，一層深似一層地寫出了他由希望到失望、由盼望到絕望的心理變
化。「無據。和夢也、有時不做。」真是絕望之至了。這首詞寫得淒
婉、哀傷，將其亡國之後的情感，一股腦兒的傾瀉而出，感人至深，
使人看到他囚徒生活中感情真實的一面。

再看《眼兒媚》：

玉京曾憶昔繁華。萬里帝王家。瓊林玉殿、朝喧弦管，
暮到笙笆。　　花城人去今蕭索，春夢繞胡沙。家山何處，
忍聽羌笛，吹徹梅花。

這首詞上闋寫玉京當年的繁華，萬里帝王家之朝弦暮歌；下闋寫今
日處境之窘迫、蕭索，連做夢也是遍地胡沙。「家山何處？」是憶念
也是追問，表現了對故國強烈地思念。怎能忍受羌笛奏徹《梅花落》？
不堪忍受，也得忍受，詞人感情是何等淒苦！今昔生活形成強烈地
對比，思念故國的情緒，寫得哀婉而強烈！假若他再能復辟，一反
積習，當會有一番振作了。假設畢竟是假設，嚴酷的現實只能讓他
恓恓惶惶地渡過他十分悲涼的晚年。

總之，趙佶是一位不合格的政壇中心人物，但卻是一位藝術素養
相當高的詞人。職務的錯位，不但使當時亂糟糟的政壇，火上加油，
更不堪收拾，終於導致了北宋的滅亡；也因為他做了皇帝，其藝術才
能也未能盡力發揮。只有當他被俘後做了囚徒，有了真實的生活感
受，才寫了這兩首有著感人的藝術力量有強烈的藝術生命力的詞。在
詞史上，也足以永垂千古了。

趙構有《漁父詞》十五首，其序云：「紹興元年七月十日，余至
會稽，因覽黃庭堅所書張志和《漁父詞》十五首，戲同其韻，賜辛永

宗。」張志和的《漁父詞》，今存五首，都是寫漁隱生活的。從這首
詞序來看，張詞原來是十五首，且有黃庭堅的寫本，可惜都佚失了，
這是詞史與書法史上的重大損失。

　　歷來的《漁父詞》，都是歌讚隱居生活、表達隱居之思的，趙構
的《漁父詞》也無例外。例如：

　　　薄晚煙林澹翠微。江池秋月已明暉。縱遠柂，適天機。
水底閑雲片段飛。（其二）

　　　青草開時已過船。錦鱗躍處浪痕圓。竹葉酒，柳花氈。
有意沙鷗伴我眠。（其四）

　　　扁舟小纜荻花風。四合青山暮靄中。明細火，倚孤松。
但願尊中酒不空。（其五）

　　　暮暮朝朝冬復春。高車駟馬趁朝身。金挂屋，粟盈困，
那知江漢獨醒人。（其九）

　　　誰云漁父是愚翁。一葉浮家萬慮空。輕破浪，細迎風。
睡起棚窗日正中。（其十一）

這些詞，表現了他對江湖詩酒生活、隱退天涯的嚮往與迷戀：他看到
的是「水底閑雲片段飛」（其二）、「睡起棚窗日正中」（其十一），他
追慕的是「有意沙鷗伴我眠」（其四）、「但願尊中酒不空」（其五），
他完全看破了紅塵，以「江漢獨醒人」（其九）自居。

　　你看他心底是那麼悠閒，行為是那麼瀟灑，對功名是那麼淡薄，
對富貴是那麼漠視。眞是清心寡欲，沒有絲毫的塵慮，儼然是一位修
養有素的世外高人，豈知他是執掌大宋十萬里江山的皇帝，而且被金
人大兵追得整日逃竄，正處於吾身難保吾身的惡劣處境之中呢？我眞
佩服他怎麼還會有閒情逸致地步韻塡詞，而且一氣揮灑，竟寫出十五
首詞來，眞令人匪夷所思。

三

　　趙佶、趙構存詞不多，但其藝術性都較高。在中國詞史上，都應
有一定的地位。

　　趙佶對詞藝相當熟悉，可以說非常老練。一個存留僅有 12 首詞的詞人，竟用了 11 個詞調。就體制言，有長調、中調、小令，足見他對詞的藝術修養很高、很全面，而且語言本色，質樸無華，詞中表現的感情到位、深至，這一切都不能不令人佩服。尤其是《燕山亭》、《眼兒媚》兩首詞，感情很眞實、很深厚。他和李煜有同樣的遭遇而生活得更慘。因此，其詞和李後主可以媲美。「說到故宮無夢去，三生端是李重光。」〔註 114〕徐釚、賀裳、王國維、梁啓超都將其詞與李後主比較，十分推重。今之論者，也給予較高的評價。薛礪若《宋詞通論》，陶爾夫、劉敬圻《南宋詞史》，都給了他一定的篇幅，加以介紹和論述。宋詞選家，幾無例外地將《燕山亭》入選。就是在毛澤東發出「千萬不能忘記階級鬥爭」指令的嚴寒日子裡，胡雲翼《宋詞選》仍將其收錄。這是因爲這首詞思想感情深入地反映了他被俘後的囚徒生活，有著較高的藝術性的緣故。

　　趙構的《漁父詞》，在歷史上也是好評如潮。宋代的廖瑩中以爲「雖古之詞人騷客，老於江湖，擅名一時者，不能企及。」，〔註 115〕近代的況周頤則謂：「唐張志和製《漁父詞》清超絕俗，和者甚多，皆遜原唱……唯高宗所和同工異曲，幾架原唱而上之。信乎宸章不同凡響，……若高宗《漁父詞》則調高韻遠，是誠中興氣象也。」〔註 116〕《東皋雜錄》云：「『水涵微雨湛虛明。小笠輕簑未要晴。』一深於情景，一善於意態，即操觚專家不過如是。」〔註 117〕如是等等，評價不可謂不高；讚賞之情，不可謂不眞，但和乃父相較，則有較大

〔註 114〕譚瑩：《樂志堂詩集》卷六，引自孫克強：《唐宋人詞話》，第 451 頁，河南文藝出版社，1999。

〔註 115〕廖瑩中：《江行雜錄》，引自施蟄存、陳如江：《宋元詞話》，第 555 頁，上海書店出版社，1999。

〔註 116〕況周頤：《蕙風詞話・廣蕙風詞話》，第 221 頁，中州古籍出版社，2003。

〔註 117〕沈雄：《古今詞話》，唐圭璋：《詞話叢編》，第 759 頁，中華書局，1986。

的差距。今之文學史家，沒有一人提到他；眾多的宋詞選本，從沒有選過他的詞。可見，今之詞評家，認爲他的詞遠不如乃父的詞好，這是顯而易見的。然他在戎馬倥傯之際，竟有閒情逸致塡詞，一時洋洋灑灑，寫出十五首可讀的詞來，如果沒有文學深厚的底蘊和天才，是不會有如此表現的。但他的詞反映的是對現實的逃避，這些隱者之歌，反映了他逃避現實的心態。他不重視甚至想捨棄皇位，欲過隱居生活，這是對嚴峻現實的逃避，是他懦弱性格的表現。作爲帝王，他既缺乏撥亂之才，又無恢復中原的恢宏之志，卻一味地堅持和議，一求苟安。雖有李綱、張浚爲相，張韓劉岳爲將而不能用，忘不共戴天之仇，對家仇國恥於不顧，稱臣奉貢，一求苟安，性格何其懦弱也。《漁父詞》十五首，是他不敢面對血與火的現實而想隱忍苟安情緒的傾瀉，從中表現出他懦弱的性格與議和的政治立場。

第二章　南宋詞

第一節　李清照與朱淑眞

　　李清照與朱淑眞，是宋代非常著名的兩位女詞人。其詞都具有特別鮮明的藝術個性，且有著斐然的藝術風采，在宋代百花爭艷的詞壇，獨樹一幟。對李、朱的異同，清代末年的陳廷焯、況周頤，都有一些很精闢的論斷，今人蘇者聰、劉敬圻也作過專題探討。對這論題的研究，已經相當深入，似難再有更大的進展。雖然如此，但仍不乏話語空間。現僅就個人讀李、朱詞的體會，談一點極粗淺的看法。

一

　　李清照與朱淑眞，都寫了許多閨怨詞。這些閨怨詞都是寫自己的生活遭際與親身感受，眞實而細膩地表達了自己的感情，閃現著非常耀眼的藝術光輝。

　　詞本來就是以寫男女之間親暱幽怨的關係見長，卿卿我我，幽幽怨怨，將兩性之間的關係表現得委婉含蓄，眞切生動。寫閨中孤寂與幽怨情緒的詞，尤爲婉轉纏綿，感情淋漓。但以前這些表現女性閨中複雜感情的詞，絕大部分卻是男性作者寫的，是以「男子而作閨音」。

作者明明是七尺男兒，卻極力模擬女人的口吻，寫其在深閨的幽怨情緒：柔腸婉轉，眉目含情，思親念遠，千情百態。爲此，他們仔細揣摩女人在特定環境下的心態、感情、動作，表現她們思念丈夫的複雜感情。有些詞寫得婉曲、靈動、微妙，在一定程度上表現了女性在特定環境下的感情。然其所寫畢竟非親身經歷，本無眞正的生活體驗，詞中所表現的感情不免有些泛化現象，或竟是隔靴搔癢。李清照、朱淑眞作爲女性，都寫自己愛情生活中的遭際以及與丈夫分離獨守閨房的孤寂生活的實況與感受，其詞均繫自己的心靈顫音，因此細膩而生動。其感情之眞切，藝術魅力之強勁，遠非一般男性詞人寫的閨情詞可比擬的。無論是李清照的《聲聲慢》，抑或是朱淑眞的《減字木蘭花‧春怨》，都是非常獨特的，藝術個性是極爲鮮明的。她們能以女人的身份、口吻、才性，寫自己對不幸生活遭際的哀怨。感情眞切自然，自能敲開讀者心靈的門窗。

朱淑眞才氣橫溢，感情豐富，而所適非人。她渴望有幸福的愛情，一生卻極爲不幸。晚年，丈夫死了，又入尼庵，生活更爲孤寂。總之，她的一生是極爲悲苦的。因此，其詞表現的感情是極爲幽怨的。《浣溪紗‧春夜》、《生查子》「年年玉鏡臺」、《謁金門》「春已半」、《眼兒媚》「遲遲風日弄春柔」，都是感情極幽怨的詞。在這些詞中，她將自己的胸中的苦悶，一股腦兒地吐出，感情十分眞切，是她遭到壓抑的心聲與訴求。

李清照在青年時代，生活還算美滿，然終有離情別恨和種種不盡如人意的地方。她的不育，讓趙明誠或有蓄妾、或生活上偶有放蕩不檢的地方。這在當時來說都是司空見慣的現象，並不算出格，從法律或輿論說，都不存在什麼問題。但這對敏感的詞人來說，卻是極大的不幸，對其感情的衝擊是極爲激劇的。然就其處境而言，這種極不愉快的感情只能強忍，只能壓在心底，不能有些許的不滿情緒的流露。這種窩藏在心底的苦悶，在她前期創作的詞中，時有閃現。如《小重山》「春到長門春草青」、《多麗‧詠白菊》、《滿庭芳》「小閣藏春」，

都不免有婕妤之嘆。〔註1〕這種隱蔽的願望，含蓄的訴求，雖然是合理的，但卻是超越時代、超越現實的。正因爲如此，這種感情的火花，閃現著時代的光芒。餘如《一翦梅》「紅藕香殘玉簟秋」、《醉花陰》「薄霧濃雲愁永晝」、《武陵春》「風住沉香花已盡」等，都表現了與丈夫分別後的離恨相思和內心痛苦，有著難以排遣的孤獨意識，表現了女性思念遠人的眞實感情。以詞的思想內容而言，朱淑眞詞的思想內容頗單調，遠沒有李清照詞內容那麼深廣，這是爲其生活經歷與對現實生活的體察所決定的。

以李清照詞的思想內容而言，是頗爲深廣的，李清照經歷了國破家亡之痛，顚沛流離之苦，「玉壺頒金」之謠，再嫁非人之困，這重重的精神負擔，都落在一位孤獨的老婦人肩上，是多麼的沉重啊！感時傷世之情，深沉纏綿的故鄉之思，難以排遣的孤獨意識，使其詞有了廣闊深厚的內容，當時的詞，既是她個人的悲歌，也是亂離時代的悲歌。《蝶戀花・上巳召親族》、《永遇樂・元宵》，通過今昔對比，對現實生活作了否定與批判。《漁家傲》「天接雲濤連曉霧」，是對理想生活的折射。在這些詞裡，詞人以極其敏銳的藝術視角，以新穎細膩而又自然活潑的藝術表現才能，將其所遇所感在詞中作了充分深透的表現，使之成爲當時社會生活的縮影。

與李清照相比，朱淑眞詞的思想內容比較單薄。個人的不幸遭遇，把她壓得抬不起頭來，她沒有能夠放眼廣闊的世界，沒有接觸當時極爲廣闊的社會生活，其詞只寫了自己婚姻的不幸，以及由此積聚在自己心頭的苦悶與煩惱，表現出對幸福婚姻的企盼。一句話，她的詞基本上是寫自己狹窄的感情世界，典型地反映了自己婚姻生活極爲不幸的一生。其詞雖則只寫個人生活，但她個人的處境遭際在封建社會是極爲普遍的，是司空見慣的。因此，她在詞中表現的這種個人感情，具有普遍的典型意義，是當時社會生活的折射與投影，不能等閒

<hr>

〔註1〕陳祖美：《李清照新傳》，第77頁、78頁，北京出版社，2001。

視之。而李清照詞題材廣泛，觀察社會之深透，反映亂離時代生活的深刻，都遠非朱淑眞詞所可企及。

二

從某種意義上說，詞是女性文學。詞的語言輕柔，詞風是以婉柔細膩見長的，它主要表現的是陰柔之美。詞人在詞裡抒發幽約細膩的感情，寫出獨特而優美的詞境，發揮其獨創的天才。作爲女性詞人的李清照、朱淑眞，塡詞最合乎她們的藝術口吻，可謂得心應手，得天獨厚，因此就特別擅長。

第一，朱淑眞、李清照都寫出了獨特而優美的詞境。

創作獨特而優美的詞境，是李清照、朱淑眞在詞的創作上共同的藝術追求。她們別出心裁，獨具一格，創作出詞的藝術精品。如朱淑眞的《憶秦娥‧正月初六日夜月》：

> 彎彎曲，新年新月鉤寒玉。鉤寒玉，鳳鞋兒小，翠眉兒蹙。　　鬧蛾雪柳添妝束，燭龍火樹爭馳逐。爭馳逐，元宵三五，不如初六。

這是一首寫正月初六月亮的詠物詞。首句點題，是說初六的月牙兒像彎曲的一鉤寒玉。這是新年新月，既寫了月的形象，又寫了詞人觀月的感受。接著用鳳鞋與翠眉比喻月牙兒。鳳鞋與翠眉，都是閨中常見的，且與月牙兒在彎曲上很有些相似之處。兩個兒化的句子使語氣顯得特別輕柔，這恰恰是年輕女子的聲態。比喻自然貼切，用語特別柔和，讀起來倍感舒坦親切。下闋一開始則拋開對初六月夜的描寫，卻極寫元宵之熱鬧：火樹銀花競放，燭龍爭相馳逐，場面熱鬧，氣氛熱烈。詞人以元宵之熱鬧，反襯正月初六月夜之靜謐。最後卻作出驚人的斷語：「元宵三五，不如初六。」這看來似不符合情理，令人難以置信，實則是很絕妙的警句：蓋元宵之後，月由圓逐漸轉缺，而初六則由缺轉圓。月圓，隱喻人之團圓；月缺，隱喻人之分離。元宵意味著由團圓到分離，而初六則意味著由分離走向團聚。詞人把讚美團圓

的感情表現得很含蓄，能將很不起眼的很少令人關注的一彎新月，寫得如此形象生動而富有生氣，這是很不容易的。這首詞題材新，思路新，給人以特別清新之感。它以構思奇特、比喻新奇、審美情趣獨特見長，充分展現出詞人的藝術個性：情感細膩、敏銳，能把最平常的題材通過親身眞切的體驗，寫得細膩柔美，表現出詞人獨特的情趣與個性，充滿對美好未來的期待與企盼。

　　李清照的《如夢令》，也是一首很有特色的絕妙好詞：

　　　　昨夜雨疏風驟，濃睡不消殘酒。試問捲簾人，卻道海棠依舊。知否？知否？應是綠肥紅瘦。

這首小詞，充分表現了詞人的惜花心情，蘊含著對慘遭風雨襲擊的海棠的眞切關注。首句寫環境，園中的海棠遭到「雨疏風驟」的襲擊，在風雨之夜，詞人心情苦悶，借酒消愁，酒喝多了，就睡了一覺。醒來以後，即問捲簾的侍女，園中的海棠怎麼樣？回答是「海棠依舊」。對侍女毫不關注花的漠然態度，詞人是很不滿意的。「知否？知否？應是綠肥紅瘦」。這峻切的語言是對捲簾人錯誤回答的糾正，表現了詞人對花的特別關切與憐惜。誠如黃蘇所說：「一問極有情，答以『依舊』，答得極澹，跌出『知否』二句來。而『綠肥紅瘦』，無限淒婉，卻又妙在含蓄。短幅中藏無數曲折，自是聖於詞者。」〔註2〕李攀龍謂「語新意雋，更有風情」，「寫出婦人聲口，可與朱淑眞並擅詞華」。〔註3〕以詞情說，此詞極爲曲折；以詞境說，此詞極爲含蓄；以表達說，語言極爲超妙。詞人惜花的心情，表現得淋漓盡致。

　　朱淑眞《憶秦娥・正月初六日夜月》，表現的是對未來的期待；李清照《如夢令》，表現的是對現實的關注。詞人感情細膩，心細如髮。對現實生活的表現，各極其妙。

　　第二，李清照、朱淑眞詞，風情各異，表現出獨特的藝術風格。

〔註2〕黃蘇：《蓼園詞評》，引自唐圭璋：《詞話叢編》，第3024頁，中華書局，1986。
〔註3〕徐培均：《李清照集箋注》，第15頁，上海古籍出版社，2002。

　　成功的詞人，都能形成獨特的藝術風格。以詞風而言，李詞如大家閨秀，落落大方，舉手投足，自有風韻；朱詞似小家碧玉，眉眼傳情，時帶怨悱。

　　李清照在南渡之際，深受戰亂之苦、逃離之悲，輾轉流離，投親靠友，夙興夜寐，幾無寧日。又加之諸多謠諑之毀，頗為窘迫。其詞雖不無淒苦之音，然卻落落大方，甚至有《漁家傲》「天接雲濤連曉霧」這樣情緒浪漫的渾成大雅之作，表現出詞人大家不凡的器量與氣度。如《永遇樂・元宵》：

　　　　落日熔金，暮雲合璧，人在何處？染柳煙濃，吹梅笛
　　怨，春意知幾許？元宵佳節，融和天氣，次第豈無風雨？
　　來相召，香車寶馬，謝他酒朋詩侶。　　中州盛日，閨門
　　多暇，記得偏重三五。鋪翠冠兒，捻金雪柳，簇帶爭濟楚。
　　如今憔悴，風鬟霜鬢，怕見夜間出去。不如向，簾兒底下，
　　聽人笑語。

此詞意境深邃，表現了深沉的故國之思。語言平淡工致，感情婉轉曲折，風度蘊藉，風致宛然，不落俗套。四庫館臣謂：「張端義《貴耳集》極推其元宵詞《永遇樂》、秋詞《聲聲慢》，以為閨閣有此文筆，殆為間氣，良非虛美。」〔註4〕

　　朱淑真詞主要寫自己婚姻的不幸，時有怨悱情緒；有時也寫婚外戀，對情人約會的企盼，然希望中充滿失望。如《江城子・賞春》：

　　　　斜風細雨作春寒，對尊前，憶前歡。曾把梨花，寂寞
　　淚闌干。芳草斷煙南浦路，和別淚，看青山。　　昨宵結
　　得夢夤緣。水雲間，悄無言。爭奈醒來，愁恨又依然。展
　　轉衾裯空懊惱。天易見，見伊難。

此詞寫思念情人之心緒，極為淒婉，也極為哀怨。「天易見，見伊難」。將根本見不到的天說得易見，以襯托別離相見之難。可謂海枯石爛易，見伊卻為難，以見怨悱之深，情緒之烈！又如「酒從別後疏，淚

〔註4〕永瑢等：《四庫全書總目提要・集部》，引自徐培均：《李清照集箋注》，
　　　　第155頁，上海古籍出版社，2002。

向愁中盡。遙望楚雲深，人遠天涯近」（《生查子》「年年玉鏡臺」），
謂天涯遠，離人比天涯更遠，因此，比起離人來，遙遙無盡的天涯反
覺近了。《古今女史》謂：「曲盡無聊之況，是至情，是至語。」〔註5〕
正是這樣的至情至語，打動並深入千千萬萬讀者的心。

　　對於朱淑眞詞，前人或讚其「淒婉」，或賞其「疏俊」，或稱其「放
誕」，皆各言其一枝一節。朱詞雖少，實則兼容並包，具有多種藝術風
格。李清照詞，除了清麗婉俊之外，也偶有豪放之作。要之，朱、李
之詞，都不專一體，而有多種風格。具有多種藝術風格，正是大家的
風範，這說明李清照、朱淑眞在詞的創作上，都取得了很高的藝術成
就。因李、朱二人之詞，散佚特多，其諸多風格，無從深論。但就現
存少量的詞，也足以顯示其藝術風格多樣與主導風格業已形成的端倪。

　　談到李清照、朱淑眞詞的風格時，況周頤說：「即以詞格論，淑
眞清空婉約，純乎北宋。易安筆情近濃至，意境較沉博，下開南宋風
氣。」〔註6〕以「清空婉約」概括朱淑眞的詞，大致是不錯的；說李
清照詞「意境較沉博，下開南宋風氣」，也切合詞史發展的實際。蓋
朱淑眞詞純乎唐調，李清照詞對詞的宋腔的形成頗有影響。在詞的發
展史上，她們都作出了自己特有的貢獻。

三

　　李清照、朱淑眞詞，在語言的運用上都取得了很高的成就。她們
或用白描手法，或以口語入詞，以俗爲雅，自然本色。

　　首先，李清照善用最平常、最簡練的生活化的語言，精確地表現
複雜微妙的心理，清新而素雅。

　　「試燈無意思，踏雪沒心情」（《臨江仙》），「無意思」、「沒心情」，
都是最純粹的口語，卻恰切地表現了詞人當時極索漠的心境。她能
將日常口語自然融入詞的意境中，卻那麼貼切，那麼富於藝術表現

〔註5〕張璋、黃畲校注：《朱淑眞集》，第 272 頁，上海古籍出版社，1986。
〔註6〕況周頤：《蕙風詞話・廣蕙風詞話》，第 74 頁，中州古籍出版社，2003。

力，給人以自然眞切之感。類似的句子，在李清照詞集中是很多的。諸如：

> 莫道不銷魂，簾捲西風，人比黃花瘦。(《醉花陰》)
> 甚一霎兒晴，一霎兒雨，一霎兒風。(《行香子》)
> 不如向，簾兒底下，聽人笑語。(《永遇樂‧元宵》)

這些語言，既是純粹的口語，又是很美的詩的語言。它既無村氣，也不深奧，深蘊著自然和諧之美。朱淑眞也善於以口語入詞，自然本色，風韻天然。譬如：

> 元宵三五，不如初六。(《憶秦娥‧正月初六日夜月》)
> 十二欄干閑倚遍，愁來天不管。(《謁金門》)

語言是那麼誠摯，那麼坦白，將心底的情愫，表現得透亮。

雖然李清照、朱淑眞都善於以口語入詞，卻有含蓄與袒露之別。

李清照雖用口語，但所表現的感情卻十分含蓄：「此情無計可消除，才下眉頭，卻上心頭」(《一翦梅》)，「新來瘦，非干病酒，不是悲秋」(《鳳凰臺上憶吹簫》)，眞是欲說還休，將自己眞實的感情，掩遮在字面的背後，令人味之不盡。

朱淑眞寫思念之情則云：「展轉衾裯空懊惱，天易見，見伊難」(《江城子》)，「此情誰見，淚洗殘妝無一半。愁病相仍，剔盡寒燈夢不成」(《減字木蘭花‧春怨》)，感情表現得那麼坦率、直露，毫無遮飾。

第二，李清照、朱淑眞在詞中都善用疊字。她們用疊字是爲了表達感情的需要，更好地表現詞的意境，而不是玩弄藝術技巧。

作爲女性詞人，她們都錦心繡口，在詞的寫作上，往往以藝術技巧之超卓與高妙取勝。疊字的巧用，則是其中之一。像詩詞這樣短小的篇幅，遣詞造句要求精警凝練，一般是不適宜有任何形式的重複的。一旦重複，內容上將會相對單薄，形式上也難免拙劣。但也有特別有才能的作者，有時卻能玩拙成巧，顯示出特別的藝術技巧與功力，寫出別具特色別有風韻的詞篇。李清照、朱淑眞，都是具有這種

才華的詞人。

　　李清照的《聲聲慢》以疊字運用高妙而名噪古今，得到眾多學人的高度讚賞。「尋尋覓覓，冷冷清清，淒淒慘慘戚戚」，這七對疊字，非常真實地抒發了詞人飽經憂患家破人亡的悲痛與哀愁，其藝術感染力與穿透力都是無與倫比的。但情緒是婉轉的，哀愁是悲涼的。詞裡連用了七對疊字而又那麼自然貼切，清疏流暢，毫無勉強或生湊之感，這不禁令人拍案叫絕，無限佩服。七對疊字的運用，將詞人百無聊賴、寂寞孤獨感傷難以忍受的情緒，表現得盡致無餘。

　　朱淑真的《減字木蘭花‧春怨》，也是以重複疊字擅長的：「獨行獨坐，獨倡獨酬還獨臥！」「獨」字在句子中反覆出現，在兩句詞中，竟然用了五個「獨」字。這是一種字面的重覆，在修辭學上不屬於疊字格。這幾個「獨」字的運用，將其苦悶、焦灼、坐立不安的情緒突現出來。它表現的是一種焦心、躁急、難以忍受、心理近乎失控的情緒。如果說李清照在《聲聲慢》中表現的愁悶，還能勉強承受，還能自我控制，還不至於噴湧而出，那麼，朱淑真的這首詞，感情就有些狂躁，表現的是一種突然噴發的感情，忍不住大聲疾呼了。她們在疊字的運用上，都與填詞時的情緒以及詞人在詞中所營造的藝術氛圍合拍。換句話說，二人詞中都用疊字，是詞人當時情緒與感情表現的需要，是「為情而造文」，而絕不是「為文而造情」。但在表現形式上卻各有不同。李清照在詞中感情的表現是隱忍的、收斂的、含蓄的；朱淑真在詞中感情的表現則是袒露的、狂躁的、放縱的。然卻能殊途同歸，創造了極強的感人的藝術力量。

　　李清照《聲聲慢》下闋云，「梧桐更兼細雨，到黃昏點點滴滴」，這「點點滴滴」四個字，就非常絕妙傳神。楊慎讚曰：「四疊字又無斧痕，婦人中有此，殆間氣也。」〔註7〕朱淑真《鵲橋仙‧七夕》有云「何如暮暮與朝朝，更改卻、年年歲歲」，既是對秦觀《鵲橋仙‧

〔註7〕楊慎：《詞品》卷二，引自唐圭璋：《詞話叢編》，第451頁，中華書局，1986。

七夕》詞意的翻案，意境更醇肆，又在語言運用上非常自然貼切。真不愧為寫詞能手也。

第三，李清照、朱淑真詞的語言各有個性。

由於二人家庭教養、生活道路、個性特徵的不同，在詞的語言上，也有較大的差異。吳衡照謂：「易安『眼波才動被人猜』，矜持得妙。淑真『嬌痴不怕人猜』，放誕得妙。均善於言情。」〔註8〕前者寫女人的矜持，感情收斂；後者寫女人的放誕，行為恣肆。在兩性接觸中，兩人則截然不同。生活在南宋理學張揚的時代，作為大家閨秀，李清照的行為比較謹慎，而朱淑真表現得夠大膽夠真率。對此，有人誚其「放誕」，有人譏其「太縱」。放誕也罷，「太縱」也罷，在封建文人看來，這樣的詞句已超越了封建禮教所容許的範圍，何況下句還是「和衣倒在人懷」，這樣的行為，豈不令其目瞪口呆。正因為有這樣直率而「放誕」的詞句，我們才看到了朱淑真要求個性解放的思想的閃光。這在當時來說，的確是難能可貴的。

第二節　陳與義與呂本中

呂本中與陳與義，都是江西詩派的重要詩人，在中國詩史上佔有重要的地位。他們的詞數量不多而質量頗高，其絕大部分詞作，都是宋詞中的精華。還有一些所謂「精絕」之作，至今廣為傳誦。對於並世同一流派詩人的詞，做個比較研究，彰顯其藝術個性，或能較準確地評定他們在詞史上的地位。

一

呂本中有詩 1270 餘首，存詞僅 27 首；陳與義有詩 600 餘首，存詞僅 18 首。他們存詩與存詞數量之懸殊不成比例，但其詞均有突出的藝術個性和很高的藝術品位，其在詞史上的地位或不亞於其詩在詩

〔註8〕吳衡照：《蓮子居詞話》卷二，引自唐圭璋：《詞話叢編》，第 2423 頁，中華書局，1986。

史上的地位，說他們在詞史上的地位與詩史地位相當，不爲過譽。

呂本中、陳與義詞的特色與其詩的特色，極爲相似。王灼謂其詞「佳處亦各如其詩」，〔註9〕不謂無因。

呂本中作詩講「悟入」，主「活動」，尚自然，善於標新立異，風格輕快流轉，沒有江西詩派之骨幹黃庭堅、陳師道詩那樣瘦硬艱澀。其詞卻也標新立異，富於創新。有些詞頗有民歌風味。如《采桑子》「恨君不似江樓月」、《長相思》「要相忘」，都是學習民歌而富有藝術特色者。譬如他的《采桑子》：

　　　　恨君不似江樓月，南北東西，南北東西，只有相隨無
　　別離。　　　恨君卻似江樓月，暫滿還虧，暫滿還虧，待得
　　團圓是幾時

此詞是寫一位婦女與丈夫的別離之苦與對夫妻永久團聚的企盼。作爲詞的這種題材，早被一些天才詞人佔先了，並寫出那麼多傳誦千古的佳作，以至寫俗了，寫濫了，在藝術上實在是難以出新了。但我們讀了這首詞，卻覺得異樣新鮮。此詞詞人用了人們每天都能見到的月亮作比喻，以恨君不似月之與人相隨和恨君卻似月之漸滿還虧兩個側面，強調了夫妻應當長久團聚這一主旨，表現他對與夫「相隨無別離」的幸福生活的熱切企盼。詞人對這極爲平凡的題材，且被前此詞人無數次重複歌詠過的主題，卻寫得如此巧妙，如此自然，如此清新，如此深刻，實在是令人佩服的。而疊句的巧妙使用，使這首詞頗富民歌風味。這一點，深得古今詞評家的褒評。明代的卓人月云：「章法妙，疊句法尤妙。似女子口授，不由筆寫者。」〔註10〕現代詞論家吳世昌說：「此詞雖多重句，而意想高妙，措詞婉約，非能手莫辦。」〔註11〕這些讚語，都恰切地指出了這首詞求新求異所具有的藝術特色，使之極具藝術活力。

〔註 9〕王灼：《碧雞漫志》，第 9 頁，遼寧教育出版社，1998。
〔註10〕卓人月：《古今詞統》，第 144 頁，遼寧教育出版社，2000。
〔註11〕吳世昌：《詞林新話》，第 209 頁，北京出版社，1991。

　　詩與詞如果同詠一件事，一般地說，詩表現得深刻而直接，詞則表現得委婉而含蓄。建炎二年秋，呂本中離開宣城赴江西，重陽節取道旌德赴徽州，寫了一首詞和三首絕句，即《南歌子》「驛路侵斜月」和《水西與李彥恢相從余將取旌德趨徽州彥恢先歸旌德相候彭元任亦自太平縣來相送遇於三溪驛道同過旌德道中呈二子三首》詩，詞反比其詩感情表現得深刻而眞切。其詩云：

　　　　水西投宿近秋霜，起聽晨鐘厭束妝。尚惜故人輕作別，
　　亂山深處過重陽。

　　　　村場路僻多無酒，野菊寒深亦未花。底事中原歸不得，
　　又扶衰病過天涯。

　　　　白頭嫩入少年場，二老追隨卻味長。預喜尊前聽清話，
　　夜窗相對一爐香。

此詩感情不夠深切，寫得平平，缺乏感人的藝術力量。而《南歌子》「驛路侵斜月」，卻寫得深刻而婉轉，將詞人在亂離中故國之思的強烈情緒，表露無遺。比三首絕句寫得更深刻，更感人。詞云：

　　　　驛路侵斜月，溪橋度曉霜。短籬殘菊一枝黃。正是亂
　　山深處、過重陽。　　　旅枕元無夢，寒更每自長。只言江
　　左好風光。不道中原歸思、反淒涼。

此詞上闋寫景，充分展示了旅人逃難的情景：所見則「短籬殘菊一枝黃」，景致零落衰颯，一片殘枝敗葉；所爲則是「亂山深處過重陽」，雖遇佳節，卻心緒惶惶，行色匆匆。下闋抒情：旅枕無夢，寒更自長，「元」字與「每」字，加重了這淒涼的情景。他原以爲「江左好風光」，可以提起賞心悅目的興致，孰料因「中原歸思」之情緒濃烈，反而覺得情景淒涼，心緒不寧。此詞寫亂離之苦，抒故國之思，情緒濃而思力深，比其反映同樣題材的三首絕句來，寫得更深刻，更有藝術感染力。這在反映同樣內容的詩詞來說，實屬罕見。可以說在詩史上，是一個特殊的例外。

　　陳與義詞絕似其詩，其風格有著杜詩的沉鬱，有著東坡詞的超

曠。這種沉鬱而超曠的情思，深深地滲透在他的詞中。對於前者，詞評家似有忽略，罕見言及；而對於後者，詞評家幾乎是異口同聲的稱道，反覆強調其詞的超曠。譬如：

> 詞雖不多，語意超絕，識者謂其可摩坡仙之壘也。（黃昇《中興以來絕妙詞選》卷 1）

> 詩爲高宗所眷注，而詞亦佳，語意超絕，筆力排奡，識者謂其可摩坡仙之壘，非溢美云。（楊慎《詞品》卷 4）

> 其閩中《漁家傲》云：「今日山頭雲欲舉。青蛟翠鳳移時舞。行到石橋聞細雨。聽還住。風吹卻過西溪去。我欲尋詩寬久旅，桃花落盡春無數。渺渺籃輿穿翠楚，悠然處，高林忽送黃鸝語。」又《虞美人》云：「吟詩日日待春風，及至桃花開後、卻匆匆。」又《點絳唇》云：「愁無那。短歌誰和，風動梨花朵。」又《南柯子》云：「闌干三面看晴空。背插浮圖，千尺冷煙中。」皆絕似坡仙語。（楊慎《詞品》卷 4）

> 「憶昔午橋橋上飲……」筆意超曠，逼近大蘇（陳廷焯《白雨齋詞話》卷 1）

> 「漲帆欲去仍掩首」豪情壯語，不減東坡。（薛礪若《宋詞通論》）

> 此首（《臨江仙・憶洛中舊遊》）豪曠，可匹東坡。（唐圭璋《唐宋詞簡釋》）

如此等等，其詞風格之曠達超逸，有如東坡者，已成爲詞論家的共識，毋庸贅言。《四庫總目提要》更云：「吐語天拔，不作柳軃鶯嬌之態，亦無蔬筍之氣，殆於首首可傳，不能以帙之少而廢之！」誠然，誠然，他的詞應當引起我們的重視。

　　陳與義詞中的沉鬱悲涼之感，雖爲詞論家所忽略，其實是表現突出，且很有個性特色。如《憶秦娥・五月移舟明山下作》、《虞美人・大光祖席醉中賦長短句》、《清平樂・木犀》等，都具有深沉的感情，而且沉鬱的情調也是很濃烈的。展卷閱讀，就有一股悲涼沉鬱之氣撲面而來。

　　總之，呂本中、陳與義之詞的創作，努力推進「以詩為詞」，縮短了詩與詞的界線，使詞在改革發展中不斷前進。他們處在南渡之際，這是詞由北宋詞向南宋詞發展過渡的關鍵時期，而呂本中、陳與義詞的創作對這過渡與發展起了重要的推動作用，在詞史上取得了不可或缺的地位。

二

　　陳與義與呂本中之詞風格迥異：呂詞本之《花間》之艷冶而有所創新，其詞一洗《花間》的香艷之氣，更清麗、更自然、更本色；陳與義「以詩為詞」，其詞接近蘇詞之超逸清曠，詞風清逸、瀟灑、疏宕，略含沉鬱之氣。

　　呂本中 27 首詞，除有一、二首詠物詞外，幾乎都是寫友朋相思與夫婦離別之情。譬如：

> 去年今夜，同醉明月花樹下；此夜江邊，月暗長堤柳暗船。　　故人何處？帶我離愁江外去。來歲花前，又是今年憶去年。（《減字木蘭花》）

> 雪似梅花，梅花似雪，似和不似都奇絕。惱人風味阿誰知，請君問取南樓月。　　記得舊時、探梅時節。老來舊事無人說。為誰醉倒為誰醒，到今猶恨輕離別。（《踏莎行》）

> 梅花自是於春懶。不是春來晚。看伊開在眾花前。便道與春無分、結因緣。　　風前月下頻相就。笑我如伊瘦。幾回沖雨過疏籬。已見一番青子、綴殘枝。（《虞美人》）

這些寫風花雪月別愁離恨的詞作，風格俊峭而不軟媚，語言清新而無香艷之氣，詞味似淡而實則雋永，耐人尋味；語言自然本色。在宋詞中，實在都是上乘之作。

　　陳與義處亂離之際，其詞感慨深沉，多寓身世之感。他有兩首《臨江仙》詞，其一為「憶昔午橋橋上飲」，可謂壓卷之作，在詞史上有較高的地位，是詞史家必提、詞選家必選之作。其詞曰：

> 憶昔午橋橋上飲，坐中全是豪英。長溝流月去無聲。

杏花疏影裡，吹笛到天明。　　二十餘年如一夢，此身雖在堪驚。閒登小閣看新晴。古今多少事，漁唱起三更。

此詞上闋極言舊遊之樂，下闋極寫家國之悲，「如一夢」、「此身雖在堪驚」，無限的身世之感與家國之痛，隱寓其中。詞的詞句明淨，音調響亮，境界空靈，在前後鮮明的對比中，表現出深沉而強烈的感情。

陳與義《憶秦娥·五月移舟明山下作》云：「瀟湘浦。興亡離合，亂波平楚。……明山雨，白頭孤客，洞庭懷古。」寫亂離之感，情緒沉鬱，頗與表現其亂離之情的詩風格內容均相似者。又如《清平樂·木犀》：「楚人未識孤妍。離騷遺恨千年。無住庵中新事，一枝喚起幽禪。」在詠物中融入深沉的歷史感與禪意。也有語調頗似詩句者，如《定風波·重陽》：「九日登臨有故常，隨晴隨雨一傳觴。」直如七言律詩之首聯。如此等等，都構成了與呂本中詞個性迥異的藝術特色，語言疏宕，風格豪曠超逸，感情沉鬱。

三

呂本中、陳與義的詞，對南宋辛棄疾、姜夔兩派詞人的詞的創作，都有直接或間接的影響。

關於陳與義詞對後代詞人的影響，陶爾夫、劉敬圻在《南宋詞史》中，一再稱對姜夔詞有較大的影響。談到《臨江仙·夜登小閣，憶洛中舊遊》時說：「這首詞裡的『長溝流月』句，如可比方，當與白石『波心蕩、冷月無聲』相近。白石此句正來此詞。」〔註12〕在談到《虞美人》「扁舟三日秋塘路」時說：「正因為後兩句（晰按：指陳詞『今年何以報君恩。一路繁花相隨過青墩』。）寫物我兩忘的友情，所以姜夔在他的《惜紅衣》詞序中，才不惜篇幅把這兩句一字不易地照引無誤。於此也可見陳與義詞影響之廣。」〔註13〕並說：「這兩方面，在稍後姜夔的藝術追求中，均有所繼承並有新的發展。」〔註14〕

〔註12〕陶爾夫、劉敬圻：《南宋詞史》，第64頁，黑龍江人民出版社，1992。
〔註13〕同上註，第65頁。
〔註14〕同上註，第69頁。

　　誠然，陳與義詞對姜夔詞有所影響，這是無可諱認的事實。然則，論起陳詞對後代詞人影響之深廣，還是以辛棄疾爲是。雖然，我們從篇章詞句很難找到辛詞對陳詞的因襲，更無人將其納入辛派來論述。但就其詞中表現的豪邁曠逸的詞風與濃鬱的沉鬱情調來看，二者有許多神似之處。譬如辛棄疾的《摸魚兒》「更能消、幾番風雨？匆匆春又歸去。惜春長怕花開早，何況落紅無數！春且住，見說道、天涯芳草無歸路。怨春不語。算只有殷勤，畫檐蛛網，盡日惹飛絮。長門事，準擬佳期又誤。娥眉曾有人妒。千金縱買相如賦，脈脈此情誰訴？君莫舞。君不見玉環、飛燕皆塵土！閑愁最苦。休去倚危欄，斜陽正在，煙柳斷腸處。」此詞摧剛爲柔，極沉鬱頓挫之致。又《鷓鴣天·有客慨然談功名，因追念少年時事，戲作》，內容極其深沉，今昔對比，感慨無限，與陳與義《臨江仙·夜登小閣，憶洛中舊遊》，很有些相似之處。至於豪壯曠逸之詞，在辛棄疾詞中更是不勝枚舉。總之，辛詞的超曠、沉鬱、以詩爲詞等，都受到了陳與義詞的影響。元好問說：「坡以來，山谷、晁無咎、陳去非、辛幼安諸公，俱以歌辭取稱，吟詠情性，留連光景，清壯頓挫，能起人妙思。亦有語意拙直，不自緣飾，因病成妍者，皆自坡發之。」〔註15〕他以爲陳與義與辛棄疾詞，都受了東坡詞的影響。不言而喻，二人詞風很有些接近的地方。白敦仁先生認爲「《無住詞》在某種意義上說也開了《稼軒詞》的先河」。〔註16〕其說是頗有道理的。

　　關於姜夔的詞，與其說是受了陳與義詞的影響，毋寧說受了呂本中詞的影響。呂本中詞之清疏，和姜詞之風格有相似的地方，姜詞語言略帶瘦硬，這在呂本中詞裡也能找到一點源頭。

　　呂本中的《采桑子》「亂紅夭綠風吹盡，小市疏樓。細雨輕鷗。

〔註15〕元好問：《新軒樂府引》，引自孫自強：《唐宋人詞話》，第 587 頁，河南文藝出版社，1999。

〔註16〕白敦仁：《陳與義》，引自呂慧娟等：《中國歷代著名文學家評傳》（續編二），第 212 頁，山東教育出版社，1989。

總向離人恨裡收。年年春好年年病，妾自西遊。水自東流。不似殘花
一樣愁。」用語似壓縮餅乾，其瘦硬而乾的特點，不是與姜夔詞的用
語風格很相似麼？這絕不是一個孤證。像這類詞的語言風格，在呂本
中詞中是很多的。譬如：

> 有夢常嫌去遠，無書可恨來遲。一杯濁酒兩篇詩。
> 小檻黃花共醉。(《西江月》)

> 舊愁百種誰知。除非是見伊時。最是一春多病，
> 等閒過了酴醾。(《清平樂》)

> 傍人幾點飛花。夕陽又送棲鴉。試問畫樓西畔，
> 暮雲恐去天涯。(《浪淘沙》)

這些略帶瘦硬而清疏的詞句，不是與姜夔的某些詞風很相像的麼？作
爲江西詩派的重要詩人，呂本中詩自然受了黃庭堅、陳師道的某些影
響，而姜夔早年的詩歌創作，也受了江西詩派的影響。他們的詩作同
源而呂本中在先。呂本中後來有意擺脫陳、黃的影響，而姜夔詩的創
作後來也改變詩風而自立門戶。這種詩的創作道路，很大程度上影響
了他們的詞風。當然，詞與詩在創作上存在著很大的差異，各有不同
的寫作路數，但他們在詞的創作上，還是不可避免地受到了江西詩派
創作的某些影響，尤其是受到了他們自己詩歌創作的影響，其詞之詞
句都略有峭麗與瘦硬，而意境的清疏也有近似之處。吳淳還云：「南
宋詞至姜氏堯章，始一變《花間》、《草堂》纖穠靡麗之習。」〔註17〕
其實，呂本中早已開始「變《花間》、《草堂》纖穠靡麗之習」了。在
這方面，難道白石對呂本中詞沒有一些因襲承繼麼？

第三節　張元幹與張孝祥

　　張元幹與張孝祥，都是南宋初期的愛國詞人。張元幹年長，是南
渡詞人，張孝祥是從小就生長在南宋的。張元幹雖然比張孝祥大四十

〔註17〕吳淳還：《序武唐俞氏白名詞鈔》，引自孫自強：《唐宋人詞話》，第
　　669 頁，河南文藝出版社，1999。

一歲，但他壽長，只比張孝祥早離世八年，張孝祥和張元幹幾乎有著相同的時代生活環境。當時，一方面是廣大人民與愛國志士、愛國將領，有著積極抗金恢復中原的強烈願望；另一方面，則是以宋高宗趙構為首的投降派當政，對外屈膝投降，訂立屈辱的賣國和約，對內嚴厲打擊壓制抗金派。二張是積極主張抗金的，當然受到了投降派的排擠與打擊。他們用詞抒寫自己的豪情壯志，抒寫欲恢復祖國大好河山而不可得的憤激心情，反映了時代的呼聲，表現了鮮明的時代精神。其詞都豪放悲壯，這與當時頗為悲壯的時代息息相關；在詞的創作上，上承蘇軾，下啓辛棄疾，在宋代豪放派詞的發展上，起了承前啓後的作用。

一

張元幹與張孝祥，生活在中華民族較苦難的時代，處於民族矛盾較尖銳的歷史時期。他們都積極投入維護祖國統一的民族鬥爭的洪流中，同時也都填寫了許多愛國詞，托情寄意，表現了極大的愛國熱忱。這些愛國詞是與投降派鬥爭的產物，它駿發踔厲，顯示出尖銳的鬥爭鋒芒，反映了廣大人民與時代的呼聲，讀來是很能振奮人心的。

張元幹（1091～1161）字仲宗，自號真隱山人、蘆川居士，福建永福縣人。政和年間入仕途，宣和七年（1125）任陳留縣丞。靖康元年（1126）為李綱僚屬，積極投身於抗金鬥爭。欽宗聽信讒言將李綱免職，元幹也因此獲罪。後避亂江南，又遭流言，他「不屑與姦佞同朝，飄然掛冠」。〔註18〕紹興元年（1131）致仕，時年四十一歲。張元幹雖然休官還鄉，其愛國豪情並未消減，充滿愛國豪情的《賀新郎》二首，就是這一時期的代表作，後因此而受到秦檜的迫害，於紹興二十一年（1151）被削籍下獄。秦檜死後，張元幹出

〔註18〕毛晉：《蘆川詞跋》，引自曹濟平校注：《蘆川詞》，第 243 頁，上海古籍出版社，1991。

獄，客死他鄉。

張元幹年輕時就胸懷壯志，有著強烈的愛國思想，他又親歷了靖康之難，因此，他很早就積極投身於抗金的戰鬥中，他的愛國詞是其投身於抗金鬥爭的產物。《賀新郎·寄李伯紀丞相》、《賀新郎·送胡邦衡謫新州》是他最著名的兩首愛國主義的詞篇。李綱（字伯紀）、胡銓（字邦衡）是當時主戰派的領袖，均因反對紹興八年（1138）的宋金議和而遭貶謫。前者寫於紹興八年，當時宋向金屈膝議和已成定局，李綱上書反對，後罷居福建長樂，張元幹在福州作此詞以寄；後者寫於紹興十二年（1142），紹興八年十一月，胡銓上書反對議和，請斬主和者王倫、秦檜、孫近三人以謝天下，被相繼貶爲昭州鹽倉和福州簽判，之後又進一步受到秦檜迫害，被除名編管新州，在胡銓「得罪權臣，竄謫嶺海，平生親黨，避嫌畏禍，惟恐去之不速」〔註19〕之時，罷居福州的張元幹置個人安危於不顧，聞訊即爲之餞別，並寫出了這首慷慨悲壯的詞篇。他這兩首《賀新郎》詞既是對議和派的嚴正抗議，又代表了廣大人民抵抗金國保衛祖國的正義呼聲。可謂聲震屋瓦感人肺腑之作，因而受到歷代詞評家的讚美，謂其「剛風勁節，人所共仰」，〔註20〕「情見於詞，即悠悠蒼天之意」，〔註21〕「慷慨悲歌，聲動簡外」。〔註22〕就因這兩首詞，張元幹後來被除名。

《石州慢·己酉秋吳興舟中作》，也是一首慷慨激越的詞：

　　　　雨急雲飛，驚散暮鴉，微弄涼月。誰家疏柳低迷，幾點流螢明滅。夜帆風駛，滿湖煙水蒼茫，孤蒲零亂秋聲咽。夢斷酒醒時，倚危檣清絕。　　　心折，長庚光怒，群盜縱橫，逆胡猖獗。欲挽天河，一洗中原膏血。兩宮何處？塞

〔註19〕蔡戡：《蘆川居士詞序》，引自曹濟平校注：《蘆川詞》，第 240 頁，上海古籍出版社，1991。

〔註20〕葉申薌：《本事詞》，引自曹濟平校注：《蘆川詞》，第 4 頁，上海古籍出版社，1991。

〔註21〕陳廷焯：《詞則》，引自曹濟平校注：《蘆川詞》，第 9 頁，上海古籍出版社，1991。

〔註22〕永瑢等：《四庫全書簡明目錄》，第 893 頁，中華書局，1964。

　　垣只隔長江，唾壺空擊悲歌缺。萬里想龍沙，泣孤臣吳越。

此詞作於 1129 年，是一首「忠愛根於血性」〔註23〕的愛國詩篇。上
闋寫景，蒼茫淒切的景物與國家之沉重災難渾然交融，景中見情，深
寓國事的感慨；下闋直抒憂時傷國的情懷，發抒恢復中原、驅除強虜
的迫切願望和屢遭摧折的憤激，感情沉鬱悲涼，語言鏗鏘有力，是非
常感人的詩篇。

　　張元幹雖然在四十一歲時就被迫致仕，隱居雲林，不與政事，但
他仍然關心國事，強烈的愛國情懷並未因致仕而沖淡，其愛國之情是
經常溢於言表而見諸詞章的：

　　　胸中萬頃空曠，清夜炯無眠……調鼎他年事，妙手看
烹鮮。(《水調歌頭》「平日幾經過」)

　　　聽子談天舌本，澆我書空胸次，醉臥踏冰壺。(《水調歌
頭・罷秩後漫興》)

　　　洗盡人間塵土，掃去胸中冰炭，痛飲讀《離騷》。縱有
垂天翼，何用釣連鰲。(《水調歌頭・丁丑春與鍾離少翁張元鑒登
垂虹》)

　　　孤負男兒志，悵望故園愁……猶有壯心在，付與百川
流。(《水調歌頭・追和》)

如此等等，都表現了他深厚的愛國感情以及壯志難酬的憤激，感情沉
痛之至。他現存十四首《水調歌頭》，都有豪氣。他將其鬱勃的愛國
情懷一寓於詞，感情激越，才氣縱橫，血淚紛然，力透紙背，真可謂
「字在紙上皆軒昂」了。

　　張孝祥（1132～1169），字安國，號于湖，歷陽烏江人。紹興二
十四年（1154）中進士第一；秦檜的孫子失去了第一名，秦檜懷恨，
因誣陷下獄。秦檜死後，才出任秘書正字。隆興元年（1163），經張
浚推薦，任中書舍人，直學士院兼都督府參贊軍事，繼又代張浚為建

〔註23〕陳廷焯：《詞則》，引自曹濟平校注：《蘆川詞》，第 32 頁，上海古籍
　　　　出版社，1991。

康留守。孝宗乾道五年（1169）卒於蕪湖。他在短暫的一生中，顯示出傑出的從事政治活動的能力。

　　張孝祥是一位才氣縱橫的愛國詞人，他那著名的《六州歌頭》「長淮望斷」，十分感人，據《朝野遺記》載：「安國在建康留守席上賦此。歌闋，魏公（張浚）為罷席而入。」〔註24〕有人形容其感人的情景說：「魏公流涕而起，掩袂而入。」〔註25〕陳廷焯評此詞云：「淋漓痛快，筆飽墨酣，讀之令人起舞。」〔註26〕可見此詞藝術魅力之強，感人之深，非一般泛泛之作可比。

　　張孝祥以慷慨悲壯的情懷，抒發他抗擊金兵統一中國的雄心壯志。胸襟博大，感情沉鬱。

　　　　雪洗虜塵淨，風約楚雲留。何人為寫悲壯，吹角古城樓。湖海平生豪氣，關塞如今風景，剪燭看吳鈎。剩喜然犀處，駭浪與天浮。　　憶當年，周與謝，富春秋。小喬初嫁，香囊未解，勳業故優游。赤壁磯頭落照，淝水橋邊衰草，渺渺喚人愁。我欲乘風去，擊楫誓中流。（《水調歌頭·聞采石戰勝》）

這首詞作於宋高宗紹興三十一年（1161）的冬天。在此前一年，「虞允文督建康諸軍以舟師拒金主亮於東采石，戰勝卻之」。〔註27〕采石之戰的勝利，使南宋朝廷又一次轉危為安，舉國振奮。張孝祥在臨川任上，獲戰報後激動不已，作了這首詞。此詞上闋以「雪洗虜塵淨」破空著筆，氣勢浩瀚，並流露出未能參戰的遺憾。又連用典故抒發自己的愛國豪情，歌頌采石之戰的勝利，並表達對敵人的蔑視態度。下闋以「憶」字領起，驅遣故實，藉以抒發掃清中原、恢復故土的宏大抱負，這首詞感情深沉而強烈，異常深刻地表現出縱深的歷史感與強

〔註24〕宛敏灝：《張孝祥詞箋校》，第 1 頁，黃山書社，1993。
〔註25〕陳霆：《渚山堂詞話》，引自宛敏灝：《張孝祥詞箋校》，第 1 頁，黃山書社，1993。
〔註26〕陳廷焯：《白雨齋詞話》，第 152 頁，人民文學出版社，1959。
〔註27〕脫脫：《宋史》，第 606 頁，中華書局，1985。

烈的現實感，詩人處處以國事爲重的深厚而博大的愛國情懷躍然紙上，有著很強的感人的藝術力量。

張元幹與張孝祥同是愛國詞人，由於個人生活經歷不同，藝術修養差異，他們的愛國情感在詞裡表現，實際上仍有較明顯的差別。

第一，張元幹是南渡詞人，他年輕時是在北方度過的，親歷了靖康之難，有著深切的亡國之痛，感情是憤激的。這種憤激之情，在詞中時有表現。張孝祥是南宋詞人，他一生沒有到過北方。他雖然對恢復中原有著強烈的願望，感情慷慨激昂，但似乎缺少張元幹那種感同身受的眞切感情。

張元幹有時通過一些詞作，流露出強烈的故國之思與懷念中原人民的眞切心情，感情眞純而熾烈。譬如：

夢中原，揮老淚，遍南州。（《水調歌頭‧追和》）

別離久，今古恨，大刀頭。老來長是清夢，宛在舊神州。（《水調歌頭‧和薌林居士中秋》）

西窗一夜蕭蕭雨，夢繞中原去。（《虞美人》「菊坡九日登高路」）

中原舊遊何在？頻入夢，老眼空潸。撩人冷蕊，渾似當時，無語低鬟。（《十月桃》「年華催晚」）

如此等等，通過對夢境的描寫，表現了他對中原夢繞魂牽的思念之情，反映出他對恢復中原故土夢寐以求的迫切心情，他對祖國山河殘破的沉痛心情，時有流露。這不僅因爲他青年時期生活在北方，更因爲詞人有著強烈的愛國精神，因此他的愛國詞篇寫得眞切而感人。

張孝祥愛國熱情在詞中的表現，主要是通過直接抒發他對收復失地的強烈願望，慷慨悲歌，激情洋溢：

念腰間箭，匣中劍，空埃蠹，竟何成！時易失，心徒壯，歲將零……使行人到此，忠憤氣填膺，有淚如傾。（《六州歌頭》「長淮望斷」）

聞道璽書頻下，看即沙堤歸去，惆悵且從容。君王自

神武，一舉朔庭空。(《水調歌頭‧凱歌上劉恭父》)

好把文經武略，換取碧幢紅旆，談笑掃胡塵。勳業在
此舉，莫厭短長亭。(《水調歌頭‧送謝倅之臨安》)

如此等等，詞中的感情憤激而慷慨，洋溢著悲壯的情緒，壯志難酬悲
憤壓抑的心情時露筆端。當他於乾道五年（1169）春致仕，雖然「已
是人間不繫舟」，完全可以不與政事，仍感慨「暝煙多處是神州」。因
此，他那「酒闌揮淚向悲風」的情懷，始終是縈繞心頭的。

第二，張元幹被迫致仕，長期不在其位，收復故土的宏偉抱負無
由施展，心中鬱悶，有時故爲曠達；張孝祥雖然屢遭投降派的排擠與
打擊，然仍居國家重要崗位，因此他對保疆守土以及恢復故土，有著
執著而強烈的責任感。

張元幹在其詞中，有時表現出一種寵辱皆忘、遊戲人間的曠達心
情：

乘除了、人間寵辱、付之一笑。(《永遇樂‧爲洛濱橫山作》)

念老去，風流未減，見向來、人物幾興衰！身長健、
何妨遊戲，莫問棲遲。(《八聲甘州‧陪筠翁小酌橫山閣》)

這種表面的曠達，掩飾著愛國不得、悲憤難訴、抑鬱不平的心情，並
非是眞的看破紅塵、「萬事不關心」了。如果我們只看到他表面的曠
達，則可能導致對他的曲解。對這類詞的眞正理解，是應瞭解其處境
和身世的，知人論世不可或缺。

張孝祥則往往是壯志難伸的怒吼，其抑鬱不平痛苦憤激之情，溢
於言表。

欲吐平生孤憤，壯氣橫秋。浩蕩錦囊詩卷，從容玉帳
兵籌……何況我君恩深重，欲報無由。長望東南氣王，從
教西北雲浮。斷鴻萬里，不堪回首，赤縣神州。(《雨中花慢》
「一舸凌風」)

漫郎宅裡，中興碑下，應留屐齒。酌我清尊，洗公孤
憤，來同一醉。(《水龍吟‧過浯溪》)

他的孤憤，他的壯氣，是一種積極用世而不得的憂國情懷。他始終希

望大宋中興，恢復「赤縣神州」，從而一統的大宋江山。

二

以詞的風格而言，二張的愛國詞，都是豪放悲壯的。

談到張元幹詞的風格，《四庫總目》云：「今觀此集，即以二闋壓卷（按：指《賀新郎》二首），蓋有深意。其詞慷慨悲涼，數百年後，尚想其抑塞磊落之氣。然其他作，則多清麗婉轉，與秦觀、周邦彥可以肩隨。」〔註28〕毛晉云：「人稱其長於悲憤，及讀《花庵》、《草堂》所選，又極嫵秀之致，真堪與《片玉》、《白石》並垂不朽。」〔註29〕這些評論都是切中要害的，基本上是符合張元幹詞的創作實際的。

張元幹詞的風格，有豪放也有婉約，就數量而言，豪放詞並不多，而婉約詞佔到其全部詞作的十之八九。當然，他的豪放詞也絕不止《賀新郎》二首，《石州慢・己酉秋吳興舟中作》、《水調歌頭・同徐師川泛太湖舟中作》、《水調歌頭・和薌林居士中秋》等，都是豪放之作。但我認為，張元幹詞的風格就數量而言，清麗婉秀之作為多，而且不乏傳誦千古的名篇；就其藝術價值而論，以憤激慷慨的豪放之作為勝。他的詞在創作上，不是婉約派的追隨者，而是豪放派的中堅。宋代的豪放派詞人，幾乎都不是以豪放風格的數量為多，如豪放派的魁首蘇軾、辛棄疾，其豪放詞的數量遠未過半，蘇軾的豪放詞充其量不過有十多首罷了；也不是因為豪放詞藝術水準最高，而是以其創作在詞史上的傑出貢獻。因為在蘇、辛的婉約詞中，都不乏絕倫之作，豪放派對詞的題材、風格、表現方法，都作了極大的開拓，擴展了詞的創作路子，提高了詞反映現實的能力，使詞昂揚著時代精神，洋溢著愛國情緒。詞人作為時代的鼓手，擂動鼓槌，鼓勵和激發人們向腐朽黑暗的勢力衝擊，昂揚奮進於生活激流之中，以期到達光明的彼岸。

詞本來就帶有極濃厚的綺羅香澤之態，是士大夫青樓狎妓、流連

〔註28〕曹濟平校注：《蘆川詞》，第 244 頁，上海古籍出版社，1991。
〔註29〕同上註，第 243 頁。

光景、茶餘酒後消遣的產物，帶有濃鬱的娛樂性。其內容本身就有一種非時代精神、非理想的存在，風格清麗輕倩，適於表現一種淡淡的哀愁和百無聊賴的情緒。這在傳統的觀念中被視為詞的本色，婉麗清切、深情綿緲的婉約詞被視為詞的正統，它表現的感情細膩、深婉、纏綿，帶有女性的溫柔多情，加上曲調的優雅，具有鮮明的陰柔之美，真不失為一種好的藝術風格。然在兩宋之交，詩人面臨著國破家亡的嚴峻現實，這種輕柔曼倩的格調就顯得與時代格格不入了。豪放詞那種高亢激越的調子，才與時代合拍。其重要地位，首先是因為他從這種脂粉氣極濃的窄狹圈子裡衝了出來，走上一條反映現實生活的康莊大道。因此，張元幹的這種豪放詞，有著響亮的時代腳步聲，繼蘇軾之後，他在詞的發展上建立了不朽的功勳。他以詞抒情言志，並在藝術表現上，適當吸收了詩的某些表現技法，從思想內容到藝術表現，對詞都有所發展和開拓。

　　張孝祥詞也以豪放著稱於世。「所謂駿發踔屬，寓以詩人句法者也。自仇池僊去，能繼其軌者，非公其誰與哉？」〔註30〕把他視作蘇軾的繼承人，「繼其軌者」非他莫屬，這個看法是符合實際的。他的詞除了豪放英邁以外，也有瀟灑自然的一面，「然其瀟散出塵之姿，自在如神之筆，邁往凌雲之氣，猶可以想見也」。〔註31〕《水調歌頭》「江山自雄麗」寫浪漫的神仙世界，高潔似屈子，感情深沉似辛棄疾，誠古今詞中不可多得之佳作。《水調歌頭》「淮楚襟帶地」詞是為黃州州守汪德邵所建無盡藏樓而作，此詞將無盡藏樓與閭丘公顯的棲霞樓相比，接著又巧妙地隱括前後《赤壁賦》片段，使古思今情融而為一。《水調歌頭》「五嶺皆炎熱」開頭宜接用杜甫《寄楊萬桂州》中詩句，下闋化用韓愈《送桂州嚴大夫》中詩意，渾化無跡。《水調歌頭》「濯

〔註30〕湯衡：《張紫微雅詞序》，引自宛敏灝：《張孝祥詞箋校》，第 1 頁，
　　　　黃山書社，1993。
〔註31〕陳應行：《于湖先生雅詞序》，引自宛敏灝：《張孝祥詞箋校》，第 3
　　　　頁，黃山書社，1993。

足夜灘急」，用《楚辭》典，頗有楚辭的韻味，筆姿豪雄。其詞善於化用古人的詩意，形成渾然一體的詞的意境。他的詞豪放悲壯，充溢著沉鬱悲慨之氣，上繼蘇軾的清曠，對辛棄疾沉鬱風格的形成，有著深遠的影響。

二張愛國詞的藝術風格，顯然有許多近似的地方，但仍有自己的藝術個性，表現出各自不同的特色。

第一，張元幹有著慷慨激昂的情緒，張孝祥詞卻洋溢著沉鬱悲涼的情調。

張元幹既遭離亂，又遭姦佞的陷害，一生鬱鬱不得志，雖欲愛國抗金而不可得。其詞往往是直抒胸臆，感情激越，發抒不得志的牢騷和對現實的不滿情緒，詞風豪放而激越。《石州慢·己酉秋吳興舟中作》、《滿江紅·自豫章阻風吳城山作》、《水調歌頭·同徐師川泛太湖舟中作》等，都有這樣的藝術特色。

張孝祥受《楚辭》的影響較深，表現出頗為濃鬱的浪漫主義傾向。他能以遒勁之筆，寫其清曠之胸懷，想像奇特，風格雄放，意境闊大。其詞豪放而雄奇，有悠揚婉轉之致。他很少直抒胸臆，更不是直奔主題的。他思維活躍，富於藝術才情，感情豐富，情緒跌宕起伏，使詞更具有感人的藝術力量。《念奴嬌·過洞庭》、《雨中花慢》「一舸凌風」、《水調歌頭·隱靜山中大雨》等，都具有這種特色。

第二，二張都寫了大量的婉約詞，取得了相當高的藝術成就。張元幹婉約詞接近周、秦，或工巧，或善於鋪敘，各有特色。張孝祥的婉約詞接近蘇、歐，或清曠，或深婉，均有極致之作。

張元幹詞或似周邦彥詞之鋪敘，如《蘭陵王》「卷珠箔」、《隴頭泉》「少年時」；或如秦觀詞之工巧，如《菩薩蠻》「黃鶯啼破紗窗曉」、《卜算子》「風流濕行雲」等，他的婉約詞，頗得詞論家好評。或謂《臨江仙·荼蘼有感》「態甚」，「遲媚溫悴，有含辭未吐，氣若芳蘭

之意」；〔註32〕或云《清平樂》「明珠翠羽」「傳神之筆，麗而不佻」；
〔註33〕或說《樓上曲》「樓外夕陽明遠水」「意味深長，音調古雅，艷
體中《陽春白雪》也」。〔註34〕如此等等，都以爲他的婉約詞藝術高
妙，達到了很高的藝術境界。

　　據宛敏灝先生考證，張孝祥年輕時曾與李氏同居，生張同之，
後被迫送李氏入道觀。他對李氏情深意厚，感念情深，集中有《念
奴嬌》「風帆更起」、《木蘭花慢》「送歸雲去雁」、《木蘭花慢》「紫簫
吹散後」、《轉調二郎神》「悶來無那」、《虞美人》「雲消煙漲清江浦」，
或抒生離死別之情，或敘遠離思念之悲。感情眞摯而深厚，文辭悲
麗而婉約，具有隱秀清麗之美。

　　餘如《西江月》「問訊湖邊春色」、《浣溪沙》「行盡瀟湘到洞庭」，
或清曠，或清麗，均爲千古傳誦之作，而《多麗》「景蕭疏」，則又以
輔敘見長。因此，他的婉約詞也得到後來詞論家的好評，況周頤謂
《菩薩蠻》「東風約略吹羅幕」「綿麗蕃艷，直逼《花間》。求之北宋
人集中，未易多覯」。〔註35〕王闓運評《念奴嬌》「洞庭青草」云：「飄
飄有凌雲之氣，覺東坡『水調』，猶有塵心。」〔註36〕的確，此詞寫
得含蓄俊爽，飄舉高遠，空靈有奇氣。他的婉約詞也是非同凡響的。

　　以婉約詞而論，張元幹具清麗俊秀之美，張孝祥有悠揚婉轉之
致。在婉約詞的發展中，佔有重要的地位。

三

　　作爲宋代兩位著名的豪放派詞人，張元幹與張孝祥上承蘇軾，下
啓辛棄疾，在豪放詞的發展上作出了重要的貢獻，在詞史上寫下了極

〔註32〕曹濟平校注：《蘆川詞》，第 83 頁，上海古籍出版社，1991。
〔註33〕同上註，第 164 頁。
〔註34〕陳廷焯：《白雨齋詞話》，第 197 頁，人民文學出版社，1959。
〔註35〕況周頤：《蕙風詞話・廣蕙風詞話》，第 102 頁，中州古籍出版社，
　　　2003。
〔註36〕唐圭璋：《宋詞三百首箋注》，第 143 頁，上海古籍出版社，1979。

爲重要的一頁。

二張詞的藝術風格介於蘇、辛之間，由於生性豪放曠達而近於蘇，由於受時代風氣之影響而近乎辛。其才氣橫溢，風格近似於蘇詞的豪放清曠；他們蹉厲奮發、慷慨豪壯卻與辛詞爲近。雖然他們在詞史上的地位和影響都十分接近，但仍略有不同。大致說來，張元幹對蘇詞的繼承爲多，張孝祥對辛詞的影響爲大。

蘇軾才氣橫溢，然一生坎坷而不得志，屢遭貶謫，甚而有縲絏之苦，然其性格曠達，處世超脫，其詞以清曠見長。張元幹一生充滿了愛國豪情，然在壯年就受權奸的迫害，被迫致仕，然心胸開闊，性格曠達豪放，故多清曠之作，格調極類蘇詞。因此，從詞的承傳說，張元幹詞受蘇軾詞的影響較大，特別是那曠達的詞，與蘇詞如出一轍。

張孝祥雖然英年早逝，卻歷任要職，且對國事十分關注。從當時的政治形勢看，南宋僅半壁河山，金兵壓境，處於危亡之秋。最高統治者不思奮發抵抗，卻採取妥協投降政策。作爲愛國志士的張孝祥，直面嚴峻的現實而產生沉鬱悲憤之感。這種頗爲悲壯的情緒一寓之於詞，讀其詞令人產生悲憤沉咽之情。其詞對辛棄疾詞的創作，產生了很大的影響。

二張是蘇、辛詞發展的中介人物，在豪放詞的發展中，張元幹在於對豪放詞的承傳，使其綿綿不絕，繼承發展之功絕不可沒；張孝祥在於啓後，推動了豪放詞向新的高潮發展，推波助瀾之功十分顯赫。

第四節　辛棄疾與劉克莊的壽詞

祝壽詞在南宋詞壇上是一道亮麗的風景線：當時壽詞創作數量之多與藝術質量之高，都令人嘆爲觀止。壽主既有皇帝、宰閣大臣，也有士農工商、平民百姓；其內容既涉及到國計民生、天下興亡之大事，也關涉到老百姓的柴米油鹽、福壽吉祥。南宋著名的愛國詞人辛棄疾和劉克莊，都寫了大量的壽詞：辛存壽詞 44 首，居宋代個人祝壽詞

創作數量的第 6 位；劉存壽詞 95 首，居宋代個人祝壽詞創作數量的第 2 位。〔註37〕而辛棄疾、劉克莊又是同派詞人，將其祝壽詞作以比較研究，對辛、劉詞的創作評價以及對辛派詞人的深入研究，都有其重要意義。

<h1 style="text-align:center">一</h1>

祝壽詞就創作類別而言，可分爲自壽詞和壽人詞兩種。因其祝壽的對象不同，擬對其分別進行研究。

先說自壽詞。

劉克莊自壽詞數量很多，他到了晚年，幾乎是「年年生朝年年壽」，而且寫起來興致特高，一和再和，不能自休。譬如，他在 76 歲時，寫了《轉調二郎神》，其題序云：「余生日，林農卿贈此詞，效之。」這種獨木橋體，寫起來本來就難度很大，加之又是和詞，內容、韻調都不免有所拘限。他竟不顧煩難，一連寫了 5 首，令人驚嘆。又如，他在 71 歲生日時，寫了《水龍吟・丁巳生日》，筆力亦健，一連寫了6 首，令人佩服。

劉克莊自壽詞的內容，主要是寫退隱生活以及不甘寂寞的心情與因無所作爲而產生的憤懣情緒。

劉克莊是一位事功很切、事業心極強的人，在內憂外患重重、國勢而衰的當日，他很想施展自己的才能抱負，在挽狂瀾中盡一份力量。然事與願違，他經常被迫退隱，一生辭官竟達七次之多。他的壽詞，表面是寫隱逸生活的樂趣，但在字裡行間卻滲透了對退隱強烈的不滿情緒，發泄著不得志的牢騷。譬如他最早寫的一首自壽詞《最高

〔註37〕劉尊明據：「《全宋詞》計算機檢索系統」檢索出宋代寫壽詞最多的依次爲：「魏了翁 100 首、劉克莊 89 首、劉辰翁 89 首、李曾伯 59首、史浩 51 首、辛棄疾 47 首、沈瀛 43 首……」見劉著：《唐宋詞綜述》136 頁，中國社會科學出版社，2004 年版。本文辛、劉壽詞數字據本人手工統計，與劉檢索數字略有出入，但不影響壽詞多寡的排序。

樓‧戊戌自壽》：

> 南嶽後，累任作祠官。試說與君看。仙都玉局纔交卸，
> 新銜又管華州山。怪先生，吟膽壯，飲腸寬。　　去歲擁、
> 旌旗稱太守，今歲帶、笭箵稱漫叟。慵入鬧。慣投閒。有時
> 拂袖尋种放，有時攜枕就陳摶。任旁人，嘲潦倒，笑痴頑。

此詞寫於宋理宗嘉熙二年戊戌（1238 年），時年 52 歲，他被罷官家
居，主管雲臺觀，於生日時，遂作此詞以自壽。

　　宋代祠官是為優撫罷退官員而設的閒職，只領俸，不管事。寫此
詞時，劉克莊已被三度罷職，四為祠官。在官場上的這種坎坷遭遇，
使他極為憤懣而又無可奈何。於是，藉此詞以抒憤。此詞上闋敘事，
抒其累任祠官的牢騷：一個「累任」，極寫心情的鬱悶，是總寫。從
南嶽到仙都、玉局、華州不厭其煩，逐一點名「試說與君看」，是分
敘。心中的牢騷與不平，噴薄而出。如此累任祠官，居然還有膽量吟
詩、飲酒，一股怨憤之氣不斷噴湧。下闋抒寫被任祠官的不滿情緒。
先以去年稱太守，反襯今歲稱「漫叟」。本來太守能有作為，可惜時
間太短，如今只能帶竹籠去釣魚，被人稱為「漫叟」了，並進而以种
放、陳摶自比，任旁人嘲笑全不在乎。表現出作者內心強烈的憤懣與
行為上的疏狂之態。

　　這種被迫閒置而憤懣疏狂之態，在後村的自壽詞中，每每出現：

> 依然這後村翁，阿誰改換新曹號。虛名砂礫，旁觀冷
> 笑，何曾明道。吟歇後詩，說無生話，熱瞞村獠。被兒童
> 盤問，先生因甚，身頑健、年多少。　　不茹園公芝草。
> 不曾餐、安期瓜棗。要知甲子，陳摶差大，邵雍差小。肯
> 學痴人，據鞍求用，染髭藏老。待眉毛覆面，看千桃謝，
> 閱三松倒。（《水龍吟‧癸丑生日，時再得明道祠》）

此詞情緒激烈，詞人在盡情發泄再主明道的不滿，後村主明道祠四
年，除起居舍人，兼侍講，旋被人攻擊，再主明道觀。因此心中極為
憤懣，內心充滿抑鬱不平之氣。表現在詞中，時而機智俏皮，時而狂
放，時而語言冷峭。但從本質上說，卻是發泄人生易老、壯志難酬的

悲痛。他直面現實、直面人生，欲展鴻圖壯志的心情十分迫切。他在
《賀新郎・實之三和有憂邊語，走筆答之》中說：「國脈微如縷。問
長纓，何時入手，縛將戎主。未必人間無好漢，誰與寬些尺度。……
自古一賢能制難，有金湯、便可無張許。快投鞭，莫題柱。」他時刻
想的是民族的興衰，國家的安危，而最高統治者卻將他職權罷免，使
主道觀，吃一碗閒飯。於是他無可奈何的哀嘆：「放逐身藍縷。被門
前、群鷗戲狎，見推盟主。若把士師三黜化，老子多他兩度。」（《賀
新郎・再用前韻》），他大聲疾呼：「欲託朱絃寫悲壯，這琴心脈脈誰
堪許？」這悲壯之音，究竟誰懂、誰聽？滿朝昏昏，誰能像劉克莊那
樣壯懷激烈、傾心國事？這悲歌要唱到幾時？這憤怒何時才消？「烈
士暮年，壯心不已」，然最高統治者只管讓他做祠官，吃閒飯，這讓
他悲涼，使他心酸。他一而再、再而三的被罷黜，被免官，一次又一
次地讓他作祠官，這對他是多麼沉重的打擊，他對退隱之思的反覆吟
唱，實際是心情的鬱悶與無奈，寫這類詞，只是抒發胸中的鬱悶與悲
憤罷了，他何曾想到歸隱田園之樂？

　　《洞仙歌・癸丑生朝和居厚弟韻，題謫仙像》，是一首特殊的自
壽詞：

　　　　上林全樹，曾借君棲宿。朝過瑤臺暮群玉。忽翩然、
　　脫下宮錦袍來，□□□，卻向齊州受籙。　　等閒揮醉筆，
　　咳唾千篇，長與詩家竊膏馥。身是酒星文星，剛被詩人，
　　□喚做，禁中頗牧。便散髮、騎鯨去何妨，從我者誰歟，
　　安期徐福。

這是一首很特殊的自壽詞：從題序和詞的內容看，都不像是自壽詞，
而是在生日這一天的和韻之作，是題李白像，藉以寫詩人不平凡的一
生。然仔細揣摩，卻是一首地道的自壽詞，他是藉李白的遭際以自況。
此詞是他在生日這一天寫的，因為堂弟居厚獻祝壽詞，而他是和韻
的。為什麼生日的和韻之作卻題李像？居厚的祝壽詞是否與此有關？
根據和韻的規則逆推，大概居厚也是題李白像兼賀壽，或者在祝壽詞

中有以詩人李白喻擬劉克莊，因而，後村在和詞裡才有題李白像之舉動。題李白像，就在盛讚李白中隱含以李白自況之意。李白得到唐玄宗的賞識，在長安那麼得意；放逐後又那麼飄然瀟灑，難道後村也不是如此麼？李白「閑揮醉筆，咳唾千篇」，是「禁中頗牧」；出朝後，「便散髮、騎鯨」，「從我者」有「安期徐福」，劉克莊在朝時的一時得意與放逐後的疏狂，不也和李白相似麼？總之，這首詞在盛讚李白才華與放逐後的浪漫瀟灑，隱喻作者的一生遭際與悲觀。李白像從何而來，似可不必深究，而作者在生日這一天題李白像的這首詞，卻值得我們深思和探討的。

辛棄疾的自壽詞只有三首，即《柳梢青·辛酉生日前兩日，夢一道士話長年之術，夢中痛以理折之，覺而賦八難之辭》、《江神子·侍者請先生賦詞自壽》、《臨江仙·壬戌歲生日書懷》。《柳梢春》是一首說理詞，是痛斥一些道士妄言長生之術的。它緊緊圍繞著「長年之術」對道士的胡說八道，從「煉丹」、「辟穀」等四個方面作了批判，語言質樸，風格平實，但道理卻講得透徹、精闢。形式上用獨木橋體，也自成一格。《江神子》與《柳梢春》立意相近，說人生易老，長生難學。結尾又宕開一筆，謂「莫道長生學不得，學得後，待如何？」別開生面，引人深思。

《臨江仙·壬戌歲生日書懷》，是一首別具一格的自壽詞：

六十三年無限事，從頭悔恨難追。已知六十二年非。只應今日事，後日又尋思。　　少是多非惟有酒，何須過後方知。從今休似去年時。病中留客飲，醉裡和人詩。

此詞對自己一生作了總結，並寫了今後的打算。已過花甲了，生日這天，對一生作個認真反思，想想今後的路咋走，該是最有意義的，是對生日的最好慶祝。上闋是寫對往事的反思：開頭二句寫往事悔恨難追。接著說「已知六十二年非」，一生竟有那麼多過錯。四五句是說，今日的態度只能是現在認定是對的就去做，至於是否真的就做對了，還有待歷史的檢驗。下闋寫今後的打算：換頭二句是說飲酒能減少是

非。接著說從今改弦易轍，不再因病止酒。今後只能隨緣自適，飲酒賦詩。詞人在貌似平靜地敘說中，充滿了憤懣與不平；在似是坦誠的言辭中，卻不免皮裡陽秋。他對一生是非功過的看法，隱含著生不逢時壯志難酬的悲慨。今後也只能隨緣自適，過一番逍遙平靜的日子，哪會大展鴻圖，實現恢復神州的壯舉。這實在是無可奈何的啊！此詞在表面平靜中飽含著鬱勃不平之氣，在甘願隨緣自適中，有多少不滿與無奈！

　　這三首詞雖各有特色，但在辛詞中不算拔尖的作品，情感較平實，內容單一，在內容的豐厚與形式的多樣上，比劉克莊的自壽詞不免略輸一籌；然劉克莊的自壽詞多而偏濫，用典多而偏僻，以藝術的精純而言，則只好讓辛棄疾的自壽詞居先了。

<h2 style="text-align:center">二</h2>

　　再說壽人詞。

　　辛棄疾有壽人詞 41 首，劉克莊有壽人詞 47 首，數量相當，內容相仿，不僅是辛、劉壽詞的精華，也是宋詞壽詞中的精品。有些壽詞，至今仍放射著耀眼的光華，值得我們珍視。

　　辛棄疾、劉克莊都是愛國的，處世積極的，他們都很關心國事民生，並有強烈的事功精神，因此在其壽人詞中，往往懇切地祝賀對方積極處世，愛國愛民，功垂史冊，彪炳千秋。

　　辛棄疾一生懷著恢復神州的雄心壯志，因為最高統治者的因循與軟弱，其志期期不能實現。而其愛國情緒，一觸即發。他在壽人詞中，往往滲透了愛國情感。他的《水龍吟‧甲辰歲壽韓南澗尚書》就發散著強烈的愛國情緒，不僅在辛詞中，而且在整個宋人祝壽詞中，都是優秀的、堪稱首屈一指的傑作：

　　　　渡江天馬南來，幾人真是經綸手？長安父老，新亭風
　　景，可憐依舊！夷甫諸人，神州陸沉，幾曾回首！算平戎
　　萬里，功名本是，真儒事，公知否？　　況有文章山斗，

對桐陰、滿庭清畫。當年墮地，而今試看：風雲奔走。綠
野風煙，平泉草木，東山歌酒。待他年、整頓乾坤事了，
爲先生壽。

感情悲壯豪邁，痛快淋漓！一般壽詞往往跳脫不出功名、富貴、神仙
的窠臼，難免塵俗、諛佞、虛誕之譏，而此詞卻側重從平戎萬里、整
頓乾坤方面落筆，其思想境界迥出常見的壽詞之上。上闋以晉室播遷
借喻宋室南渡，以古喻今，慨嘆當權的統治者中沒有眞正治國平戎的
「經綸手」，隱含對經綸濟世者登臺亮相的呼喚；下闋則從文章、家
世、才能等方面稱譽韓元吉，謂其能夠經綸濟世，接著筆鋒一轉，期
望韓氏能結束今日的退隱生活，東山再起，力挽狂瀾，整頓乾坤。通
首或借古喻今，或援古諷今，典故信手拈來，自然慰貼；風格沉鬱頓
挫，慷慨激越；感情淋漓悲壯，催人奮起。將壽詞思想藝術水平推到
極致。誠如常國武先生所說：「壽詞有此，亦猶宮體詩之有張若虛的
《春江花月夜》，庶幾可以無憾了。」〔註38〕

把祝壽與事功聯繫起來，希望壽主在國難當頭之日，努力奮起，
建功立業，完成最壯偉的恢復祖國河山的事業。這在辛棄疾的壽人詞
中，隨處可見：

聞道清都帝所，要挽銀河仙浪，西北有胡沙。回首日
邊去，雲中認飛車。(《水調歌頭·壽趙漕介庵》)

千古風流今在此，萬里功名莫放休。君王三百州。

燕雀豈知鴻鵠，貂蟬元出兜鍪。卻笑盧溪如斗大，肯
把牛刀試手不？(《破陣子·為范南伯壽》)

功業後來看，似江左、風流謝安。(《太常引·壽韓南澗尚
書》)

這些詞，讚頌壽主之事功，寄寓自己的愛國情思，在國難當前，吹起
了戰鬥的號角，發出了時代的最強音，決不能以尋常壽詞目之。

劉克莊壽人詞，也有愛國情緒的表現。《水調歌頭·壽胡詳定》

〔註38〕常國武：《新選宋詞三百首》，第 342 頁，人民文學出版社，2000。

云：「中原公案未了，直下欠人當。試問玉門關外，何似金鑾殿上，此段及平章。富貴倘來耳，萬代姓名香。」他鄭重地以恢復中原寄託，以「萬代姓名香」爲賀，表現了他深厚的愛國情懷。但他所處的時代，國力更衰弱，本來就國窮民困，統治階級又加大了對農民的勒索，農民不堪其苦。因此，劉克莊壽詞中出現了許多爲民請命之作，表現了他對農民生活的關懷和同情。如《鵲橋仙·鄉守趙丞生日》：

> 去年無麥，今年多稼，盡是君侯心地。向來寺寺總拘椿，今有不拘椿底寺。　　省倉展日，米場鐫價，萬落千村蒙惠。更將補納放寬些，便是個、兩京循吏。

此詞爲鄉守趙丞賀壽，而頌揚其救荒賑災善政。上闋頌揚趙鄉守善政。開頭以「去年」、「今年」年成對舉，頌揚鄉守政績：去年鬧災荒，今年獲豐收。接著以「向來」、「今有」官員比較，以歷來地方官都拘守封椿存倉例規，不肯開倉賑災，來突出趙鄉守之愛護百姓而開倉賑災。下闋對趙鄉守提出希望，爲民請命。先望他擴大善政，延長征糧入倉期限，降低米價。進而請求：今年「補納」期限也望「放寬些」，以減輕百姓困難。作爲祝壽詞，角度獨特，思想深刻。如此直接地反映社會問題，爲民請命之作，在宋詞中還是罕見的。餘如《賀新郎·戊戌壽張守》，是爲張守祝壽的，他說：「不要漢庭誇擊斷，要史家編入循良傳。」勸他不要作酷吏而作循良吏，其「宅心忠厚」，也是從老百姓著想的。

在壽人詞中，劉克莊爲賈似道寫了六首祝壽詞：即《賀新郎·傅相生日壬戌》、《滿江紅·傅相生日癸亥》、《滿江紅·傅相生日甲子》（兩首）、《漢宮春·丞相生日乙丑》、《沁園春·平章生日丁亥》。賈似道是禍國殃民的權奸，劉一再爲他寫壽詞，遂爲後人所垢病。

賈似道當國日，朝野爲之賀壽，壽詞以數千計。周密《齊東野語·賈相壽詞》有云：

> 賈師憲當國日，臥治湖山，作堂曰「半閑」，治圃曰「養樂」，然名爲就養，其實怙權固位，欲罷不能也。每年八月

　　八日生辰，四方善頌者以數千計。悉俾翹館謄考，以第甲
　　乙，一時傳頌，爲之紙貴，然皆諛詞囈語耳。

爲人正直的劉克莊，竟加入善頌者的行列，行「諛詞囈語」，實在是令人難以理喻的。這難免引起爭議，怎樣看這一問題呢？

　　劉克莊一生關心國事，在「國脈微如縷」、內憂外患極爲嚴重的情勢下，期盼能有大力者挽狂瀾於既倒，而賈似道早年有才氣，政治上頗露鋒芒；任相以後，曾經打擊宦官，抑制外戚，剜掉政權內這兩個大毒瘤，這在客觀上是深得人心的。劉克莊早年「受知忠肅賈公，辨章尤相親敬」，〔註39〕他與賈氏父子關係非同尋常；賈似道景定元年四月返闕，六月，克莊除秘書監，當是似道援引。如此等等，他不免對賈似道有知遇之感，誠如王士禎云：他「論揚雄作《劇秦美新》及蔡邕代作群臣上表，皆詞嚴義正，然其《賀賈相啓》、《賀賈太師復相啓》、《再賀平章啓》，蹈雄、邕之覆轍而不自覺。」〔註40〕他與賈氏的親和關係，在某種程度上遮蔽了他的眼睛，減弱了他對賈氏的辨識力；在皇帝獨攬大權、信息非常閉塞的封建時代，最高權力機構的爭權奪利，普通人是不夠瞭解的。何況當時朝內鬥爭極爲複雜，而他又遠離權力核心，這就造成了他對賈氏政治態度的誤判。而在賈似道本質尚未充分暴露時，跟隨大家對賈祝壽，說了一些好話，這與明知賈是壞人而仍予大唱讚歌者是有本質區別的。因爲他在賈當政時，對其仍有許多批評，論事不論人的。這些壽詞，與其說是有意寫諛詞，賣身投靠；毋寧說是病重亂投醫，是對有所作爲的能扭轉乾坤的政治人物登場亮相的企盼。因此，而懷疑後村的亮直，訛病後村是大可不必的。

附：辛棄疾與杜斿

　　杜斿，字叔高。1189 年，他從故鄉金華到三百里之外的上饒，

〔註39〕錢仲聯：《後村詞箋注》，第 361 頁，上海古籍出版社，1980。
〔註40〕同上註，第 382 頁。

拜訪罷官閒居的辛棄疾，兩人一見如故，相處極爲歡洽；1200 年，杜斿再次拜訪辛棄疾，相得甚歡。杜斿兩次拜訪，辛與之宴遊與贈答，存詞十二首、詩二首。與杜酬應的作品之多，不但在辛集中少有（稼軒與趙晉臣酬應詩二首、詞二十四首），就是在中國文學史上，也實屬罕見。其中《賀新郎·用前韻送杜叔高》、《婆羅門引·別叔高，叔高長於楚詞》、《上西平·送杜叔高》，詞的感情深摯，對其詩評價甚高。譬如，杜斿第一次拜訪辛棄疾告別時，辛棄疾寫了《賀新郎·用前韻送杜叔高》：

> 細把君詩説：恍餘音鈞天浩蕩，洞庭膠葛。千尺陰崖塵不到，惟有層冰積雪。乍一見寒生毛髮。自昔佳人多薄命，對古來一片傷心月。金屋冷，夜調瑟。　　去天尺五君家別。看乘空魚龍慘淡，風雲開闔。起望衣冠神州路，白日銷殘戰骨，嘆夷甫諸人清絕！夜半狂歌悲風起，聽錚錚陣馬檐間鐵。南共北，正分裂。

此詞對杜斿詩歌作了由衷的讚賞：言其詩聲律之美，則說「恍餘音鈞天浩蕩，洞庭膠葛」；論其詩境界之高峻，則謂「千尺陰崖塵不到，惟有層冰積雪。乍一見寒生毛髮」。讚詩人人品之高潔而不遇，則曰：「自昔佳人多薄命，對古來一片傷心月。金屋冷，夜調瑟。」對其人品、詩品的崇賞，到了無以復加的地步！下闋則縱論時勢，兩人對時局的看法十分契合，他們有著共同的政治立場，共同的愛國心願，對金人統治的北方人民非常關切：「起望衣冠神州路，白日銷殘戰骨。」對空談誤國者予以責斥：「嘆夷甫諸人清絕！」夜半悲歌，抒發了高亢的愛國豪情。

關於杜斿的詩，《全宋詩》未收。檢諸其他典籍，僅存《嚴先生釣臺》一首而已。詩云：「斯人眞隱處，寂寞使人愁。正著雙臺在，還從一老遊。涼風動陰壑，斜日下滄洲。灘畔沉沉水，潛魚亦避鈎。」〔註41〕即此杜斿之詩，可見一斑。但當時的文人對其詩評價頗高。葉

〔註41〕厲鶚：《宋詩紀事》，第 1622 頁，上海古籍出版社，1983。

適《贈杜幼高》詩云：「杜子五兄弟，詞林俱上頭。規模古樂府，接續後春秋。奇崛令誰賞，羈棲浪自愁。」〔註42〕這雖係贈其弟幼高之詩而論及兄弟五人，但杜斿當不失爲著名詩人。陳亮評云：「叔高之詩，如干戈森立，有吞虎食牛之氣。」〔註43〕惜無詩集行世。《吳禮部詩集・杜端父墨跡》：「叔高嘗問道朱子，與幼安諸人遊，端平以布衣召，入秘閣校讎。」〔註44〕同書談到其兄伯高、仲高、其弟幼高均有集傳世，而不及叔高，可見其詩文未結集，創作數量當不多。吳師道生活的時代去杜斿不到百年，他對這位同鄉前賢十分仰慕，而其所談，均據杜氏後代提供，當無誤。從現存的一首詩看，或未能超拔群儕。既然如此，辛棄疾與杜斿初次相交，何以對其詩如此讚賞？爲什麼對他本人有如此高的評價。蓋杜斿第一次訪辛，帶有莊嚴的使命，是特爲調解朱熹與辛棄疾的誤解而來的。他對朱熹門人杜斿的讚賞，是對朱熹蘭溪之會爽約的諒解，同時不無愛屋及烏之意。

　　1188 年，陳亮曾約朱熹在蘭溪與辛棄疾晤談，縱論天下大事。朱熹《戊申與陳同甫書》有云：「承許見訪於蘭溪，甚幸。」〔註45〕屆時辛、陳赴會而朱熹爽約。對此辛棄疾《賀新郎》「把酒長亭說」詞序有明確的記載：「陳同父自東陽來。過余，留十日，與之同遊鵝湖，且會朱晦庵於紫溪，不至，飄然東歸。」紫溪，鎮名，在江西鉛山縣南四十里，路通甌閩，居民麇集。鄧廣銘云：「蘭溪疑爲紫溪之別稱。」〔註46〕極是。朱熹爲什麼爽約不至？當有委曲或別的思考。陳亮與朱熹交往已久，朱既應陳之約而又爽約，當不是對陳有所顧慮，顯然有別的原因，或因爲對辛棄疾的作爲與影響有所顧忌。辛棄疾是著名的愛國詞人，他以恢復北方領土爲己任。所謂「看試手，補天裂」（《賀新郎・同父見和再用前韻》），「了卻君王天下事，贏得生

〔註42〕傅璇琮等：《全宋詩》，第五〇冊，第 31242 頁，北京大學出版社，1998。
〔註43〕陳亮：《陳亮集》，第 268 頁，中華書局，1975。
〔註44〕《四庫全書・禮部集》卷十六。
〔註45〕鄧廣銘：《辛棄疾年譜》（增訂本），第 110 頁，上海古籍出版社，1997。
〔註46〕鄧廣銘：《稼軒詞編年箋注》，第 236 頁，上海古籍出版社，1993。

前身後名」(《破陣子・爲陳同甫賦壯詞以寄之》)。這雖則是寄希望於陳亮，又何嘗不是以此自勉與自期？這次閒居上饒，是因爲被彈劾而罷官。據《宋史》本傳記載，「臺臣王藺劾其用錢如泥沙，殺人如草芥」，〔註47〕崔敦詩《辛棄疾落職罷新任制》：「肆厥貪求，指公財爲囊橐；敢於誅艾，視赤子猶草菅。」〔註48〕加上當時主戰派與主和派的劇烈的鬥爭，他的出處，在士人中以至朝廷上，都存在著尖銳的對立。辛棄疾被劾落職，朱熹或有誤解；加上他覺得蘭溪之會「但恐無說話處」。〔註49〕或因此爽約。朱熹已應而爽約對陳、辛，特別是對辛棄疾在感情上是一次很大的打擊，而朱熹本人這樣做雖必有原因，但於理有礙，特派其門人杜斿說明蘭溪之會爽約的原因，藉以疏通關係，自在情理之中。他的《答杜叔高》書，當是得到杜斿首次到上饒訪辛棄疾後的覆函。書云：「辛丈相會，想極款曲。今日如此人物，豈易可得。向使早裡來有用心處，則其事業俊偉光明，豈但如今所就而已耶。彼中見聞豈不有小未安者？想亦具以告之。渠既不以老拙之言爲嫌，亦必不以賢者之言爲忤也。」〔註50〕「向使早裡來有用心處」，當指辛棄疾不拘小節，被言官或政敵抓住把柄。「彼中見聞豈不有小未安者」，當指辛在上饒構室宏麗，其用費不免引起懸測，遭到物議。洪邁《稼軒記》云：「既築室百楹，度財佔地什四。」〔註51〕陳亮《與辛幼安殿撰》：「如聞作室甚宏麗，傳到《上梁文》，可想而知也。見元晦說潛入去看，以爲耳目所未曾睹，此老言必不妄。去年亮亦起數間，大有鷦鷯肖鷗鵬之意，較短量長，未堪奴僕命也。」〔註52〕在朋友眼中，尚且如此，若讓政敵稍加渲染，則對辛棄疾處境極爲不利。朱熹對此當有勸告，辛或欣然納之。「賢者之言」，當指杜斿對辛棄疾

〔註47〕鄧廣銘：《辛棄疾年譜》(增訂本)，第94頁，上海古籍出版社，1997。
〔註48〕同上註。
〔註49〕同上註。第110頁。
〔註50〕同上註，第112頁。
〔註51〕辛更儒：《辛棄疾資料匯編》，第3頁，中華書局，2005。
〔註52〕同上註，第42頁。

的坦誠相告。如此，朱熹與辛棄疾的君子之交，杜斿在中間起了很大的作用。因此，辛棄疾對杜斿非常器重，在臨別贈詞中，極力稱其詞品、人品。從以後辛棄疾與朱熹的密邇交往中，也可以看出杜斿此次拜訪辛棄疾的勞績。

　　紹熙三年壬子（1192）春，辛棄疾赴福建提點刑獄任經崇安時，特至武夷精舍拜會朱熹。以後與朱熹遊從甚繁，情誼甚款。朱熹在《答辛幼安啓》、《朱子語類・中興至今人物》、《朱子語類・雜記言行》都論及辛棄疾。紹熙四年癸丑（1193），稼軒在被召赴行在途中，訪朱熹於建陽，勸其赴任就經略安撫使。慶元六年（1200）三月，朱熹卒，稼軒爲文往哭之。《宋史・辛棄疾傳》云：「熹歿，僞學禁方嚴，門生故舊至無送葬者，棄疾爲文往哭之，曰：『所不朽者，垂萬世名。孰謂公死，凜凜猶生。』」〔註53〕從他後來和朱熹親近的關係以及對朱熹如此評價，足見杜斿初訪之功高。

　　杜斿於 1200 年再訪辛棄疾時，辛棄疾長期閒居，因世態炎涼，門可羅雀；而聲氣相投之故人遠道來訪，自然興奮之至。二人相得甚歡。恨不永久團聚。因此，在別離時，就特別難捨難分：

> 落花時節，杜鵑聲裡送君歸。未消文字湘纍，只怕蛟龍雲雨，後會渺難期。更何人念我，老大傷悲？　　已而已而。算此意，只君知。記取岐亭買酒，雲洞題詩。爭如不見，纔相見便有別離時。千里月兩地相思。（《婆羅門引・別叔高，叔高長於楚詞》）

此詞中詩人抒發了極強烈的鬱勃的愛國激情。意謂杜斿非池中物，終當風雲聚會；而自己功業未就，老大傷悲，此情只有杜知。摯友短促的相會而又別離，徒然引起感情的波瀾。「爭如不見，才相見便有別離時」。離情之苦，以見其二人友情之深。

　　又如《上西平・送杜叔高》：

> 恨如新，新恨了，又重新。看天上多少浮雲？江南好

〔註53〕鄧廣銘：《辛棄疾年譜》（增訂本），第 186 頁，上海古籍出版社，1997。

景，落花時節又逢君。夜來風雨，春歸似欲留人。　尊
如海，人如玉，詩如錦，筆如神。能幾字盡殷勤。江天日
暮，何時重與細論文？綠楊陰裡，聽《陽關》門掩黃昏。

此詞首三句寫重重疊疊連綿起伏難以斬斷之離恨。「看天上多少浮
雲？」則揭出恨之由來，是因為「浮雲蔽日」。前半闋大筆濡染，寫
二人相會的時令與政治背景。後半闋寫送別：「尊如海」以下四句，
讚其氣豪與善詩。如此摯友相別，怎能不產生無窮無盡的感傷？可謂
情真意切，「字在紙上皆軒昂」了。從這些詞不難看出，辛棄疾與杜
斿有著共同的愛國熱忱與激情。也使人感到，詞人知己難覓，而杜斿
的詩酒風流、愛國熱情，令人不禁拍案激賞。因此，辛棄疾對他十分
友好，在他們短短的相聚期間，辛棄疾寫了兩首詩、十二首詞，除上
文列舉的三首詞外，餘如《武陵春》「走來走去三百里」、《錦帳春·
席上和杜叔高韻》、《浣溪紗·別杜叔高》、《玉蝴蝶·追別杜叔高》等，
都是感情深摯之作。由此可見兩人相處感情融洽、親密無間。他們已
有很深的誼情，絕非泛泛之交。

　　辛棄疾與杜斿之兄杜斿也有很深的交往，他有《水調歌頭·即席
和金華杜仲高韻並壽諸友惟醻乃佳爾》。寫出了他們相交的感情。後
來，辛棄疾帥浙東時，曾為其開山田。高翥《喜杜仲高移居清湖》題
下有自注云：「稼軒為仲高開山田，仲高有《辛田記》。」〔註54〕杜斿
是「金華五高」中頗有才華的一位，今存《癖齋小集》，存詩二十首，
是杜氏五兄弟中存詩最多者，惜為《全宋詩》失收。

　　杜氏是金華的名門大族，「金華五高」在當地聲名甚大，他們與
地方官員，文人學士有著廣泛的交遊。除上文提到的葉適、高翥等人
外，還有陸游、項安世等都與之有醻應詩傳世。朱熹在政治思想上，
或與陳亮、辛棄疾有異，然在愛國抗金、收復中原的壯志上卻是一致
的。杜斿在調解辛、朱之間的矛盾上起了良好的作用。如此等等，都

〔註54〕傅璇琮等：《全宋詩》，第五五冊，第 34136 頁，北京大學出版社，
　　　　1998。

加深了辛棄疾對杜甫的崇賞之情。

第五節　陳亮與劉過

陳亮、劉過，都是著名的辛派詞人。其詞既有豪放、恣肆、雄壯之作，也有婉約、綺麗、工巧之什。他們存詞數量相當、詞風相近、創作成就相若，在詞史上並駕齊驅，因稱陳、劉。然其詞畢竟還有各自的個性特色，爲了更清晰地辨識其各自的藝術特性，就有詳加比較研究的必要。

一

陳亮（1143～1194），字同甫，號龍川，浙江永康人。他是南宋著名的政論家、哲學家、詞人，曾上書孝宗，力主抗金，未被採納。一生坎坷，三次下獄。光宗紹熙四年（1193）舉進士第一，授簽書建康府判官，未至官而卒。《宋史》有傳，有《龍川詞》，存詞七十四首。

劉過（1154～1206），字改之，號龍洲道人，吉州太和人。曾多次上書朝廷，陳述恢復中原的方略，未被採納。四次應舉不第，流落江湖，終身未仕。有《龍洲詞》，存詞八十二首。

陳亮、劉過生活的時代，是在宋、金「隆興議和」之後。南渡以後，宋、金經過幾十年的反覆較量，幾乎勢均力敵，誰也消滅不了對方而統一中國。遂有南北議和、休養生息、發展生產的局面。儘管如此，然其議和條件是極不平等的：金、宋稱叔侄之國，宋每年還要向金進奉許多財物。南宋勢力雖似處於劣勢，而民氣旺盛，民心向宋：一方面，曾經在北宋時代生活過的北方老人，他們在異族統治下，有亡國之痛，極想南北統一而回到祖國懷抱；另一方面，南方的愛國官員與士人，也欲打敗金人，完成統一祖國的大業。陳亮、劉過都是著名的愛國詞人，他們一生無職無權，卻爲祖國的統一呼號奔走，奮鬥不息。詞則是他們用以戰鬥的重要武器，他們不停地吹起響亮的戰鬥號角，發出強烈的戰鬥呼聲。

二

　　陳亮、劉過都以豪放詞著稱。雖然他們也都寫了相當數量的婉約詞，有些婉約詞也受到詞評家的高度重視與讚賞，然終竟都是以豪放詞名世的。他們有著極深厚的愛國思想與感情，都懷有恢復北方領土、統一祖國的強烈願望，其豪放詞大多是感情飽滿、昂揚憤激，飽含愛國感情的詞。陳亮的《水調歌頭·送章德茂大卿使虜》、《念奴嬌·登多景樓》、《賀新郎·寄辛幼安和見懷韻》、《賀新郎·懷辛幼安用前韻》、《三部樂·七月送丘宗卿使虜》等，其感情都是慷慨英發、壯懷激烈的。誠如馮煦所云：「『堯之都，舜之壤，禹之封，於今應有一個半個恥和戎』；《念奴嬌》云：『因笑王謝諸人，登高懷遠，也學英雄涕』；《賀新郎》云：『舉目江河休感涕，念有君如此何愁虜』；又『涕出女吳成倒轉，問魯為齊弱何年月』。忠憤之氣，隨筆湧出，並足喚醒當時聾聵，正不必論詞之工拙也。」〔註55〕其論極是。

　　陳亮的豪放詞，都是典型的政治詞——寫其政治觀點、態度，抒其壘坷不平的政治抱負。葉適在《書龍川集後》中說：「（亮）有《長短句》四卷，每一章就，輒自嘆曰『平生經濟之懷，略已陳矣』。」〔註56〕他以詞陳經濟之懷在於用世。因此，其愛國之情，用世之志，往往溢於言表。雖然其詞未能將其政治觀念融化成鮮明的藝術形象，有的詞略似激昂慷慨的政治口號，然卻有著強烈的感情色彩，有著激動人心的力量。且獨具風格，斬截痛快，雄放恣肆之氣寓於其中。他曾經讚揚杜斿的詩說：「叔高之詩如干戈森立，有吞虎食牛之氣。」〔註57〕杜氏詩今僅存《嚴先生釣臺》一首，其詩平平，不足以當陳亮之評價。若借用此語評價陳亮自己的豪放詞，倒是十分恰切的。如「堯之都，舜之壤，禹之封，於中應有，一個半個恥臣戎」（《水調歌頭·

〔註55〕馮煦：《蒿庵詞話》，第 66 頁，人民文學出版社，1959。
〔註56〕姜書閣：《陳亮龍川詞箋注》，第 172 頁，人民文學出版社，1980。
〔註57〕陳亮：《陳亮集》，第 269 頁，中華書局，1974。

送章德茂大卿使虜》），的確是「干戈森立，有吞虎食牛之氣」。這幾句雖然都不免是一些政治口號，但因感情濃烈，節奏急促，有急急風般的旋律，充滿了正氣與雄氣。語言斬釘截鐵，氣概雄肆激蕩，振奮人心，具有摧靡起懦之功效。對陳亮的豪放詞，詞論家給予了很高的評價。張德瀛云：「其發而為詞，乃若天衣飛揚，滿壁風動，惜其每有成議，輒招妬口，故骯髒不平之氣，輒寓於長短句中。」〔註58〕劉師培云：「龍川之詞，感憤淋漓，眷懷君國。」〔註59〕陳廷焯評《水調歌頭・送章德茂大卿使虜》云：「精警奇肆，幾於握拳透爪。」〔註60〕李調元謂：「讀之令人神王。」〔註61〕對其詞中飽含的愛國激情與感人的藝術力量，給予了很高的評價。

劉過的《沁園春・御閱還上郭殿帥》、《沁園春・寄辛稼軒》、《沁園春・代壽韓平原》、《沁園春・張路分秋閱》、《滿江紅・高帥席上》、《六州歌頭・題岳鄂王廟》等詞，感情慷慨激越，都是典型的豪放詞。

對劉過豪放詞的藝術個性，劉熙載曾有肯綮的評價：「劉改之詞，狂逸之中自饒俊致，雖沉著不及稼軒，足以自成一家。」〔註62〕這話說得極有分寸，恰到好處。與陳亮頗為峻厲的豪放詞相較，他的詞卻有幾分逸情，幾分俊致。譬如《沁園春・御閱還上郭殿帥》，對於郭杲部伍的整肅、雄壯，多讚美之詞，並表達了對他的希冀：「威撼邊城，氣吞胡虜，慘淡塵沙吹北風。中興事，看君王神武，駕馭英雄。」儘管有人說它「慷慨激烈，髮欲上指」，〔註63〕但卻不像陳亮詞感情

〔註58〕張德瀛：《詞徵》，引自唐圭璋：《詞話叢編》，第4163頁，中華書局，1986。

〔註59〕劉師培：《論文札記》，引自吳熊和：《唐宋詞匯評》（兩宋卷），第2599頁，浙江教育出版社，2004。

〔註60〕陳廷焯：《白雨齋詞話》，第24頁，人民文學出版社，1959。

〔註61〕李調元：《雨村詞話》，引自唐圭璋：《詞話叢編》，第1424頁，中華書局，1986。

〔註62〕劉熙載：《藝概》，第111頁，上海古籍出版社，1978。

〔註63〕陳廷焯：《白雨齋詞話》，第155頁，人民文學出版社，1959。

那麼峻急，那麼咄咄逼人。字裡行間，仍流注著一些逸致。

　　劉過寫詞，喜歡追求藝術的獨創，形成獨樹一幟的藝術個性。其
《沁園春・寄辛承旨時承旨招不赴》，文情恢詭，妙趣橫生。以詞的
結構而言，以白居易、林逋、蘇東坡三位詩人的對話爲中心，構成了
詞的重心，且上下片渾然一體，而又首尾照應，頗似匠心獨運的嚴謹
的文章結構。雖然在寫法上借鑒了辛棄疾詞的對話體，但對辛詞的寫
法又有很大的發展與超越。質言之，他只是在對話體方式上受了辛棄
疾的影響，而從整體的藝術構思來說，則完全是獨創的，是自成一格
的。詞人將不同時代的三位詞人，放在相同的空間對話，看似荒唐、
荒誕，實則通過豐富的藝術想像力，營造了一個超越時空的完全和諧
的詞境，閃現著超人意表的藝術創造的光芒。這種寫法，在古今詞中
確是獨一無二的，因此受到詞評家的由衷讚譽。或謂「落墨自佳」，
〔註64〕或謂「借蘇、白、林三人之語，往復成詞，逸氣縱橫。如宜僚
弄丸，靡不如意，雖非正調，自是創格」。〔註65〕「落墨自佳」、「自
是創格」，自是不易之論。

　　以創作群體而言，陳、劉均爲稼軒羽翼。陳與辛相互崇賞，交
誼極深。他富於天才，又極有激情。其詞雖與稼軒近似，然才氣過
人，不爲稼軒所囿，也不受詞的格律的束縛。其豪放詞與其說是抒
其愛國之情，毋寧說是以詞陳其政治策略，希望得到當政者的採納；
劉過是辛棄疾的幕僚，他對辛詞往往是效其體、學其格，也有其悲
壯與飄逸的詞的境界。雖偶有青出於藍之作，然以整體而言，終難
超脫樊籬。陳亮以激情直切取勝，劉過以狂逸俊致見長。他們的豪
放詞，往往是語直無迴旋，語實欠空靈，語剛少嫵媚，缺乏剛柔相
濟之筆，似無沉鬱婉約之情。因此，狂呼叫噪之聲似乎有餘，悠揚
婉轉之韻稍嫌不足。

〔註64〕羅振常：《蟫隱廬龍洲詞序》，引自馬興榮：《龍洲詞校箋》，第95頁，
　　　　江西人民出版社，1999。
〔註65〕俞陛雲：《唐五代兩宋詞選釋》，第398頁，上海古籍出版社，1985。

三

　　陳亮、劉過一生都未入仕，但似乎還可以說他們有在朝在野之分。陳亮中狀元後，授簽書建康府判官，未到任而卒。然作為一個執著的愛國的哲學家、思想家，陳亮始終關注著朝廷大事，並以其言論干預朝政；劉過雖然也關注朝政，並多次向朝廷獻書，終竟是落第秀才，流落江湖，成為一名狂士與謁客。兩人都極力主張抗金，有著強烈的愛國感情。然論感情之執著，劉不如陳。陳亮始終以政治家自居，其詞在於陳經濟之策；劉過則以詩人自任，藉詞抒發其愛國之情。在對待現實問題的態度上，有嚴肅與浪漫之分；在心理態勢上，有執著與狂逸之別。陳亮處事嚴肅、認真，劉過處事任性、狂放。陳把個人命運與國家興衰及前景緊緊地結合在一起，處世態度是積極的，對恢復北方領土是充滿信心的。劉過對國家民族的感情極深，然卻帶有狂逸與落魄的本色，或玩世不恭，且時有頹唐情緒的流露。誠如魯迅所說：「從噴泉裡出來的都是水，從血管裡出來的都是血。」〔註66〕劉、陳的詞毫無例外。劉過的《沁園春·寄辛承旨時承旨招不赴》，其作意似是貪戀西湖之美景，流連不去；實為抬高身價，頗有攀身份之嫌，表現出狂士謁客的心態與做派。同時，也不無玩弄藝術技巧、顯示詞才以邀崇賞之意。他不像陳亮詞那樣直陳方略，展其胸中經濟之策，詞風也沒有陳亮的橫放恣肆，故顯現著狂逸俊致的詞風。

　　陳亮與當時政治界、思想界的重要人物交往甚密，如葉適、朱熹、辛棄疾等，都是在政治思想上頗有建樹、卓有影響的人物，陳亮與之關係十分深切。可以說陳亮已完全融入了上層社會，是官僚當中不可或缺的一員，他們對政治國事的看法，也十分近似。因此，在政治上同聲相應，互為援手。陳亮已處於政治鬥爭的漩渦，既受到反對者千方百計的誣陷，也得到孝宗、光宗皇帝的賞識與期許和政治界、思想

〔註66〕魯迅：《而已集》，第 112 頁，人民文學出版社，1973。

界以及上流社會人士的保護。他的三次入獄雖然都事出有因，但也受
到了政見不同者的落井下石，也得到了政見一致者的援手與庇護。故
其三次入獄，已遠非事件本身，而有其更爲廣闊的社會背景。劉過一
生，只是一個謁客、幕僚的身份而已，他始終未能躋身於上層社會。
同樣與辛棄疾有著深厚交往的陳亮、劉過，辛棄疾對他們的看法卻迥
然有別：他將陳亮視爲政治家與政治界的畏友；而對劉過只是賞其作
詞的才華，入幕則與之唱和，離開時則予厚饋而已。

　　陳亮的豪放詞，大多是與朋友交往中的酬應之作，且好多是祝
壽詞，然卻不脫離對國事的關注。在他的酬應之作中，總是洋溢著
對國事的無限關切之情。因此，這些酬應詞，其實都是頗爲典型的
關乎政治的詞，有著豐富的政治內容。《龍川詞》上卷三十首，其中
壽詞就有十一首，佔其詞的三分之一強。他的壽詞之多，令人吃驚。
壽達官，壽朋友，壽妻子，自壽，應有盡有，然卻沒有無聊空洞、
阿諛奉承之作，而是充滿積極的希冀，飽含著關心國事的愛國激情。
他的酬應詞，與其說是無聊的酬應，毋寧說是借酬應抒懷言志。其
送人、懷友、登覽、燕飲、祝壽，這些帶有酬應性質的詞，充滿了
對現實與國事的無限關注，也是經濟之懷與抱負的抒發。一句話，
他的酬應詞，其實都是言志之作。其立意之高遠，感情之眞率都是
超卓的。詞在他的手中，只是抒其崇高的胸懷、高潔的人格、醇正
的品德的媒介而已。

　　劉過雖有報國之志，但因四舉不第，始終未能捲入政治漩渦，沒
有融入上層社會，只能扮演一個謁客與幕僚的角色。他狂傲不羈，縱
酒豪飲，一生落魄。官僚們稱其詞才，視爲狂士。如陳亮《贈劉改之》
云：「劉郎飲酒如渴虹，一飲澗壑俱成空。」陸游《贈劉改之秀才》：
「君居古荊州，醉膽天宇小……有時大叫脫烏幘，不怕酒杯如海寬。」
蘇紹叟《雨中花》：「十載尊前，放歌起舞，人間酒戶詩流。」他們都
極力讚揚劉過的豪飲。劉過的豪飲，其實是對落魄失意的慰藉，不過
是借酒澆愁而已。請看他不得志的悲愁與哀嘆：

　　問湖南賓客，侵尋老矣；江西戶口，流落何之？盡日
樓臺，四邊屏幛，目斷江山魂欲飛。長安道，奈世無劉表，
王粲疇依？（《沁園春‧寄辛稼軒》）

　　四舉無成，十年不調，大宋神仙劉秀才，如何好？將
百千萬事，付兩三杯。　　　未嘗戚戚於懷，問自古英雄安
在哉？任錢塘江上，潮生潮落；姑蘇臺畔，花謝花開。盜
號書生，強名舉子，未老雪從頭上催。（《沁園春‧盧蒲江席上
時有新第宗室》）

劉過是很落魄的，既未能科場得志，也未能常邀諸侯激賞，真是「鶉
衣簞食年年瘦，受侮世間兒女」（蘇紹叟《摸魚兒‧憶劉改之》）。他
驚嘆「流落何之？」他感慨「長安道，奈世無劉表，王粲疇依？」只
落得四處飄零，無處著身。山窮水盡，實在是「無枝可依」，於是他
痛飲，借酒澆愁，看淡名利。其行為頹唐中有豁達，悲戚中有超曠，
看破紅塵，及時行樂。「人生行樂，且須痛飲莫辭杯。坐則高談風月，
醉則恣眠芳草，醒後亦佳哉！」（《水調歌頭‧晚春》）他高唱：「酒須
飲，詩可作，鋏休彈。人生行樂，何自催得鬢毛斑？達則牙旗金甲，
窮則蹇驢破帽，莫作兩般看。世事只如此，自有識鴉鸞。」（《水調歌
頭》「弓劍出榆塞」）從理智上說，他把窮達看得極透徹，因而，似乎
很曠達；實則因不得志，對世情很不滿，情緒很激憤，滿腹牢騷。曠
達也罷，憤激也罷，都改變不了他在現實中的落魄命運。這就是一個
愛國志士的真實處境。

四

　　陳亮、劉過都寫了相當數量的婉約詞，陳亮的婉約詞的數量遠遠
超過了他稱著一時的豪放詞，其質量也屬上乘，其成就似不在秦、黃
之下。他們有幾首婉約詞，曾引起評論家們特別關注與重視，對其主
旨或旨趣卻是眾說紛紜，莫衷一是；看法的相左與對立，對其爭論之
激烈，也可看出其影響之深遠。陳亮的《水龍吟‧春恨》是一首著名
的婉約詞。詞云：

> 鬧花深處層樓，畫簾半捲東風軟。春歸翠陌，平莎茸嫩，垂楊金淺。遲日催花，淡雲閣雨，輕寒輕暖。恨芳菲世界，遊人未賞，都付與，鶯和燕。　　寂寞憑高念遠，向南樓、一聲歸雁。金釵鬥草，青絲勒馬，風流雲散。羅綬分香，翠綃封淚，幾多幽怨！正銷魂，又是疏煙淡月，子規聲斷。

此詞清秀含蓄，頗有韻致。置於北宋名家的婉約詞中，也是當之無愧的好詞。然一些論者以爲此詞有很深的政治寓意，於是有無寄託就成了詞評家爭論的焦點。意見紛然，簡錄如下：

> 感時之作，必藉景以形之。如……同甫云，「恨芳菲世界，遊人未賞，都付與鶯和燕」，不言正意，而言外有無窮感慨！（沈祥龍《詞論隨筆》）

> 同甫《水龍吟》云：「恨芳菲世界，遊人未賞，都付與鶯和燕。」言近指遠，直有宗留守大呼渡江之意。（劉熙載《藝概》）

> 其策言恢復之事甚剴切，無如當事者，志圖逸樂，狃於苟安，此《春恨》詞所以作也。「鬧花深處層樓」，言不事事也。「東風軟」，即東風不竟之意也。「遲日」、「淡雲」、「輕寒輕暖」，一曝十寒之喻也。好「世界」不求賢共理，惟與小人遊玩，如「鶯燕」也。「念遠」者，念中原也。「一聲歸雁」，謂邊信至，樂者自樂，憂者自憂也。（黃蘇《蓼園詞選》）

此詞寫主人公的春恨，抒別離之情，嘆分離之恨，詞情婉約，風格穠麗。雖然沒有多大寓意，但卻感情深沉，清通可誦。沈祥龍所謂「言外有無窮感慨」，也還說得過去；劉熙載以爲「直有宗留守大呼渡江之意」，點明意在北伐，似已出格，遠非詞人作詞時感情之所有。詞評家脫離藝術形象，自家說自家話，與詞無涉。當代學者姜書閣先生卻說：「此語最有勝解。」〔註67〕匪夷所思，令人莫名其妙。至於黃

〔註67〕姜書閣：《陳亮龍川詞箋注》，第 107 頁，人民文學出版社，1980。

蘇對此詞之分析，語語與時事比照，句句落實，則不免痴人說夢，是極典型的猜謎索隱，走入批評的魔道了。誠如姜書閣先生所云：「此蓋清代常州詞派張惠言以寄託釋詞之法，過於穿鑿，不免架空附會，實非作者本意也。」〔註68〕其說極是。詞人本以含蓄隱約的手法，軟美婉麗的語言，溫馨淒美的意境，韻味雋永的結尾，表達傷春念遠的情懷。諸家對其意旨未免求之過深，實不足信。若確有寄託，陳亮子陳沆在編《龍川集》時，何不以之入《龍川詞選》，「特表阿翁磊落骨幹」〔註69〕呢？這從另一方面說明它的確是一首別無寄託的詞。我們對此詞只要賞其藝術境界之婉美，何必故求深解呢？

　　劉過的《沁園春·美人指甲》、《沁園春·美人足》，是兩首著名的婉約詞，對它們的評價也是頗為紛紜的。這兩首詞把美人身體引人注目的部分作為吟詠對象，沿襲了六朝宮體詠物詩的題材取向，可稱宮體詞。作為娛賓遣興、以寫花草美人為主要題材的詞來說，這是司其本職、司空見慣不足為怪的。這猶如畫家的人體素描，專寫美人形體之美。其體物之精，用事之切，都堪稱道。如《沁園春·美人指甲》：

　　　銷薄春冰，碾輕寒玉，漸長漸彎。見鳳鞋泥污，偎人
　　強別；龍涎香斷，撥火輕翻。學撫瑤琴，時時欲剪，更掬
　　水、魚鱗波底寒。纖柔處，試摘花香滿，鏤棗成班。

　　　時將粉淚偷彈。記綰玉、曾教柳傅看。算恩情相著，搔便
　　玉體；歸期暗數，畫遍闌干。每到相思，沉吟靜處，斜倚
　　朱唇皓齒間。風流甚，把仙郎暗掐，莫放春閑。

這首詠美人指甲的詞，除開頭寫了「漸長漸彎」的形狀以外，其餘則細膩地描寫了美人指甲的功用，幾乎體現了美人與指甲有關的全部活動，寫出了美人的形象。詞風婉麗，受到了好評。張炎評曰：

〔註68〕姜書閣：《陳亮龍川詞箋注》，第107頁，人民文學出版社，1980。
〔註69〕毛晉：《龍川詞跋》，引自夏承燾：《龍川詞校箋》，第71頁，上海古籍出版社，1982。

「亦自工麗。」〔註70〕陶宗儀說：「劉改之先生過，詞贍逸，有思致，賦《沁園春》二首以詠美人指甲與足者，尤纖麗可愛。」〔註71〕陳廷焯評云：「兩『漸』字妙。『偎人強剔』，只四字姿態甚饒。低迴婉轉（評全詞）。」〔註72〕俞陛雲說：「以龍洲才氣雄傑，而爲此側艷之詞，亦殊工整。『朱唇皓齒』三句，尤爲傳神。近人作美人形況詞者，皆倚《沁園春》調，以工切爲能，此調乃江源濫觴也。」〔註73〕這是兩首遊戲之作，寫得工切纖麗，誠如諸家所評。其思想內容，似不必深究。有些批評家卻板起道學家面孔，指責其「刻畫猥褻，頗乖大雅」，〔註74〕可謂酸氣十足，如此評詞，好多婉約詞都有猥褻之嫌。以大雅論詞，有背詞之體要，未免苛求。卓人月云：「合此四詞（含《古今詞統》另選邵亨貞《沁園春・美人眉》、《沁園春・美人目》）閑房耽樂，安知不買骨致駿，而天龍降於好畫哉？」〔註75〕謂戲言而頗有深意。又云「妙到人不知處」，則未免神秘。

　　陳亮的《洞仙歌・秋雨追次李元膺韻》、《虞美人・春愁》，劉過的《賀新郎・贈鄰人朱唐卿》、《唐多令・重過江南》、《行香子・山水扇面》，都是寫得很好的富於藝術個性的婉約詞，只不過不像南宋婉約派詞人專寫婉約詞並有突出的個性特色罷了。總之，陳亮、劉過的婉約詞寫的是很不錯的。當然從對詞史的貢獻看，他們還是以豪放詞著稱。婉約詞儘管也達到了相當高的水準，從創新角度而言，則不值得稱道了。

〔註70〕夏承燾：《詞源注》，第 21 頁，人民文學出版社，1987。
〔註71〕陶宗儀：《南村輟耕錄》，引自馬興榮：《龍洲詞校箋》，第 22 頁，江西人民出版社，1999。
〔註72〕陳廷焯：《詞則・閒情集》，引自吳熊和：《唐宋詞匯評》（兩宋卷），第 2659 頁，浙江教育出版社，2004。
〔註73〕俞陛雲：《唐五代兩宋詞選釋》，第 398 頁，上海古籍出版社，1985。
〔註74〕紀昀等：《四庫全書總目提要・龍洲詞》，引自馬興榮：《龍洲詞校箋》，第 104 頁，江西人民出版社，1999。
〔註75〕卓人月：《古今詞統》，第 566 頁，遼寧教育出版社，2000。

五

對各種修辭手法的精心運用，是營造詞的意境美的重要手段之一。在詞這種文體中，對偶辭格的使用是較多的。這是因爲慢詞的鋪敍，受了賦體與駢文影響的緣故。因此，對偶運用的工切與否，也是衡量詞的藝術水準之一。詞論家在談論詞藝時，對於對偶與疊字的運用，尤爲關注，因爲這最能顯示詞人的藝術技巧與匠心。陳亮的「羅綬分香，翠綃封淚」（《水龍吟・春恨》）就得到陸輔之《詞旨》的肯定與讚賞。因此，在對詞的藝術研究上，對對偶句的使用應予關注。

陳亮詞中的對偶句，當句有對較多。如「地闢天開」（《念奴嬌・至金陵》）、「鬼設神施」、「南疆北界」（按：均見《念奴嬌・登多景樓》）、「夏裘多葛」（《賀新郎・寄辛幼安和見懷韻》）、「蔓藤累葛」（《賀新郎・酬辛幼安再用韻見寄》）、「風從雲合」（《賀新郎・懷辛幼安用前韻》）、「落花流水」、「酒聖詩狂」（按：均見《點絳唇》「煙雨樓臺」）、「雨僝雲僽」（《點絳唇・詠梅月》）、「風歌鸞舞」（《點絳唇・聖節》）、「銀屏繡閣」（《清平樂・眾思伯成兄往龍興山中意其登山臨水不無閨房之思作此詞惱之》）、「疏煙淡月」（《水龍吟・春恨》）、「穿雲裂石」（《好事近》「橫玉叫清宵」）。鄰句對有「泚水破，關東裂」（《賀新郎・酬辛幼安再用韻見寄》）、「鶴衝霄，魚得水」（《瑞雲濃慢・六月十一日壽羅春伯》）、「紅約腕，綠侵衣」（《阮郎歸・重午壽外舅》）、「女進酒，男稱壽」（《天仙子・七月十五日壽內》）、「紅蓼岸，白蘋洲」、「數聲漁父，一曲水仙」（按：均見《訴衷情》「獨憑江檻思悠悠」）、「羅綬分香，翠綃封淚」（《水龍吟・春恨》）。陳亮詞中的對偶句，蓋盡於此。他的對偶句除當句有對的較多較精彩外，其他類型的對偶句則比較少見了。

與陳亮詞相比，劉過詞中則有更多更好的對偶句，可謂應有盡有，各色俱全。今僅舉其要者，當句對有「柳思花情」（《沁園春・遊湖》）、「鶴瘦松癯」（《沁園春・代壽韓平原》）、「魂銷腸斷」（《賀新郎・贈娼》）等，不勝枚舉。前二例兼用擬人辭格，後一例兼用誇張辭格。

鄰句對中，三言、四言、五言、六言、七言五種對偶句齊全。三言對偶句如「雨飄紅，風換翠」（《水調歌頭‧晚春》）、「花弄月，竹搖風」（《江城子》「淡香幽艷露花濃」），均兼用擬人辭格。四言對偶句「畫鷁凌風，紅旗翻雪」（《沁園春‧觀競渡》），兼用擬人辭格，「常袞何如？羊公聊爾」（《沁園春‧寄辛稼軒》），兼用典。五言對偶句「琵琶金鳳語，長笛水龍吟」（《臨江仙》「數疊小山亭館靜」）、「兩箱留燭影，一水試雲痕」（《臨江仙‧茶詞》）均兼用擬人辭格。六言對偶句「冉冉煙生蘭渚，娟娟月掛愁村」（《西江月》「素面偏宜酒暈」），兼用擬人辭格。「樓上佳人楚楚，天邊皓月徐徐」（《西江月‧武昌妓徐楚楚號問月索題》）。七言對偶句「骨細肌豐周昉畫，肉多韻勝子瞻書」（《浣溪沙》「霧鬢雲鬟已懶梳」），以周昉、蘇軾的書畫，比喻美人體態風韻，設喻新巧。「風垂舞柳春猶淺，雪點酥胸暖未融」（《鷓鴣天》「樓外雲山千萬重」）。隔句對如「擁貂蟬爭出，千官鱗集；貔貅不斷，萬騎雲從」、「想刀明似雪，縱橫脫鞘；箭飛如雨，霹靂鳴弓」（按：均見《沁園春‧御閱還上郭殿帥》），「恨雲臺突現，無君子者；雪堂蓼落，有美人兮」（《沁園春‧寄孫竹湖》）。

劉過詞中的對偶句，對仗工整，設喻新巧，且往往兼用擬人、用典、誇張等辭格，使其精警生動，妙語繽紛；詞的句式往往駢散交錯，行文凝練而不失流暢，且有抑揚頓挫之勢，音韻鏗鏘。通過詞組相對的結構形式，能把頗為豐富的意象組合在一起，形成強烈的對比，並增大了詞的語言所反映的時空跨度。在鮮活而優美的語境中，營造出非常優美的詞的意境。

第六節　史達祖與高觀國

史達祖、高觀國生活在南宋中期，他們曾經與詞友在國都臨安組織「愛酒能詩之社」，互相酬唱。其詞風格相近，藝術成就不相上下，而又誼情至深，故後人論詞，常以史、高並舉，或較其相似，

辨析異同；或比其高下，論其短長。其論點概而言之：左史而卑高。今人詹安泰論其詞的不足，則謂「史太麗，高太粗」，〔註76〕然語焉不詳，今縱觀史、高詞作，其以詠物詞、詠懷詞、戀情詞的創作居多，並以此見長。因就這三方面的創作成就及其總的藝術特色，略作比較。

一、詠物詞

　　詠物詞是以刻意描寫物的形象藉以表達詞人感情的詞。它隨著詞的產生而產生，到了南宋，詠物詞有了長足的發展。南宋詞人，特別是格律派詞人，都喜歡寫詠物詞。史達祖、高觀國都是喜歡並擅長寫詠物詞的詞人。史達祖存詞一百一十二首，有詠物詞二十二首，佔全部詞作的五分之一；高觀國存詞一百零八首，有詠物詞三十三首，幾佔全部詞作的三分之一。

　　史達祖的《綺羅香·詠雨》、《雙雙燕·詠燕》與姜夔詠梅的《暗香》、《疏影》，張炎的《解連環·孤雁》、王沂孫的《齊天樂·蟬》同為詠物詞中廣為傳誦的名篇，歷來為學人所艷稱。《雙雙燕·詠燕》云：

> 　　過春社了，度簾幕中間，去年塵冷。差池欲住，試入舊巢相併。還相雕梁藻井。又軟語、商量不定。飄然快拂花梢，翠尾分開紅影。　　芳徑。芹泥雨潤。愛貼地爭飛，競誇輕俊。紅樓歸晚，看足柳昏花暝。應自棲香正穩。便忘了、天涯芳信。愁損翠黛雙蛾，日日畫闌獨憑。

此詞寫雙燕銜泥築巢、差池雙飛、相親相愛的動人情景：過了春社，舊燕歸來，找到舊巢，忙著銜泥補窩；軟語呢喃，貼地雙飛，活活潑潑、輕俊漂亮。詞人在刻畫燕子形態的時候，滲透了自己的主觀意識與感情。「度」、「相」、「軟語商量」、「競誇輕俊」，意在描寫燕子的輕俊、活潑、機靈以及它們之間的親暱，極為生動傳神。詞人在著力詠

〔註76〕詹安泰：《宋詞散論》，第59頁，廣東人民出版社，1980。

燕的同時，也隱含著對人事的描寫：他有意識地在紅樓清冷、思婦傷春的環境中寫燕子，並以雙燕的形影不離與思婦的「畫闌獨憑」相對照，以雙燕盡情遊賞的快樂與思婦的「愁損翠黛雙蛾」的愁苦相對照，含蓄蘊藉，情景交融，從而深化了詞的意境。

《綺羅香‧詠春雨》、《東風第一枝‧詠春雪》，都是史達祖詠物詞中的名篇，受到歷代詞論家的讚賞，謂前者「層次井然，清俊無比」，〔註77〕後者「精妙處竟是清眞高境」。〔註78〕可見，他的詠物詞達到了很高的藝術境界。

「詩難於詠物，詞爲尤難。體認稍眞，則拘而不暢；摹寫差遠，則晦而不明；要須收縱聯密，用事合題，一段意思，全在結句，斯爲絕妙」。〔註79〕這是南宋詠物大家的經驗之談，也是對姜夔、史達祖等人詠物詞的成功經驗的總結。史達祖的詠物詞，充分注意到了對形神關係的正確處理：即非常重視對物形的描寫刻畫，又不拘泥於形似；既重視對物神的攝取與勾描，又不脫離於物，使神寓於物而又不膠著於物。行文自然流暢，寫物形神兼備。既重點寫物，又能藉物以襯人，同時也滲透了詞人深厚的感情，把詠物詞的藝術水平，推到了一個新的階段。

高觀國的詠物詞，除了寫一般詞人喜寫的花卉草木，如菊、梅、水仙花、荷花、杏花、木香、柳以外，也還有詠與人生活關係密切但又難以著墨的器物，如轎、簾等，這些詠器物的題材，其他詞人很少涉及，因此引起了論者的注意。《歷代詞話》卷八引《古今詞話》謂：「高觀國精於詠物，《竹屋痴語》中最佳者有《御街行‧詠轎》、《御街行‧詠簾》、《賀新郎‧詠梅》、《解連環‧詠柳》、《祝英台近‧詠荷》、《少年遊‧詠草》，皆工而入逸，婉而多風。」〔註80〕其《御街行‧

〔註77〕唐圭璋：《唐宋詞簡釋》，第200頁，上海古籍出版社，1980。
〔註78〕陳廷焯：《白雨齋詞話》，第32頁，人民文學出版社，1959。
〔註79〕夏承燾：《詞源注》，第20頁，人民文學出版社，1981。
〔註80〕唐圭璋：《詞話叢編》，第1245頁，中華書局，1986。

詠轎》云：

> 藤筍巧織花紋細。稱穩步、如流水。踏青陌上雨初晴，
> 嫌怕濕、文鴛雙履。要人送上，逢花須住，才過處、香風
> 起。　　裙兒掛在簾兒底。更不把、窗兒閉。紅紅白白簇
> 花枝，恰稱得、尋春芳意。歸來時晚，紗籠引道，扶下人
> 微醉。

轎有什麼可寫的？詞人在這難於著筆的題材上，別開生面，巧用心思。「藤筍巧織花紋細」，只用一句，就寫盡了轎的精美。「稱穩步、如流水」寫出了抬轎者的技藝之高，和諧、平穩、富有節奏感的步子，使轎如在水上迅速前進的船隻一樣，起伏蕩漾，坐上去是那麼舒適暢快。下面用了八句，寫坐轎的人：這位婦人在雨後新霽、陽光燦爛、空氣新鮮時日出外踏青遊春，又怕弄髒了鞋襪，久遊困倦，因此以轎代步。爲了賞心悅目，流連光景，她「逢花須住」，又「更不把、窗兒閉」，以便坐在轎上，欣賞沿途風光。「歸來時晚」、「扶下人微醉」，寫遊春回歸的倦態，亦可見全天遊玩的愉快與盡致。這首詠轎的詞，不是執著於轎之形神，而是以詠轎的功用爲主，描寫了坐轎的婦人與轎夫的形象，同時也充分展示了轎的功能。遊春的少婦與轎夫都是市民，此詞在某種程度上，展示了宋代市民生活的一角。餘如《御街行‧詠簾》不僅寫了簾子的功能，而且寫了簾內「窺春偷倚不勝情」的影影綽綽的美人，婉轉含蓄，優美動人。《風入松‧聞鄰女吹笛》：「粉嬌曾隔翠簾看。橫玉聲寒。夜深不管柔荑冷，櫻朱度，香噴雲鬟。霜月搖搖吹落，梅花簌簌驚殘。」在悠揚美妙的笛聲中，寫出這位妙齡女郎綽約的姿態。《金人捧露盤‧水仙花》，則以美麗動人的仙女擬花，寫得生動傳神。如此等等，都不難看出，高觀國的詠物詞，也取得了很高的藝術成就。

　　由以上分析，可以看出史達祖、高觀國的詠物詞，各有不同的藝術特色：

　　首先，史達祖的詠燕，既著力寫燕，但也寫了屋子裡的主人。燕

爲主，人爲賓，寫燕的同時也寫了人；高觀國的賦轎，則以坐轎的人爲主，轎爲賓，雖似喧賓奪主，然在著力寫人時，也自然突出了轎的功用。他們的詠物詞，既詠物，同時也寫了人：史達祖突出寫物，高觀國突出寫人。異曲同工，各盡其妙。

其次，史達祖能在常見的題材中，顯示自己的藝術個性。對物的描摹，細膩而傳神；高觀國卻在不爲詞人重視幾乎無法著筆的題材中，大顯身手，形象新異而生動，語言俊快而活潑。在詠物詞中，他們各有特色，各呈風采，可謂比翼奮飛，難分高下。

二、詠懷詞

本書所談詠懷詞，除了他們直接的詠懷以外，還包含他們之間的酬唱以及與他人之間酬唱的應酬之作。而後者在其詞中表現得更爲典型，因而更爲重要。

所謂酬唱詞，或因分散聚合，送往迎來；或因參加詞社，同題分韻。這些寫作，在我國古代社會，都是處事接物必要的社會應酬。詩人即筵賦詩，無病呻吟，敷衍成篇，缺乏眞情實感，最爲論者所詬病。清代著名的詞論家周濟曾云：「北宋有無謂之詞以應歌，南宋有無謂之詞以應社。」〔註81〕就是說應社的酬唱之作是無謂的，甚至是乏味無聊的。周濟此話是至理名言，的確擊中應酬詞的要害。然史、高留下的酬唱詞，主要是史達祖在臨安求仕、初入韓府，以及稍後隨李壁赴金覘國期間與詞社友人，特別是與高觀國的酬唱。在這期間，史達祖有著展示才能的良好機遇，而高觀國對於友人事業的成功，也寄予殷切的期望。他們藉酬唱抒其懷抱，詠其志趣。因此，這些酬唱詞有著充實的思想內容，並有著飽滿的激情，蘊含著高尙的愛國情感，這是應當給予充分肯定的。而周濟對酬唱詞也不是一概否定，他說：「然美成《蘭陵王》，東坡《賀新涼》當筵命筆，冠絕一時。碧山《齊天樂》之詠蟬，玉潛《水龍吟》之詠白蓮，又豈非社中作乎？故知雷雨

〔註81〕周濟：《介存齋論詞雜著》，第3頁，人民文學出版社，1959。

鬱蒸，是生芝菌；荊榛蔽芾，亦產蕙蘭。」〔註82〕他的觀點是相當辯證的。在某種意義上說，史達祖與高觀國的酬唱詞，就是周濟所謂的「芝菌」與「蕙蘭」，是值得我們重視的詞中的精華，遠非作為文化垃圾的一般酬應詞可比。

史達祖、高觀國的酬唱詞，雖然是一種「應社」行為的產物，但因為處在特殊的時期，是在特殊的環境下產生的，因史達祖出國遠離使他們的酬唱注入了真實的感情，尤其是史達祖自己的詞，有著充沛的愛國感情，因而顯得特別真實而深厚。

史達祖的酬唱詞有《東風第一枝・壬戌閏臘望雨中立癸亥春與高賓王各賦》、《賀新郎・湖上高賓王趙子野同賦》、《齊天樂・中秋宿真定驛》、《龍吟曲・陪節欲行留別社友》、《惜黃花・九月七日定興道中》等十首。其中《龍吟曲・陪節欲行留別社友》、《齊天樂・中秋宿真定驛》、《惜黃花・九月七日定興道中》三首，是他陪李璧使金虜國臨別社友之作與回歸途中於真定驛、定興等地思念高觀國之作，都表現了自己的真實感情。《龍吟曲・陪節欲行留別社友》云：

> 道人越布單衣，興高愛學蘇門嘯。有時也伴，四佳公子，五陵年少。歌裡眠香，酒酣喝月，壯懷無撓。楚江南，每為神州未復，闌干靜、慵登眺。　　今日征夫在道。敢辭勞、風沙短帽。休吟穭穗，休尋喬木，獨憐遺老。同社詩囊，小窗針線，斷腸秋早。看歸來，幾許吳霜染鬢，驗愁多少。

考此詞寫於開禧元年（1205）七月初，當時史達祖作為李璧的隨員赴金賀「天壽節」，臨登舟起程，作者寫了這首留別高觀國等社友之作。上闋寫自己平日生活和思想感情與出國的臨別心情，他仰慕高人逸士的隱逸和狂放情趣，有時也伴貴族子弟過一種豪奢生活，有著超凡的意趣、懷抱與不凡的行為，故在國難當頭之時，心中充滿了「神州未復」的遺憾與感嘆，對時局有著深廣的憂憤，蘊含著充沛的愛國感情。

〔註82〕周濟：《介存齋論詞雜著》，第 3 頁，人民文學出版社，1959。

詞人凝聚著崇高的使命感，有爲國獻身的精神。「休吟稷穗，休尋喬木，獨憐遺老」，充分表現了他的這種情懷。因爲「神州未復」時刻縈懷，所以儘管旅途艱辛，任務繁重，他毅然不辭勞苦，慷慨登程。「神州未復」，這是當時有良知的知識分子時刻縈懷的問題，而史達祖正是肩負恢復神州這一使命踏上征途的，因此飽含著激動人心的悲壯情緒。

史達祖還寫了許多直抒胸臆的詠懷詞，而以詞集中三首《滿江紅》最爲突出。這三首詞寫於不同時期，表現了不同的思想與感情，然卻有一個共同點，即感情更爲充沛，更爲激烈，也更爲顯露。在詞風上，也一改以往一貫的委婉、含蓄，風格激越、豪放，表現了詞人不得志的憤懣與不平。這是他詞作中爲數不多的思想深沉、感情宏邁、風格豪放的詞作中的代表作：

> 好領青衫，全不向、詩書中得。還也費、區區造物，
> 許多心力。未暇買田青穎尾，尚須索米長安陌。有當時、
> 黃卷滿前頭，多慚德。　　思往事，嗟兒劇。憐牛後，懷
> 雞肋。奈棱棱虎豹，九重關隔。三徑就荒秋自好，一錢不
> 值貧相逼。對黃花，常待不吟詩，詩成癖。

這首《滿江紅·書懷》，表現了詞人複雜而矛盾的感情：有懷才不遇的憤懣不平，有寄人籬下的無奈與辛酸，有「誤入歧途」的惱怒與悔悟，有想藉機一逞而又身不由己的難言之痛，他陷入一種欲罷不能欲進無由進退維谷的境地，反映了當時愛國的知識分子思欲爲國獻身盡力而又無由仕進的悲劇性命運，以及由此不得志的掙扎與抗爭。從側面透露出壯志未遂而仍欲有所作爲的抱負。

《滿江紅·九月二十一日出京懷古》寫於史達祖 1205 年出使金國的回歸途中。他刺探敵情的結果，認爲「天相漢，民懷國；天厭虜，臣離德」，金國正處於民不附主、國勢傾危之時，因此可以「趁建瓴一舉，並收鼇極」，這正是伐金統一中國的大好時機，也是詩人施展才能報效祖國的良機，然他無由進取，只能一聲長嘆：「老子豈無經

世術，詩人不預平戎策。」自己雖有經邦濟世之才，在收復神州的戰鬥中，卻因無職無權，不能施展其襟抱，感慨良深。詞寫得沉鬱頓挫，詞人慷慨激昂，由此把家國之恨表現得淋漓酣暢。《滿江紅・中秋夜潮》蓋為詞人晚年遇赦回到臨安之作，詞中宣泄自己對現實生活的憤懣與感慨，並隱含著對韓侂胄的思念以及對其不幸遇害的不平。由此可見，史達祖的詠懷詞，充滿了為國效力的慾望與抱負無由施展的憤懣，並滲透了激動人心的愛國主義情懷。

高觀國的酬唱詞有《鳳棲梧・湖頭即席長翁同賦》、《卜算子・泛西湖坐間寅齋同賦》，另外《齊天樂・中秋夜懷梅溪》、《八歸・重陽前二日懷梅溪》兩首，與史達祖出使金國的作品《齊天樂・中秋宿真定驛》、《惜黃花・九月七日定興道中》相應，當為「有約清吟」的酬唱之作，表現了深切懷念史達祖的真摯友情。《雨中花》「旆拂西風」則為史達祖出使前的餞行之作，是對史達祖《龍吟曲・陪節欲行留別社友》的回應。詞云：

> 旆拂西風，客應星漢，行參玉節征鞍。緩帶輕裘，爭看盛世衣冠。吟倦西湖風月，去看北塞關山。過離宮禾黍，故壘煙塵，有淚輕彈。　文章俊偉，穎露囊錐，名動萬里呼韓。知素有、平戎手段，小試何難。情寄吳梅香冷，夢隨隴雁霜寒。立勳未晚，歸來依舊，酒社詩壇。

此詞通過送友人史達祖出使和想像出使後的情景，表現了詞人對國事的特別關注，對友人功名事業的高度期許，隱隱透露出詞人熱愛祖國的情懷。

其詠懷詞以《玉蝴蝶》一闋最為突出：

> 喚起一襟涼思，未成晚雨，先做秋陰。楚客悲殘，誰解此意登臨。古臺荒、斷霞斜照，新夢暗、微月疏砧。總難禁。盡將幽恨，分付孤斟。　從今。倦有青鏡，既遲勳業，可負煙林。斷梗無憑，歲華搖落又驚心。想薴汀、水雲愁凝，閒蕙帳、猿鶴悲吟。信沉沉。故園歸計，休更侵尋。

此詞上闋寫登高所見，環境蕭條悲涼，襯托詞人不得志的幽恨；下闋詠嘆自己不得意的尷尬處境：進不能入仕求得勳業，退不能隱居山林，猶如斷梗無憑，又適逢歲華搖落，思鄉的情緒不時湧上心頭。他胸懷壯志而又無所作為，情緒悲涼而又牢落，詞裡滲透了詞人無可奈何的情緒。

　　從高觀國的幾首詠懷詞看，他是有抱負的，是想有一番作為的，然卻被當時社會無情地拋棄。他不如史達祖抱負之遠大、求仕之心切，也沒有史達祖未能用世的情緒之激憤。因而，其詠懷詞，沒有史達祖詠懷詞那樣感人的藝術力量。就詠懷詞的思想性與藝術性說，高觀國均稍遜史達祖一籌。

三、戀情詞

　　戀情詞是詞中最常見的、也是在詞史上最為精彩的一部分，特別是婉約派詞人，對此無不擅長。作為南宋著名的婉約派詞人史達祖、高觀國自不例外，他們都寫了許多精彩的戀情詞，受到詞論家及讀者的高度讚賞。

　　史達祖的戀情詞有兩部分：悼亡詞和一般的戀情詞。他的悼亡詞其數量之多、質量之高在詞史上都是罕見的。其悼亡詞有《憶瑤姬·騎省之悼也》、《壽樓春·尋春服感念》、《三姝媚》等十一首。〔註83〕這些悼亡詞，有許多是自度曲。我們提到的這三首詞，都是他寫詞時自度的曲子，因此更適於表達詞人此時此地最沉痛的感情。以《憶瑤姬·騎省之悼也》而言，張德瀛《詞徵》云：「《憶瑤姬》，史邦卿所創調也。《水經注》謂天帝之季女名曰瑤姬。」〔註84〕此詞以調為題，以天帝之季女瑤姬喻妻子，表明對妻子的強烈憶念。又用了詞題「騎省之悼也」，表明自己與潘岳悼念妻子的情緒一樣，寫的是一首悼亡詞。詞云：

〔註83〕參閱著者：《史達祖的悼亡詞》，《渭南師範學院學報》，2005.6。
〔註84〕唐圭璋：《詞話叢編》，第 4089 頁，中華書局，1986。

> 嬌月籠煙，下楚嶺、香分兩朵湘雲。花房漸密時，弄
> 杏梭初會，歌裡殷勤。沉沉夜久西窗，屢隔蘭燈慢影昏。
> 自綵鸞，飛入芳茥，繡屏羅薦粉光新。　　十年未始輕分。
> 念此飛花，可憐柔脆銷春。空餘雙淚眼，到舊家時節，謾
> 染愁巾。神仙說道凌虛，一夜相思玉樣人。但起來、梅發
> 窗前，哽咽疑似君。

詞人通過對昔日愛情生活的回憶和對逝者深切的悼念，表達了對已故
妻子的深沉悼念之情。詞寫得舒徐頓挫，哀思婉轉、如泣如訴，將其
深摯的感情表現得淋漓盡致，讀之令人唏噓不已。

《壽樓春・尋春服感念》以尋春服不得而勾起對亡者的懷念。當
時詞人已落魄潦倒，生活困頓不堪，詞中將悼念亡人與自傷身世的不
幸糅合在一起，感人至深。餘如《三姝媚》、《阮郎歸・月下感事》、《過
龍門》「一帶古苔牆」等悼亡詞，都是感情真切、感人至深的詞篇。

一般的戀情詞，是指非關自身而表現閨情或男女思戀之情的詞。
史達祖的這些詞沒有他的悼亡詞寫得那麼真切，那麼感人，但也還有
值得注意的詞作。如《戀繡衾》：「黃花驚破九月愁。正寒城、風雨怨
秋。愁便是、秋心也，又隨人、來到畫樓。因緣幸自天安頓，更題紅、
不禁御溝，待寫與、相思話，為怕奴、憔悴且休。」寫閨中的幽情頗
為深切，值得一讀。

高觀國不像史達祖那樣對愛情那麼執著，那麼專一。因此他寫的
戀情詞，多是泛化的愛情：既有代人之作，也有寫怨婦的閨情之作，
均非涉及自身的愛情。這些詞，缺乏感同身受的體驗，因此，就沒有
史達祖戀情詞寫得那麼真摯、深厚、動人，然也有值得稱道之作。如
《生查子》：

> 飛花澹澹風，破暖疏疏雨。香潤玉階塵，翠濕紗窗霧。
> 鈿箏離雁行，寶篋留釵股。惟有鳳樓魂，夜夜江南路。

春暖花開，和風細雨。玉階塵、紗窗霧都是香潤翠濕的，時令、環
境都是如此優美可人。鈿箏、寶篋兩句寫其離思，夢魂到江南寫別
離思念之情深，含蓄而真切。八句構成對仗工整的四個聯句，自然

而和諧。此詞表現出詞人高妙的藝術匠心和高度的藝術技巧。餘如
「年華晚，月華冷，霜華重，鬢華斑。也須念，閑損雕鞍。斜緘小
字，錦江三十六鱗寒。此情天闊，正梅信，笛裡關山」(《金人捧露
盤》)、「歸雁不如箏上柱，一行常見相思苦」(《鳳棲梧》)、「夢冷不
成雲，口峰峰外情」(《菩薩蠻》)、「小桃也自知人恨，滿面羞紅難問」
(《杏花天》)，「一春多少相思意，說與新來燕子」(《杏花天》)都是
比較可人者。然縱觀高觀國的戀情詞，似欠更深摯的感情。因此，
與史達祖的戀情詞相比，高觀國的戀情詞就缺乏那種特別深厚的感
人的藝術力量。

四、藝術特色

　　就詞風主體而言，史達祖善於抒情，或託物言志，委婉含蓄；或
直抒胸臆，豪放超逸。文學史家謂「惟達祖參以東坡，筆仗較豪放」。
〔註85〕因其一生曾有一番大的波折，其心路歷程在詞中就有較突出的
表現：既有對成功的希冀與追求，也有失敗後的鬱懣與不平，感情內
涵豐富而深廣。如其三首《滿江紅》以及《八歸》等，都是心緒頗為
激動之作。其詞風典麗，然略近晦澀，似稍欠明朗。高觀國則善於描
寫與敘事。文學史家謂「參以清真，鋪敘較華藻」。〔註86〕他一生似
無高遠的追求：既無成功的得意，也無失敗的索寞，詞的情緒較平穩。
詞風疏朗，有俊爽之致。然略嫌質直，似稍欠蘊藉含蓄。

　　史達祖、高觀國的詞句法挺異，字面工整。二人都以善於擬人見
長，史達祖的《雙雙燕・詠燕》、高觀國的《金人捧露盤・水仙花》
都是在詞史上詠物詞中少有的傑作。史達祖的詠燕分析見前，此處不
贅，高觀國詞云：「夢湘雲，吟湘月，吊湘靈。有誰見、羅襪塵生。
凌波步弱，背人羞整六銖輕。娉娉裊裊，暈嬌黃，玉色輕明。　　香
心靜，波心冷，琴心怨，客心驚。怕佩解、卻返瑤京。杯擎清露，醉

〔註85〕錢基博：《中國文學史》，第729頁，中華書局，1993。
〔註86〕同上註。

春蘭友與梅花。蒼煙萬頃，斷腸是、雪冷江清。」詞人以神擬花，用筆工細，將花與神融爲一體。詞中通過對環境的描寫與氛圍的渲染，寫出了一個清新幽靜的境界，似情意脈脈風姿綽約的水仙迎面而來。「夢湘雲」等三句中連用「湘」字，「香心靜」等四句中連用「心」字，以「湘」、「心」貫串連綴，一氣而下，在突出強調「湘」、「心」的同時，語氣連貫，詞意湊泊，以見煉字之妙。同樣的句法，在《金人捧露盤・梅花》、《金人捧露盤》「楚宮閑」等詞中出現，工煉精彩。餘如「粉愁香凍」（《賀新郎・賦梅》）、「春風瘦損」（《杏花天》「齊煙消處寒猶嫩」）、「月艷冰痕」（《聲聲慢・元夕》）、「雲惱月，月羞雲。半溪梅影昏」（《更漏子》「玉簫閑」），都是難得的好句，可見高觀國是善於煉字的。他們在詞中用了許多對偶句。史達祖詞中的對偶句有本句對、鄰句對、扇面對，種類齊全，用筆工巧。拙作《史達祖詞中的對偶句》，對它作了詳細的論述。高觀國詞中的對偶句似無史達祖詞中的對偶句那麼多而且精，然如前文所舉《生查子》全詞八句四聯，對偶精工，實爲詞中罕見者。《生查子・梅次韻》也是四聯皆成對偶句，其中「沉沉冰玉魂，漠漠煙雲浦」一聯，尤爲精彩。史達祖、高觀國都善於鑄詞造句，詞中有許多精妙的詞句，爲詞論家所激賞。史達祖的「柳昏花暝」、「醉玉生香」、「柳髮梳月」，都是刻棘刻楮之作，可謂「人巧極天工矣」；〔註87〕然苦心雕琢，終近刻削，似乏自然之趣。其詞云「今夜覓、夢池秀句」（《東風第一枝・壬戌閏臘望雨中立癸亥春與高賓王各賦》），謝靈運「池塘生春草」乃妙手偶得之句，豈用覓耶？高觀國詞云「筆掃龍蛇，句截螭錦，俊才誰右」（《水龍吟・爲夢庵壽》）、「此意待寫翠箋，奈斷腸、都無新句」（《玲瓏四犯》），也是苦索枯腸，肆意追新。

史達祖、高觀國刻意爲詞，往往陷入苦吟的困境。史達祖在詞中經常感嘆做詩的苦處：「奈何詩思苦」（《齊天樂・白髮》）、「中有詩愁

〔註87〕唐圭璋：《詞話叢編》，第 683 頁，中華書局，1986。

千頃」（《齊天樂・秋興》）、「覺詩愁相覓」（《金盞子》、「怕愁沾詩句」（《湘江靜》）、「孤坐便怯詩慳」（《玲瓏四犯》、「可堪竹院題詩」（《祝英台近》），詩與愁、詩與苦緊密相連，可見也是一位苦吟的詩人，在寫詩時，往往顯出愁眉苦臉之狀。與史達祖相比，高觀國則經常怯於寫詩，「吟情怯，暮雲重」（《賀新郎》），「正魂怯清吟，病多依暗」（《齊天樂》），「懶做新詞，春在可憐處」（《祝英台近》），「盡是愁邊新句」（《喜遷鶯》），「奈斷腸都無新句」（《玲瓏四犯》），「想吟思、吹入飛蓬」（《八歸》），他因愁而苦，並怯於作詩。其苦吟之苦，似比史達祖尤甚。史達祖在文學史上不以詩名，其詩今僅存絕句二首，斷句一聯；高觀國今無存詩，可見他們所說的詩是廣義的，蓋指詞而言。如此，他們在作詞時，為追求字句的工煉與意境的新穎，苦思冥索，吟愁萬端。雖然都寫出了一些堪以傳誦的名作，令人讚賞不已，但也難免刻削，略有尖新之嫌。

附：史達祖高觀國的酬唱詞

　　史達祖與高觀國，都是南宋著名的詞人。他們是極親密的詞友，經常在詞社飲酒作詞，互相唱和，留下了許多膾炙人口的酬唱詞。

　　酬唱詞一般是定調填詞，先有題意。詞人為了遷就既定的題意，難以充分地表達詞人的真實感情。這種做法是典型的為詞而寫詞，有時免不了無病呻吟。因此，感情虛假，行文做作，一向為詞論家所詬病。清代著名的詞論家對此批評說：「北宋有無謂之詞以應歌，南宋有無謂之詞以應社。」〔註88〕深中酬唱詞弊病之要害。但也不可一概而論，不能說凡是詞社酬應之作，都是無聊的文字遊戲。誠如周濟所云：「雷雨鬱蒸，是生芝菌；荊榛蔽芾，亦產蕙蘭。」〔註89〕史達祖、高觀國的酬唱詞，就是「荊榛蔽芾」中產生的蕙蘭，它是一枝十分鮮

〔註88〕周濟：《介存齋論詞雜著》，第3頁，人民文學出版社，1959。
〔註89〕同上註。

麗的文藝花朵，絕不能等閒視之。

　　史達祖、高觀國的酬唱詞，今存十五首，其中就有六首是史達祖陪節北行臨歧的酬唱以及臨別有約在節日的異地同吟，因此就有著特殊的意義。在這些感情眞切的詞中，表現了他們深厚的友誼，滲透了熾烈的愛國情緒。

　　宋寧宗開禧元年（1205），南宋朝廷派李壁等出使金國，賀金主生辰，這是兩國議和以來例行的節使往來，一般是六月出發，九月到金都慶賀。當時韓侂胄正積極準備北伐，作爲韓侂胄最信任的堂史史達祖這次陪節使同行，實際是負有特殊使命的，即藉以打探金國的虛實，瞭解淪陷區的民情，是爲韓侂胄北伐作準備的。因此，他們的這些酬唱詞，就顯得特別和重要。

　　史達祖離開國都臨安（今杭州市）北行時，有《龍吟曲·陪節欲行留別社友》。詞中說：「道人越布單衣，與高愛用蘇門嘯……壯懷無撓。楚江南，每爲神州未復，闌干靜，慵登眺。」又說：「今日征夫在道。敢辭勞，風沙短帽。休吟稷穗，休尋喬木，獨憐遺老。」既寫了他當年的「壯懷」，因「神州未復」而懶於登高望遠，又寫了這次北行，更令人加深故國之思而同情淪陷在金朝統治區的「遺老」，並抒發了友朋之間強烈的別情離緒。無疑，高觀國是他這次留別的詞社社友之一。高觀國的《雨中花》「旆拂西風」，當爲餞別史達祖陪節北行之作。詞中說：「旆拂西風，客應星漢，行參玉節征鞍。緩帶輕裘，爭看盛世衣冠……過離宮禾黍，故壘煙塵，有淚應彈。文章俊偉，穎露囊錐，名動萬里呼韓。知素有，平戎手段，小試何難。」他設想史達祖出使途中，在金國統治下的漢人爭看南宋使者「緩帶輕裘」，風流儒雅的風采，流露出他們殷切希望回到祖國懷抱的心情，以及詞人過離宮時產生的深切的黍離之悲。盛讚史達祖懷經濟之才，將不負使命，爲國立功。在詞中表露了詞人強烈的愛國情緒。

　　八月十五日，史達祖北行抵達眞定。中秋佳節，是親人團聚的日子，詞人遠離家鄉、遠離親友，怎能無思親念友之情？何況與詞友臨

別有約，在中秋這一天，詞社的社友在異地同賦《齊天樂》，抒發別
離後的懷念之情。他「記約清吟」，故有《齊天樂・中秋宿眞定驛》
之作：

　　　　西風來勸涼雲去，天東放開金鏡。照野霜凝，入河桂濕，
　　一一冰壺相映。殊方路永。更分破秋光，盡成悲境。有客躊
　　躇，古庭空自吊孤影。　　江南朋舊在許，也能憐天際，詩
　　思誰領。夢斷刀頭，書開蠹尾，別有相思隨定。憂心耿耿。
　　對風鵲殘枝，露蛩荒井。斟酌姮娥，九秋宮殿冷。

在同一天，高觀國在南宋首都臨安，有《齊天樂・中秋夜懷梅溪》之
作：

　　　　晚雲知有關山念，澄霄卷開清霽。素景分中，冰盤正溢，
　　何曾嬋娟千里。危闌靜倚。正玉管吹涼，翠觴留醉。記約清
　　吟，錦袍初喚醉魂起。　　孤光天地共影，浩歌誰與舞，淒
　　涼風味。古驛煙寒，幽垣夢冷，應念秦樓十二。歸心對此。
　　想斗插天南，雁橫遼水。試問姮娥，有誰能爲寄。

這兩首詞，抒寫友朋在異地強烈的思念之情。開頭都用了擬人化手
法：一個說晚雲是被西風「勸」走的，一個說晚雲知道有人千里思念
朋友而自動散開。這裡把西風、晚雲寫得那麼有感情，那麼善解人意，
實際是爲了表現兩位詞人在異地相思的強烈情緒。雖然是雲散天晴，
一輪明月高懸清空，可到底是月圓人未圓，環境又是那麼殘荒幽冷，
使詞人感傷情緒更爲強烈。史達祖筆下的環境是「風鵲殘枝，露蛩荒
井」，「有客躊躇，古庭空自吊孤影」。高觀國想像朋友的處境是「古
驛煙寒，幽垣夢冷」，「孤光天地共影，浩歌誰與舞，淒涼風味」。山
河破碎，中原淪陷的殘破現實，使兩人在異地看到的月亮也是殘破暗
淡的。在這兩首詞中，分明滲透了兩位詞人對嚴峻現實的眞切關注，
寄寓了各自的愛國情感。它雖然是應社行爲的產物，然卻是在史達祖
負有莊嚴使命而高觀國對其抱有極大希望的情境下，二人的互相酬和
異地同吟，是當時兩位愛國的知識分子關注祖國前途命運的吟唱，其
心和祖國人民的命運一起跳動。這就使這兩首詞有了深刻的現實內容

和真切的感情。讀這兩首詞，怎能不與詞人強烈的愛國情緒產生共鳴？怎能不爲其深厚真摯的友情而感動？

史達祖的《八歸》「秋江帶雨」，是出使金國路經淮陰、高郵時寄詞友之作，當寫於六月底或七月初。「應難奈，故人天際，望徹淮山，相思無雁足」。陳廷焯謂「宕往低徊，極有韻味」。〔註90〕高觀國的《八歸‧重陽前二日懷梅溪》，當是讀了史達祖《八歸》「秋江帶雨」後所作，其詞極擬史達祖旅途的苦辛與愁悶。「料恨滿幽苑離宮，正愁暗文通」，「兩凝佇，壯懷立盡，微雲斜照中」，也是感情真摯、韻味深厚之作。

在詞史上酬唱詞難見好詞。史達祖、高觀國的這些酬唱詞，因是在特殊的背景下寫成的，因此內容充實、感情真切，的確是一組好詞。它不僅受到了歷代詞論家的稱讚，今天讀來，仍覺虎虎有生氣，放射著震撼人心的藝術力量。

在兩人的酬唱中，史達祖還有《東風第一枝‧壬戌閏臘望雨中立癸亥春與高賓王各賦》、《賀新郎‧湖上高賓王趙子野同賦》，高觀國有《東風第一枝‧壬戌春日訪梅溪雨中同賦》三首。史達祖與其他人的酬唱詞有《西江月‧舟中趙子野有詞見調即意和之》、《蘭陵王‧南湖以碧蓮見寄走筆次韻》、《齊天樂‧湖上即席分韻得羽字》、《戀繡衾‧席上夢錫漢章同賦》四首。高觀國與其他人的酬唱詞有《鳳棲梧‧湖上即席長翁同賦》、《卜算子‧泛西湖坐間寅齋同賦》兩首。這九首酬唱詞，雖不如前六首那麼感人，但也還是差強人意之作，與其他詞社的無謂之作，不可同日而語。

第七節　吳文英與周密

吳文英，字君特，號夢窗；周密，字公謹，號草窗，他們都是南宋著名的格律派詞人。兩人關係密切，詞風相近，因稱「二窗」。後

〔註90〕雷履平、羅煥章校注：《梅溪詞》，第 111 頁，上海古籍出版社，1988。

代詞論家將其並稱，且對其詞風，多有推許。所謂「草窗最近夢窗」。
〔註91〕「南宋之末，終推草窗、夢窗兩家」，〔註92〕「旨趣相侔。二
窗並稱，允矣無添」。〔註93〕他們生活在同一時代，其詞風有著許多
相似或近似的地方，值得我們做一番認真地比較研究。

一

　　吳文英的傳記資料，極其匱乏；要談他與周密的關係，更屬不易。
但在周密的詞集中，有四首涉及到他與吳文英的關係，至為重要。過
去詞論家談吳、周的詞，不約而同的都談到這幾首詞。
　　王弈清在《宋名家詞評》中說：
　　　　《蘋洲漁笛譜》中《玲瓏四犯》詞，乃戲調夢窗作也。
　　後闋云：「憑問柳陌情人，比似垂楊誰瘦。」其《拜星月》，
　　乃春暮寄夢窗作也。後闋云：「蕩歸心，已過江南岸。清宵
　　夢，遠逐飛花亂。」又有《玉漏遲·題夢窗〈霜花腴詞集〉》
　　全闋，更覺纏綿深至，可歌可泣。
杜文瀾《夢窗詞序》云：
　　　　與周草窗為忘年之交，草窗詞有《玲瓏四犯》一闋，
　　題為「戲調夢窗」，《拜星月慢》一闋，題為「春暮寄夢窗」，
　　《朝中措》一闋，題為「擬夢窗」，而《玉漏遲》一闋，即
　　題夢窗「霜花腴詞集」，傾倒尤至。夢窗以綿麗為尚，筆意
　　幽邃，與周美成、姜堯章，並為詞學之正宗。
劉毓盤《詞史》云：
　　　　右周密題夢窗詞卷《玉漏遲》詞。據《宋名家詞評》
　　曰：此詞視寄夢窗《拜星月慢》詞、調夢窗《玲瓏四犯》
　　詞，更覺纏綿深至，可歌可泣。交誼之篤，亦可見矣。
談到吳文英與周密的關係，以前學者不約而同的提到周密寫的有關吳
文英的四首詞，而再無佐證。證據的嫌單薄，且是詞的語言，並非寫

〔註91〕周濟：《宋四家詞選》，第69頁，古典文學出版社，1958。
〔註92〕孫克強：《唐宋人詞話》，第856頁，河南文藝出版社，1999。
〔註93〕同上註，第854頁。

實，很難說得肯切。實則非常重要，也極為關鍵，很能說明問題。從
《朝中措‧擬夢窗詞》，可見周密對夢窗詞十分推崇，並曾向吳文英
認真學習，且深受其影響；從《玉漏遲‧題夢窗〈霜花腴詞集〉》，可
見周密對吳文英詞的推許和倚重。以上兩首詞透露出他對吳文英詞曾
經仿效、模擬，並深受吳文英詞創作影響的一面；而從《玲瓏四犯》、
《拜星月慢》，可見其關係密邇，親近異常，非泛泛之交可比，說明
他們實際是忘年至交。

吳文英有《踏莎行‧敬賦草窗絕妙詞》：

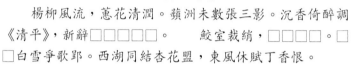

楊柳風流，蕙花清潤。蘋洲未數張三影。沉香倚醉調
《清平》，新辭□□□□□。　　鮫室裁綃，□□□□。□
□白雪爭歌郢。西湖同結杏花盟，東風休賦丁香恨。

這首詞雖然殘缺，卻很值得我們重視。吳文英長周密十餘歲或竟達二
十歲，但對周密卻非常敬重。詞題中「敬賦」二字，並非酬應場中的
套語，而是至誠的語言，既表現了他對周密態度的恭謹，又從側面反
映出周密在當時詞壇具有相當重要的地位，受到詞界的推崇。首三句
作者把周密比作北宋的著名詞人張先，並非是拉名人亂作比擬，以抬
高其身價，實則是有另一番特別的用意：張先是周密的鄉先賢，而周
又收藏著張先的《十詠圖》和《安陸集》，張先詞以琢句見長，特別
善於用「影」字以寫自然界中的朦朧之美，「雲破月來花弄影」（《天
仙子》）、「嬌柔懶起，簾幕捲花影」（《歸朝歡》）、「柔柳搖搖，墜輕絮
無影」（《剪牡丹》）等善用「影」字的詞句，深受詞論家的推賞，被
譽為「張三影」。其詞在北宋時期曾經風靡一時，且在詞壇上有很高
的地位。四、五兩句以周密詞比配李白《清平樂》詞。李白曾於沉香
亭為楊貴妃賦《清平樂》詞三章，其一有句云：「沉香亭北倚闌干。」
五空格楊鐵夫擬補「才思青蓮近」，差是。如此，是謂周密詞之善賦
美人，有如李白賦楊貴妃詞之絕妙。吳文英將周密詞與張先、李白比
擬，可算是推崇備至了。

如上所述，吳文英推崇詞壇晚輩周密，並與之結為忘年交，是因

爲他對周密詞才的賞識與推崇；周密對吳文英推尊而又態度隨和，甚
至寫詞「戲調」，說明他們關係之深至。鑒於吳文英在詞壇的崇高地
位以及在創作上取得了很高的藝術成就，周密作爲文學晚輩，在詞的
創作上，自然受到了吳文英的深刻影響，這是不言而喻的。

二

　　吳文英與周密的詞，色彩絢麗，意象密集，很少疏宕之氣，風格
大都是麗密的。

　　關於吳文英詞的麗密，許多詞論家都有剴切的論述：

　　　　夢窗之詞，麗而則，幽邃而綿密。脈絡井井，而卒焉
　　不能得其端倪。〔註94〕

　　　　夢窗……以綿麗爲尚，運意深遠，用筆幽邃，煉字煉句，
　　迥不猶人。貌觀之雕繢滿眼，而實有靈氣行乎其間。〔註95〕

他們對夢窗詞之麗密幽邃，十分推崇，並有發自內心的讚嘆。

　　　　詞至白石，疏宕極矣。夢窗輩起，以密麗爭之。至夢
　　窗而密麗又盡矣，白雲以疏宕爭之。〔註96〕

他指出了南宋詞疏宕與麗密的沿遞演進之跡，密麗在詞史演進中是
很重要的一環。陳銳則謂：「然言清空者喜白石，好穠艷者學夢窗」，
〔註97〕則指出南宋兩派詞人的不同影響，各有傳遞與承繼。今之學
者認爲「夢窗詞的基本特點是縝密濃麗」，〔註98〕並稱密麗「以吳文
英爲代表」。〔註99〕這些說法，都是很能切中要害的肯綮之談。

　　那麼，吳文英詞之麗密有什麼特色呢？請看《三姝媚‧過都城舊

〔註94〕馮煦：《蒿庵論詞》，唐圭璋：《詞話叢編》，第3594頁，中華書局，
　　　　1986。
〔註95〕孫克強：《唐宋人詞話》，第799頁，河南文藝出版社，1999。
〔註96〕張祥齡：《詞論》，唐圭璋：《詞話叢編》，第4211頁，中華書局，1986。
〔註97〕陳銳：《裒碧齋詞話》，唐圭璋：《詞話叢編》，第4197頁，中華書局，
　　　　1986。
〔註98〕萬雲駿：《詩詞曲欣賞論稿》，第102頁，中國社會科學出版社，1986。
〔註99〕詹安泰：《詞學論稿》，第450頁，廣東人民出版社，1984。

居有感》：

> 湖山經醉慣。漬春衫，啼痕酒痕無限。又客長安，歎
> 斷襟零袂，浣塵誰浣？紫曲門荒，沿敗井、風搖青蔓。對
> 語東鄰，猶是曾巢，謝堂雙燕。　　春夢人間須斷。但怪
> 得，當年夢緣能短。繡屋秦箏，傍海棠偏愛，夜深開宴。
> 舞歇歌沉，花未減、紅顏先變。佇久河橋欲去，斜陽淚滿。

此為詞人重過《都城舊居》的悼亡之作。上闋寫今日舊地重遊：先寫
自己過著漂泊不定、羈旅窮愁的生活，那布滿春衫的啼痕、酒痕，分
明是窮愁聊倒生活的印記；今日重到臨安，享不到家庭的溫馨，斷襟
零袂之浣塵，無人縫補洗滌；眼前是紫曲門荒，敗井青蔓，一片淒清
荒敗之景象。下闋追憶往日歡樂幸福的生活，酒宴歌舞，一片歡樂景
象，結處敘述作者在落日餘暉中久久地佇立河橋，淚流滿面，不忍離
去。上闋由今思昔，下闋由昔到今；詞人以下闋之昔日歡樂與上闋之
今日窮愁對照；又以下闋之今不忍離去與上闋之今漂泊到杭回應，脈
絡井然，針腳細密；詞中湖上、荒庭、敗井、梁燕，均能引發舊情；
春衫、啼痕、秦箏、海棠，都能寄託哀思；且遣詞造句，很重色彩。
譬如紫曲、青蔓、繡屋、紅顏，斑爛陸離，令人目眩。的確是一首針
腳綿密的麗密之作。

　　吳文英詞集中麗密深曲之作是很多的。又譬如《過秦樓‧芙
蓉》：

> 藻國淒迷，麴塵澄映，怨入粉煙藍霧。香籠麝水，膩
> 漲紅波，一鏡萬妝爭妒。湘女歸魂，佩環玉冷無聲，凝情
> 誰愬？又江空月墮，凌波塵起，彩鴛愁舞。　　還暗憶，
> 鈿合蘭橈，絲牽瓊腕，見的更憐心苦。玲瓏翠屋，輕薄冰
> 綃，穩稱錦雲留住。生怕哀蟬，暗驚秋被紅衰，啼珠零露。
> 能西風老盡，羞趁東風嫁與。

此詞以穠華美麗的形式，包含著真摯深厚的熱情，色彩鮮明，意象密
集，內容深曲，形成了獨特的藝術風格。

　　周密詞之麗密風格，也每每為詞論家所稱道。「草窗諸家，密麗

芊綿，如溫李一派。……以詩譬詞，亦可聊得其彷彿。」〔註100〕「其詞盡洗靡曼，獨標清麗，有韶倩之色，有綿渺之思。」〔註101〕以《木蘭花慢》爲詞調的「詠西湖十景」，是很典型的麗密之作。這些詞對景色的描摹與渲染，詞采的鋪陳，都是極爲出色的。就寫作技巧說，也是相當成功的。如《平湖秋月》：

> 碧霄澄暮靄，引瓊駕、碾秋光。看翠闕風高，珠樓夜午，誰搗玄霜？滄茫。玉田萬頃，趁仙查、咫尺接天潢。彷彿凌波步影，露濃佩冷衣涼。　　明璫。淨洗新妝。隨皓彩、過西廂。正霧衣香潤，雲鬟紺濕，私語相將。鴛鴦。誤驚夢曉，掠芙蓉、度影入銀塘。十二闌干佇立，風簫怨徹清商。

「平湖秋月」是西湖著名的景點之一，風景優美，「蓋湖際秋而益澄，月至秋而逾潔，合水月以觀，而全湖之精神始出矣！」〔註102〕詞中用了碧霄、瓊駕、翠闕、玄霜、玉田、明璫、皓彩、紺濕、銀塘，色彩絢麗，景物光鮮。通過詞人精心地描摹，使景點更爲精彩，景色更加光潔。

　　餘如《木蘭花慢・斷橋殘雪》、《木蘭花慢・三潭映月》、《木蘭花慢・兩峰插雲》，都是典型的麗密之作。《木蘭花慢・斷橋殘雪》：「覓梅花信息，擁吟袖、暮鞭寒。自放鶴人歸，月香水影，詩冷孤山。等閑。泮寒睍暖，看融城、御水到人間。瓦隴竹根更好，柳邊小駐遊鞍。琅玕。半倚雲灣。孤棹晚、載詩還。是醉魂醒處，畫橋第二，奩月初三。東闌。有人步玉，怪冰泥、沁濕錦鴛斑。還見晴波漲綠，謝池夢草相關。」殘雪之景，頗難著筆。「此詞詠殘雪，不及《春曉》、《秋月》二詞境界寬展，著想較難。而『瓦隴竹根』及冰鞋踏濕等句，頗見思致。結句『晴波漲綠』，則言雪消而春水漸生矣。」〔註103〕思致之妙，用筆之密，都堪稱讚。

〔註100〕　先著、程洪：《詞潔》，第203頁，河北大學出版社，2007。
〔註101〕　孫克強：《唐宋人詞話》，第854頁，河南文藝出版社，1999。
〔註102〕　朱德才：《增訂注釋全宋詞》（四）第228頁，文化藝術出版社，1997。
〔註103〕　俞陛雲：《唐五代兩宋詞選釋》，第554頁，上海古籍出版社，1985。

談到麗密，況周頤在《香東漫筆》中有一段話極精彩。既準確地評價了吳文英麗密之特色，又對區分吳、周麗密之不同特色頗有啓示。他說：

> 夢窗密處，能令無數麗字，一一生動飛舞，如萬花爲春，非若琱璚蹙繡，毫無生氣也。如何能運動無數麗字，恃聰明，尤恃魄力。如何能有魄力，唯厚乃有魄力。夢窗密處易學，厚處難學。〔註104〕

這裡有三點，值得我們特別注意：

第一，夢窗詞雖則麗密，但不是一味地堆砌死的詞藻，而能使筆下的詞藻生動飛舞。雖然不能說夢窗詞所有的麗密處，都能像彩色蝴蝶一樣在空中自由飛舞，但卻確實是活潑的、生動的，絕無呆痴的顯現。質言之，夢窗詞的麗密是頗爲空靈的。誠如劉永濟評《齊天樂・齊雲樓》所云：「此詞首尾皆奇幻空靈，富於想像，總因樓聳入雲，使人生凌空縹緲之幻想，筆姿極其矯健。張炎病夢窗不能清空，觀此與《靈巖》、《禹陵》等作，知張氏之說，不足盡夢窗。後人以張一言而輕議夢窗，更屬矮人觀場，隨人啼笑。」〔註105〕以此質之草窗，雖然他的詞大都寫得極雅致的，也沒有狠命的堆砌詞藻，但卻不夠活潑，不能做到生動飛舞，缺乏空靈之致。這是吳、周二人在麗密風格表現上不同的特色之一。

第二，厚字是爲關鍵。夢窗詞渾厚，這來自於他深厚的藝術修養，更來自於他對社會生活的深厚體驗，來自於他極其銳敏的洞察力。他生當大宋末季，作爲清客和幕僚，經常出入於官場幕府，穿梭於官宦之間，由此他對統治階級的腐敗與無能，對於官僚的貪婪與腐朽，可謂洞悉肺腑。面對「山雨欲來風滿樓」的嚴峻形勢，面對統治者的麻木不仁與束手待斃，他是痛恨的。這社會已經腐朽透

〔註104〕 況周頤：《蕙風詞話》，唐圭璋：《詞話叢編》，第 4447 頁，中華書局，1986。

〔註105〕 劉永濟：《微睇室說詞》，第 34 頁，第 134 頁，上海古籍出版社，1987。

頂了，根本無法挽救了，任誰也回天無術，而夢窗則帶著士人特有的清醒，無奈的生活在這污泥濁淖之中，對於社會的種種弊端與無救，自然很婉曲的流露於筆端，其詞也就顯得深厚了，如《齊天樂·與馮深居登禹陵》：

> 三千年事殘鴉外，無言倦憑秋樹。逝水移川，高陵變谷，那識當時神禹？幽雲怪雨。翠萍濕空梁，夜深飛去。雁起青天，數行書似舊藏處。　　寂寥西窗久坐，故人慳會遇，同翦燈雨。積蘚殘碑，零圭斷璧，重拂人間塵土。霜紅罷舞。漫山色青青，霧朝煙暮。岸鎖春船，畫旗喧賽鼓。

此詞為作者在紹興與友人馮去非秋日登禹陵的懷古之作，表達了作者對先賢的無限仰慕之情。南宋末年，朝政腐敗，國事而非，人們盼望大禹復生，拯黎民於水火。然而醉生夢死的統治者，只知貪圖享樂，「那識當時神禹」？詞人撫今追昔，不覺滄然涕下，憑吊蒼茫，感慨無限，內容深厚。周密在宋亡以前，只知「草綠江南天水長」，過著公子哥兒的生活，他通過窗口看到的只是花花綠綠的世界，根本不關心政治，更缺乏吳文英那樣敏銳的洞察力。詞中缺乏對社會生活無限關注的感情，筆端只有風花雪月的飛舞。雖然密麗雅致，內容殊嫌淺薄，難言深厚。

　　第三，密處易學，厚處難學。前者是純屬技巧性的，後者是與處世態度密切相關的。周密向吳文英學習，作為寫作技法之一的密字，算是學到手了。但厚處卻未學到，蓋詞心不足也。誠如夏敬觀所云：「色彩鮮新，音響調利，是其所長，然內心不深，則情味不永，是詞才有餘，詞心不足也。」，又說：「調利則無澀味，鮮新則非古彩，所以下夢窗一等。」〔註106〕劉永濟也說：「有吳之麗而無其深」。〔註107〕

〔註106〕夏敬觀：《映庵詞評》，張璋：《歷代詞話續編》，第425頁，大象出版社，2005。

〔註107〕劉永濟：《微睇室說詞》，第34頁，第134頁，上海古籍出版社，1987。

這些評論都是頗爲公允的。周密晚年雖有一些感時之作，但數量少，不足以動搖我們對他的總體評價。

三

吳文英詞，想像豐富，構思奇特，頗有浪漫主義特質；而周密詞，則描寫細膩，平實雅致，富有現實主義的色彩。清人王時翔云：「南宋詞人號極盛，然以吳夢窗之奇麗而不免於晦，以周草窗之澹逸而或近乎平。」〔註108〕這是對吳、周詞風的切實比較，以奇麗論夢窗，以澹逸論草窗，均切中要害。說吳文英詞失之晦澀，周密詞失之平衍，也是非常恰當的。

吳文英在詞的創作上，深受李賀、李商隱詩風的影響，構思奇特，琢句清麗，用典繁僻，在詞風上很有些與二李詩風近似的地方。如《八聲甘州‧陪庾幕諸公遊靈巖》：

> 渺空煙四遠，是何年、青天墜長星？幻蒼崖雲樹，名娃金屋，殘霸宮城。箭徑酸風射眼，膩水染花腥。時靸雙鴛響，廊葉秋聲。　宮裡吳王沉醉，倩五湖倦客，獨釣醒醒。問蒼天無語，華髮奈山青。水涵空、闌干高處，送亂鴉、斜日落漁汀。連呼酒，上琴臺去，秋與雲平。

說靈巖原來是青天墜落的一顆長星，而「蒼崖雲樹，名娃金屋，殘霸宮城」，都係長星所化。詞人的想像顯得豐富奇特而不免有點怪異。說吳宮婦女脂粉所洗的膩水，把香花都染腥了。說「響屧廊」裡，西施靸著雙鴛鴦的拖鞋，發出響聲，這都係詞人想像奇特之所在。他還用筆拙重，如「膩水染花腥」之「膩」、「腥」二字，特別是「腥」字，用筆狠重，力透紙背。詞人通過豐富的想像，用一枝生花彩筆，繪成一幅斑駁陸離的歷史畫卷，對吳王君臣之奢侈腐化，作了鞭辟入裡地揭露與諷刺。這幅圖畫，使我們不禁想起「直把杭州作汴州」的南宋小朝廷君臣的醉生夢死，腐化享樂，其荒淫佚樂與當年吳王君臣如出

〔註108〕 孫克強：《唐宋人詞話》，第851頁，河南文藝出版社，1999。

一轍。這首詞詞人讓它穿上了歷史的盛妝，演出現實的新場面，針對性是很強的。詞的字句飛動跳躍，意象閃爍，把這個場面表現的十分精彩。因此，給讀者留下了極為深刻的印象。又如《金縷曲‧陪履齋先生滄浪看梅》：「喬木生雲氣。訪中興、英雄陳跡，暗追前事。戰艦東風慳借便，夢斷神州故里。旋小築，吳宮閑地。華表月明歸夜鶴，歎當時、花竹今如此。枝上露。濺清淚。遨頭小簇行春隊。步蒼苔、尋幽別隖，問梅開未。重唱梅邊新度曲，催發寒梢凍蕊。此心與、東君同意。後不如今今非昔，兩無言、相對滄浪水。懷此眼，寄殘醉。」此詞即興抒感，寄託遙深。對韓世忠在采石磯大戰中未得天時，沒有完成驅逐敵寇、恢復中原的中興事業，深表遺憾，非常曲折地表達了詞人的傷時憂國之情。

　　想像之豐富與奇特，在吳文英詞集中隨處可見，並閃現著浪漫主義的光華：

　　　　知道池亭多宴，掩庭花、長是驚落秦謳。膩粉闌干，
　　猶聞憑袖留香。(《聲聲慢》)

　　　　黃蜂頻撲鞦韆索，有當時、纖手香凝。(《風入松》)

　　　　幽雲怪雨。翠萍濕空梁，夜深飛去。(《齊天樂‧與馮深
　　居登禹陵》)

　　　　剪紅情，裁綠意，花信上釵股。(《祝英台近》)

這些詞，都處處顯示出一個奇字：想像的奇特，構思的奇異，用字的奇麗，充分地展現了吳文英詞頗為奇幻的藝術個性，閃現著浪漫主義光華。因為構思奇特，比喻新奇，思緒跳躍，有的詞不免有晦澀費解的弊病。

　　與吳文英相較，周密詞注重描寫的雅致與平實。他善於觀察，能將事物中現實存在的特色表現出來。如《曲遊春》。「看畫船，盡入西泠，閑卻半湖春色。」就受到他的詞友施岳的擊節讚賞。這是因為他寫出了司空見慣而不為人注視的生活中的真實景象。如此等等，都可見他表現現實的傑出才能，詞中能夠充分地表現出現實主

義創作的藝術特色。《玉京秋‧長安獨客，又見西風。素月丹楓，淒然其爲秋也，因調夾鐘羽一解》，就是一首反映現實的傑作，其詞云：

> 煙水闊。高秋弄殘照，晚蜩淒切。碧砧度韻，銀床飄葉。衣濕桐陰露冷，採涼花、時賦秋雪。嘆輕別，一襟幽事，砌蛩能說。　　客思吟商還怯。怨歌長、瓊壺暗缺。翠扇恩疏，紅衣香褪，翻成消歇。玉骨西風，恨最恨、閒卻新涼時節。楚簫咽，誰寄西樓淡月。

通過細膩地描寫，充分地表現了深重地離愁別緒。詞人字斟句酌，使詞的語言典麗精工，風格婉雅雋秀，意境高遠深邃，形成澹逸的情調，有餘味無窮之致。類似的詞有《探芳訊‧西泠春感》：「步晴晝，向水院維舟，津亭喚酒。嘆劉郎重到，依依漫懷舊。東風空結丁香怨，花與人俱瘦。甚淒涼。暗草沿池，冷苔侵砌。橋外晚風驟。正香雪隨波，淺煙迷岫。廢苑塵梁，如今燕來否？翠雲零落空堤冷，往事休回首。最銷魂，一片斜陽戀柳。」詞人舊地重遊，處處物是人非，不免產生懷舊情緒，而今之西泠「舊草沿池，冷苔侵砌」、「翠雲零落空堤冷」，如此景象淒清，真是不堪回首。如此情景，益增對往事的感念。詞人情緒低徊欲絕，發出淒切哀婉的裊裊之音。

對現實精微細緻地描寫，在周密詞集中處處可見。它滲透了詞人微妙的情緒，形成一道十分亮麗的風景線。

> 霽月三更，粉雲千點，靜香十里。(《水龍吟‧白蓮》)

> 記少年，一夢揚州，二十四橋明月。(《瑤花慢‧瓊花》)

> 幽夢覺，涓涓清露，一枝燈影裡。(《繡鸞鳳花犯‧賦水仙》)

> 自放鶴人歸，月香水影，詩冷孤山。(《木蘭花慢‧斷橋殘雪》)

他以平實雅致的筆觸，對現實生活作了生動地描寫，透露出澹遠雋永的詩味。行文亦復清暢。當然，他的有些詞寫得過於平實，似未顯現出詞人感情的波瀾，不免有些平衍。

附：吳文英與尹煥

　　吳文英交遊甚廣，楊鐵夫《吳夢窗事跡考》列舉與夢窗有詞作酬贈的達六十餘人。其酬尹煥與史宅之的詞爲集中最多者，均達十一首。關於他與史宅之的關係，詞學家錢鴻瑛說：「遍覽十一闋，實無從看出兩人之間有什麼深摯友誼存在。」〔註109〕談到他與尹煥的關係，錢先生則說：「夏承燾《繫年》認爲『夢窗與煥交最篤』，『篤』是可以肯定的，『最』則恐怕未必。」〔註110〕縱觀夢窗詞，吳文英生平交遊最親密者有四人，即吳潛、姜石帚、尹煥、周密。夢窗與吳潛的交遊，主要是政治上的，其酬應詞表現了他對吳潛政治才能的讚許與對自己提攜的期望；夢窗與姜石帚的交往，主要是隱逸上的，其酬應詞表現了他對政治追求的失落與歸隱的意念；他與周密、尹煥的交遊，主要是文學上的，表現了其對他二人詞作的欣賞與認同，對其文學才能的讚許。關於他與吳潛、姜石帚、周密的交誼，暫存而不論。本文專門探討他與尹煥的交往。

一

　　尹煥是吳文英的詞友，二人的關係至爲密切。《夢窗詞》今存酬贈尹煥者達十一首之多。他一生酬贈尹煥詞還不止這十一首，恐有遺失。他在《水龍吟‧壽梅津》詞中有云：「長壽杯深，《探春》腔穩，江湖同賦。」吳蓓注云：「夢窗當與梅津同賦《探春慢》詞，今夢窗詞集無存。」〔註111〕其說極是。他與尹煥同有《探春慢》之作，今已佚，這是他酬贈尹煥詞有佚的鐵證。從現存酬贈尹煥的詞來看，其流注感情之深摯，表現關係之密邇，都是其他酬應詞難以逾越的。這十一首詞，有和詞二首（惜尹煥原作不存），送、餞詞三首，壽詞三首，慶、上、題畫各一首。

〔註109〕錢鴻瑛：《夢窗詞研究》，第41頁，上海古籍出版社，2005。
〔註110〕同上註，第44頁。
〔註111〕吳蓓：《夢窗詞匯校箋釋集評》，第116頁，浙江古籍出版社，2007。

　　吳文英有《八聲甘州・和梅津》、《漢宮春・追和尹梅津賦俞園牡丹》。其《八聲甘州・和梅津》云：

> 　　記行雲夢影，步凌波、仙衣翦芙蓉。念杯前燭下，十香搵袖，玉暖屏風。分種寒花舊盎，蘚土蝕吳蠶。人遠雲槎渺，煙海沉蓬。　　重訪樊姬鄰里，怕等閑易別，那忍相逢。試潛行幽曲，心蕩□怱怱。井梧凋、銅鋪低亞，映小眉、瞥見立驚鴻。空惆悵，醉秋香畔，往事朦朧。

詩詞唱和是文人交遊中很重要的活動，表現其共同的詩情雅趣。吳文英之所以和尹煥詞，是因為他對尹詞的崇尚，並引發了他的創作衝動。楊鐵夫云：「此當為和梅津憶姬之作。」〔註112〕其本事見於周密《齊東野語・尹惟曉詞》：「梅津尹煥惟曉未第時，嘗薄遊苕溪籍中，適有所盼。後十年，自吳來雪，艤舟碧瀾。問訊舊遊，則久為一宗子所據，已有子，而猶掛名籍中。於是假之郡將，久而始來。顏色瘁稅，不足膏沐。相對若不勝情，梅津為賦《唐多令》……數百載而下，真可與杜牧之尋芳較晚之為偶也。」〔註113〕尹煥於此除賦《唐多令》外，或更賦《八聲甘州》以寄情。夢窗此詞，即為和作。楊鐵夫謂「梅津亦有放琴客之事，後必於他處再見之，梅津有詞寄慨而夢窗和之也」。〔註114〕詞的上闋，用「憶」字、「念」字領起，引出對往事的追憶，表現出對美人的無盡思念。下闋寫重訪美人前複雜的心理活動以及訪後惆悵的心情。吳文英在個人生活上，與尹煥有著相同的遭遇，他對蘇姬的深切思念，經常流露於筆端：「難忘處，猶恨繡籠，無端誤放鸞飛……楚夢秦樓相遇，共嘆相違……何時向，窗下剪殘紅燭，夜杪參移？」（《畫錦堂》「舞影燈前」）其感情何等深婉。因此，尹煥的情事，引起了他的共鳴和對蘇妾的深切憶念。其和詞雖然寫的是尹煥的情事，並表現了對其遭遇的同情，同時也滲透了他對個人以

〔註112〕　吳蓓：《夢窗詞匯校箋釋集評》，第 685 頁，浙江古籍出版社，2007。
〔註113〕　周密：《齊東野語》，第 181 頁，中華書局，1983。
〔註114〕　趙慧文、徐育民：《吳文英詞新釋輯評》，第 807 頁，中國書店，2007。

往情事的追憶，其感情是非常純真的。

　　和詞一般都要步趨原作，因受原作內容與格調的束縛，其藝術水平很難超越原作。但和作者也不示弱，卻總要暗暗較勁。因尹煥原作不存，無以較其高下。吳文英對詞的寫作藝術有很高的修養，兼之生活感受甚深，此詞當與原作相頡頏。無論如何，這首詞在他們的交遊史上，留下了很深的印記。

　　壽詞在宋詞創作中是最為常見的一種應酬詞，今存宋代壽詞，佔《全宋詞》總數的十分之一強，這是一個十分驚人的數字，可見壽詞在應社詞中的地位。吳文英對尹煥的壽詞有三首：《水龍吟·壽梅津》、《水龍吟·壽尹梅津》、《漢宮春·壽梅津》。前二首，主要是寫對其官階的崇賞與對其為官的讚揚，這是壽詞中的俗套和應有之意，故可略而不論。同時，對其文學才能十分欽羨，或讚其學富才宏、筆勢酣暢、文章氣勢逼人：「星羅萬卷，雲驅千陣，飛毫海雨」；或讚其文筆細潤、詞藻清麗：「春霖繡筆」。對其文采風流的讚揚，應是情緒的自然流露，傾倒之情溢於言表。《漢宮春·壽梅津》通首切梅，似是詠物，實則以梅代梅津，喻指尹煥，言其人格之高潔如梅。縱觀這三首壽詞，它表現了吳文英對尹煥詞采風流的由衷讚許，並對其人品十分景仰。

　　吳文英送餞尹煥的詞有三首：《瑞龍吟·送梅津》、《塞翁吟·餞梅津除郎赴闕》、《惜黃花慢·餞尹梅津》。

　　《瑞龍吟·送梅津》云：

　　　　黯分袖，腸斷去水流萍，住船繫柳。吳宮嬌月嬈花，醉題恨倚，蠻江豆蔻。　　吐春繡。筆底麗情多少，眼波眉岫。新圍鎖卻愁陰，露黃漫委，寒香半齅。　　還背垂虹秋去，四橋煙雨，一宵歌酒。猶憶翠微攜壺，烏帽風驟。西湖到日，重見梅鈿皺。誰家聽、琵琶未了，朝驄嘶漏。印剖黃金籀。待來共憑，齊雲話舊。莫唱朱櫻口。生怕遣、樓前行雲知後。淚鴻怨角，空教人瘦。

詞中雖寫自己送別友人梅津，但又穿插了友人昔日在蘇州情事，既有與妾相戀之事，又有與其相別之情。在章法上時空交錯，虛實相間。寫自己送別是實，寫友人情事是虛。虛實結合，感情殊深。《惜黃花慢‧餞尹梅津》既寫了送別友人之情，又寫了自己對蘇姬的憶念，這種寫餞別而又寫到自己情事的寫法，為吳文英詞所僅有。

吳文英對尹煥的酬應詞還有《鳳池吟‧慶梅津自畿漕除右司郎官》、《聲聲慢‧畿漕解廨建新樓上尹梅津》、《夢芙蓉‧趙昌芙蓉圖梅津所藏》，如此等酬應，都表現了他們之間關係密切。「鶯花翰林千首。彩毫飛，海雨天風」（《聲聲慢‧畿漕解廨建新樓上尹梅津》），是又一次對尹煥文采風流的由衷讚賞。

從吳文英酬尹煥諸詞來看，他們交往頻繁、關係密切、感情深厚，絕非泛泛的酬應。如上所述，詞中有以梅喻梅津者，古人交往互相尊重，沒有特別密切深厚的關係者，絕對不會在對方名字上做文章，以免有輕褻之嫌。吳詞以梅喻指梅津，這對尹煥是極高的讚譽。梅，在花卉中的品級是極高的，以此讚梅津品格之高尚，喻指切當；在寫法上，也避免了淺陋與阿諛奉承的俗套。《八聲甘州‧和梅津》、《瑞龍吟‧送梅津》，都寫了尹煥在蘇州的情事。這在尹煥固然是風流韻事，但若非交往極密切者，恐怕就不好以此著筆，而吳文英在詞中卻一再賦及此事，這充分表明二人相知與交往之深。在情事上，也有惺惺惜惺惺之意，因此才能如此著筆也。況周頤謂：「吳夢窗與梅津文字交情，最為切至。」〔註115〕總之，從吳文英酬尹煥詞來看，二人的確是至交。而這交往的感情基礎，則主要是對尹煥文采才華的崇賞。

二

吳文英將自己的詞結集後，曾請尹煥作序。他請尹煥作序，顯然不是因尹煥的官職，藉以使聲名遠播，因為在他的交遊中，比尹煥官

〔註115〕況周頤：《蕙風詞話‧廣蕙風詞話》，第381頁，中州古籍出版社，2003。

職顯赫者大有人在。而是因爲尹煥是他相交甚深的詞友，相信尹煥對他的詞會給出恰當的判斷。尹煥則當仁不讓，慨然答應了他的請求，並對其詞作了驚人的結論。他說：

　　　　求詞於吾宋者，前有清眞，後有夢窗。此非煥之言，
四海之公言也。〔註116〕

這是一個相當精警的判斷。他將吳文英與周邦彥相提並論，並以爲周、吳代表了宋詞創作的最高成就，對吳詞這樣高的評價，是令人難以接受的。他又說這個看法不是個人的私見，而是社會的公論，似有拉大旗作虎皮，藉以嚇人之嫌。但仔細一想，卻有一定的道理，且是很有見地的。

　　首先，宋代人是以婉約詞爲正統的，只有寫婉約詞，才算本色當行，而婉約詞是最講究協律、合樂的，周邦彥、吳文英都精通音樂，能自譜曲。寫詞協律、合樂，語言柔美，風格婉約，代表了宋代士人對詞的審美追求。而且，這種觀點得到了好多卓有影響的詞論家的讚同，因而所謂「四海之公言也」，是不算太誇張的。宋代的詞論家沈義父就說：「夢窗深得清眞之妙。」〔註117〕清人周濟則說：「清眞，集大成者也……夢窗，奇思壯采，騰天潛淵。返南宋之清泚，爲北宋之穠摯。」〔註118〕可見，尹煥的觀點，得到了一些著名的詞論家的認同。

　　其次，以詞的發展史來看，小令從唐五代歷經北宋到南宋，在藝術表現上，沒有多大的變化。作爲慢詞，成熟發展於兩宋：柳永開其端，「鋪敘展衍，備足無餘」；〔註119〕周邦彥繼之，在鋪敘中，往往時空交錯，並採用勾勒手法，使詞之結構變化多姿而不至於板滯；辛

〔註116〕黃昇：《中興以來絕妙詞選》卷十，引自唐圭璋等校點：《唐宋人選唐宋詞》，第835～836頁，上海古籍出版社，2004。

〔註117〕蔡嵩雲：《樂府指迷箋釋》，第50頁，人民文學出版社，1963。

〔註118〕周濟：《宋四家詞選》，第2頁，古典文學出版社，1958。

〔註119〕李之儀：《跋吳思道小詞》，引自陳良運：《中國歷代詞學論著選》，第63頁，百花洲文藝出版社，1998。

棄疾的慢詞，善用歷史典故，藉以表現豐富的內容與深刻的思想；姜夔之詞清空，使詞空靈多變，擴大了詞的容量；而吳文英詞的思緒與結構之跳躍，也增加了詞的容量。詞由於受詞調與歌唱的限制，篇幅不能再增大，周邦彥、辛棄疾、姜夔、吳文英各以不同的方式，在有限的篇幅內，擴大了詞的容量，推動了詞的藝術表現力的發展與提高。而在宋代士人的觀念中，婉約詞代表了詞的主流與正統，從這一角度講，「前有清真，後有夢窗」之說，不是沒有道理的。作為詞人的尹煥，作出這樣的判斷，是十分恰切的。以婉約詞而論，吳文英在詞的創作上是步周邦彥的後塵而有所發展的，他們兩人都是兩宋典雅詞風創作的代表人物。

　　吳文英之所以請尹煥為自己的詞集作序，是因為尹煥不僅是一位詞人，而且是一位對詞史與詞論有相當修養的詞論家。質言之，尹煥是以詞的批評家的身份為其友人吳文英詞集作序的，而不僅僅是摯友。批評應當是公正的、科學的、客觀的，尹煥的序做到了這一點。可惜全文散佚，僅就留存的這段話來看，他對宋詞發展的歷史以及吳文英詞的創作，都有相當深的瞭解。我以為他沒辜負吳文英的重託，他寫的序言，滿足了吳文英丐序的初衷。

三

　　日本漢學家村上哲見，將宋詞分為寫實派與典雅派。寫實派是指那些做官的詞人，如辛棄疾、吳潛等；典雅派是指那些純粹的文化人，如姜夔、吳文英等。尹煥雖是一位做官的詞人，然從尹煥對吳文英詞的批評來看，他對典雅派詞人所堅持的藝術至上主義、唯美主義是讚賞和認同的。在這一點上，他是站在典雅派的立場、是以純粹文化人的面貌出現的。

　　從尹煥詞的創作來看，其詞集不存，無以深論，但以現存的三首詞來看，都是典雅的，似受吳文英詞的影響。

　　《霓裳中序第一·茉莉詠》云：

青鼙餐素靨。海國仙人偏耐熱。餐盡香風露屑。便萬
里凌空，肯憑蓮葉。盈盈步月。悄似憐、輕去瑤闕。人何
在、憶渠痴小，點點受輕捻。　　愁絕。舊遊輕別。忍重
看、鎖香金篋。淒涼清夜簟席。杳杳詩魂，眞化風蝶。冷
香清到骨。夢十里、梅花霽雪。歸來也，慨慨心事，自共
素娥説。

這是一首生動細膩優美的詠物詞，其狀茉莉花，可謂出神入化。詞史
家以爲「青鼙餐素靨。海國仙人偏耐熱。餐盡香風露屑」諸句，「略
有夢窗韻味」。〔註 120〕洵爲的評。《唐多令・菩溪有牧之之感》，則是
一首很好的小令：

萍末轉清商，溪聲供夕涼。緩傳杯、催喚紅妝。慢綰
烏雲新浴罷，裙拂地、水沉香。　　短歌舊情長，重來驚
鬢霜。悵綠陰、青子成雙。説著前歡俜不保，颺蓮子，打
鴛鴦。

此詞語言平白如話，寫與情人尷尬會面之場景，情景宛然，悵惘之情
溢於言表。「含婉蘊藉，情韻俱佳」。〔註 121〕其風格疏快，「略與夢窗
《唐多令》『何處合成愁，離人心上秋』爲近」，〔註 122〕從選家的精
鑒與詞論家對其的評論來看，其詞與吳文英詞風相近。

　　綜上所述，吳文英有酬尹煥詞十一首，足見其來往密切。以酬應
詞的內容分析判斷，吳文英不是對尹煥的攀附，而是對其文采風流的
崇賞；從尹煥寫的夢窗詞序來看，他以批評家的銳利目光，對吳詞作
了驚人的切中要害的評斷；其詞風也有接近吳文英之處，其創作或受
吳文英的影響。因此，吳文英與尹煥的密邇關係，是詞人之間的相知
交遊，而非對地方官僚的攀附。

〔註 120〕陶爾夫、劉敬圻：《南宋詞史》，第 386 頁，黑龍江人民出版社，1992。
〔註 121〕喻朝剛、周航：《宋詞觀止》，第 1300 頁，大眾文藝出版社，2001。
〔註 122〕陶爾夫、劉敬圻：《南宋詞史》，第 386 頁，黑龍江人民出版社，1992。

下　編

第三章　繼承與創新

第一節　詞論家對蘇辛詞比較說略

　　蘇軾、辛棄疾是宋代豪放派最有代表性的詞人，歷代詞論家在推崇他們創作成就的同時，對其藝術上之異同作了一些極其精到的比較。這些比較對深入地理解蘇、辛詞的藝術特質與獨特個性，有著極大的啓發性。然其比較往往是斷語多而分析少，對觀點語焉不詳，令人不易把握。現擇其要者並結合蘇、辛詞之創作實際，略加闡釋，以便於對其觀點能夠深入理解。

一、曠達與豪放

　　蘇軾、辛棄疾詞，都寫得曠達豪放、風流瀟灑，表現出詞人特有的興致與豪情。然各有其側重，並非都是半斤八兩。蘇詞之曠達與辛詞之豪放，均爲各自之主調。

　　談到蘇、辛詞的風格時，王國維說：「東坡之詞曠，稼軒之詞豪。」〔註1〕他直截了當旗幟鮮明地以曠、豪論其二人風格之不同特色。

　　陳廷焯云：

〔註 1〕周錫山：《人間詞話匯編匯校匯評》，第 119 頁，北岳文藝出版社，2004。

> 東坡心地光明磊落，忠愛根於性生，故詞極超曠，而
> 意極和平。稼軒有吞吐八荒之概，而機會不來。正則可以
> 爲郭、李，爲岳、韓，變則即桓溫之流亞。故詞極豪雄，
> 而意極悲鬱。蘇、辛兩家，各自不同。〔註2〕

蘇軾是一位極有才氣的文人，辛棄疾則是一位愛國主義的英雄。誠如
譚獻所說：「東坡是衣冠偉人，稼軒則弓刀游俠。」〔註3〕文人與英雄
的性格、作爲有很大的不同，在許多方面，簡直不可同日而語。然蘇、
辛都是充滿悲劇性的人物，他們終生爲之奮鬥的事業，都是偉大而壯
麗的。然其不幸的命運與坎坷的遭際，使他們終於逃脫不了悲劇的命
運。儘管他們與自己的命運，作了多方面的抗爭，然終未能改變既定
局面。雖然如此，但因他們所處的時代不同，個人奮鬥的目標不同，
而其悲劇的性質也自然不同。蘇軾處於表面承平而內藏嚴重危機的北
宋時代，爲了挽救時局，振興大宋，各派政治家都在政治舞臺上大顯
身手。或銳意革新，或堅持守舊；或因地制宜，或按令操辦。蘇軾雖
不能說是一位顯赫的政治家，但卻捲入了當時頗爲激烈的政治鬥爭的
漩渦。然其可貴之處，在於他能超脫狹隘的黨派利益，在新舊兩派當
權時，均不願隨聲附和，取媚求進。其政治見解與施政策略，均能從
實際出發，這對國家和人民都是有好處的。這種頗爲高尚的政治品
操，或遭新黨殘酷的打擊，或爲頑固的舊黨所不容。蘇軾在這種黨爭
的夾縫中生活，受到極不公正的待遇。但他不怨天，不尤人，因任自
然，以極其豁達的政治態度超然處之，表現出一種極爲曠達的胸懷。
元豐五年（1082），他在黃州寫的《定風波》詞，是這種曠達胸懷的
最好展示：

> 莫聽穿林打葉聲，何妨吟嘯且徐行。竹杖芒鞋輕勝馬，
> 誰怕！一蓑煙雨任平生。　　料峭春風吹酒醒，微冷。山
> 頭斜照卻相迎。回首向來蕭瑟處，歸去，也無風雨也無晴。

〔註2〕陳廷焯：《白雨齋詞話》，第166頁，人民文學出版社，1959。
〔註3〕譚獻：《復堂詞話》，第26頁，人民文學出版社，1959。

這是寫實，表現出詩人在風雨突然襲來時，仍保持著悠然自得的情態。我們不難看出，他已經完全達到了憂樂兩忘、心平氣和的「無差別境界」。詞的序言中說：「三月七日，沙湖道中遇雨，雨具先去，同行皆狼狽，余不覺。已而遂晴，故作此。」老天爺似乎故意捉弄人，專門演了一場喜劇，並要觀察人們在喜劇面前的不同表演。蘇軾與同行者在遇雨時表現出的是一種截然不同的態度：「同行皆狼狽，余不覺。」以同行者的倉皇失措，襯托出他的遇變不驚、態度從容、心地寬廣的曠達心態。這是在日常生活中遇到的一件具體的事情，卻表現出他的性格及在處世上的與眾不同，他具有一種十分曠達的胸懷。蘇軾是在「烏臺詩案」以後遭貶來到黃州的，我們將其在沙湖道中的遇雨視作一場政治風雨，那麼，他在這場暴風雨前，表現出臨難不驚、處世沉著、因任自然的態度。他這種十分豁達開朗的心胸，表現在抒情詞中，必然是一種曠達的境界。鄭文焯評《定風波》詞說：「此足徵是翁坦蕩之懷，任天而動。琢句亦瘦逸，能道眼前景，以曲筆直寫胸臆，倚聲能事盡之矣。」〔註4〕類似《定風波》這種風格曠達的詞，在蘇軾詞集中每每有之。如《臨江仙》「一別都門三改火」、《臨江仙》「夜飲東坡醒復醉」，詞境也甚曠達。俞陛雲評二詞說：「前首因送友而言我亦逆旅中行人之一，語極曠達。次首方寫江上夜歸情景，忽欲扁舟入海。此老胸次，時有絕塵霞舉之思。」〔註5〕餘如「聚散交遊如夢寐，升沉閑事莫思量」（《浣溪紗‧贈陳海州陳嘗爲眉令有聲》）、「用舍由時，行藏在我，袖手何妨閑處看。身長健，但憂游卒歲，且鬥尊前」（《沁園春‧赴密州早行馬上寄子由》），他心胸寬廣，遇到倒楣的事能想得開，他把封建士大夫非常看重的升沉、用捨看開了。升與降，用與藏，聽天由命，超然處之。誠如吳梅所云：「公天性豁達，襟抱開朗，雖境遇迍邅，而處之坦然。即去國離鄉，初無羈客遷人之

〔註4〕鄭文焯：《大鶴山人詞話》，引自唐圭璋：《詞話叢編》，第4323頁，中華書局，1986。
〔註5〕俞陛雲：《唐五代兩宋詞選釋》，第211頁，上海古籍出版社，1985。

感。」〔註6〕惟此公胸懷如此曠達，作為表達詞人心聲之詞作，自然是曠達之音了。

蘇軾為什麼能夠如此曠達呢？他早年受了莊子思想的影響，以後又與佛教徒有著較密切的關係，又對陶詩的沖淡平和極為讚賞，首首奉和，如此等等，對他曠達性格的形成，都有促進；遂使他有勘破物理、出神入化的曠達襟懷，也達到了陶淵明式北窗高臥的「羲皇上人」的靜穆淡泊之境。誠如劉揚忠先生所說：「這是一種內省式的性格，其目標是超越種種是非、榮辱、得失，而獲得內心的平衡與安適。」〔註7〕

辛棄疾處在南宋時期，趙宋王朝偏安一隅，一味苟安求和。當時抗金英雄岳飛、韓世忠先後謝世，金兵壓境，南宋朝廷岌岌可危，最高統治者思欲議和以求片時的苟安，議和妥協之風，甚囂塵上。而辛棄疾力排眾議，力主抗金，挽救危亡，收復失地。在這民族危亡的關鍵時刻，他受到了投降派的排擠與打擊，其面臨的是一個時代的、民族的悲劇。他不顧投降派的竭力反對，抱恢復之志，舉抗戰之旗，其行為是非常悲壯的。在這血與火的鬥爭中，其豪情壯志不僅是個人的，而且是時代的、國家的、民族的。他面對國家衰亡的悲劇，既不能因任自然，也不可能超然灑脫，只能有進無退，表現出一種奮不顧身、一心為國的英雄豪情。然而苟且偷安的南宋統治者，不容許他奔赴前線，為國效力，肩負起挽回頹局的責任。因此，在他心裡時刻都鬱積著英勇救國的宏願與壯志難申的苦悶。這種典型的悲劇情緒，這種長期鬱積在胸的苦悶，時不時地在其詞中展現。在《破陣子・為陳同甫賦壯詞以寄之》一詞中，這種情緒得到了淋漓盡致的傾吐：

> 醉裡挑燈看劍，夢回吹角連營。八百里分麾下炙，五十弦翻塞外聲。沙場秋點兵。　　馬作的盧飛快，弓如霹靂弦驚。了卻君王天下事，贏得生前身後名。可憐白髮生。

〔註6〕吳梅：《詞學通論》，第71頁，華東師範大學出版社，1999。
〔註7〕劉揚忠：《唐宋詞流派史》，第253頁，福建人民出版社，1999。

此詞寫豪情，感情奔注，酣暢淋漓，的確爲豪壯之詞。他先從現實寫起，「醉裡挑燈看劍」，情緒急切，形象生動，然豪壯中已含悲涼意味，爲結句伏筆。「夢回」以下倒敘夢境。從軍營生活到閱兵待發，從陣前激戰到宏偉抱負，有層次地抒寫了一腔豪情。結句峰迴路轉，一個特大跌宕，由夢境返回現實，與篇首遙相呼應：「可憐白髮生。」一聲浩嘆，凝聚著無限悲憤。結尾一句與前九句寫豪壯之景形成了強烈的對比，將其胸懷報國壯志而只能蹉跎歲月以至衰老的無可奈何，全盤托出。其感慨哀嘆，可謂淋漓盡致了。

　　辛棄疾表現這種愛國豪情的詞篇很多。如：

　　　　汗血鹽車無人顧，千里空收駿骨……我最憐君中宵舞，道「男兒到死心如鐵」。看試手，補天裂。（《賀新郎·同父見和再用韻答之》）

　　　　卻將萬字平戎策，換得東家種樹書。（《鷓鴣天·有客慨然談功名因追念少年時事戲作》）

　　　　憑誰問：廉頗老矣，尚能飯否？（《永遇樂·京口北固亭懷古》）

一方面寫其愛國豪情壯舉，另一方面又寫這種豪情壯舉在現實中的失落與碰壁，壯志難酬、英雄失路的悲涼，躍然紙上。因此，他的詞在豪放中蘊含著沉鬱悲憤的格調，表現出內心深沉的苦悶。《水龍吟》「楚天千里清秋」，《摸魚兒》「更能消幾番風雨」，都是這種典型情緒的流露。譚獻評《水龍吟》「楚天千里清秋」云：「裂竹之聲，何嘗不潛氣內轉。」〔註8〕陳廷焯評《摸魚兒》「更能消幾番風雨」云：「詞意殊怨。然姿態飛動，極沉鬱頓挫之致。」〔註9〕梁啓超謂：「迴腸蕩氣，至於此極。前無古人，後無來者。」〔註10〕這些詞在表達詞人愛國豪情的同時，也流露出不得志的深沉苦悶。所謂「潛氣內轉」、「詞

〔註8〕譚獻：《復堂詞話》，第26頁，人民文學出版社，1959。

〔註9〕陳廷焯：《白雨齋詞話》，第23頁，人民文學出版社，1959。

〔註10〕梁啓超：《飲冰室評詞》，引自唐圭璋：《詞話叢編》，第4309頁，中華書局，1986。

意殊怨」，都說明其詞有著濃鬱的悲涼情調。

　　如果說蘇軾之曠達心胸，是在尋求對現實的苦悶解脫，是硬將淚水往肚裡咽，雖然他完全掩飾了自己的悲容，但心底並非自在的，那麼，辛棄疾的豪情中也滲透了無可奈何的悲涼！儘管表面顯出無比的豪放與自信，但心底卻不免是透涼的。只不過他們內心的強烈的憤激之情，被表面的曠達與豪放所掩飾罷了。讀他們的詞，必須透一層看，庶幾能看清真諦。

二、自在與當行

　　談到蘇、辛詞的異同時，周濟嘗謂：「世以蘇、辛並稱，蘇之自在處，辛偶能到；辛之當行處，蘇必不能到。」〔註 11〕又說：「東坡天趣獨到處，殆成絕詣。而苦不經營，完璧甚少。稼軒則沉著痛快，有轍可循。南宋諸公，無不傳其衣鉢。」〔註 12〕後者可以說是對前者的解釋：「天趣獨到，殆成絕詣」，自是自在之境；「沉著痛快，有轍可循」，自是當行之才。顧隨對此作了進一步精闢的解釋：「然冉公是隨意作，辛老子卻是精意作。隨意作，故自在；精意作，故當行。然辛老子亦有隨意作時，蘇卻不能精意作，這就是所以蘇之自在處辛偶能到之，辛之當行處蘇必不能到也。」〔註 13〕此謂蘇、辛作詞之別，在於寫詞時隨意與不隨意。蘇軾作詞很隨意，他能舉重若輕，自然而不費力；辛棄疾作詞絕不隨意揮灑，而是相當認真的。他字斟句酌，精心提煉，做到銖兩悉稱。不論達意或協律，都非常合轍，幾乎無懈可擊，達到自然當行。

　　自在之詞，行文必然很自然，而未必完全合律；當行之詞，於律一絲不苟，且字、句、境都很出色。

　　詞之為體，既有嚴密的格式規定，又有內在的韻律限制。詞人寫

〔註11〕周濟：《介存齋論詞雜著》，第 8 頁，人民文學出版社，1959。
〔註12〕周濟：《宋四家詞選》，第 2 頁，古典文學出版社，1958。
〔註13〕顧隨：《顧隨文集》，第 101 頁，上海古籍出版社，1986。

詞如舞臺演員演戲，既帶著鐐銬跳舞，而又要表演得自然和諧，姿態優美，不爲鐐銬所縛。能不爲格律所縛而又嚴守詞律的規範，錙銖必較而又不顯得小心拘謹，能自由揮灑而又不逾矩，謂之當行。作詞如行雲流水，行止似不受拘檢，能做到感情自然，意到筆隨。所謂「天趣獨到處，殆成絕詣」。雖偶有不合律處，卻使詞韻味天然，筆致飄逸，達到自在的境地。

　　作爲一代文宗的蘇軾，其詩、詞、文、賦均爲一時之選，又長於書法、繪畫，其文采風流，更是難以企及。而其性格之豁達、曠放，行爲之自由飄逸，有若天馬行空，洞庭張樂，不受任何拘限。「吾文如萬斛泉源，不擇地而出。在平地滔滔汩汩，雖一日千里無難。」〔註14〕其作詞亦當如是觀。清代的詞論家，對他也多以才思敏捷、行文飛速稱許。王士禎云：「名家當行，固有二派。蘇公自云：『吾醉後作草書，覺酒氣拂拂，從十指間出。』黃魯亦云：『東坡書挾海上風濤之氣。』讀坡詞當作如是觀。」〔註15〕先著等云：「坡公才高思敏，有韻之言，多緣手而就，不暇琢磨。」〔註16〕鄭文焯評《八聲甘州·寄參寥子》云：「雲錦成章，天衣無縫。是作從至情流出，不假熨帖之工。」〔註17〕可見蘇軾寫詞時思如泉湧，妙手逢春，大有太白「斗酒詩百篇」的氣象，其詞有一種超逸之氣貫乎其中。他之作詞，爲情造文，純任自然而已。他揮毫填詞，姿意揮灑，其澎湃的感情，流注筆端，使詞達到自由無礙的境界。超神入化，自在自如。「蘇其殆仙乎？」這是詞評家對他的詞達到自在境界時的人格

〔註14〕鄭文焯：《蘇軾文論輯錄·文說》，引自《宋金元文論選》，第174頁，人民文學出版社，1984。

〔註15〕王士禎：《花草蒙拾》，引自唐圭璋：《詞話叢編》，第681頁，中華書局，1986。

〔註16〕先著等：《詞潔輯評》卷四，引自唐圭璋：《詞話叢編》，第1363頁，中華書局，1986。

〔註17〕鄭文焯：《大鶴山人詞話》，引自唐圭璋：《詞話叢編》，第4327頁，中華書局，1986。

讚譽。詞人陶醉於他抒寫的無比美妙的詞的境界，像神仙一樣無拘無束，自由自在。

蘇軾的詞，有時寫出了一種極爲自在的意緒或心情。譬如《鷓鴣天》：「林斷山明竹隱牆，亂蟬衰草小池塘。翻空白鳥時時見，照水紅蕖細細香。村舍外，古城傍。杖藜徐步轉斜陽。殷勤昨夜三更雨，又得浮生一日涼。」前片寫了一種靜幽自在的境界，營造了一個美好的環境；後片寫作者悠然自得的情態，天公作美，下了一場雨，空氣極爲清爽。詞中極力以環境之美，襯托詩人之心曠神怡。在詞的表現上，水到渠成，極爲自然。將詞人情緒上的自得與藝術表現上的自然，交融在一起，形成了意境上的自在。其實，這首詞是元豐六年（1083），詞人在黃州所作的。他之所以在貶謫期間能寫出這樣的詞，與其曠達性格極有關係。作者在徐州寫的《浣溪沙》五首，更是這種自在境界的典範。

蘇軾的自在之詞，多爲無意爲之而妙手偶得的佳作，然卻有不盡合律者。「東坡先生非心醉於音律者，偶爾作歌，指出向上一路，新天下耳目。」〔註18〕「則公非不能歌，但豪放不喜剪裁以就聲律耳。」〔註19〕譬如《念奴嬌·赤壁懷古》過片：

　　　　遙想公瑾當年，小喬初嫁了，雄姿英發。羽扇綸巾，
　　談笑間檣櫓灰飛煙滅。

關於《念奴嬌》過片，周邦彥、李清照、辛棄疾、姜夔、秦觀都是六、四、五、七、六的句式，這是符合樂曲的，東坡作六、五、四、四、九，詞的句讀與詞調有些不合，這就令歌者難以演唱了。先著、程洪謂：「此詞膾炙千古，點檢將來，不無字句小疵……惟『了』字上下皆不屬，應是湊字。『談笑』句甚率，其他句法伸縮，前人已經備論。」〔註20〕總之，蘇軾極力追求自然，甚至不惜破律，因此詞

〔註18〕王灼：《碧雞漫志》，第 11 頁，遼寧教育出版社，1998。
〔註19〕陸游：《老學庵筆記》，第 232 頁，上海遠東出版社，1996。
〔註20〕先著等：《詞潔輯評》卷四，引自唐圭璋：《詞話叢編》，第 1363 頁，

境自在，而詞律或有不合。

　　辛棄疾當南宋時期，他負管、樂之才，志在恢復中原，而其時投降派當政，無以施展其宏偉的抱負。一腔忠憤，無以發泄釋放，故一寄之於詞，遂使其英雄報國之志、慷慨抑鬱之情，噴薄而出，寫出高亢激昂痛快淋漓之詩篇。作爲詞人，他將主要精力致力於詞的創作而很少旁騖。善於抒情而能嚴守詞律，寫詞絕不逾矩。陳廷焯云：「詞有格，稼軒詞若無格；詞有律，稼軒詞若無律。細按之，格律絲毫不紊，總由才大如海，只信手揮灑，電掣風馳，飛沙走石，直詞壇第一開闢手。」〔註 21〕他的詞沉著痛快，善於經營，有轍可循。「辛猶人境也」，即謂其詞係當行之作，是經過努力能達到的一種境界。這種境界的達到雖然費力，表現卻很出色，故詞論家對其有頗高的評價。陳廷焯云：「稼軒《水調歌頭》諸闋，直是飛行絕跡……雖未能痕跡消融，卻無害其爲渾雅。」〔註 22〕並讚揚「紅蓮相倚深如怨，白鳥無言定是愁」等是「信筆寫去，格調自蒼勁，意味自深厚，不必劍拔弩張，洞穿已過七札，斯爲絕技」。〔註 23〕「其詞凌高屬空，殆誇而有節者也。」〔註 24〕「未能痕跡消融」，是指其詞還未達到自在的境地。「不必劍拔弩張，洞穿已過七札」，「誇而有節」，言其寫詞當行。

　　「東坡豪宕則有之，但多不合拍處。稼軒則於縱橫馳騁中，而部伍極其整嚴」，〔註 25〕這是對蘇詞的自在與辛詞的當行最爲直截了當的解釋。

　　　　中華書局，1986。
〔註 21〕陳廷焯：《雲韶集》卷五，引自孫克強：《唐宋人詞話》，第 613 頁，
　　　　河南文藝出版社，1999。
〔註 22〕陳廷焯：《白雨齋詞話》，第 21 頁，人民文學出版社，1959。
〔註 23〕同上註，第 22 頁。
〔註 24〕張德瀛：《詞徵》卷五，引自唐圭璋：《詞話叢編》，第 4160 頁，中
　　　　華書局，1986。
〔註 25〕陳廷焯：《雲韶集》卷五，引自孫克強：《唐宋人詞話》，第 612 頁，
　　　　河南文藝出版社，1999。

　　蘇詞寫得自在，是純任自然而不費力；辛詞寫得當行，是精雕細刻而又顯得特別出色。前者是無意為之，妙手偶得。即詩人寫詞時，已陶醉於某種景致而達到的一種藝術境界。其意境是自然的，可謂天趣獨詣；後者則是清醒的有意為之，是經過作者的努力追求、苦心經營、殫思竭慮而達到的一種很高的藝術境界。雖然表現出色，但寫時卻十分費力。從讀者的接受角度來說，自在的境界易被潛移默化；當行的作品，則不免於某種程度的灌輸。

　　具有自在特色的詞，不僅能做到應有盡有，達到最完美的藝術境界，而且能達到應無盡無，藝術上進入化境，不落言筌，了無跡痕，如清水見底，透明光亮。當行則僅能做到應有盡有，卻不能做到應無盡無，從而達到羚羊掛角、無跡可求的地步。因此，從詞意表現的自然說，自在高於當行；然從遵守詞的規範說，當行之詞則略勝於自在之詞一籌。二者兼而有之，自然是最為理想的境界，然卻是極難達到的。在詞史上，幾無範例可尋。

　　蘇詞之自在之境，在於創作天才的發揮，達到了令人神往的境界；辛詞之當行，使其藝術創造力達到非常高超的地步。「如東坡之純任自然者，殆不多見矣……稼軒雖接武東坡，而詞之組織結構，有極精者，則非純任自然矣。」〔註26〕蔡嵩雲的這段話，可謂對蘇、辛詞藝術特色的定評。

三、詞詩與詞論

　　談到蘇、辛詞時，詞論家常以詞詩與詞論稱之。徐君野云：「蘇以詩為詞，辛以論為詞，正見詞中世界不小，昔人奈何譏之。」〔註27〕謝章鋌云：「東坡詞詩，稼軒詞論，其流弊又有不厭眾口者矣。」

〔註26〕蔡嵩雲：《柯亭詞論》，引自唐圭璋：《詞話叢編》，第 4902 頁，中華書局，1986。

〔註27〕徐君野：《古今詞統》，引自孫克強：《唐宋人詞話》，第 250 頁，河南文藝出版社，1999。

〔註28〕前者從詞境的擴大方面予以肯定，後者從對後世的影響方面，又予以否定。其實詞詩與詞論，既包含了詞的發展里程中的一個重要階段，以及這種詞的特點，又包含了詞論家對這種現象的褒貶。這種褒貶，既有對詞的特質的體認，也有詞論家個人審美情趣的偏好。因此，對蘇、辛詞中詞詩與詞論的傾向，往往是仁者見仁，智者見智，評價頗爲紛紜。

　　什麼是詞詩呢？詞與詩在藝術表現以至題材內容方面，各有不同的畛域，這在唐五代、北宋初期，尤爲明顯。詞詩則是指詞的創作中詩化傾向，批評家又往往以五代與北宋初期的詞風爲標尺，來衡量後人的創作。五代至北宋初期，詞風香艷柔媚，所寫多兒女纏綿情思，倚紅偎翠；或寄情歌酒，流連光景。當時詞人認爲詞是「詩餘小道」，把塡詞說成是「呈藝」、「聊陳薄技」，他們寫了玲瓏含蓄、理致深蘊、筆致嫻雅的小詞，讓歌伎演唱以佐酒，這與傳統的寫詩言志有很大的距離，所以當時的詞從內容題材到表現手法，都與詩有著較大的差異。蘇軾不爲這種傳統的習尚所圍，在許多方面，都打破了詞詩的畛域，於旖旎柔情之外，另闢蹊徑，變代言體爲個體抒情，用詞自抒懷抱。主題不限離情別緒、閨閣柔情與人生感觸，而將國家大事、政治風雲，一入於詞。這就大大拓展了主題範圍，使詞走向反映現實生活的軌道。諸如人生憂樂、仕途境況，以至社會酬應、懷古傷今等，都是抒寫題材。舉凡送別、閒適、抒懷、風景、詠物、祝壽、悼亡、嘲謔等等，均可入詞，並達到得心應手、無適不可的境地。而在風格上一反五代以來的柔軟輕靡，而趨於豪放、曠達、清麗、清空；在寫法上以詩爲詞，不僅鋪敘延展，而且詞題、詞序、用典、隱括，甚至集句詞、迴文詞，凡詩能用的藝術手法，凡詩能表現的思想內容，都一一移到詞中來了。這就大大擴展了詞的內容、境界與表現手法，而在感情上宏放、豪邁、曠達，以至有對人生哲理的探索。「一洗綺羅香

〔註28〕謝章鋌：《雙鄰詞鈔序》，引自孫克強：《唐宋人詞話》，第 607 頁，河南文藝出版社，1999。

澤之態，擺脫綢繆宛轉之度，使人登高望遠，舉首高歌，而逸懷浩氣、超乎塵垢之外」。〔註29〕「東坡詞頗似老杜詩，以其無意不可入，無事不可言也」。〔註30〕「無意不可入，無事不可言」是對蘇詞在內容上拓展的概括。換句話說，凡詩能寫的內容，詞亦能寫；凡詩所用的手法，於詞亦然。因此羅根澤先生指出：「『以詩爲詞』，是詞的一種革新。」〔註31〕通過這種革新，詞的面貌可以說煥然一新了；它表現生活的能力，達到了空前的境界，從而把詞從狹隘的境界中解放了出來。然而他並沒有使詞異化，而又頗能保持詞的本色，誠如劉揚忠先生所說：「蘇軾以詩爲詞，頗能保持詞體要眇宜修之特質，其優秀詞篇往往能做到既清雄伉爽而又舒徐流麗。」〔註32〕這是蘇軾在詞的改革中最爲成功的地方。

　　毋庸諱言，蘇詞在創作上，存在著某種程度的非詞化傾向，有著「長短不葺之詩」的弊病。詞別於詩的最根本的所在是對音樂的依附，塡詞的人，嚴格遵守詞律，從而達到和諧、婉轉而又優美的藝術境界。蘇詞在對詞的解放中，其對舊的格調不無破壞，如對詞律、音韻的某些超越，就是對詞體的個性的消減、削弱以至取消。蘇詞的詩化傾向，其實質是詞對詩的靠攏，是吸收融解詩在體裁、表現內容、藝術手法上的一些特長。同時，又是對詞體的個性，特別是音樂性的某種程度的背離，是對傳統的香艷綺靡題材的背離，是對詞的崇尚婉約風格的背離。這種程度不等的對詞的特色的背離，有時不免對詞的本色有所損害。但也無可否認，蘇軾是詞史上的功臣，他使詞的創作走上了一條反映現實生活的康莊大道，從而取得了旺盛的藝術生命力。

　　辛棄疾的詞，有的以文爲詞，酣暢淋漓；有的議論風發，縱橫恣

〔註29〕胡寅：《向子諲酒邊詞序》，引自孫克強：《唐宋人詞話》，第242頁，河南文藝出版社，1999。
〔註30〕劉熙載：《藝概》，第108頁，上海古籍出版社，1978。
〔註31〕羅根澤：《中國文學批評史》（三），第113頁，中華書局，1961。
〔註32〕劉揚忠：《唐宋詞流派史》，第264頁，福建人民出版社，1999。

肆。誠如錢基博所云：「棄疾則橫放傑出，直以文之議論爲詞……恣肆而爲枒棍，其勢橫……隱括經史子語、史語、文語入詞，縱橫跳蕩，如勒新駒，如捕長蛇，不可捉摸。」〔註33〕譬如《踏莎行・賦稼軒集經句》是典型的以文爲詞，「雖句句集經語，卻句句稼軒自道……用古人語道自己志，天衣無縫，無一筆呆滯。集句最易流於小巧，如此做法，爲詞家別闢一畦町」。〔註34〕又如《水龍吟・甲辰歲壽韓南澗尚書》，通過對友人祝壽，縱論國家大事，慷慨激昂，洋溢著愛國主義激情。如此等等，或以文爲詞，或議論風發，但因有激情，且議論切中時弊，仍有著很強的藝術力量。

　　詞作爲詩的一種形式，它總是以本身鮮明的藝術形象，來完成它的歷史使命的，它是以客體的描寫或主體的抒發爲基礎的。作爲詩的必不可缺的要素的形象與比興，對議論總是排斥與忌諱的。儘管在文學的各種體裁中，並不是絕對的對議論不包容，有時在議論中能見詩人才情，議論或可起到畫龍點睛的作用，但務必適可而止，恰到好處。辛棄疾之塡詞，亦如魯迅之寫雜文，在急劇而尖銳的現實鬥爭中，有時情勢則不容許詞人將其深沉的思想，化爲鮮明生動的形象；或者感到形象不足以表達強烈的感情，於是以議論出之。然因其迫切的情緒、縱橫的才氣，使議論中帶有極濃厚的感情，以至「以議論驅駕書卷而神韻不乏」，〔註35〕顯示出了自己的個性與特色。《鷓鴣天》「不向長安路上行」，是典型的「詞論」之作，但仍以比較鮮明的藝術形象，表現了他內心的憤懣情緒與獨立不阿、高潔自守的操行。辛詞的很多議論，都蘊含在寫景或敘事中，生動形象，較爲含蓄。如《摸魚兒》「更能消幾番風雨」，《菩薩蠻》「鬱孤臺下清江水」，《永遇樂》「千古江山」，《水龍吟》「渡江天馬南來」等，這些詞都能以極生動的形

〔註33〕錢基博：《中國文學史》，第716頁，中華書局，1993。
〔註34〕吳則虞語，引自《辛棄疾詞選集》，第213頁，上海古籍出版社，1993。
〔註35〕施補華：《峴傭説詩》評李義山詠史詩語，見《清詩話》，第998頁，上海古籍出版社，1963。

象表現當時頗為沉鬱的胸懷。這些議論，增強了詞的藝術表現力，使形象更為生動。

毋庸諱言，辛詞中也有一些議論枯燥，甚至成了老莊言論的翻版，如《哨遍》「蝸角鬥爭」、《玉樓春》「有無一理誰差別」等，以哲理的思索或判斷代替形象的描寫，顯得枯澀而寡味。辛詞詠史詞大量用典、寫隱括詞，以至將陶詩情趣、莊子語錄，用於詞中，不僅有非詞化傾向，而且存在著頗為嚴重的非詩化傾向，有以議論代替形象描寫的不良傾向。如此等等，形成了他的詞論的負面特質。雖然他才氣縱橫，議論風發，而在詞中也滲透了強烈的感情。但某些詞的非詞化現象嚴重，影響了詞的藝術感染力，這是不言而喻的。

蘇之詞詩與辛之詞論，對詞的發展，曾經起過推動作用。尤其是蘇軾「以詩為詞」，對詞的發展作用更大。其主導方面是應予肯定的。但它對詞的發展帶來的一些負面影響，也不容忽視。

四、雅情與雄氣

在仕途上，蘇軾一生是十分坎坷的：他在黨爭的夾縫中生活，受盡迫害，困頓不堪。早年他受盡新黨的排擠與打擊，在「烏臺詩案」中幾乎喪生。其後被貶至黃州，歷盡艱辛與磨難。後來舊黨上臺，又受到他們的擠兌。雖然說他是蜀黨的黨魁，但他並不想在黨爭中給個人撈到什麼好處。新黨再次上臺後，對他的打擊迫害尤烈。他在《自題金山畫像》中萬分悲涼地說：「問汝平生功業，黃州惠州儋州。」詩人在這自嘲的反話裡，蘊含著多少感慨和悲酸。就他一生的歷史實績說，與其說他是一位政治家，毋寧說他是一位很有才氣的詩人。他缺乏駕馭政治風雲的能力，也缺乏政治家的敏銳譎詭與果斷。他早年的恩師張方平認為他「性資疏率，闊於慎重」。〔註36〕他以詩心混跡官場，其弟子由勸他擇交，他卻說：「吾眼前見天下無一個不好人。」

〔註36〕四川大學中文系唐宋文學研究室：《蘇軾資料匯編》，第 5 頁，中華書局，1994。

〔註37〕如此等等，這哪裡是政治家的家數？相比之下，他倒有著文人的積習與氣質，富於文人的閒情逸致，擅長書法、繪畫、寫詩、填詞，在他的生活中，充滿了文人的逸趣與閒情。在他的詞裡，充滿了對生活的欣賞和熱愛，洋溢著詩人特有的生活情致。雅情逸韻，時露筆端。與蘇軾相比，辛棄疾與其說是一位詞人，毋寧說是一位充滿愛國豪情的民族英雄，儘管他的詞在詞史上有著極高的不可替代的地位，在豪放詞的創作上，是無與倫比的。辛棄疾作為一位有影響的政治人物，有著傑出的政治才能。他的《美芹十論》與《九議》，都是很切實的奏議。如果被皇帝採納並施行，可能扭轉宋金對峙的被動形勢，取得政治與軍事上的主動。他一生矢志恢復中原，以完成國家的統一為己任。他既能帶兵打仗，在他早年的幾次軍事行動中，有著震撼人心的傳奇色彩；又能治理地方，施政安民，處理政務頗為諳練。他有著過人的本領，因此其詞充滿了英雄之氣。基於以上原因，蘇、辛詞都有著強烈的個性特色。清代的詞論家陳廷焯對他們的詞作了極為剴切的評論：

> 東坡詞，極名士之雅；稼軒詞，極英雄之氣。千古並稱，而稼軒更勝。〔註38〕

此論極為懇摯。蘇軾的詞，表現了詩化的生活。他經常帶著詩人特有的敏感，攫取生活中最富於詩意的東西，加以抒寫。其詞詩意盎然，詩味濃鬱，放射著異樣的藝術光彩，顯示著獨有的經久不息的藝術光芒，令人讚嘆不已。蘇軾寫詞，往往帶著一種欣賞與玩味的目光，藉對客觀事物的描寫，展示心靈的奧秘，因此他把描寫對象完全主觀化與詩意化了。也可以說，在他的詞中，表現著濃鬱的藝術化了的生活，充滿了藝術的趣味與情調，滲透了文人的雅趣。因而他的詞十分風雅。

〔註37〕顏中其：《蘇東坡軼事匯編》，第5頁，岳麓書社，1985。
〔註38〕陳廷焯：《雲韶集》卷五，引自孫克強：《唐宋人詞話》，第267頁，河南文藝出版社，1999。

　　　　可惜一溪風月，莫教踏碎瓊瑤。解鞍欹枕綠楊橋，杜
宇一聲春曉。(《西江月》)

他對瓊瑤一般的月光，是如此愛惜，陶醉於這仙境般的自然風物之
中，深深地欣賞和讚美這種生活；他沐浴著這如詩如畫的自然風光，
體驗著、享受著「不知東方之既白」的妙境。

　　　　翻空白鳥時時見，照水紅蕖細細香。(《鷓鴣天》)

他不時地看著空中自由翻飛的白鳥，看著映在水中鮮艷可愛的紅蕖，
她散發出幽細的香氣，不時撲鼻，令人心曠神怡。這比詩還優美的生
活，詩人陶醉其中。自然，只有詩人蘇軾才有這種優雅的情趣，對生
活才有這種真切的體驗。這種體驗真切、詩意盎然的生活圖畫，構成
了他特有的極美好的詞的境界。

　　蘇軾的詞，之所以有這種雅情逸致，與他個人對生活的認識有
絕大的關係。他能銳敏地發現生活中的美，感受生活中的美，並陶
醉於生活中的美。在很大程度上，是他發現並創造了生活的美而又
去盡情享受，沉浸於其中，細細地玩味、咀嚼而不能自拔。他善於
運用一枝生花的彩筆，描繪這生活中蘊藏的美，使普通的生活變為
精彩的藝術，使生活中平淡的美變為具有典型意義的美。「寒雀滿疏
籬，爭抱寒柯看玉蕤。忽見客來花下坐，驚飛，踏散芳英落酒卮」
(《南鄉子‧梅花詞和楊元素》)。這是何等平凡、普通而又常見的生
活景象啊！然在蘇軾的筆下，卻極為風雅，極有詩的韻味。藝術美
源於生活而又高於生活，這一藝術法則，在蘇軾的詞裡得到了最充
分的體現。

　　「極英雄之氣」，這是稼軒詞的重要特點，也是他的詞的優點之
一。「少年橫槊，憑陵氣，酒聖詩豪餘事」(《念奴嬌‧雙陸和韻》)。
這是英雄的自白，也是詩人個性的真實寫照。他寫詞，不是像某些文
人專事舞文弄墨，附庸風雅，而是藉以抒發自己的英雄豪情。「舉頭
西北浮雲，倚天萬里須長劍」(《水龍吟‧過南澗雙溪樓》)；「要挽銀
河仙浪，西北洗胡沙」(《水調歌頭‧壽趙漕介庵》)。他經常望著西北

的浮雲、胡沙、天狼，想著被金人統治的大半個中國，他揮動倚天劍，
徹底斬斷入侵者的魔爪；擬挽銀河仙浪，沖洗金人的統治，恢復中原
大地。他希望在神聖的統一大業中大顯身手，建立奇功。因此，他一
再想著打仗，打仗，打仗，通過戰爭手段，實現其統一祖國的美好願
望。在這血與火的鬥爭中，他充滿了勇氣、豪情與必勝的信念，他豪
情滿懷地高唱著：「袖裡珍奇光五色，他年要補天西北」（《滿江紅‧
建康史帥致道席上賦》）；「看試手，補天裂」（《賀新郎‧同甫和再用
韻答之》）。這些詞，雖則是對朋友的讚譽和對其功名事業的希冀，然
又何嘗不是自許、自讚，藉以抒發其胸懷壯志，希望早日施展其補天
的抱負呢？然而由於主和派的當政，雄偉的抱負難以施展，他的豪情
與壯志，受到了強大阻遏。對此，他爆發出憤激之情：

> 落日樓頭，斷鴻聲裡，江南遊子。把吳鉤看了，欄杆
> 拍遍，無人會，登臨意。（《水龍吟‧登建康賞心亭》）

> 卻笑平生三羽箭，何日去，定天山。（《江神子》）

他不被理解，不能施展抱負的憤懣與不平，充溢在字裡行間。這種憤
懣與不平，在《破陣子‧爲陳同甫賦壯詞以寄之》一詞中，得到了淋
漓盡致的發揮：

> 醉裡挑燈看劍，夢回吹角連營。八百里分麾下炙，五
> 十弦翻塞外聲，沙場秋點兵。　　馬作的盧飛快，弓如霹
> 靂弦驚。了卻君王天下事，贏得生前身後名。可憐白髮生。

早在青年時期，辛棄疾就是一位具有傳奇色彩的人物，在縛和尚義端
和擒拿叛徒張安國的戰鬥中，表現出非凡的英雄膽略，被譽爲「青
兕」；南歸後，他始終以統一北方爲己任，是一位極有魄力和才氣的
民族英雄。當其寫詞時，其雄氣就自然而然地流露於筆端了。因此，
其詞洋溢著英雄之氣，滲透著慷慨的悲涼之感。

　　作爲一代文壇領袖的蘇軾，他的詞主導方面是雅情的抒寫與流
露。然而蘇軾畢竟是一位著名的豪放詞人，寫了如《江城子‧密州出
獵》那樣頗爲豪放的詞篇：「會挽雕弓如滿月，西北望，射天狼。」

發出了時代的最強音。然終是藉出獵寫文人一時的豪興，他沒有體驗過辛棄疾那種金戈鐵馬式的戎幕生活，因此，他的詞裡主要表現的還是文人的閒情雅趣，顯現著文人學士的一種頗為風雅的氣度。辛棄疾詞中，也有清雅之作，如《南歌子・新開池戲作》，就寫得清新自然，富於生活情趣，洋溢著文人的雅趣。然因他有長期的戎幕生活，即便是與文人雅集與宴飲，其所作詞，仍保留著無法掩飾的雄氣與豪情，散發出輝光四射的英雄光芒。

五、氣體與魄力

　　與蘇、辛詞分別具有的雅情與雄氣相應，他們在詞的創作上，氣體與魄力各有專擅，有其不可置換或替代的個人特色。對此，陳廷焯在《白雨齋詞話》卷一中，作了精闢的論述：

> 　　蘇、辛並稱，然兩人絕不相似：魄力之大，蘇不如辛；
> 氣體之高，辛不逮蘇遠矣。〔註39〕

陳廷焯以氣體與魄力比較蘇、辛詞在藝術表現方面所顯示的優長與特色，可謂抓住了問題的實質與要害。

　　何謂魄力？詞中表現的魄力，是詞人氣魄在詞中的滲透與貫注，是詞人個性、氣質以至政治才能在詞中的自然體現。稼軒詞中，往往表現出非凡的魄力，這令人驚異以至傾倒的雄豪氣勢，是他以大破金國恢復中國北方領土為己任的恢宏的壯志與氣度的外現。他一生時刻考慮的是抗擊金國、恢復北方領土、恢復祖國的大好河山。范開《稼軒詞序》云：「公一世之豪，以氣節自負，以功業自詡，方將斂藏其用以事清曠，果何意於歌詞哉？直陶寫之具耳！」〔註40〕因此，在他的詞裡，充盈著英雄的豪邁之氣。

　　辛詞之魄力表現有二：一是表現為積極用世，志在恢復，他藉詞抒發其豪情壯志以及不得志的牢騷：「層樓望，春山疊。家何在，

〔註39〕陳廷焯：《白雨齋詞話》，第 11 頁，人民文學出版社，1959。
〔註40〕孫克強：《唐宋人詞話》，第 584 頁，河南文藝出版社，1999。

煙塵隔。把古今遺恨，向他誰說？」(《滿江紅・點火櫻桃》)他青年時代，曾生活在金國統治下的北方，有國破家亡之痛，對故土十分熱愛和留戀。因此，他比其他抗戰派，更有一份遭敵壓迫的切膚之痛，對故土的深切留戀以及欲拯家鄉父老於水火的迫切感。毛晉云：「詞家爭鬥穠纖，而稼軒率多撫時感事之作，磊落英多，絕不作妮子態。」〔註41〕王士禎云：「石勒云：『大丈夫磊磊落落，終不學曹孟德、司馬仲達狐媚。』讀稼軒詞，當作如是觀。」〔註42〕黃梨莊云：「辛稼軒當弱宋末造，負管樂之才，不能盡展其用，一腔忠憤，無處發洩。觀其與陳同甫抵掌談論，是何等人物？故其悲歌慷慨，抑鬱無聊之氣，一寄之於其詞。」〔註43〕辛稼軒詞是其懷才難用、抑鬱不平胸懷的必然流露，故其詞中，充盈著英雄的氣魄。這一點是蘇軾難以比擬的。二是以非凡的氣魄，對詞體進行了大刀闊斧的革新，即以文為詞。他寫詞往往採用敘事筆法，其所作隱括體、會盟體、獨木橋體等，是散文體式在詞中的運用。而其用典、議論、散文句式，則是散文筆法在詞的創作中的運用，他以對詞體的改革，以適應其思想內容的表現。吳衡照云：「辛稼軒別開天地，橫絕古今。《論》、《孟》、《詩小序》、《左氏春秋》、《南華》、《離騷》、《史》、《漢》、《世說》、選學、李杜詩，拉雜運用，彌見其筆力之峭。」〔註44〕劉熙載云：「稼軒詞龍騰虎擲，任古書中理語、廋語，一經運用，便得風流，天資是何瓊異。」〔註45〕他不為傳統詞風所局限，開創了一代新的詞風。這也遠遠超過了蘇軾對詞體的革新。

　　何謂「氣體」，氣體即體氣，是詩人的才能與氣質在作品中的滲透與顯現。曹丕的《典論・論文》稱孔融「體氣高妙」，就是以詩人的氣質而言的。汪莘稱東坡「其豪妙之氣，隱隱然流出言外，天然絕

〔註41〕孫克強：《唐宋人詞話》，第591頁，河南文藝出版社，1999。
〔註42〕同上註，第595頁。
〔註43〕唐圭璋：《詞話叢編》，第1870頁，中華書局，1986。
〔註44〕孫克強：《唐宋人詞話》，第604頁，河南文藝出版社，1999。
〔註45〕劉熙載：《藝概》，第110頁，上海古籍出版社，1978。

世，不假振作」。〔註46〕胡寅謂蘇軾「逸懷浩氣，超然乎塵垢之外」。
〔註47〕陳廷焯稱讚蘇軾的氣體，即其在詞中顯現的「豪妙之氣」與「逸
懷浩氣」。他的氣體，一是表現為詞人的曠達的胸襟在詞中的充分表
現。蘇軾因其性格曠達，他參透了人生，把一切都看開了，把榮辱升
沉看淡了，因此具有寬廣的胸懷與閒逸情致。因為正直、豁達、豪邁，
故有著浩然之氣與豪妙之氣。他在寫詞時，他的這種處世態度與個
性，充分地滲透在詞的意境之中，這一點確實超過了辛棄疾。二是他
有著極優異的文學才性與傑出的文學創作才能，詞是這種才性與才能
的外露與表現。今人陳匡石云：「蘇軾寓意高遠，運筆空靈，非粗非
豪，別有天地。」又云：「東坡詞如天馬行空，其用意用筆及取神遺
貌，最不可及。」〔註48〕東坡「氣體之高」，即為其詞「氣體高妙」，
這表現在詞中的，是寓主觀情思於客體的描寫之中，感情深隱，絕不
露圭角的。即便如《念奴嬌·赤壁懷古》之豪放，《定風波》「莫聽穿
林打葉聲」的曠達與非凡的氣度，也是渾含在藝術形象的描寫之中，
是鮮明的藝術形象的體現。總之，詩人的思想才性，是藉鮮明的藝術
形象顯現的，而非直白的赤裸裸的表達。這一點，辛棄疾確實是不如
蘇軾了。

　　氣體與氣魄，都是詩人主觀情思在詩中的滲透與體現。然氣體是
內涵的，感情的表達是含蓄的，其於詞風是柔中見剛的；氣魄是外現
的，感情的表達是較為直露的，其於詞風往往是劍拔弩張的。柔中見
剛，則思慮內斂，意境渾厚，其力度仍是不弱的；劍拔弩張，則情緒
上揚，感情越發，其後勁則不免稍減。故蘇詞雖曠達豪邁而感情卻仍
內斂，情緒沉穩而強勁；辛詞沉鬱悲涼，有時則不免過度張揚，因藏
鋒不夠而意味稍欠雋永。

　　氣體之高，表現出蘇軾文學才能與個性在詞的創作上的充分發

〔註46〕孫克強：《唐宋人詞話》，第 245 頁，河南文藝出版社，1999。
〔註47〕同上註，第 242 頁。
〔註48〕同上註，第 275 頁。

揮；氣魄之大，是經綸濟世與治國本領在辛詞創作中的自然流露。蘇軾的氣體與辛棄疾之氣魄均爲個人才性在詞中的貫注與表現。然二者在表現方法上卻是有很大差異的。蘇軾的感情抒發是寄寓於物的，情緒是渾含於藝術形象之中的。因此，出現在他筆下的，是鮮明的形象或優美的意境。因而他對讀者來說，感情是滲透的，潛移默化的，而其表達的思想感情，是由讀者自己體悟的。辛詞感情的表達有時採用了議論、感嘆或直陳的方式，氣魄雖大，但在藝術表現上就不夠含蓄，議論或敘述偏多，在詞的創作上，有某種程度的直奔主題的傾向，讀者有時可以直接瞭解他要表達的思想感情，就難免不耐咀嚼體味。詞中的那種繚繞悠揚之音的表達，就有點兒欠缺了。

魄力之大，蘇不如辛；氣體之高，辛不逮蘇。才大如蘇、辛者，他們在詞的創作上，各有優長和不足，對此我們必須做一些具體的分析，進行實事求是的評價。絕不能因此而亂加褒貶、隨意軒輊。

六、性情頗歉與纏綿悱惻

詞作爲文學體式之一，它是現實生活的深刻反映；然就反映的主體而言，它是詩人性情的表現與自然流露。對於這一點，我國古代文論家，頗多精到的論述，蕭子顯云：「文章者，蓋情性之風標，神明之律呂也。」〔註49〕陳師道說：「詩非力學可致，正須胸肚中泄爾。」〔註50〕屠隆說：「夫文者，華也，有根焉，則性靈是也。」〔註51〕性情與性靈，是文學創作的根本。捨此，則無所謂眞正的文學。因此，詩人性情的歉與豐，是衡量其創作水準的重要標誌。

談到性情在詞中的表現時，謝章鋌云：「蘇風格自高，而性情頗歉；辛卻纏綿惻悱。」〔註52〕謝氏之論有無道理呢？對這一頗爲複雜的問題，不能輕置可否，必須做一些深入具體的分析。

〔註49〕蕭子顯：《南齊書》，第 907 頁，中華書局，1972。
〔註50〕何文煥：《歷代詩話》，第 302 頁，中華書局，1981。
〔註51〕屠隆：《鴻苞節錄》卷六，清刊本。
〔註52〕唐圭璋：《詞話叢編》，第 3444 頁，中華書局，1986。

　　第一，性情表現為兒女情長。就蘇軾所處時代的以前的傳統的而言，詞為娛賓遣興之具，題材多係香艷；以風格論，多為柔而軟。蘇、辛是一反這個傳統而在詞史上取得特殊地位的詞人。蘇軾雖然一再稱自己多情，諸如「多情多感仍多病」（《采桑子》），「多情卻被無情惱」（《蝶戀花》），「苦被多情相折挫」（《蝶戀花》），但在他的處世經歷中，似無特別的表現。他雖然寫過《江城子》那樣深情的悼亡詩，也寫過一些諸如《洞仙歌》那樣頗為精妙的艷詞。然畢竟是少數篇章，偶一為之。故晁無咎謂「眉山公之詞短於情，蓋不能更此境也。」陳師道則說：「宋玉初不識巫山神女而能賦之，豈待更而知也？」〔註53〕對於晁、陳之說，雖然元好問作了駁斥：「自東坡一出，情性之外，不知有文字，真有『一洗萬古凡馬空』之氣象！」〔註54〕但誠如陳廷焯所云：「東坡之詞，純以情勝。情之至者，詞亦至。只是情得其正，不似耆卿之喁喁兒女私情耳。」〔註55〕所以宋人讚揚東坡詞「一洗綺羅香澤之態」，〔註56〕這一點值得肯定。但在其「指出向上一路」的同時，或不免矯枉過正，則於此不免短缺。辛棄疾是一位愛國英雄，其詞豪放，然以風格論，他寫過數量較多而質量特高的婉約詞，「其穠纖綿密者，亦不在小晏、秦郎之下」，〔註57〕論者稱其《摸魚兒》、《西河》、《祝英台近》諸作「摧剛為柔，纏綿悱惻」；〔註58〕說《祝英台近·寶釵分》曖㹴溫柔，魂銷意盡」。〔註59〕餘如《滿江紅》「敲碎離愁」、《醉太平·春晚》，寫盡天長人倦、懶上鞦韆的情態。如此等等，不難看出，辛詞在寫兒女之間的柔情方面，較蘇軾似有一日之長。

〔註53〕孫克強：《唐宋人詞話》，第 244 頁，河南文藝出版社，1999。
〔註54〕同上註，第 246 頁。
〔註55〕陳廷焯：《白雨齋詞話》，第 12 頁，人民文學出版社，1959。
〔註56〕孫克強：《唐宋人詞話》，第 242 頁，河南文藝出版社，1999。
〔註57〕同上註，第 585 頁。
〔註58〕同上註，第 611 頁。
〔註59〕同上註，第 593 頁。

　　第二，性情表現爲天然的「物性固莫奪」的忠君愛國之情。在封建社會，忠君愛國是膠著在一起，不好截然劃分的。而文人表現自己忠君愛國，往往祖屈原比興之意，以女子對丈夫之賢良忠貞，比喻臣子對君王的忠誠。似此，則辛詞比蘇詞要多。辛棄疾的《滿庭芳》、《千秋歲》等，均用比興手法，有美人香草以喻君子之意，且寫得感情眞摯，纏綿悱惻。「千金縱實相如賦，脈脈此情誰訴？」表現了他爲皇帝輸忠款而不被採納的幽怨之情。感情深婉而動人。這種以比興手法表現纏綿悱惻之情，在辛詞中並不是偶然一見，而是有好多處。這些詞情緒委婉，感人肺腑。相較而言，蘇軾似沒有這類詞作。雖然，對他的《水調歌頭》「明月幾時有」，神宗讀至「又恐瓊樓玉宇，高處不勝寒」時，說「蘇軾終是愛君」，乃命量移汝州。〔註60〕東坡此詞是思念乃弟之作，若以爲此詞用了比興手法，似有點勉強。神宗以爲東坡愛君，對蘇軾來說，實在是不虞之譽。這種說法，是違背他創作時的初衷的。固然，東坡是忠君的，但從這首詞卻很難看出來。神宗愛才，何況蘇軾又是被仁宗讚賞爲具有宰相之才的人。之所以未被重用，而屢遭貶謫，是因爲東坡在政治上持重而偏於保守，與新黨政見不合罷了。但對他的文學才能還是特別欣賞的。總之，東坡此詞有否忠君的含義，是否用了比興手法，很值得考慮。

　　第三，以詞人個性而言，蘇曠達，辛豪放。曠達則能看透世情，看破紅塵，心胸開闊，心情開朗，經常保持心理平衡。他與現實碰撞而產生的憤激情緒，往往被曠達的性格化解了。因爲他把世事看透了，把問題想開了，心中的塊壘消散了，情緒也就舒緩了。諸如政治上的不幸遭際、仕途的坎坷、個人前途上的種種羈絆，這一切的一切，在他心中激起的浪濤，也被他曠達的情懷，很快平復下去了。「也無風雨也無晴」，這便是他的心境。在處世上，或學陶潛之疏曠，或思老莊之虛幻。總之，他與現實碰撞而產生的情緒，往往受理智的化解

〔註60〕曾棗莊：《蘇詞匯評》，第 24 頁，四川文藝出版社，2000。

而淡出。因此，凝聚心頭的憤懣與不平，沒有噴薄而出，這就很難產生慷慨激烈或幽怨纏綿的詩篇。辛棄疾性格豪放，在處理事情時不是慎之又慎，往往是豪爽而隨便。詩人在處世上城府不深，真情易露，在抒情的詞中表現出極爲真淳的感情。辛棄疾經過了血與火的考驗，他爲抗擊金人恢復北方領土作了不懈鬥爭。由於關心國事而與現實的牴牾，形成了沉鬱的性格。他的這種與統治集團對立而又不敢堅持對抗的處境，其情緒一觸即發，噴薄而出，形成纏綿悱惻而又感情深至的詞篇。甚至連他寫的一些表達友情的詞篇，也是深情蕩漾，頗饒纏綿悱惻之致。如《錦帳春·席上和杜叔高》：

> 春色難留，酒杯常淺。更舊恨新乘相間。五更風，千里夢，看飛紅幾片。這般庭院。　幾許風流，幾般嬌懶。問相見何如不見。燕飛忙，鶯語亂，恨舊簾不捲，翠屏平遠。

此詞抒寫了作者傷春惜別，往事不堪回首的情懷。「問相見何如不見」，將相會不久又匆匆別離的纏綣情懷，寫得極爲真切。辛棄疾的詞在於能將憂國之痛、身世之感、友朋之情，寫得纏綿悱惻，表現出詩人特別真淳的性情，極富藝術感染力。因此，受到歷代詞論家的特別讚賞。周濟謂：「稼軒固是才大，然情至處，後人萬不能及。」〔註61〕王國維云：「幼安之佳處，在有性情，有境界。」〔註62〕如此等等，對辛棄疾詞中性情之表露，作了充分的肯定。

綜上所述，因受主客觀條件的限制，蘇詞在表現性情方面，似隔一間，未若辛棄疾詞之感情痛快淋漓，丹心畢露。謝章鋌之論，頗中肯綮。

第二節　蘇軾辛棄疾的婉約詞

蘇軾、辛棄疾都是著名的豪放派詞人。作爲與豪放詞風相對立的

〔註61〕孫克強：《唐宋人詞話》，第 602 頁，河南文藝出版社，1999。
〔註62〕周錫山：《人間詞話匯編匯校匯評》，第 117 頁，北岳文藝出版社，2004。

婉約詞，他們的創作如何呢？經檢，在蘇軾三百餘首詞中，較典型的
婉約詞在百首以上，其豪放詞不過數十首罷了；在辛棄疾的六百餘首
詞中，婉約詞也有二百首以上，而其典型的豪放詞，也遠不到百首。
可見，蘇、辛婉約詞在其整個詞的創作中，佔有重要的地位。因此，
在研究蘇、辛詞時，其婉約詞是絕對不能忽視的。文學史家說蘇、辛
是著名的豪放詞人，這主要是指他們有部分詞風格豪放、對詞境作了
很大的開拓、在詞史上有傑出貢獻而言的。雖然，他們的創作成就以
及在詞史上的貢獻，主要不是婉約詞，但他們若無數量多而質量高的
婉約詞，則其詞就沒有那麼豐富多彩，在詞史上的成就就沒有那麼輝
煌、那麼引人注目了，這是不言而喻的。何況，他們的婉約詞，又那
麼富於獨創性和個性特色，這應當引起我們特別的關注。

一

　　蘇軾、辛棄疾的婉約詞，有許多相似之處：

　　首先，蘇、辛對婉約詞的題材作了極大的拓展，使本來以寫艷情
為主的婉約詞，能夠「無意不可入，無事不可言」，〔註63〕從而使其
內容豐富而多彩。

　　蘇、辛婉約詞與晏、柳婉約詞之差異在於他們把婉約詞從主要寫
艷情這一狹窄的題材中解放出來。其婉約詞除了寫艷情外，還寫詠
物、酬應、山水景觀等，用以抒情，藉以言志，徹底打破了詩詞原本
在題材上的壁壘，凡是詩能夠選用的題材，詞幾乎也能夠全部選用，
使詞反映現實的空間，空前地擴大；反映現實的實際功能，得到迅速
的提高。

　　蘇軾的《水龍吟・次韻章質夫楊花詞》、《賀新郎》「乳燕飛華屋」、
《定風波・墨竹詞》、《定風波・詠紅梅》等，都是著名的詠物詞。在
宋代婉約詞中，無疑都是上乘之作。譬如《水龍吟・次韻章質夫楊花
詞》：

〔註63〕劉熙載：《藝概》，第108頁，上海古籍出版社，1978。

似花還似非花，也無人惜從教墜。拋家傍路，思量卻
是，無情有思。縈損柔腸，困酣嬌眼，欲開還閉。夢隨風
萬里，尋郎去處，又還被、鶯呼起。　　不恨此花飛盡，
恨西園、落紅難綴。曉來雨過，遺蹤何在？一池萍碎。春
色三分，二分塵土，一分流水。細看來，不是楊花，點點
是離人淚。

這首詞在詠楊花中，滲透了詞人複雜微妙的感情，它熔詠花、惜花、
傷春、感時於一爐，使眇宜修的感情滲透於優美的意境中。在寫法
上將細膩的刻畫與豐富的想像緊密結合，從而提高了詞的藝術境界，
深化了詞的動人感情，給人以深厚沉實的感覺。因此，詞評家給予了
極高的評價，所謂「幽怨纏綿，直是言情，非復賦物」，〔註64〕「遺
貌取神，壓倒古今」。〔註65〕此詞以詠物言，能做到遺貌取神，神采
超凡；以寄情言，情感深厚，寄託遙深。它把詠物詞的藝術水平，提
高到一個新的難以企及的高度。

辛棄疾的詠物詞，有《賀新郎·賦水仙》、《賀新郎·賦琵琶》、《瑞
鶴仙·賦梅》、《粉蝶兒·和趙晉臣敷文賦落梅》、《水龍吟·題飄泉》、
《木蘭花慢·送別》等，都是婉約詞，也是其詞中的上乘之作。如《粉
蝶兒·和趙晉臣敷文賦落梅》：

昨日春如、十三女兒學繡，一枝枝、不教花瘦。甚無
情，便下得，雨僝風僽。向園林，鋪作地衣紅縐。　　而
今春似，輕薄蕩子難久。記前時、送春歸後，把春波，都
釀作，一江醇酎。約清愁，楊柳岸邊相候。

此詞以貼切的比喻、新穎的表現手法，創造出鮮明生動的形象。詞風
明麗婉約，頗近俚俗，雅俗共濟，獨具一格。夏敬觀謂：「連續誦之，
如笛聲宛轉，乃不得以他文詞繩之，勉強斷句。此自是好詞，雖去別
調不遠，卻仍是穠麗一派也。」〔註66〕這首頗有創意而近俗的婉約詞，

〔註64〕唐圭璋：《詞話叢編》，第631頁，中華書局，1986。
〔註65〕唐圭璋：《唐宋詞簡釋》，第90頁，上海古籍出版社，1981。
〔註66〕龍榆生：《唐宋名家詞選》，第260頁，古典文學出版社，1957。

是很有個性特色的。

　　酬應之作，在蘇、辛婉約詞中比比皆是，也不乏精彩之作。打開蘇、辛詞集，含有酬、贈、送、寄、壽的詞題頗多，蘇軾詞《南歌子・送行甫赴餘姚》、《浣溪紗・席上贈楚守田待問小鬟》、《菩薩蠻・靈壁寄彭門故人》、《昭君怨・金山送柳子玉》等。然並非世俗的應酬，虛與委蛇，而是仍有著深厚感情的。譬如《昭君怨・金山送柳子玉》，就是一首別開生面的酬應之作：「誰作桓伊三弄。驚破綠窗幽夢。新月與愁煙。滿江天。欲去又還不去。明日落花飛絮。飛絮送行舟。水東流。」上闋寫離別前夜不寧的心緒。先寫不知何處傳來悠揚的笛聲，驚醒了自己的幽夢。醒後推窗遠眺，一彎新月，滿渚愁煙，江天迷離。雖為寫景，而淒迷之情已在其中，詞人思緒翻滾，夜不能寐，自然引出下闋想像中的明日送別的場面：落花飛絮的渡口，浩浩東流的江水，欲去不忍而又不得不去的行人。最後以「水東流」三字煞尾，戛然而止，含蓄而富有情致。

　　辛棄疾以酬應為內容的婉約詞更多，如《木蘭花慢・滁州送范倅》、《定風波・施樞密聖與席上賦》、《行香子・博山戲呈趙昌甫韓仲止》、《感皇恩・壽鉛山陳丞及之》、《添字浣溪紗・答傅岩叟酬春之約》、《朝中措・醉歸寄祐之弟》等。《木蘭花慢・滁州送范倅》就是一首不同凡響的力作：「老來情味減，對別酒，怯流年。況屈指中秋，十分好月，不照人圓。無情水，都不管，共西風、只管送歸船。秋晚蓴鱸江上，夜深兒女燈前。征衫便好去朝天，玉殿正思賢。想夜半承明，留教視草；卻遣籌邊。長安故人問我，道愁腸殢酒只依然。目送秋霄落雁，醉來時響空弦。」此詞敘離情則由怯流年到月圓而人將離散，再到無情水送歸船，一波三折，用層層遞進的手法，把依依不捨之離情寫得纏綿悱惻，催人淚下；言壯志，則由玉殿思賢到視草籌邊，再由愁腸殢酒到醉來時響空弦，把英雄失志、壯志難酬的苦衷，抒寫得淋漓盡致，感人肺腑。

　　隨著抒寫題材的擴大，蘇、辛婉約詞反映了更為廣闊的社會生

活，幾乎達到了凡是詩所能表現的社會內容，詞亦能表現的境地。由此，詞境得到了極大拓展，詞情得到了極好的深化，詞風也趨於典雅，詞人抒發的感情，更爲眞醇和沉鬱。

其次，蘇、辛婉約詞在表現手法與藝術創新上多有創獲，因而其詞更富有藝術魅力與藝術生命力。

在蘇、辛以前的婉約詞中，有許多詞都是代言體，詞人在創作時，須變換角色，以男子作閨音，這就是盡量揣摩和臆測婦女的心態，以表現她們在深閨中孤寂的怨望與深切的思親念遠之情。在藝術表現上不免扭捏作態，很不自然，給人以不眞實的感覺。蘇、辛詞則很少寫代言體，這就在很大程度上避免了因代言而帶來的心態上的尷尬。蘇軾的《少年遊·潤州作代人寄遠》，從詞題看，似爲代言體，實則是一首立意深遠、構思特異、極富藝術創新的詞作。詞云：

> 去年相送，餘杭門外，飛雪似楊花；今年春盡，楊花似雪，猶不見還家。　　對酒捲簾邀明月，風露透窗紗。恰似姮娥憐雙燕，分明照、畫梁斜。

既是潤州代人寄遠之作，開頭卻說：「去年相送，餘杭門外。」杭州的人，怎能請遠在潤州的人捉刀？代人云云，顯然是託詞。王文誥《蘇詩總案》卷十一云：「公以去年十一月發臨平（按：在今杭州市東北），及是春盡，猶行役未歸，故託爲此詞耳。」〔註67〕其說極是。公思家，託爲思婦懷人之詞。此思婦即蘇軾夫人王潤之，意爲代王氏夫人寄遠方之蘇公。按諸事實，並非代言體，實爲詞人因思家而賦詞，只是從對面著筆罷了。如是，他抒發思家之情，不是寫自己如何刻骨銘心地思念遠在杭州的夫人，而是寫王氏夫人在餘杭門外送別之後，秋去春來，不見自己還家，日日思念依閭翹望的情景，以表達自己的深切思念之情。由「雪似楊花」到「楊花似雪」，既表現了時令迅疾地轉換，又以迴環往復的修辭手法，加深了自己的思念之情。此詞上闋寫了時間的綿長，下闋寫了空間之冷寂、淒涼。邀明月，月圓而人未團圓；

〔註67〕朱靖華：《蘇軾詞新釋輯評》，第 197 頁，中國書店，2007。

更以姮娥憐雙照，襯托自己的孤寂之情。詞人寫王氏夫人對自己思念時間之悠長，感情之眞切、深摯，實則寫自己迫切思念之情。這種從對面著筆的抒情，實際是一種加倍寫法，突出表現自己思親念遠的強烈情緒。它不同於代言體，代言體是模擬別人的口吻、感情、思緒，一句話，是代別人抒情，雖似眞切，感情終隔一層，有時則不免輕浮。此詞感情殊爲眞摯，蓋爲自己肺腑情愫的流露。

辛棄疾寫過許多對話體詞，這是以文爲詞的一種體式，是對詞的藝術手法的一種開拓。多爲豪放詞，也有婉約詞。譬如《鵲橋仙·贈鷺鷥》

溪邊白鷺，來吾告汝：溪裡魚兒堪數，主人憐汝汝憐魚，要物我欣然一處。　　白沙遠浦，青泥別渚，剩有蝦跳鰍舞。聽君飛去飽時來，看頭上，風吹一縷。

詞用對話體。通篇寫自己與白鷺鷥對話，抒寫希望環境諧和的情趣，極富於美學意味。「勿食吾溪魚」，意在保持山水和諧之美，使物我欣然一處，以求歸隱生活達到理想境界；下闋由溪邊而遠渚，由溪魚而蝦鰍，一憐一恨，有類杜甫「新竹恨不高千尺，惡竹應須斬萬竿」詩意。詞以白描的手法、通俗的詞語，表現人禽和諧共處的樂趣。表面看來，頗爲幽默輕鬆，很有些閒中取樂、遊戲人間的超逸味道；然在更深層次上，則含有一種頗爲深厚的悲天憫人的情思。

由此可見，蘇軾、辛棄疾在婉約詞的創作上，都有意識地追求藝術創新，並取得了較高的藝術成就。

二

蘇軾、辛棄疾的婉約詞，也有許多不同之處：

首先，蘇軾在仕途上屢遭挫折，然性情超曠，不以宦途險惡爲念。故其詞風殊逸，隱然有一股仙氣，流蕩其中。辛棄疾一生胸懷抗金救國恢復中原之志，亦屢遭挫折。然性情執著任眞，其憂懷不能自釋，一寓於詞中。故詞意殊怨，詞裡充盈著悲鬱之氣。

蘇軾《定風波‧海南歸贈王定國侍人寓娘》云：

> 常羨人間琢玉郎。天應乞與點酥娘。盡道清歌傳皓齒。風起。雪飛炎海變清涼。　　萬里歸來顏愈少。微笑。笑時猶帶嶺梅香。試問嶺南應不好。卻道。此心安處是吾鄉。

此詞作於元祐元年（1086），時在汴京任職。曾受蘇軾的牽連，王定國被貶到時稱蠻風瘴雨的賓陽，孩子死在那裡，他也幾乎病死。但五年後北遷，他和歌兒柔奴都是膚愈澤而貌加豐，原因何在？柔奴作了懇切的回答：「此心安處，便是吾鄉。」這句話表達了善處窮通、樂天知命、隨緣而適、隨遇而安的思想，這與蘇軾瀟灑曠達的心性氣質非常契合，蘇軾正是以「此心安處是吾鄉」的精神面對人生的：初貶黃州，別人為之擔憂，他卻「安土忘懷，一如本是黃州人，元不出仕而已」；〔註68〕再貶惠州，「譬如元是惠州秀才，累舉不第，有何不可」，〔註69〕因而「中心甚安之」；三貶海南，仍一轉念「我本海南民，寄生西蜀州。忽然跨海去，譬如事遠遊」。〔註70〕他作此詞固然是讚揚柔奴的思想，又何嘗不是宣揚自己的人生哲學。誠如薛瑞生先生所說：「捨紅袖翠裙而著眼於美人甘心隨夫以貶之品性，自然以精神感人，亦自我『心聲』之折光」。〔註71〕通過與王定國侍人柔奴的對話，讚揚其「此心安處是吾鄉」的高曠的胸懷，表達自己既處逆境而不為逆境所苦的曠達胸懷。又如《如夢令》云：「水垢何曾相受，細看兩俱無有。寄語揩背人，盡日勞君揮肘。輕手，輕手，居士本來無垢。」此詞說的全是佛家的語，表達的全是佛家的思想，藉以戲謔仕途，戲謔人生，反映了他一種自尊自信、隨緣放曠的隱士般的風度。同時一語雙關，表明自己品性高潔，不為污塵所染，對讒毀者以反諷，深蘊著一種憤激情緒，使俳諧、牢騷與禪

〔註68〕《蘇軾全集》，第 1857 頁，上海古籍出版社，2000。

〔註69〕同上註，第 1778 頁。

〔註70〕同上註，第 540 頁。

〔註71〕薛瑞生：《東坡詞編年箋證》，第 48 頁，三秦出版社，1998。

趣渾然一體。這種曠達的胸懷與逸情的表現，不特爲一般婉約詞人
所無，也爲愛國英雄辛棄疾之所無有。

　　辛棄疾《摸魚兒》云：

　　　　　更能消、幾番風雨，匆匆春又歸去。惜春長怕花開早，
　　何況落紅無數。春且住，見說道、天涯芳草無歸路。怨春
　　不語。算只有、殷勤畫簷蛛網，盡日惹飛絮。　　長門事，
　　準擬佳期又誤。蛾眉曾有人妬。千金縱買相如賦，脈脈此
　　情誰訴？君莫舞，君不見、玉環飛燕皆塵土！閒愁最苦。
　　休去倚危欄，斜陽正在，煙柳斷腸處。

此詞貌似傷春宮怨，極美人幽怨之情，委婉纏綿，實承《離騷》美人
香草的比興手法，將詞人自己身世之感和憂國之情一併寫入其中，在
詞裡滲透了詞人對國事的悲鬱怨望之情。陳廷焯評此詞云：「詞意殊
怨，然姿態飛動，極沉鬱頓挫之致。」〔註72〕又謂「驚雷怒濤中，時
見和風暖日。所以獨絕古今，不容人學步」。梁啓超謂讀起來「迴腸
蕩氣，至於此極。前無古人，後無來者」。〔註73〕細味之，此詞則外
柔內剛，具有剛柔相濟之美。

　　「辛純以氣行」，這就辛詞整體而言的，自然也就包含了他的婉
約詞，這是辛棄疾婉約詞的特點和優點之一，有別於他人婉約詞的軟
而媚。俞陛雲在評他的《祝英台近·晚春》時說：「前之《摸魚兒》
詞借送春以寄慨，有抑塞磊落之氣；此藉傷春以懷人，有徘回宛轉之
思，剛柔兼擅之筆也。」〔註74〕陳匪石在評《祝英台近·晚春》時說：
「但愚細味此詞，終覺風情旖旎中時帶蒼涼淒厲之氣，此嫁軒本色未
能脫盡者，猶之燕、趙佳人，風韻固與吳姬有別也。」〔註75〕這都說
明他的婉約詞具有剛柔相濟之美的藝術特色。

　　蘇、辛一生，在政治上都是很不得志的，在仕途上備受排擠與打

〔註72〕陳廷焯：《白雨齋詞話》，第23頁，人民文學出版社，1959。
〔註73〕唐圭璋：《詞話叢編》，第4309頁，中華書局，1986。
〔註74〕俞陛雲：《唐五代兩宋詞選釋》，第377頁，上海古籍出版社，1985。
〔註75〕陳匪石：《宋詞舉》，第75頁，江蘇古籍出版社，2002。

擊。蘇軾缺乏政治理想的執著，面對仕途上的困難，往往採取超然的態度；比起蘇軾來，辛棄疾對於政治理想的過分執著，每遭碰壁之後，情緒不免悲鬱，他被長期閒置，老了英雄，隱逸中充滿悲憤與牢騷。蘇軾屢遭貶謫，雖不免憂讒畏譏，然終竟把世事看開了，不以為意。故讀蘇軾詞，似覺有一股逸氣或仙氣，充斥在字裡行間。所謂「逸懷浩氣，超然乎塵垢之外」。〔註76〕東坡「清麗舒徐，高出人表」。〔註77〕「東坡老人故自靈氣仙才，所作小詞衝口而出，無窮清新」，〔註78〕「蘇其殆仙乎」，〔註79〕如此等等，都是因為他將世事看開了，對一切壓迫、打擊，採取了超然曠達的態度。故我們讀東坡詞，總覺似醍醐灌頂，一股清逸之氣頓使人清爽而心曠神怡。讀《西江月》「照野瀰瀰淺浪」確有進入仙境之感。和辛棄疾一樣，蘇軾的詞也是「純以氣行」的，然他的詞中的氣是文士之氣，是雅氣。辛棄疾是民族英雄，其婉約詞中，仍有一股鬱勃英雄之氣，潛藏其中。他一生以恢復祖國北方領土為己任，其詞不僅流蕩著恢復神州故土的情懷、抱負，其英雄本色與氣概，也時有流露。所謂「艷語亦以氣行之，是稼軒本色」。〔註80〕「題甚秀麗，措詞亦工絕，而其氣仍是雄勁飛舞」。〔註81〕然終有一股抑鬱之情與憂鬱之感滲透在字裡行間。

蘇軾、辛棄疾的一生畢竟是仕途坎坷，政治上很不得志的。這種不得志的心情終歸是要在詞裡流露的。蘇軾的曠達，實際是為了消解心中的苦悶，是沉鬱情緒的另一種表現形式，是對苦悶情緒的轉化與深化，是含著淚水的笑。辛棄疾的憂愁與沉鬱，有時則是以俳諧的諧趣，化為燦然的一笑，藉以對鬱悶情緒加以緩和與消解。

〔註76〕陳良運：《中國歷代詞學論著選》，第78頁，百花洲文藝出版社，1998。
〔註77〕夏承燾：《詞源注》，第30頁，人民文學出版社，1963。
〔註78〕張宗橚：《詞林紀事》，第270頁，上海古籍出版社，1998。
〔註79〕況周頤：《蕙風詞話‧廣蕙風詞話》，第236頁，中州古籍出版社，2003。
〔註80〕朱德才等：《辛棄疾詞新釋輯評》，第41頁，中國書店，2006。
〔註81〕同上註。

　　其二，蘇、辛的婉約詞，有很大部分仍是以婦女爲抒寫對象，抒
發男女之間的婉戀柔情。然蘇軾抒寫對象多爲自己的妻妾，感情眞淳
而深厚；辛棄疾抒寫對象多爲妓女，不免有逢場作戲之嫌。因此，他
們詞的抒情有深淳與儇薄之分。

　　宋代婉約詞寫男女之情者，多寫婚外感情，即詞人與歌伎或情人
之間的感情。或婉戀相得，或單思單戀，蘇軾的婉約詞則多寫夫妻之
間的感情。他與前妻王弗、續弦王潤之、侍妾朝雲感情融洽，極爲親
密，爲她們寫過許多感情深婉、情眞意切的詞。辛棄疾除妻子范氏以
外，先後有侍妾六人，感情均似一般。然他與歌伎相交，爲她們寫了
許多感情深婉的詞，然畢竟是婚外戀，也不免作遊戲筆墨，未能做到
特別的深切感人。

　　《南鄉子・集句》、《蝶戀花》「記得畫屏初相遇」、《一斛珠》「洛
城春曉」，或爲蘇軾初戀時所作，都寫得感情纏綿。他與王弗伉儷情
深，王弗死後，有悼亡之作《江城子・乙卯正月二十日夜記夢》，感
情殊深，所謂「眞情鬱勃，句句沉痛，而音響凄厲」。〔註82〕東坡南
遷，與朝雲相依爲命。朝雲死於惠州，他寫了《西江月・詠梅》、《西
江月・梅花》悼念朝雲。他以象徵、擬人的手法，詠梅花，也頌朝雲，
梅花與朝雲融爲一體，寫得空靈飄逸，自然天成，可與《江城子・乙
卯正月二十日夜記夢》媲美。《江神子・江景》寫了一個動人的故事，
可謂一齣精彩的短劇，寫得艷而不浮，嫵媚動人，極有情趣。是神聖
的靈之愛，毫無輕薄狎邪之意。

　　論到蘇軾的婉約詞，賀裳曾謂「蘇子瞻有銅琶鐵板之譏，然其
《浣溪紗・春閨》曰：『彩索身輕常趁燕，紅窗睡重不聞鶯。』如
此風調，令十七八女郎歌之，豈在『曉風殘月』之下。」〔註83〕
詞云：

　　　　道字嬌訛語未成，未應春閣夢多情。朝來何事綠鬟

〔註82〕唐圭璋：《唐宋詞簡釋》，第96頁，上海古籍出版社，1981。
〔註83〕唐圭璋：《詞話叢編》，第696頁，中華書局，1986。

 傾? 彩索身輕長趁燕，紅窗睡重不聞鶯，困人天氣近清明。

此詞語言活潑而有風趣，不言春情而春情自見，似言春情而又不落言筌，無跡可尋，絲毫沒有一般閨情詞的輕薄意味。風格俊逸清爽，輕鬆中略帶幽默，刷新了婉約詞的意境，形成一種新的與軟而香迥異的風調。它重在寫神，具有超脫塵俗、高潔晶瑩的美感，為婉約詞提供了一種經過「雅化」的新風貌。

辛棄疾詞寫艷情者有多首。他與夫人范氏感情似不深厚，未留下足以稱讚之詞；與侍妾之感情，也未似蘇軾與朝雲之相知相依。《祝英台近·晚春》、《祝英台近》「綠楊堤」、《惜分飛》「翡翠樓前芳草路」、《戀繡衾·無題》、《南歌子》「萬萬千千恨」等，均為艷情詞。《祝英台近·晚春》最為論者所艷稱。詞云：

 寶釵分，桃葉渡，煙柳暗南浦。怕上層樓，十日九風雨。斷腸片片飛紅，都無人管；更誰勸、流鶯聲住。 鬢邊覷。試把花卜歸期，才簪又重數。羅帳燈昏，哽咽夢中語；是他春帶愁來，春歸何處；去不解，帶將愁去。

這是辛棄疾最為纏綿悱惻的閨怨詞，是為「平欺秦、柳，下轢張、王」之作。〔註84〕他的《青玉案·元夕》也受到了詞評家的青睞。彭孫遹謂「辛棄疾『驀然回首，那人卻在燈火闌珊處』，秦、周之佳境也」。〔註85〕

據考，辛棄疾的侍妾有整整、錢錢、田田、香香、卿卿、粉卿等，最後多被遣送，其作有《西江月·題阿卿影像》、《臨江仙·侍者阿錢將行賦錢字以贈之》、《鵲橋仙·送粉卿行》、《好事近》「醫者索酬勞」等，除《西江月·題阿卿影像》感情較真摯外，其餘則不免輕浮與僄薄，如《臨江仙·侍者阿錢將行賦錢字以贈之》，全詞用了五個帶錢字的典故為之送行，雖不乏贈別善意，但被遊戲筆墨沖淡了；《鵲橋

〔註84〕唐圭璋：《詞話叢編》，第2529頁，中華書局，1986。
〔註85〕同上註，第722頁。

仙‧送粉卿行》，雖抒不忍離別之情，然風味輕俗，遊氣未除。《好事近》「醫者索酬勞」，以家伎酬醫，自然有其時代生活的文化背景，表現其倜儻不群與生活窘迫，然終不近人情，對家伎整整視若物品，殊不尊重。

第三，蘇軾處在婉約詞的創作已達藝術高峰的時候，他力圖擺脫舊的影響與羈絆，在詞壇上別樹一幟，使之獲得新的藝術生命力；辛棄疾則是處在眾多名家已經佔此領域時，其創作重在學習與繼承。

當蘇軾登上詞壇的時候，其先輩晏殊、歐陽修、張先等已將婉約詞推到了一個高峰，而柳永則以俗詞與慢詞，在詞壇上樹立了新的典範，以至「凡有井水處，都有柳詞」。對此，蘇軾則以藝術家創新的勇氣，衝破婉約詞創作的舊的模式，他以高雅的審美情趣，拓展詞境，刷新藝術表現手法，從而形成一種全新的婉約詞的創作模式，題材不拘，表現手法多樣，藝術出新，擺脫艷而俗、香而軟的既定格調，走上了健康的創作道路。「及眉山蘇氏，一洗綺羅香澤之態，擺脫綢繆宛轉之度，使人登高望遠，舉首高歌，而逸懷浩氣，超然乎塵垢之外，於是《花間》為皂隸，而柳氏為輿臺矣」；〔註86〕「指出向上一路，新天下耳目，弄筆者始知自振」。〔註87〕經過蘇軾的拓展與開創，婉約詞的內容與形式，都有了新的提升。

辛棄疾生活的時代，詞史上不僅有蘇軾以前諸多的婉約詞人，而且蘇軾、秦觀、周邦彥、李清照等著名詞人，在婉約詞的創作上多有創獲，對婉約詞的思想內容與藝術表現都有較大的拓展，使後人難以超越。因此，比起蘇軾來，辛棄疾在婉約詞的創作上，更重視對前人的學習與繼承。

辛棄疾詞有《河瀆神‧女城祠效花間體》、《唐河傳‧效花間體》、《玉樓春‧效白樂天體》、《醜奴兒近‧博山道中效李易安體》、《念奴嬌‧賦雨巖效朱希真體》、《戀繡衾‧無題》，從這些詞的題序可知，

〔註86〕陳良運：《中國歷代詞學論著選》，第 78 頁，百花洲文藝出版社，1998。
〔註87〕唐圭璋：《詞話叢編》，第 85 頁，中華書局，1986。

辛棄疾主動向前人學習。餘如《滿江紅・暮春》，詞評家以為「纏綿俳惻，細膩宛轉，直追秦觀」。〔註88〕《滿江紅》「敲碎離愁」則「情致楚楚，那弗心動。低徊宛轉，一往情深，非秦、柳所能及」。〔註89〕可見他曾經認真地向前代婉約詞的名家學習，吸取前人藝術上的優長，並取得了很大的藝術成就，有許多出藍之作。然就總的傾向而言，則側重向前代的名家學習，繼承大於創新。

第四，蘇軾在婉約詞的創作上，漸次趨雅，使其具有內涵豐富而宏闊的詩的意境；辛棄疾在婉約詞的創作上，漸次趨俗，使其具有通俗活潑輕快的曲的意蘊。

蘇軾在婉約詞的創作上，一面反對柳永詞的卑俗成分，提升了詞的藝術品位；另一方面，又學習並繼承了晏、歐婉約詞的雅致，同時以詩為詞，使詞在詩化中得到了雅化。在詞的創作中盡量吸收詩的表現手法，譬如題序的增加、典故的運用、情調的莊重，竭力創造優美的詩的意境，使詞有詩的語言、境界與情調。總之，蘇軾在詞的創作上，表現出對詞境的詩意追求，因而其詞有著濃鬱的詩意。他善於用詞抒情，由於他性格超曠，有著逸懷浩氣，因此無淒咽之情，無低沉之調，無柔靡之語，詞寫得輕靈細巧，情逸氣曠，使其婉約詞既有文小、質輕、境隱的特點，又較之一般婉約詞更增添了幾分晴朗、明媚、韶秀的特色。

辛棄疾婉約詞的創作在向民歌學習中，充分吸收了民間文學健朗、活潑、通俗、諧謔的長處，使好多詞具有曲的某些特點，表現出詞向曲發展的跡象與進程。

辛棄疾有些詞純屬白描，明白如話。詞中不少是用了口語、俗語、諺語，如《唐多令》「淑景鬥清明」、《清平樂・博山道中即事》、《南鄉子・贈妓》等。有些詞中運用了大量的宋元時代的方言俗語，也有些詞語多取自日常生活中常用的詞語，因而形成通俗易懂、新鮮活潑

〔註88〕朱德才：《辛棄疾詞選》，第239頁，人民文學出版社，1988。
〔註89〕朱德才等：《辛棄疾詞新釋輯評》，第179頁，中國書店，2006。

的藝術風格。《最高樓‧名了》、《最高樓》「客有敗棋者代賦梅」、《鵲橋仙‧送粉卿行》、《南歌子》「萬萬千千恨」、《眼兒媚‧妓》、《卜算子‧聞李正之茶馬卦音》等，都有著曲的情調和意蘊。這類通俗似曲的詞作，一方面表明辛詞創作深受民間俗曲的影響，同時也顯示出由詞而曲的發展趨勢。這些詞的表現藝術已開元曲之先河。

蘇、辛婉約詞之異同，以上僅就犖犖大端而言；至於其細枝末節，難以縷述，也就不必詳談了。

第三節　蘇軾辛棄疾的農村詞

詞於宋初作為「遣興娛賓」之用，題材多為市民生活或士人與歌伎的戀情，逐漸發展到寫詞人自我形象、山水風景以及英雄豪傑的報國之情。但也寫其他方面，譬如詠史、詠物等，農村詞則甚為罕見。蓋詞本質上為市民文學，詞人極少接觸並描寫農村生活的。蘇軾、辛棄疾都寫了一些農村詞，雖然數量不多，但卻給詞增加了新的內容，增添了新的光彩。據統計：蘇軾有農村詞 21 首，寫了一些農民與漁民生活。辛棄疾有農村詞 25 首，有多樣化農村生活的描寫，寫出了一幅幅農村風俗畫。蘇、辛的農村詞，合起來不足 50 首，但從宋人寫的整個農村詞來看，則是數量多而質量高的，值得我們進行深入地研究。

一

蘇軾、辛棄疾，都是宋朝的政府官員，同時又都是著名的詞人。他們所寫的農村詞，有許多相同或相似之處。

首先，蘇、辛的農村詞，雖然都風格明朗，情緒歡快，但卻有著濃鬱的隱逸情緒，隱含著對官場的強烈不滿。

蘇軾與辛棄疾，本來都有著宏偉的抱負和高尚的志趣，他們做官都想大展鴻圖而有所作為，但在官場卻不是一帆風順，而是受到種種擠兌，在仕途上坎坎坷坷，很不得意。蘇軾步入官場，先是與王安石政見不合，而被外放。後來又因「烏臺詩案」被貶黃州，遂居東坡。

辛棄疾抱著恢復中原的強烈願望，投奔南宋。因爲是「北歸人」，政治上受到歧視。後來又無端受到彈劾而被罷官，前後閒置近 20 年。因此，他們對官場的勾心鬥角、爾虞我詐有著切膚之痛，內心都隱含著一種隱逸情緒。比起官場來，農村則淳樸、和諧，生存條件則較爲優越。於是，他們帶著欣羨與讚賞的心情寫農村詞。因此，他們農村詞的調子愉快、歡樂，顯現著一種特別的亮色。

在中國詩史上，有著寫農村生活的優良傳統，形成了詩史上著名的田園詩派的承傳。陶淵明、孟浩然、王維、儲光羲、范成大，都是著名的田園詩人。他們因不滿官場生活，嚮往隱逸，寫了許多田園詩。陶淵明的《歸園田居》、王維的《渭川田家》，都是典型的田園詩，這些詩受到了讀者的喜愛和文學史家的好評。但他們並沒有眞正的瞭解農村生活，反映農民的苦與樂。其田園詩，與其說是農村生活的反映，毋寧說是虛擬的世外桃源。他們在仕途受挫而產生了對官場的厭惡，暫避山林或田園，欲過一段舒心的生活。因此，對農村自然有一種親和感和新鮮感。他們所以歸隱或企慕歸隱，在於表示不貪戀富貴和祿位，並藉以緩解和釋放心中的不快。並非眞正的改變了立場，蛻變成農民，要以躬耕來維持生活。他們雖然到了農村，卻過著莊園式的生活，住在別墅裡，清閒自在，與農民生活有著天壤之別。充其量他們只是個潦倒的官僚而已。王維住在輞川別墅裡，陶淵明過著遠比農民優裕的生活。他們雖然走到了農村，接近了農民，然他們的思想感情與農民仍有較大的距離。他們所寫的田園詩，有意或無意地把農村生活美化了。實際只寫了一些農村極表面的東西，而非眞實的農村生活的再現。

蘇軾、辛棄疾的農村詞，受到了田園詩派的影響，以描寫農村生活爲指歸。他們對農村生活的瞭解與田園詩人對農村生活的瞭解深淺或有所不同，但無論如何，他們與農民的思想感情有著較大的距離。他們的農村詞，沒有也不可能寫出眞正的農村生活，反映眞實的農村面貌。農村詞寫的是一種極表面的農村現象，而非眞實的農村生活與

農民的苦與樂，這卻是顯而易見的。

　　蘇軾所寫的農村詞，主要有兩組：一組是《浣溪紗·徐門石潭謝雨道上作五首》，這組詞可以說是他的下鄉速寫；另一組是《漁父》四首，是對漁民生活的素描。這些詞都洋溢著歡樂祥和的氣氛，表現了他對農村生活的嚮往。

　　　旋抹紅裝看使君，三三五五棘籬門。相排踏破舊羅裙。
　　　老幼扶攜收麥社，烏鳶翔舞賽神村。道逢醉叟臥黃昏。
（《浣溪紗·徐門石潭謝雨道上作五首》之二）

聽說城裡官大人下鄉來了，出於一種好奇心理，年輕婦女邊打扮邊跑出來赶緊迎上去，三三五五成群結隊，擁擁擠擠來看下鄉的太守，舊羅裙也被踏破了。這是他在徐門石潭謝雨道上看到的一幕，是太守眼中的農村姑娘，詞裡充分表現了她們的活潑與新奇的心態。蘇軾對農民與農村生活產生了新鮮感，這首詞寫得極有激情，表現了農村年輕姑娘擴大見識視野的強烈慾望。下闋寫老幼扶攜、烏鳶翔舞、醉叟黃昏獨臥諸多場景。一切都是那麼平和、那麼自然、那麼悠然自得，自得其樂，真是一個異常祥和的環境，是一個理想的無差別的境界。這種境界，怎能不使他整日奔忙官場的人欽羨呢？

　　蘇軾的四首《漁父》詞，表面是漁民生活，實則是士人筆下的漁隱生活，是對田園與隱逸生活的美化，他將漁民寫得閒逸、歡樂、瀟灑，詞裡充滿了理想色彩與浪漫情調。詞人不無出塵之想，這種出塵之想在字裡行間有充分地流露。

　　　漁父飲，誰家去。魚蟹一時分付。酒無多少醉為期，
　　彼此不論錢數。

　　　漁父醉，蓑衣舞。醉裡卻尋歸路。輕舟短棹任斜橫，
　　醉後不知何處。

　　　漁父醒，春江午。夢斷落花飛絮。酒醒還醉醉還醒，
　　一笑人間今古。

　　　漁父笑，輕鷗舉。漠漠一江風雨。江邊騎馬是官人，

借我孤舟南渡。

在詞人筆下，漁父不拘形骸，與酒家不分爾汝，更不爭多論少。他們既無官場的爭名奪利，也無人間的是非榮辱。生活上自給自足，自由自在，悠然自得，無求於人，更不用奔波勞頓。這是典型的世外桃源式的生活，絕無「青箬笠，綠蓑衣，斜風細雨不須歸」的那種風雨不避的艱辛。人們不禁要問：他們是「葛天氏之民歟？」宋代畢竟不同於葛天氏時的原始時代，漁民畢竟受著漁霸的欺詐和盤剝，他們整天是風裡來浪裡去，在淒風苦雨中難求溫飽，那兒會有如此舒坦的生活呢？蘇軾寫了美好的漁隱生活，表明了他對田園和漁隱生活的嚮往。其實，從傳統的寫「漁父」的作品來看，「漁父」是代表隱於漁樵的隱者，而非普通的漁民。蘇軾之《漁父》受傳統思想影響，與其說是寫漁民，毋寧說是對隱者的歌讚。

辛棄疾筆下農村詞，也有著類似的生活描寫。如《清平樂》：

> 茅簷低小，溪上青青草。醉裡吳音相媚好，白髮誰家翁媼。　　大兒鋤豆溪東，中兒正織雞籠。最喜小兒亡賴，溪頭臥剝蓮蓬。

這是一幅非常生動的農村生活圖畫。詞中通過對一家人生活的生動描寫，反映了農村生活的一角與自己對農村生活的欣羨感情。上闋寫在溪邊有一個低小的茅草房，房子的主人翁媼相處的親密諧和；下闋寫其兒女們的辛勤勞動，各盡其責，絕不偷懶。就連最頑皮的小兒子，也在臥剝蓮蓬，顯示出他的活潑可愛而又勤勞。這一家人相處如此和諧親密，令人羨慕。詞人用了白描的筆法，寫出了農民生活的淳樸。

《西江月·夜行黃沙道中》，則寫農村晚上的景象。詞人筆致瀟灑，將夜晚景色寫得非常優美。

> 明月別枝驚鵲，清風半夜鳴蟬。稻花香裡說豐年，聽取蛙聲一片。　　七八個星天外，兩三點雨山前。舊時茅店社林邊，路轉溪橋忽見。

這首詞寫了黃沙道中非常清幽的夜景，給人以爽適之感。「稻花香裡

說豐年，聽取蛙聲一片」，從濃鬱的稻花香寫出了豐收在望的農民喜悅之情，那青蛙的叫聲，似乎是彈奏著豐收的合奏曲。這是典型的農村的伊甸園，顯而易見，辛棄疾在這裡也寄寓了自己厭惡官場的感情。餘如「綠野先生閑袖手，卻尋詩酒功名。未知明日定陰晴。今宵成獨醉，卻笑眾人醒。」(《臨江仙・即席和韓南澗韻》)「聽軟語，笑衰容，一枝斜墜翠鬖鬆。淺顰輕笑誰堪醉，看取瀟然林下風。」(《鷓鴣天》「點盡蒼苔色欲空」)都有點隱逸情緒的流露。而《西江月・江行采石岸，戲作漁父詞》「千丈懸崖削翠，一川落日鎔金。白鷗來往本無心，選甚風波一任。別浦魚肥堪繪，前村酒美重斟。千年往事已沉沉，閑管興亡則甚？」隱於漁樵的情緒，則十分明朗了。

　　其次，蘇軾、辛棄疾的農村詞，雖有走馬觀花與下馬觀花之別，但都是觀花而無種花栽花之勞，他們並沒有真正瞭解農民勞動之艱辛與生活之困頓。因此，所寫農村詞反映的只是表層的外觀現象，沒有也不可能真正寫出農民內心的複雜世界，沒有也不可能寫出他們內心的真實感情。但他們終竟走近了農民，對他們的生活感情有一定的瞭解，並在詞中得到了一些相應的表現。

　　我們先看蘇軾筆下的農村景象：

　　「慚愧今年二麥豐，千歧細浪舞晴空。化工餘力染夭紅。」(《浣溪紗・徐州藏春閣園中》)麥子長勢良好，豐收在望，農民喜迎豐收的歡樂之情自不待言。「麻葉層層檾葉光」(《浣溪紗・徐門石潭謝雨道上作五首》之三)，二麻長勢喜人，令人不勝歡快。「日暖桑麻光似潑，風來蒿艾氣如薰」(《浣溪紗・徐門石潭謝雨道上作五首》之五)，雨後新霽，桑麻蓬蓬勃勃，葉子閃閃發光；一陣清風，蒿艾散發出芳香的氣味。詞人極寫莊稼的茂盛，顯示農民心頭的歡樂。「籟籟衣巾落棗花。村南村北響繰車」(《浣溪紗・徐門石潭謝雨道上作五首》之四)，蠶桑豐收，繰車開動，一片繁忙景象。餘如「闐街拍手笑兒童」、「黃童白叟聚睢盱」、「垂白杖籬括醉眼」、「半依古柳賣黃瓜」、「隔籬嬌語絡絲娘」，如此等等，農村處處洋溢著一種喜迎豐收的歡樂景象，

這的是太平盛世。詞人帶著滿腔激情，寫了豐收在望農村老幼無比歡快的情景，應該指出，蘇軾初步接近了農民，看到了農村的一些令人激動的景象，並作了一定的反映。至於農民的內心的活動以及眞實的生活情景，則未能流注筆端。詞人爲農村面臨的豐收景象而爲之陶醉，他能喜農民之所喜，已經是很值得稱讚了。要他寫出豐收而可能遇到的意外災難或盤剝、寫出農民生活實際存在的艱難與辛酸，則是責人所難的了。因爲他畢竟是封建官僚。

與蘇軾相比，辛棄疾的農村詞，題材則更爲廣泛，反映生活也較爲深刻。詞人能夠冷靜地觀察，他熟悉了農村生活與農民的生活情景。因此，寫出了可以稱之爲風俗畫的農村詞。

「雞鴨成群晚不收，桑麻長過屋山頭」（《鷓鴣天‧戲題村舍》），「釀成千頃稻花香」（《鵲橋仙‧乙酉山行書所見》），這是豐收在望的景象。「北隴田高踏水頻，西溪禾早已嘗新」（《浣溪紗‧常山道中即事》）寫出了豐收景象。「平岡細草鳴黃犢，斜日寒林點暮鴉」（《鷓鴣天‧代人賦》），他除了寫豐收給農民帶來的歡樂情景，還寫了農民日常生活和農村風俗。如：「東家娶婦，西家歸女，燈火門前笑語」（《鵲橋仙‧乙酉山行所見》），「誰家寒食歸寧女，笑語柔桑陌上來」（《鷓鴣天》），「自言自地生兒女，不嫁金家即聘周」（《鷓鴣天‧戲題村舍》），寫了一幅幅頗爲生動的農村風俗畫。

蘇軾是臨時下鄉，因此只能是走馬觀花；辛棄疾長住農村，與農民接觸較多，諳熟農村情景。因此，他對農村生活的描寫與刻畫，遠比蘇軾深刻而豐富。如果說蘇軾筆下的農村，只是詩人走馬觀花看到的表面情景，那麼辛棄疾筆下的農村風俗畫，視野更寬闊，生活更豐富，更接近當時農村的實際。

二

蘇軾、辛棄疾的農村詞，各有獨特的個性特徵。

第一，蘇軾的農村詞，詞人情緒是飽滿而熱烈的，有一股強烈的

浪漫情調；辛棄疾的農村詞，感情是沉穩的，筆下是一幅幅眞切的生活畫卷。

蘇軾寫農村詞時，將其浩懷逸情，流注筆端。因此，激情洋溢，感情充沛，主觀感情強烈而外露，其詞是詩人感情的外化與詩化；辛棄疾的農村詞，情緒是飽滿而深隱的，是現實生活的再現。他寫農村詞時，將其豐富的生活與深刻的感受，滲透在客觀的抒寫中，筆底是豐富多彩的農村生活圖畫。感情內斂，筆底生華，比起蘇詞來，他所反映的農村生活更豐富、更寬廣、更貼近農村生活實際，是一幅生意盎然的農村風俗畫。

蘇軾出仕以後，從來沒有脫離過官場。他因赴石潭謝雨這一公務偶然來到農村，看到了豐收在望時農民歡欣鼓舞的情景，對此他感到新鮮，並產生了一陣驚喜。憑著他異常銳敏的觀察力，把他的新鮮感與驚喜寫下來，就是一首首非常動人的詞作。譬如他最有名的農村詞《浣溪紗‧徐門石潭謝雨道上作五首》，就是以我爲主，寫的是太守蘇軾的所見所聞與感受，這是太守眼中的農村與農民生活，是一幅歡樂的激情洋溢的圖畫。這是很能吸引讀者關注的圖畫，然它與農村的眞實情景、與農民生活的實際終隔一層，給人以世外桃源的感覺。他的《漁父》詞四首，與其說是寫漁民，毋寧說是寫隱於漁樵的隱者。他是情緒飽滿、激情洋溢的歌讚這種生活的。

與蘇軾相比，辛棄疾則長期脫離官場，住在農村。他在帶湖、瓢泉等農村生活長達近 20 年。因此，他對農村景況與農民生活相當熟悉，他的農村詞則寫得比較客觀實際。既有宏觀的勾勒，也有精細的描寫，筆鋒到處，是一幅幅生氣盎然的農村圖畫。讀這些詞，使我們看到了宋代農民生活的較爲眞實的一角。譬如：「父老爭言雨水勻，眉頭不似去年顰。殷勤謝卻甑中塵。啼鳥有時能勸客，小桃無賴已撩人。梨花也做白頭新。」(《浣溪沙》) 上闋寫好雨當春，收成有望，農民解開眉頭。下闋以情觀景，一花一木，無不賞心悅目。寫出了農民的喜悅心情。詞人能憂民之憂，樂民之樂，以輕鬆的筆調，寫了農

民歡快的心情。

　　第二，辛棄疾農村詞題材廣泛，描寫生動眞切；蘇軾農村詞題材狹窄，感情超曠。

　　辛棄疾的農村詞，除了比較眞切地反映農民生活外，還描寫農村的風俗和風景。如：

　　　　青裙縞袂誰家女，卻趁蠶生看外家。（《鷓鴣天·遊鵝湖，醉書酒家壁》）

　　　　輕鷗自趁虛船去，荒犬還迎野婦歸。（《鷓鴣天·黃沙道中》）

　　　　千丈雲木鉤輈叫，十里溪風稯稏香。（《鷓鴣天·鵝湖市道中》）

不僅寫了農村的人事活動，如青年婦女回家探親，而且寫農村的風物，曠野的輕鷗、荒犬、雲木、稻香，都成爲詞的題材。詞人順手拈來，詩情洋溢，詩意盎然，寫出一幅幅生動眞切的圖畫。

　　蘇軾除了因謝雨到農村而寫的《浣溪紗·徐門石潭謝雨道上作五首》、《漁父》四首外，就再沒有寫出較有影響的農村詞，題材相對是狹窄的，然而詞寫得感情超曠，境界拔俗，詞裡流溢著一種仙意美。譬如：《西江月·春夜行蘄山水中過酒家，飲酒醉，乘月至一溪橋上，解鞍曲肱少休。及覺已曉，亂山蔥籠，不謂人世也，書此詞橋柱上》：

　　　　照野瀰瀰淺浪，橫空曖曖微霄。障泥未解玉驄驕，我欲醉眠芳草。　　　可惜一溪明月，莫教踏碎瓊瑤。解鞍欹枕綠楊橋，杜宇一聲春曉。

題序交待了寫此詞的背景：一個十分清幽的環境，一個頗有詩意的境界，詞人大筆濡染，並以超曠的筆調，展示了這個殆若仙境的所在，詞寫得景色超凡、瀟落有致，令人神往。

　　總之，辛棄疾的農村詞，是現實生活的畫卷。他善於作客觀描寫，感情隱蔽，讀了令人沉思；蘇軾的農村詞，多是浪漫情思的抒寫，他善抒主觀之情，感情張揚，讀了令人遐想。辛詞的風格暢達、明快、

俊逸，蘇詞的風格曠逸、浪漫、摯烈。

第四節　辛棄疾對賀鑄詞的接受

在詞史上，賀鑄異軍突起，有諸多創新，異彩紛呈，成果豐碩，這對後代詞人的創作，有巨大的影響力。後來詞人在創作方面，認眞學習了賀鑄開創的範式，受益良多。談到賀鑄詞的不凡成就與巨大影響力時，著名詞論家陳廷焯、俞陛雲、夏敬觀等人，都談到其詞對辛棄疾詞藝術成就的巨大影響，其識力超卓，立論不凡，發人深思。這對研究辛棄疾詞的創作，很有啓示。本書試圖對陳廷焯等人的立論，作一些箋釋和引論。或對辛棄疾與中國詞學的研究，有所裨益。

一

在創作上開創性的運用比興，是賀鑄詞的藝術成就之一。它對辛棄疾詞成功地使用比興手法，有著明顯地影響。

自屈原在《離騷》中首創惡禽臭物以比讒佞、香草美人以喻君子的比興模式以來，後代詩人在詩歌創作中，多有師法。曹植、阮藉認眞向屈原學習，在詩歌中率先運用比興，使詩之思想內容趨於深沉厚重。後代詩人繼之，不斷發揚光大，比興之運用，遂不絕如縷。於是在中國詩歌史上形成一股浩浩洪流，直有奔騰萬里之勢。對此，陳沆在《詩比興箋》中論之詳矣，不贅。今人安旗教授對李白《蜀道難》、《將進酒》等名篇的闡釋，亦用比興理論，對李白詩之思想內涵多有發明。對闡釋學的運用，多有啓示。作爲「遣興娛賓」的詞作，是以娛樂玩賞爲指歸的。故詞人往往書之以艷詞，付之於歌伎，供酒筵歌席演唱，旨在提高與宴者的玩樂情緒與興致。其主調是言情的，並非言志的，故被視爲「小詞」，表示對它輕蔑。這種艷情小調，在詞史上，一時成爲主流。故重大嚴肅之主題，非其擅場，更無與君國之說。迨至蘇軾，其《水調歌頭》(明月幾時有)，

或有比興，故神宗「讀至『又恐瓊樓玉宇，高處不勝寒』，上曰：『蘇軾終是愛君』。乃命量移汝州。」〔註90〕「作者之用心未必然，而讀者之用心何必不然。」〔註91〕推敲此詞意旨，似無「愛君」之意，神宗恐係誤讀。賀鑄與蘇軾生活之時代同時稍後，其詞多「以詩為詞」，對蘇軾首創之「以詩為詞」多有推擴，拙作《賀鑄「以詩為詞」說》，對此作了詳細地闡述，此處不贅。他在詞中偶用比興，也為詞論家所關注。他的《芳心苦》，就被視為託言寄興之作。詞云：

> 楊柳迴塘，鴛鴦別浦，綠萍漲斷蓮舟路。斷無蜂蝶慕幽香，紅衣脫盡芳心苦。　　返照迎潮，行雲帶雨，依依似與騷人語。當年不肯嫁東風，無端卻被秋風誤。〔註92〕

有許多賀鑄詞的闡釋者，都以為此詞有寄託。認為它將詞人頗為深沉的思想，寄寓於詠荷之中，名為詠物，實則言志。許昂霄評此詞的「當年」二句云：「有『美人遲暮』之慨。」〔註93〕陳廷焯謂：「此詞必有所指，特借荷寓言耳。」〔註94〕均謂此詞旨意深遠，必有寄託，不是為詠物而詠物的。又謂「通首如怨如慕，如泣如訴，有多少惋惜，有多少慨嘆！淋漓頓挫，一唱三嘆，真能壓倒今古。」〔註95〕「騷情雅意，哀怨無端，讀者亦不自知其何以心醉也。」〔註96〕則讚其此詞有高度的藝術表現力，將詞人的情思表現得淋漓盡致。俞陛雲說：「屏除簪紱，長揖歸田，已如蓮花之褪盡紅衣，乃洗淨鉛華，而仍含蓮子中

〔註90〕陳元靚：《歲時廣記》引《復雅歌詞》。引自施蟄存、陳如江：《宋元詞話》，第 643 頁，上海書店出版社，1990 年。

〔註91〕譚獻：《復堂詞話》，第 19 頁，人民文學出版社，1959 年。

〔註92〕賀鑄著、鍾振振校注：《東山詞》，第 78 頁，上海古籍出版社，1989 年。

〔註93〕許昂霄：《詞綜偶評》，引自唐圭璋：《詞話叢編》，第 1572 頁，中華書局，1986 年。

〔註94〕陳廷焯：《雲韶集》卷三，引自鍾振振校注：《東山詞》，第 79 頁，上海古籍出版社，1989 年。

〔註95〕同上註。

〔註96〕陳廷焯：《詞則‧大雅集》卷二，引自鍾振振校注：《東山詞》，第 79 頁，上海古籍出版社，1989 年。

心之苦，將怨誰耶？故下闋言當初不嫁東風，本冀秋江自老，豈料秋風不恤，仍橫被摧殘，蓋申足上闋之意。」〔註97〕就詞的旨趣而言，諸家之說，仍嫌含糊。然比興之旨，本難指實，更不必一錘定音，只能求其近似而已。所釋是否爲詞人作詩本旨，似不必叩詞人於地下以問之。鍾振振釋此詞云：「按『當年』二句感慨寓端，當與新舊黨爭有關。方回出仕於神宗熙寧間，適逢王安石變法，『不肯嫁東風』者，似謂己之未附新黨。『無端卻被秋風誤』者，則似指元祐更化，舊黨執政後，己也不見重用也。」〔註98〕賀鑄在北宋新舊黨爭中，所持立場及政治遭遇與蘇軾略同，窺諸蘇軾在新舊黨爭中的不幸遭遇，鍾說當是。

　　賀鑄以前，詞中幾無人用比興者。即如蘇軾之《水調歌頭》（明月幾時有），究其實質，也不是用了比興手法的。賀鑄這首詞用比興，在詞史上是具有開創性的。因此，它在詞史上的地位，是絕對不能低估的。

　　辛棄疾的《摸魚兒》，蓋爲比興抒懷之作，是繼賀鑄《芳心苦》之後，在詞史上成功地運用比興創作的又一名篇。詞曰：

> 　　更能消幾番風雨？匆匆春又歸去。惜春長怕花開早，何況落紅無數。春且住。見說道、天涯芳草無歸路。怨春不語。算只有殷勤，畫檐蛛網，盡日惹飛絮。　　長門事，準擬佳期又誤。蛾眉曾有人妒。千金縱買相如賦，脈脈此情誰訴？君莫舞，君不見、玉環飛燕皆塵土！閑愁最苦。休去倚危欄，斜陽正在，煙柳斷腸處。〔註99〕

此詞宋人羅大經謂：「詞意殊怨，『斜陽煙柳』之句，其與『未須愁日暮，天際乍輕陰』者異矣。使在漢唐時，寧不賈種豆種桃之禍哉。愚聞壽皇見此詞，頗不悅，然終不加罪，可謂至德也已。」〔註100〕梁

〔註97〕俞陛雲：《唐五代兩宋詞選釋》，第 254 頁，上海古籍出版社，1985年。

〔註98〕鍾振振校注：《東山詞》，第 78 頁，上海古籍出版社，1989 年。

〔註99〕朱德才等：《辛棄疾詞新釋輯評》，第 151 頁，中國書店，2006。

〔註100〕羅大經：《鶴林玉露》卷一，引自朱德才等：《辛棄疾詞新釋輯評》，第 155 頁，中國書店，2006。

啓超亦謂：「宋人說部好傅會，此段卻似可信。孝宗好文詞，且具賞鑒力……則其愛讀此詞，讀而不悅，亦意中事。詞意誠近怨望，長門事數語：幾露骨矣。」〔註101〕俞陛雲謂：「幼安自負天下才，今薄宦流轉，乃借晚春以寄慨。上闋筆勢動蕩，留春不住，深惜其歸，但芳草天涯，春去苦無歸處，見英雄無用武之地。珠網冒花，隱寓同官多情，爲置酒少留之意。當其在理宗朝曾擁節鉞，後之奉身而退，殆有讒扼之者，故上闋寫不平之氣。下闋『蛾眉曾有人妬』更明言之：玉環飛燕，皆歸塵土，則妬人者果何益耶？結句斜陽腸斷，無限牢愁。」
〔註102〕

　　詞人感物起興，寓興無端。其思緒之滲透於詞，又隱之蔽之，唯恐心底之秘密外露，授人以柄。但又須使心跡有所宣泄，使讀者對己之心跡明瞭，讀後己情隱然可見，己志灼然可覺，進而深入體悟並引起共鳴。其用心良苦，故不免運意閃爍，使詞意朦朧而又有很強的暗示力。此類詞，只可意會而難以言傳。讀此類詞，只能細細體味，慢慢捉摸，仔細揣摩作者之思緒與創作意圖，方能悟其三昧。故不擬坐實，坐實則難免遭刻舟求劍之譏，在疏解上也必然遭鑿鈉難通之困。俞陛雲之說尙通侻，大體可信。

　　辛棄疾詞運用比興以寄意者，尙有《賀新郎·賦水仙》《蝶戀花·戊申元日立春，席間作》等，這些詞詞旨朦朧，託意深遠，值得深入體悟，仔細研究。

　　在詞史上，辛棄疾以前之詞人，在詞中用比興而別有深刻寓意者，蓋只有賀鑄一人。陳廷焯云：「方回詞，胸中眼中，另有一種傷心說不出處，全得力於楚騷，而運以變化，允推神品。」〔註103〕賀鑄將楚騷之美人香草以喻君子的比興手法，創造性地用之於詞，藝術

〔註101〕 引自吳則虞：《辛棄疾詞選集》，第 164 頁，上海古籍出版社，1993年。

〔註102〕 俞陛雲：《唐五代兩宋詞選釋》，第 374 頁，上海古籍出版社，1985年。

〔註103〕 陳廷焯：《白雨齋詞話》，第 15 頁，人民文學出版社，1959。

上達到化境，成為神品，令人擊節讚賞。辛棄疾繼之，並有所發展，使其詞旨深遠，詞心微微，令人展卷深思。

　　宋詞中運用比興以寄意者，尚有吳文英、王沂孫，以及《樂府補題》所收諸作，賀鑄詞運用比興影響所及，不特辛詞而已。故雖僅為單篇，但在詞史上的開創之功與深遠的影響力，不可或沒。

二

　　在詞史上堪稱大家的辛棄疾，在一生創作中形成多種多樣的藝術風格：除了佔主導地位的豪放風格之外，尚有清奇、明爽、穠麗諸種風格，以此昂然屹立於詞壇，爭艷鬥奇，迥然高出時輩。穠麗則是他創作的藝術風格中較為成功的一種。其屬此類風格者，數量不多，大約只有十數首，在其整個詞的創作中，所佔比例是很小的，然其藝術成就卻是很突出的。它在辛詞創作中，是不容忽視的一個重要方面。早在南宋時代，給他詞集作序的劉克莊就說：「其穠纖綿密者，亦不在小晏、秦郎之下。」〔註 104〕將其與擅長穠麗藝術風格的晏幾道、秦觀詞相比，評價是很高的。然卻很中肯，並非溢美之詞。因此他的評說，經住了歷史的考驗。清代鄧廷楨在其《雙硯齋詞話》中，在列舉辛棄疾《祝英台近》、《百字令》等穠麗之作後，謂其「皆獨繭初抽，柔毛欲腐，平欺秦、柳，下轢張、王。」〔註 105〕當代詞論家胡雲翼也說：「偶作情語，亦穠麗綿密，暱狎溫柔。」〔註 106〕如此等等，都肯定了他詞中的穠麗風格，取得了不凡的藝術成就。蔡嵩雲說：「其集中有沉鬱頓挫之作，有纏綿悱惻之作，殆皆有為而發。」〔註 107〕在評論藝術風格的同時，對其具有穠麗風格的詞作的思想，作了頗高

〔註 104〕　劉克莊：《辛稼軒集序》，引自吳則虞：《辛棄疾詞選集》，第 280 頁，上海古籍出版社，1993 年。

〔註 105〕　唐圭璋：《詞話叢編》，第 2528 頁，中華書局，1986 年。

〔註 106〕　辛棄疾著、崔銘導讀：《辛棄疾詞集》，第 361 頁，上海古籍出版社，2010 年。

〔註 107〕　蔡嵩雲：《柯亭詞論》，唐圭璋：《詞話叢編》，第 4913 頁，中華書局，1986。

的評價：以爲是「有爲而發」。如此，辛棄疾詞中的穠麗之作，應當引起我們高度的重視。

辛棄疾詞中的穠麗之作，爲什麼會有那麼高的藝術水準呢？這除了他本人有極豐厚的藝術素養之外，也與其學習並繼承前人的優秀之作有關，特別是善於學習賀鑄的穠麗詞風有關。夏敬觀云：「學辛得其豪放者易，得其穠麗者罕。蘇則純乎士大夫之吐屬，豪而不縱，是清麗，非徒穠麗也。稼軒穠麗處，從此脫胎。細讀《東山詞》，知其爲稼軒所師也。世但言蘇、辛一派，不知方回，亦不知稼軒。」〔註108〕又對《伴雲來‧天香》批云：「稼軒所師」。〔註109〕夏氏認爲辛棄疾詞中的穠麗風格，導源於賀鑄詞。而在《映庵詞評》中，則徑指受賀鑄詞《橫塘路》之影響所致。如此等等，撥霧導竅，令人豁然開朗。

《橫塘路》是賀鑄創作中最爲成功的詞作之一，當時就轟動詞壇，和作連連，宋金人步其韻者，計有 25 人 28 首詞之多，〔註110〕創造了詞史上一首詞有和作的最高紀錄。文學史家對其評價甚高，有案可稽，不必贅述。而賀鑄詞之穠麗詞風對辛詞之影響，特別是《橫塘路》對辛詞之深刻影響，則罕有人論及。夏先生之評驚，可謂「天驚石破」。令人遺憾的是，這種獨到精彩的高論，反響極小。偶有論及者而又非之，不以夏先生之論點爲是。故略申己見，並對夏先生之觀點作點闡發，揭示辛詞穠麗之作對賀詞的受容。

辛棄疾的《念奴嬌‧書東流村壁》，是辛棄疾詞中穠麗風格的代表作之一，詞曰：

> 野塘花落，又匆匆過了，清明時節。剗地東風欺客夢，一夜雲屏寒怯。曲岸持觴，垂楊繫馬，此地曾經別。樓空人去，舊遊飛燕能說。　　聞道綺陌東頭，行人曾見，簾

〔註108〕 夏敬觀：《映庵詞話》，引自辛棄疾著、崔銘導讀：《辛棄疾詞集》，第 359 頁，上海古籍出版社，2010 年。
〔註109〕 夏敬觀：《映庵詞評》，《詞學》，第五輯第 203 頁，華東師範大學出版社，1986。
〔註110〕 鍾振振校注：《東山詞》，第 158 頁，上海古籍出版社，1989 年。

底纖纖月。舊恨春江流不斷，新恨雲山千疊。料得明朝，

尊前重見，鏡裡花難折。也應驚問，近來多少華髮？〔註111〕

此詞抒發詞人重遊故地而戀人不見的複雜感情。上闋寫舊地重遊的時令與樓空人去的場景，並由此轉入對往昔情事的追憶，歡樂的場景烘托出一段深沉纏綿的戀情，對此悵惘不已。下闋抒發了詞人逝情難覓的苦痛：「舊恨」二句展示出離恨的無窮無盡，「料得」三句寫舊情難圓的悲傷。「纖纖月」狀美人足，寫美人之美艷；以「舊恨」與「新恨」之綿長，寫相思之深切。如此狀離恨之深沉不亞於方回。賀鑄的「若問閒情都幾許？一川煙草，滿城風絮，梅子黃時雨」，採用連設三喻的博喻手法，用具體生動的景物，將非常抽象無跡可求又難以捉摸的情感，轉化爲可見可聞的事情，亦虛亦實，新奇工巧，具有很強的藝術感染力。稼軒的「舊恨春江流不斷，新恨雲山千疊」，也將「恨」的情緒具象化，成爲千古名句。然前者給人是感性的啓悟，感性中有理性之思；後者是給人以理性的思索，理性中有感性的聯想。這兩首詞，對人的感情都有著強勁的衝擊力，只是這衝擊力，有著不同的側重而已。

辛棄疾詞寫閨思、寫別恨，不免兒女情長，寫下了一些穠麗之作：

隔戶語春鶯，才掛簾兒斂袂行。漸見凌波羅襪步，盈盈。隨笑隨顰百媚生。　　著意聽新聲。盡是司空自教成。今夜酒腸難道窄，多情。莫教紗籠蠟炬明。《南鄉子》〔註112〕

欹枕櫓聲邊，貪聽咿啞聒醉眠。夢裡笙歌花底去，依然，翠袖盈盈在眼前。　　別後兩眉尖，欲說還休夢已闌。只記埋怨前夜月，相看，不管人愁獨自圓。《南鄉子·舟行紀夢》〔註113〕

這兩首詞，感情深摯，用語俏麗，給人以穠麗生香之感。無巧不成書，

〔註111〕　朱德才等：《辛棄疾詞新釋輯評》，第113頁，中國書店，2006。
〔註112〕　同上註，第140頁。
〔註113〕　同上註，第142頁。

賀鑄也有首《南鄉子》，極似辛棄疾這兩首詞。無妨抄出，以供鑒賞
比較。

一

　　秋半雨涼天，望後清蟾未破圓。二十四橋遊冶處，留
連，攜手嬌嬈步步蓮。　　眉宇有餘妍，初步瓜時正妙年。
玉局彈棋無限意，纏綿，腸斷吳蠶兩處眠。

二

　　柳岸艤蘭舟，更結東山謝氏游。紅淚清歌催落景，回
頭，□出尊前一段愁。　　東水漫西流，誰道行雲肯駐留？
無限鮮颸吹芷若，汀洲，生羨鴛鴦得自由。〔註114〕

其一在清麗的景色中帶出「攜手嬌嬈步步蓮」之美人，令人生無限遐
想；下闋突出女子之美妙纏綿，但卻是「腸斷吳蠶兩處眠」，極思念
之深情。其二，寫女子送郎遠離而恨不能隨郎而去，由此「生羨鴛鴦
得自由」，人不如禽之相愛相親，感慨良深。這兩首詞詞句清麗而感
情穠深。

　　賀鑄與辛棄疾這四首《南鄉子》詞，語言清麗，行文流暢而感情
深厚，結尾情緒高漲，並將其穠摯感情推到極致。這四首詞，風格一
致，表現手法相似，如出一人之手。辛棄疾顯然是學習賀鑄的，然卻
看不出一點模仿之跡痕。可見他學習的手段是極為高明的。細味辛
詞，行文較賀鑄輕倩，沒有賀詞感情表現得那麼深重，有其自己獨特
的風調。可見，他對賀鑄詞的學習，是有其創造性的。

三

　　賀鑄的《六州歌頭》《行路難》《將進酒》是賀詞在詞史上知名
度很高的三首豪放詞，它對辛棄疾詞的主要風格豪放詞來說，有著

〔註114〕鍾振振校注：《東山詞》，第 317～319 頁，上海古籍出版社，1989
年。

很大的影響。王士禎說：「『車如雞栖馬如狗』，用古謠語，絕似稼軒手筆。」〔註115〕他的話好像是說，賀鑄模仿了辛棄疾的豪放詞。而應當顛倒過來說，稼軒絕似方回的手筆，才符合歷史邏輯。這本來是不爭的事實，王漁洋那麼說，不過是要特別抬高賀鑄這首詞，強調其藝術表現上特別超卓而已。夏敬觀云：「稼軒豪邁之處，從此脫胎。豪而不放，稼軒所不能學也。」〔註116〕與王士禎之說比較起來，夏敬觀擺正了他倆影響與繼承之關係，符合歷史發展的邏輯。歷來詞學家豪放風格看成是一個完整的不可分割的藝術概念，即有「橫絕六合，掃空萬古」〔註117〕的恢弘氣勢。夏先生則將豪與放分開來講，這樣講更爲科學和準確，與約定俗成之豪放理解有異。夏先生所說的「豪邁」大概就他認定的「豪」的概念。當然，豪放的「豪」，也含有「豪壯」與「豪雄」之意。對於「放」的含義，夏先生沒有明說。但一般所說的「放」，就是「放開」之意，即謂思想不受傳統思想（主要是儒家思想）的拘限，有某些越軌行爲，如佞佛信道之類，行爲上超越了儒家思想的規範，藝術表現上也有越出常規之處。總之，放，就是放逸，是說其思想藝術上不能循規蹈矩，在創作上越出了傳統的軌轍，另闢蹊徑。如果說這個理解大致不錯的話，稼軒詞道是「豪而不放」的，或者是不很放的。我們細檢辛棄疾的豪放詞，就會明顯地感到有這個特點。

　　世言稼軒詞豪放，似乎已成定讞。詞論家人人言之，不以爲非。其實，稼軒在南宋時期作爲「北歸人」，受人歧視，政治上處於「組織不信任」狀態。因此，雖有文武之才、治國之略，卻難肩負國家重任；雖然他小心謹愼，也時刻在「夾起尾巴做人」，但仍處處受到攻

〔註115〕　王士禎：《花草蒙拾》，唐圭璋：《詞話叢編》，第 681 頁，中華書局，1986 年。
〔註116〕　夏敬觀：《吷庵詞評》，《詞學》，第五輯第 203 頁，華東師範大學出版社，1986。
〔註117〕　劉克莊：《辛稼軒集序》，引自吳則虞：《辛棄疾詞選集》，第 280 頁，上海古籍出版社，1993 年。

許。例如，他任兩浙西路提點刑獄時，臺臣王蘭攻擊他說：「肆厥貪求，指公財爲囊橐；敢於誅艾，視赤子猶草菅；憑陵上司，締結同類；憤形中外之士，怨積江湖之民。」〔註118〕說他是大貪污犯，殺人不眨眼的劊子手；敢於欺上瞞下，任意橫行。如此桀驁不馴，爲非作歹，皇帝還敢重用他嗎？爲此，當其在壯年時，就丟了官，被迫退隱上饒等地，「求田問舍」，賦閒竟達 18 年之久。在這樣的政治環境下，他的爲人處事都相當拘謹，行爲上不敢越雷池一步。他一生以恢復中原爲己任，其求田問舍，實在是不得已的。因此，他的政治生活表現並非放浪，實在不敢有越軌行爲；在他退隱其間，思想上雖然受了老莊思想的影響，實際是以老莊思想消解不得志的苦悶罷了，其主導思想仍以入世爲主，仍想著早日擔當國家重任，實現恢復中原的襟抱。就詞的藝術表現來說，其詞雖則有「以文爲詞」之傾向，然卻仍然恪守詞律，詞寫得非常當行。所以，辛棄疾的豪放，與其說是思想感情之放，毋寧說是藝術表現有些放，但也是不很越軌的。總之，他的豪放詞，我們借用夏敬觀先生評賀鑄詞的評語而評之：是「豪而不放」。這種藝術風格，是爲其所處的政治環境所決定的。

賀鑄《行路難》等三首詞，決不是「豪而不放」，而是很典型的豪放詞。《將進酒》云：

> 高流端得酒中趣，深入醉鄉安穩處。生忘形，死忘名，
> 誰論二豪初不數劉伶？〔註119〕

蔑視功名富貴，整日沉入醉鄉，不與名利，不問世事。這是很典型的六朝名士風度。作爲大宋臣子，這種思想行爲，不是很放浪的嗎？

又如《行路難》：

> 縛虎手，懸河口，車如雞棲馬如狗。白綸巾，撲黃塵，
> 不知我輩可是蓬蒿人。衰蘭送客咸陽道，天若有情天亦老。

〔註118〕 崔敦詩：《西垣類稿》卷二：《辛棄疾落職罷新任制》，引自鄧廣銘：《辛棄疾年譜》（增訂本）第 94 頁，上海古籍出版社，1997 年。
〔註119〕 鍾振振校注：《東山詞》，第 98 頁，上海古籍出版社，1989 年。

作雷顛，不論錢，誰問旗亭美酒斗十千？　　酌大斗，更
爲壽，青鬢長青古無有。笑嫣然，舞翩然，當壚秦女十五
語如絃。遺音能記秋風曲，事去千年猶恨促。攬流光，繫
扶桑，爭奈愁來一日卻爲長。〔註120〕

此詞調《行路難》用了樂府舊題名，表現仕途艱難懷才不遇的憤激心
情，詞的感情激蕩，意象跳躍，節短韻長，調高音淒，以急促跳蕩的
旋律，表現對才高位卑現狀的憤懣情緒，達到了李白、李賀某些樂府
詩的藝術境界。如此思想放逸藝術前衛之詞，在詞史上是罕見的。這
是詞中很典型的豪放之作。夏敬觀先生卻說它「豪而不放」我們實在
不知他是從何說起。賀鑄這三首詞，就像李白、李賀的某些樂府詩，
甚至一些詞句，都是二李樂府詩中就有的。其情緒的激蕩、感情的跳
躍、內容的急速轉換，在宋詞中很難找到類似的例證。辛棄疾受了樂
府歌行的影響，以文爲詞，但仍按詞的定規填詞，形散意連，邏輯十
分嚴密，根本沒有賀鑄詞中感情激蕩跳躍的現象。因此，我們認爲：
與其說賀鑄詞是豪而不放，毋寧說稼軒詞的主導風格之所謂豪放，實
則是「豪而不放」的。

　　辛棄疾的豪放，主要是思想內容的豪雄、豪壯、豪邁，但卻無放
縱行爲，故「豪而不放」。這種特點，是爲其積極入世態度決定的。
因此，詞中表現的思想內容更沉穩，藝術表現更感人。例如：

　　　　了卻君王天下事，贏得生前身後名。可憐白髮生！《破
陣子·爲陳同甫賦壯詞以寄之》〔註121〕

　　　　憑誰問：廉頗老矣！尚能飯否？《永遇樂·京口北固亭懷
古》〔註122〕

　　　　白髮寧有種，一一醒時栽。《水調歌頭·湯朝美司諫見和，
用韻爲謝》〔註123〕

〔註120〕鍾振振校注：《東山詞》，第103頁，上海古籍出版社，1989年。
〔註121〕辛棄疾：《稼軒長短句》，第97頁，上海人民出版社，1975年。
〔註122〕同上註，第58頁。
〔註123〕同上註，第28頁。

> 斫去桂婆娑，人道是、清光更多！《太常引・建康中秋夜
> 為呂叔潛賦》〔註124〕
>
> 啼鳥還知如許恨，料不啼、清淚長啼血，誰共我，醉
> 明月。《賀新郎・別茂嘉十二弟》〔註125〕
>
> 卻將萬字平戎策，換得東家種樹書。《鷓鴣天・有客慨然
> 談功名，因追念少年時事，戲作》〔註126〕
>
> 昨夜松邊醉倒，問松我醉何如？只疑松動要來扶，一
> 手推松曰去！《西江月・遣興》〔註127〕

以上諸例，雖有不得志的牢騷，甚至還有醉後放從行為的描寫，然卻表現了積極的人生觀。總之，辛棄疾豪放詞從總體來看，寫得豪而不放，這是為其積極的入世態度與強烈地愛國情緒決定的。賀鑄幾首豪放詞，寫得過分放縱，行為上不免有頹放之嫌，藝術上也似有叫噪之風。他的頹唐情緒，固然是社會造成的，在封建社會也有積極反抗不合理社會制度的因素。然總有較多的個人因素。因此，詞的格調就沒有辛棄疾詞格那麼高了。

求名責實，以豪而且放求之，在文學史上稱得起豪放詞的，卻實在是寥寥無幾，其藝術格調也不一定就很高；而以籠統言之，認為豪放詞主要表現壯闊之境，雄豪之情，那麼，豪放詞在詞史上是一股洪流，有奔騰萬里之勢。

豪放詞無論就歷代創作實際來看，抑或是詞論家的一般理解來看，它不是並列而實屬偏義，是重在豪而不在放的。詞人思想上的放，似難放開手腳；藝術上的放，也似有很大的限制。賀鑄三首豪放詞藝術上的放，遠沒有李白、陸游詩那麼放的。相對來說，賀鑄、陸游、陳亮、劉過等人藝術上的放，都是遠超辛詞的。如陸游的《真珠簾》：

> 自古，儒冠多誤。悔當年、早不扁舟歸去。醉下白蘋

〔註124〕 辛棄疾：《稼軒長短句》，第159頁，上海人民出版社，1975年。
〔註125〕 同上註，第9頁。
〔註126〕 同上註，第119頁。
〔註127〕 同上註，第132頁。

洲，看夕陽鷗鷺。蓴菜鱸魚都棄了，只換得、青衫塵土。

休顧，早收身江上，一蓑煙雨。〔註128〕

這首詞就很有看破紅塵而做真隱士的味道了。餘如陳亮《水調歌頭‧送章德茂大卿使虜》、劉過《沁園春‧寄稼軒承旨》等，都是比較典型的。然這類比較典型的豪放詞，數量不會很多的。因此，對豪放概念的理解，還是按約定俗成的那樣，不必作新的解釋，以免引起不必要的混亂。

第五節　周邦彥與姜夔

　　周邦彥、姜夔都是非常重視格律、精通音樂的詞人。他們精心斟律並能自行度曲，在詞的創作上起了規範作用。如果說周邦彥在總結北宋前期詞並成為藝術上的集大成者，那麼，姜夔則在辛派詞人統治詞壇的時候，異軍突起，使婉約詞的創作得以承傳並中興。他們的創作，對作為詞的正統的婉約詞的承傳與發展，都作出了不可磨滅的巨大貢獻。因此，詞論家往往將他們的詞相提並論。為了更準確更清晰地把握他們詞的個性特徵，恰當地評價他們在詞史上的地位，我們有必要對他們的詞做一番比較研究。

一、無所寄託與旨趣深遠

　　反映社會生活內容的貧弱，是周邦彥、姜夔詞的通病。在 20 世紀很長一段時間內，周、姜詞因內容的貧弱為許多學者所詬病；直到 80 年代以後，這種指責才有所改變。從文藝社會學的角度看，我們也很難為他們詞的內容的貧弱而辯解：高度精美的藝術性與貧弱的思想內容，是周、姜詞的共同特徵。與姜夔相較，周邦彥詞的內容，貧弱尤甚。縱觀其詞作，大部分是羈旅、戀情與詠物，表現的多為純屬個人之情愫，很難看到當時社會的影子，更談不上是時代的一面鏡子了。

　　在周邦彥詞中，充斥著羈旅的哀愁、戀情的悲歡以及為詠物而詠

〔註128〕　王雙啓：《陸游詞新釋輯評》，第 132 頁，中國書店，2001 年。

物的詞作，但卻有著高度的藝術性，可謂藝術精品。這些詞以內容言，多是從一個側面抒寫個人的情懷，很少有較爲廣闊的社會生活內容的滲透。其詞，只有個人閒情逸趣、喜怒哀樂生活的彰顯，很少有個人高遠情志的抒發，對重大的社會問題則罕有關注，缺少我國傳統士人對國計民生的熱切關注與憂患意識。我們在他的詞中，實在看不到社會巨浪的一點影子。

周邦彥詞的主體是羈旅詞與戀情詞。其中與妓女的戀情詞，約佔全部詞作的一半。在他筆下，大寫特寫其與歌兒舞女的悲歡離合，抒發對異性的欣賞與摯愛，沒有比興，沒有寄託，沒有反映較深刻的社會內容。雖然有些詞論家認定其詞的藝術特色是沉鬱頓挫，陳廷焯謂：「詞至美成，乃有大宗……自有詞人以來，不得不推爲巨擘。後之爲詞者，亦難出其範圍。然其妙處，亦不外沉鬱頓挫。」〔註129〕王國維則將其詞與杜詩相提並論，「而詞中老杜，則非先生不可」。〔註130〕若從周詞之格律、法度、用語之精審看，周詞與杜詩猶有可比之處；若從表現生活內容的深廣程度看，周詞與杜詩則有天壤之別。周邦彥詞中表現的感情與杜甫詩中表現的感情有著本質的區別：老杜的沉鬱，當然也有對個人生活困頓的憂慮，但他有很高的政治熱情，對國計民生極爲關注，諸如國家的前途命運、社稷的存亡、民生的困頓，特別是對苦難人民有著深切的同情。因此，他的沉鬱是一種對社會深沉的憂患意識，是愛國愛民思想的深切反映，可謂「心事浩茫連廣宇」；〔註131〕而周邦彥則一生沉於下僚，在官場殊不得意。他除了經常憂念自己在官場的前途發點不得志的牢騷而外，對國計民生別無關注，對人民的生活幾無繫念，缺乏憂患意識，其詞反映社會生活之貧弱達到了極點。總之，杜詩內蘊之博大、境界之渾涵，則遠非周詞所能企及的。

〔註129〕陳廷焯：《白雨齋詞話》，第 16 頁，人民文學出版社，1959。

〔註130〕王國維：《清眞先生遺事》，引自吳則虞校點：《清眞集》，第 112 頁，中華書局，1981。

〔註131〕魯迅：《無題》，引自張向天：《魯迅舊詩箋注》，第 186 頁，廣東人民出版社，1959。

關於周邦彥詞的思想內容，有的論者曾提到他的個別詞作有比
興、有寄託，如《花犯・梅》、《水龍吟・梨花》、《六丑・薔薇謝後作》
等，這些說法不全是空穴來風，總有一點因由或根據，然細品作品，
其根據總是不那麼穩妥，有點惚兮恍兮，很難落到實處，譬如對《六
丑・薔薇謝後作》的評價，錢鴻瑛說：「至於內容方面，很多前人認
為有所寄託。如黃蓼園評曰：『自嘆年老遠宦，意境落寞；借花起興，
以下是花，是自己，比興無端，指與物比，奇情四溢，不可方物，人
巧極而天工生矣！結處意致尤纏綿無已。』（《蓼園詞選》）陳廷焯也
說此詞『有許多不敢說處，言中有物，吞吐盡致』（《白雨齋詞話》）。
近人任二北更認為『乃作者借謝後薔薇自表身世』（《詞學研究法》，
國學小叢書）。本詞是詠落花，其中確實也打入了客裡傷春、惜華年
易逝之感，而『微言大義』的『許多不敢說處』等等，是不存在的。」
〔註 132〕《花犯・梅》，陳廷焯謂「以寄身世之感耳」；〔註 133〕《水龍
吟・梨花》，羅忼烈以為「起句至『殘紅斂避』，《離騷》初服之意」。
〔註 134〕這種比興寄託說，因根據不充分，很難使人信服，更不能由
此論定其詞的深廣的社會意義。

姜夔一生未能入仕，「不在其位，不謀其政」，亦不過問國事。因
此，沒有捲入到當時的政治漩渦。然南宋終是半壁河山，並受金人的
侵擾，時有亡國之危險。作為一位有良知的知識分子，不免懷有憂國
之念與黍離之悲。這種情感在姜詞中的表現頗為濃鬱。

姜夔的詞，內容雖然貧弱，但其人品、眼力似比周高，他能關注
個人以外的社會生活，他對社會現實生活的感受似比周深，其詞在一
定程度上，還反映了當時的社會生活與現實，他的《揚州慢》、《滿江
紅》，都有較深厚的社會內容。雖然還沒有表現出高揚的愛國熱忱，但

〔註 132〕　錢鴻瑛：《柳周詞傳》，第 348 頁～349 頁，吉林人民出版社，1999。
〔註 133〕　陳世焜：《雲韶集》，引自王強編著：《周邦彥詞新釋輯評》，第 232
　　　　　　頁，中國書店，2006。
〔註 134〕　羅忼烈：《清真集箋注》，第 258 頁，上海古籍出版社，2008。

對社會也絕非完全冷漠的，而是有些熱情並對國事深有感觸的。如《揚州慢》，寫經戰亂後，曾經異常繁華的揚州，已經非常荒涼、殘破不堪了，反映了人民希望安靜和平、反對戰爭的心態。「猶厭言兵」的草木，浸透了詩人的感情，多次的戰爭給人民帶來了深重的痛苦和災難，詞人黍離之悲的感情是很濃鬱的。《滿江紅》「仙姥來時」中的老嫗，分明有著當年巾幗英雄梁紅玉的影子，詞人並對神嫗有「奠淮右，阻江南。遣六丁雷電，別守東關」的企盼。那神女，分明閃現著一位愛國者的形象，在深重的民族災難的反映中，表現了詞人國難當頭責無旁貸的社會責任感。姜夔晚年在與豪放派詞人辛棄疾的密切交往中，受到辛詞的深刻影響，其詞有了較深厚的生活內容。如《永遇樂・次稼軒北固樓詞韻》，不但詞風轉向豪放，且內容充實，表現出強烈的愛國熱情，其詞曰：「樓外冥冥，江皋隱隱，認得征西路。中原生聚，神京耆老，南望長淮金鼓。問當時依依種柳，至今在否？」感情比他以往的詞激昂得多，也壯烈得多。這種清健而稍微壯烈的詞，在姜詞中雖則偶見，遠非其創作之主流，但卻也反映了社會生活的一個側面，表明其詞生活內容比較寬廣，詞人的視野也較為開闊。

　　談到周、姜詞時，王昶有一段頗為精彩的評騭：

> 詞，三百篇之遺也，然風雅正變，王者之跡，作者多名卿士大夫，壯人正士。而柳永、周邦彥輩不免雜於俳優。後惟姜、張諸人以高賢志士放跡江湖，其旨遠，其詞文，託物比興，因時傷事，即酒食遊戲，無不有《黍離》周道之感，與詩異曲而同工。〔註135〕

北宋婉約詞，大都是「遣與娛賓」或流連歌酒之作，說周詞「雜於俳優」是較為符合實際的評語，並非刻薄或苛評，他的詞的確無所寄託。姜夔詞由於時代的原因，自然有著「《黍離》周道之感」，有較強的時代意識，這一點是較周邦彥為強的。但說他在其詞中「《黍離》周道

〔註135〕 王昶：《姚莒汀詞雅序》，引自吳熊和主編：《唐宋詞匯評》（兩宋卷），第 2706 頁，浙江教育出版社，2004。

之感」「無不有」，則未免誇大事實了。

二、理法與氣體

　　我國古代文學創作，講究理法與氣體。因此，研究古典文學作品的人，也以氣體與理法作為衡文品藝的重要標尺。關於周、姜詞的藝術特徵，陳廷焯在《白雨齋詞話》中有一段極為精確的評騭。他說：

　　　　美成、白石，各有至處，不必過為軒輊。頓挫之妙，
　　理法之精，千古詞宗，自屬美成。而氣體之超妙，則白石
　　獨有千古，美成亦不能至。〔註136〕

他以理法之精，讚譽美成；以氣體超妙，稱許白石。的是至理名言，評騭最為切當。

　　理法者何？所謂「理法」，是指作詞構思之超妙與技法運用之醇熟，諸如結構之謹嚴、章法佈局之巧妙、字句錘鍊之工整等。窺諸周邦彥詞，其於詞之聲律、章法、鈎勒、煉字特別著力，而又自然高妙，不留跡痕，不落言筌。所謂「下字、用意，皆有法度」，〔註137〕「邦彥妙解聲律，為詞家之冠……分刌節度，深契微芒」，〔註138〕「律最精審」。〔註139〕「鈎勒之妙，無如清真；他人一鈎勒便薄，清真愈鈎勒、愈渾厚」。〔註140〕如此等等，都是對周邦彥作詞講究理法而取得的藝術成就的讚譽，這些評語都是比較符合實際的。《瑞龍吟》、《蘭陵王》、《六丑》等，都是講究理法的典範之作。如《瑞龍吟》：

　　　　章臺路。還見襃粉梅梢，試花桃樹。愔愔坊陌人家，
　　定巢燕子，歸來舊處。　　黯凝佇。因念个人痴小，乍窺
　　門戶。侵晨淺約宮黃，障風映袖，盈盈笑語。　　前度劉
　　郎重到，訪鄰尋里，同時歌舞。惟有舊家秋娘，聲價如故。

〔註136〕　陳廷焯：《白雨齋詞話》，第 29 頁，人民文學出版社，1959。
〔註137〕　同上註。
〔註138〕　《四庫全書總目・和清真詞提要》，引自孫克強：《唐宋人詞話》，
　　　　　第 376 頁，河南文藝出版社，1999。
〔註139〕　劉熙載：《藝概》，第 110 頁，上海古籍出版社，1978。
〔註140〕　周濟：《介存齋論詞雜著》，第 6 頁，人民文學出版社，1959。

> 吟箋賦筆，猶記燕臺句。知誰伴、名園露飲，東城閑步。
> 事與孤鴻去。探春盡是，傷離意緒。官柳低金縷。歸騎晚、
> 纖纖池塘飛雨。斷腸院落，一簾風絮。

此詞章法非常講究：以景起，以景結，中間則以今日與往昔兩條線索互相交織。筆法高沙，脈絡繁複而清晰；能鋪得開，收得攏，寫得具體細緻而又凝練厚重；篇中多有轉換跳宕之處，而又勾連接榫十分嚴謹。使其詞境渾融，格調天成；離合順道，自然中度；言情體物，窮極工巧。顯現著填詞運意法度的超妙。

詞人填詞之講法度，猶如工匠造器物之講規矩。無規矩難以成方圓，無理法無以成妙文。然過猶不及，任何事物都以適度為好，過分講理法，則不免有損詞人藝術創作之靈氣，甚或有卑俗的匠氣產生。

何謂「氣體」呢？「氣體」蓋指作者感情在作品中的流注與融匯。「氣體高妙」則謂詞人感情在詞中流注活潑而不滯澀，大化而無跡痕，超妙而不落言筌。我國文學創作中的氣體之說，起源是很早的。在三國時期，曹丕就稱讚孔融之作「體氣高妙」，後來，詞論家對蘇軾、周邦彥、辛棄疾、姜夔等人的詞，也以「氣體高妙」讚之，謂其感情流注於詞中無滯無礙。《齊天樂》、《暗香》、《疏影》、《揚州慢》等詞，都是姜夔詞中氣體高妙的典範之作。如《齊天樂》：

> 庾郎先自吟愁賦，淒淒更聞私語。露濕銅鋪，苔侵石
> 井，都是曾聽伊處。哀音似訴，正思婦無眠，起尋機杼。
> 曲曲屏山，夜涼獨自甚情緒。　　西窗又吹暗雨。為誰頻
> 斷續，相和砧杵。候館迎秋，離宮吊月，別有傷心無數。
> 豳詩漫與，笑籬落呼燈，世間兒女。寫入琴絲，一聲聲更
> 苦。

此詞寫愁怨，詞情淒婉，內涵豐厚，鑽之彌堅，味之彌深。許昂霄評此詞云：「將蟋蟀與聽蟋蟀者，層層夾寫，如環無端，真化工之筆也。」〔註141〕這首詞是作者與張功父聽蟋蟀聲有感而發，他說：「予

〔註141〕 許昂霄：《詞綜偶評》，引自唐圭璋編：《詞話叢編》，第 1558 頁，
中華書局，1986。

徘徊茉莉花間，仰見秋月，頓起幽思，尋亦得此。」〔註142〕則或有更深的感觸，觸物而有很深的含意。「候館迎秋，離宮吊月，別有傷心無數」。似寄託著作者身世之感與家國之痛，也可能含有對北宋淪亡，徽、欽被俘的憑弔。詞中或正面寫不同人的哀傷，或以兒女之歡樂，反襯有心人的淒涼，都能一氣貫注，使悲哀淒婉之情滲透到字裡行間。詞人或用比興，或用反襯，將哀怨之情推到極致，又能文脈一貫，做到前呼後應，一氣貫注，而又不落衰颯，不入頹唐。氣體之妙，令人拍案叫絕。

理法與氣體是詞人追求藝術表現中不同的兩個側面：前者是以理性為主而對作品藝術水準的提升，是以邏輯思維為主導的；後者是以感性為主而對作品感情流注的強化，是以形象思維為主導的。二者在創作過程中是交融的、密不可分的，我們說周詞講理法與姜詞講氣體，是比較而言的，只是說他們各人在創作中對理法與氣體有所偏重罷了，絕不會是周詞創作中沒有氣體的滲透或貫注、姜詞不講技法，其實周、姜二人在詞的創作中都講究理法與氣體，並都有較高的水平，這是毫無疑問的。相對而言，姜夔詞中氣體表現更為突出，而周邦彥詞的理法的表現，更為精到而已。

論者又將詞法與詞筆、詞格相對而言，較其優長。陳廷焯謂「詞法莫密於清眞……詞筆莫超於白石」。〔註143〕又謂「詞法之密，無過清眞。詞格之高，無過白石」。〔註144〕此處所說的詞筆與詞格相近。詞筆謂詞的筆調，詞格謂詞的格調或品格，它與詞人的品操與道德風尚密切相關：人品高則詞格高。一生作為清客的白石，他追求獨立的人格，絕不俯仰別人的鼻息，所以品格為高。密謂嚴密，是就詞的章法結構而言的。周詞章法結構極為嚴密，一一合榫，毫無疏漏。

總之，周詞最講技法，其詞沉鬱頓挫，極浩莽之致，而又典麗精

〔註142〕　夏承燾：《姜白石詞編年箋校》，第 58 頁，上海古籍出版社，1981。
〔註143〕　陳廷焯：《白雨齋詞話》，第 47 頁，人民文學出版社，1959。
〔註144〕　同上註，第 40 頁。

切；姜詞最講氣韻，行為清逸，飄然若仙，故其詞極騷雅而義含清遠
之思。

三、質實與清空

　　在談到詞的虛與實時，張炎曾說：「詞要清空，不要質實；清空
則古雅峭拔，質實則凝澀晦昧。」〔註145〕在對清空與質實的比較中，
肯定了前者而否定了後者，這種結論卻是值得商榷的。清空的詞，能
攝取事物的神理而遺其外貌，因遺貌取神而顯得空靈，然容易流於空
泛；質實的詞典雅博奧，但過於膠著所寫的對象，容易寫得板滯。空
與實是藝術表現的兩個側面，是一種辯證關係，二者都不能走向極
端。相對而言，周邦彥詞比較質實，而姜夔的詞則顯得空靈。他們都
有各自的藝術個性與優長，這是不言而喻的。

　　周邦彥詞，重視摹寫意象與渲染氣氛，又有較多的敘事成分和簡
單的情節描寫，因而顯得質實。如《滿庭芳》：

　　　　風老鶯雛，雨肥梅子，午陰嘉樹清圓。地卑山近。衣
　　潤費爐煙。人靜烏鳶自樂，小橋外、新綠濺濺。憑欄久，
　　黃蘆苦竹，疑泛九江船。　　年年。如社燕，漂流瀚海，
　　來寄修椽。且莫思身外，長近尊前。憔悴江南倦客，不堪
　　聽、急管繁絃。歌筵畔，先安簟枕，容我醉時眠。

此詞上闋所寫都係實景，在寫法上移步換形而富於變化。「地卑山近」
以下，則每融情入景。下闋抒情。此詞氣勢貫注而又駘蕩多姿。它雖
然寫得比較質實，然卻仍能筆法變換，藝術上多姿多彩，既給人以實
在而深切的感受，又無板滯之弊。這種質實的筆法運用之妙，恰到好
處，是一首藝術上很成功的詞。

　　周邦彥詞的質實，還表現在詞中有一些直白式的情語，如「待花
前月下，見了不教歸去」（《法曲獻仙音》）、「許多煩惱，只為當時，
一餉留情」（《慶宮春》）之類，雖為一些詞論家所詬病，但這些拙樸

〔註145〕夏承燾：《詞源注》，第 16 頁，人民文學出版社，1963。

質實的口語，實在是「深於情者」之言，是頗爲感人的。這種「深於情者」之言，在周邦彥詞中是頗多的。譬如：

> 最苦夢魂，今宵不到伊行……天便教人，霎時廝見何妨！（《風流子》）

> 多少暗愁密意，唯有天知。（《風流子》）

> 有何人、念我無聊，夢魂凝想鴛侶。（《尉遲杯》）

> 只應天也知人意。（《蝶戀花》）

> 臨分何以祝深情，只有別愁三萬斛。（《玉樓春》）

這些詞看似質實，實則感情深厚；看似笨拙，實則靈慧。它巧妙地道出主人公一霎的眞情。甚或呼天搶地，賭咒發誓，表現其強烈的難以緩解的情緒與難以抑制的感情。「此等語愈樸愈厚，愈厚愈雅，至眞之情，由性靈肺腑中流出，不妨說盡而愈無盡」。〔註146〕詞人將感情毫無保留、毫無遮飾地傾吐出來，話似說盡，實則餘味無窮；語似質樸，實則靈巧深厚。讀這類拙樸質實的詞句，卻能眞正觸摸到主人公心靈的底蘊，感到他脈搏的劇烈跳動。

姜夔詞則以清疏流蕩取勝，筆底妙意紛披，詞境空靈，所謂「清氣盤空，如野雲孤飛，去留無跡」。〔註147〕詞風清虛騷雅，給讀者留下較大的思考空間。如《鷓鴣天》：

> 京洛風流絕代人，因何風絮落溪津。籠鞋淺出鴉頭襪，知是凌波縹緲身。　　紅乍笑，綠長嚬，與誰同度可憐春。鴛鴦獨宿何曾慣，化作西樓一縷雲。

詞人以清麗哀婉的筆調，寫出了歌女出色的姿容與不幸身世，並對紅顏薄命寄寓了深厚的同情。詞評家對此詞給予很高的評價：「姜白石夔《鷓鴣天》詞三首，如『鴛鴦獨宿何曾慣，化作西樓一縷雲』，不但韻高，亦由筆妙。何必石湖所贊自製曲之敲金戛玉聲，裁雲縫月手

〔註146〕　況周頤：《蕙風詞話・廣蕙風詞話》，第20頁，中州古籍出版社，2003。

〔註147〕　戈載：《宋七家詞選》，引自孫克強編著：《唐宋人詞話》，第674頁，河南文藝出版社，1999。

也。」〔註148〕筆妙，就行文而說；韻高，就意境而言。詞人以高妙的藝術手法，寫出了令人神往的頗為淡遠的藝術境界。

姜夔詞中有很多筆致巧妙詞意空靈的詞句：

> 九疑雲杳斷魂啼，想思血，都沁綠筠枝。（《小重山令》）

> 淮南皓月冷千山，冥冥歸去無人管。（《踏莎行》）

如此等等，都寫得十分靈妙，給讀者留下了很大的思考空間。餘如「算空有并刀，難翦離愁千縷」（《長亭怨慢》），「念橋邊紅藥，年年知為誰生」（《揚州慢》），「唯有闌干，伴人一霎」（《慶宮春》），「寫入琴絲，一聲聲更苦」（《齊天樂》），「問當時依依種柳，至今在否？」（《永遇樂》）這些詞句都有一股空靈之氣，而使詞含蓄不盡。

空靈詞境的形成，詞人蓋以靈妙之筆，寫其事物的一鱗一爪；讀者由鱗爪而想像其全龍的活躍姿態。它給讀者留有較大的空間與思考餘地。因而，最為含蓄。

周邦彥詞的樸拙的詞句與姜夔詞的空靈的詞句，大都在詞的結尾處，也即詞人感情發展的高潮。他們都以簡潔的筆觸，用了加倍的筆法傾吐感情，並表現出各自的特色。周邦彥往往採用重筆，拙樸中見精彩，表現出最真實的情愫，有極強的感人的藝術力量。姜夔則以靈動的筆致，巧妙攝取描寫對象的神理，勾描神龍的鱗爪以展示全龍的風采，含不盡之意見於言外。故以詞的結尾言，姜夔詞往往有空靈之致，飄逸而含遠韻；周邦彥則往往把話說盡說絕，在質直中，充分表現出主人公的痴情與深情。

周邦彥詞在時空交錯的描寫中，表現深沉鬱結的感情。他的沉鬱苦悶，想排遣又無法排遣，想從心中徹底擠掉又無從擠掉。感情的迴旋與重複，是周詞的特色，也是其某些詞感情深厚的原因所在。姜白石詞之優長在於能攝取事物的神理，筆意清遠，意境空靈。「石帚所作，超脫蹊徑，天籟人力，兩臻絕頂，筆之所至，神韻俱

〔註148〕 李調元：《雨村詞話》，引自唐圭璋編：《詞話叢編》，第 1428 頁，
　　　　中華書局，1986。

到」。〔註 149〕「意到語工，不期於高遠而自高遠」。〔註 150〕這是周詞的實質與姜詞空靈的藝術特色。

　　空靈與實質是相對而言的，最實質之作，也不會是全景式的錄像，而仍有作者精心的篩選，給讀者留有一定的思考空間；而空靈的典範之作，也有其實實在在的一面，也有一些物象的特徵，而不可能完全是虛無縹緲的。周邦彥詞的質實與姜夔詞的空靈的藝術特徵，也應作如是觀。

四、豐腴與瘦勁

　　周邦彥、姜夔的詞，都具有獨特的藝術風格。當代著名的學者繆鉞先生在談到周、姜詞風時，有一段很精彩的論述。他說：

> 周詞華艷，姜詞雋澹，周詞豐腴，姜詞瘦勁，周詞如春圃繁英，姜詞如秋林疏葉。〔註 151〕

他以三個分句，形容和描述了周、姜詞不同的藝術風格。華艷與雋澹，是就詞的色彩而言的；豐腴與瘦勁，是就詞的風貌而言的；繁英與疏葉是兼色彩風貌而言之。其核心是豐腴與瘦勁。繆先生之所以反覆描述周、姜詞的風格特徵，是欲把比較抽象的藝術風格形象化，把比較模糊的印象鮮明化，便於讀者體悟和把握。他這段話說得形象而準確，的確抓住了周、姜詞不同的風格特徵。

　　周邦彥詞在抒情中有濃厚的生活氣息，敘寫中常伴隨有情節或細節，骨肉豐滿，風格豐腴。如《蘭陵王‧柳》：

> 柳陰直，煙裡絲絲弄碧。隋堤上、曾見幾番，拂水飄綿送行色。登臨望故國。誰識，京華倦客。長亭路，年去歲來，應折柔條過千尺。　　閒尋舊蹤跡。又酒趁哀絃，燈照離席，梨花榆火催寒食。愁一箭風快，半篙波暖，回

〔註 149〕　馮煦：《蒿庵詞話》，第 69 頁，人民文學出版社，1959。
〔註 150〕　陳郁：《藏一話腴》，引自孫克強編著：《唐宋人詞話》，第 658 頁，河南文藝出版社，1999。
〔註 151〕　繆鉞：《繆鉞說詞》，第 160 頁，上海古籍出版社，1999。

頭迢遞便數驛。望人在天北。　　悽惻，恨堆積。漸別浦
縈迴，津堠岑寂，斜陽冉冉春無極。念月榭攜手，露橋聞
笛。沉思前事，似夢裡，淚暗滴。

此詞借詠柳表達倦遊的情懷。全詞三闋，首闋寫「面」，寫京華倦客
經歷和見慣了這種送別的場面。因為古人有折柳送客的習俗，故寫了
柳的「絲絲弄碧」、「拂水飄綿」，並謂「應折柔條過千尺」。這種敘寫
極富生活氣息，寫出了極有特色的送別場面。次闋寫一次具體的送別
場景，「酒趁哀絃，燈照離席」，將離別情景寫得非常淒婉。第三闋寫
主人公送別後的索寞心情。「念月榭攜手，露橋聞笛」，對往事的回憶，
強化了這種淒惻的感情。此詞寫了送別的全過程，寫景、敘事、抒情
交融，敘事眞切，情景逼眞，內涵豐富，骨肉豐滿。的是豐腴之作。

　　姜夔曾受江西詩派的影響，將黃庭堅寫詩的瘦硬筆法，用之於
詞，以糾正北宋婉約詞的軟綿輕柔的詞風；又為了將詞寫得空靈而富
於神采，在敘寫中略去具體情景，往往是斷續的點的勾描，而非面的
鋪寫。故其詞筆致清健、風格瘦勁，含清剛之氣。《琵琶仙》、《揚州
慢》、《暗香》、《疏影》都是瘦勁風格的代表之作。如《琵琶仙》：

雙槳來時，有人似、舊曲桃根桃葉。歌扇輕約飛花，
蛾眉正奇絕。春漸遠，汀洲自綠，更添了、幾聲啼鴂。十
里揚州，三生杜牧，前事休說。　　又還是、宮燭分煙，
奈愁裡怱怱換時節。都把一襟芳思，與空階榆莢。千萬縷、
藏鴉細柳，為玉尊、起舞回雪。想見西出陽關，故人初別。

此詞係詞人在湖州春遊因「根觸合肥舊事之作」，〔註152〕由此想到自
己當年的放蕩風流，不亞於唐朝的杜牧。而今青春漸逝，不復舊時光
景。他細品眼前光景，眼前又浮現當年與合肥姊妹相別的情景。影影
綽綽，似隱似現。他以健筆寫柔情，點到為止，不復申說。因此清麗
空疏，極盡曲折頓宕之妙，顯出瘦勁的風采。又如「鬧紅一舸，記來
時嘗與鴛鴦為侶。三十六陂人未到，水佩風裳無數。翠葉吹涼，玉容

〔註152〕夏承燾：《姜白石詞編年箋校》，第28頁，上海古籍出版社，1981。

銷酒，更灑菰蒲雨。嫣然搖動。冷香飛上詩句」(《念奴嬌》)，詞人泛
舟賞荷，船入藕花蓮葉之中，本是極絢麗的色彩，但在姜夔筆下，卻
是「水佩風裳」、「翠葉吹涼」，冷香陣陣，呈現的是淡素雅致之色，
詞筆利落，顯出清麗健勁之風。

周詞的豐腴與姜詞的瘦勁，都能別樹一幟，在宋代詞壇展現著自
己獨特的風采。

第六節　姜夔與張炎

宋末著名的詞人張炎，在創作上，認真向人學習，汲取他們的優
長。他不僅向著名的婉約派詞人周邦彥、姜夔等人學習，也曾向豪放
派詞人蘇軾、辛棄疾學習。在廣泛向前人學習的基礎上，融化、提高、
創造，形成了自己獨特的藝術風格。在向前輩詞人學習中，他對姜夔
充滿了仰止之情，用力殊勤，功力很深，對姜詞的仿效，幾乎達到了
渾化無跡的地步。因此，我們有必要將張炎的詞與姜夔的詞作一番比
較研究，以便於探索他們的創作道路。

一

談到張炎對姜夔詞的學習、繼承與發展，首先在關於詞論的專著
《詞源》中，張炎視姜夔為學習寫詞的典範，並給予很高的評價。他
說：

> 詞要清空，不要質實；清空則古雅峭拔，質實則凝澀
> 晦昧。姜白石詞如野雲孤飛，去留無跡。吳夢窗詞如七寶
> 樓臺，眩人眼目，碎拆下來，不成片斷。此清空實質之說。
> 〔註153〕

作為詞論家的張炎，在其專著《詞源》中，對宋代詞的創作與發展，
作了認真的總結，提出了「詞要清空」的藝術主張，並以前輩詞人姜
夔詞作為清空詞風的典範，否定了當時風靡詞壇的吳文英的質實詞

〔註153〕　夏承燾：《詞源注》，第16頁，人民文學出版社，1981。

風；作爲宋代末年一位極有影響的詞人，他既然在理論上高標「清空」
這一創作原則，在詞的創作實踐中，自然以之作爲準則的。因此，他
以姜夔的詞爲楷模，寫了許多神似白石的詞作。他向白石學習，可以
說已經登堂入室了。關於這一點，得到了許多詞論家的肯定與讚賞。

張炎對姜夔詞的學習，可分爲以下三個階段：

第一階段，學習模擬姜夔的詞，貌似姜夔的詞風而未能得其神
理者。一般說，學習別人的創作，總有一段模擬的過程。張炎開始
向白石學習，雖與白石詞十分相像，但仍未能擺脫姜夔詞的風範，
還沒有達到化境。這些詞，前人多已指出。譬如，他有好幾首詞，
因爲與姜夔詞很相像，詞評家均批曰：「似白石。」如《長亭怨·舊
居有感》，夏敬觀評曰：「似白石」；〔註 154〕又如《甘州·趙文升索
賦散樂妓桂卿》，夏敬觀亦評曰：「似白石。效白石雖亦流轉處使用
虛字，有變化則不爲爛調。在流動中仍有凝重處，則不爲滑調。此
辨別甚不易。」〔註 155〕這說明他對姜夔詞的學習，已經不完全是步
趨了，有些地方也有一些創造與超越，避免了出現濫調與滑調的現
象。但從總體上來說，仍未逃出模擬姜夔詞的樊籬。又如《綺羅香·
席間代人賦情》：「候館深燈，遼天斷羽，近日音書疑絕。轉眼傷心，
慵看剩歌殘闋。才忘了、還著思量，待去也、怎禁離別。恨只恨、
桃葉空江，殷勤不似謝紅葉。良宵誰念哽咽。對薰爐像尺，閒伴淒
切。獨立西風，猶憶舊家時節。隨款步、花密藏春，聽私語、柳疏
嫌月。今休問，燕約鶯期，夢遊空趁蝶。」邵淵耀評曰：「極模白石，
而仍未脫夢窗之質實。工夫純熟後始自開生面。」〔註 156〕這首詞雖
「極模白石」，大部分與姜夔詞卻十分相像，未能完全擺脫吳文英質
實詞風的影響。如「隨款步、花密藏春，聽私語，柳疏嫌月」，就沒

〔註 154〕 葛渭君、王曉紅校輯：《山中白雲詞》，第 77 頁，遼寧教育出版社，
 2001。
〔註 155〕 同上註，第 78 頁。
〔註 156〕 同上註，第 7 頁。

有擺脫吳文英詞風的窠臼。學習姜詞還不到家，運筆不夠純熟。既缺乏姜詞之清剛與空靈，又未能別開生面而別樹一幟。總之，我們縱觀張炎這類詞，雖與姜詞相似，然仍有模擬之跡可尋。這是因為雖努力學習而仍未能達到化境。只能說是學習剛剛入門，根本談不上有所前進有所創造了。

　　第二階段，學習姜夔詞已經到家，與白石詞神似而已不易分辨，可謂登堂入室者。陳廷焯評《掃花遊・賦高疏寮東墅園》云：「風骨高騫，文采疏朗，直入白石之室矣。」〔註157〕以風骨、文采而言，他認為此詞已得姜夔詞之神髓，可謂學習姜夔詞已經登堂入室了。又評《三姝媚・送舒亦山遊越》云：「筆致高遠，低徊曲折，有白石之妙。」〔註158〕以筆致之高遠婉曲論，此詞運筆具備了姜詞之妙，可說難分高下了。又評《疏影・寄周草窗》云：「自敘身世之感，怨而不怒，哀而不傷，深得清眞、白石之妙。」〔註159〕以此詞的溫柔敦厚、能節制感情而得中和之美，讚揚張炎之詞神似周邦彥和姜夔。張炎在詞中能表現「怨而不怒，哀而不傷」者，學習周邦彥詞尤為老道。總之，陳廷焯以詞的風格、文采、筆致以及能否堅持中和之美論其與姜夔之神似者，質諸張炎的這幾首詞，這些評語都是頗為中肯的。陳廷焯批評的這幾首詞，可謂張炎學習姜夔詞而又能出神入化者。由此可見，他對姜夔詞的體悟之深、學習涉獵之廣，都是南宋婉約派詞人學習姜夔者實難比肩的。他是宋末學習姜夔詞而最有成就的一位詞人。

　　第三階段，張炎學習姜夔詞，不僅登堂入室，而且多有出藍之妙者。他的有些詞因富於獨創性而可與白石並駕齊驅或異曲同妙。這是他學習姜夔詞而能達到的最高境界，也是他學習最為成功的地方。

〔註157〕黃畬：《山中白雲詞箋》，第35頁，浙江古籍出版社，1994。
〔註158〕同上註，第42頁。
〔註159〕同上註，第48頁。

　　陳廷焯評《湘月》云：「此詞胸襟高曠，氣韻沈雄，有一片精神團聚，尤爲《玉田集》中高作，眞與白石並驅中原。結筆有力如虎。一半煙水，題外餘波。」〔註160〕《湘月》是張炎一首抒發亡國之慨的詞作，情調淒婉。結尾的「剪取一半煙水」，表達了作者對祖國的深深的眷戀之情。誠如邵淵耀所云，詞風「清越疏逸，玉田獨到之境」。〔註161〕這種獨到之境，已經完全擺脫了姜夔詞的影響力，而形成自己俊美的詞風。先著評《探春慢·雪霽》云：「白石老仙後，只有玉田與之並立。《探春慢》二詞（按：指此首及「列屋烘爐」一首），功力悉敵。」〔註162〕所謂「並驅中原」、「功力悉敵」，是說張炎學習姜夔詞，已超越了姜詞的樊籬，而能在詞壇上獨樹一幟，在藝術水準與詞風上，兩峰對峙，並駕齊驅而難分高下，這是張炎向姜夔詞學習所達到的最高的藝術境界。樓敬思云：「南宋詞人，姜白石外，惟張玉田能以翻筆、側筆取勝。其章法、句法俱超，清虛騷雅，可謂脫盡蹊徑，自成一家。迄今讀集中諸闋，一氣卷舒，不可方物，信乎其爲山中白雲也。」〔註163〕這一評語，質諸張炎的一些詞，可謂精切之至。

　　就以上所論三個階段而言，「似白石」者，徒有姜夔詞之風貌，模擬之跡猶存，未能得其神髓而達到藝術的化境；「有白石之妙」者，去模擬之跡，俱有姜夔詞之神理，登堂入室，學習而已達到了藝術的化境；有出藍之妙者，則已徹底走出向姜夔詞步趨的階段，而達到詞的藝術獨創境界，有了自己的個性與面目，或可與白石分庭抗禮。這是他努力學習姜夔詞所能達到的最高境界。從學習姜詞的成就說，張炎詞才眞正有了自己的藝術特色。這是其詞的精髓，其詞在詞史上具有重要的地位，蓋緣於此。

〔註160〕　黃畬：《山中白雲詞箋》，第122頁，浙江古籍出版社，1994。

〔註161〕　葛渭君、王曉紅校輯：《山中白雲詞》，第50頁，遼寧教育出版社，2001。

〔註162〕　黃畬：《山中白雲詞箋》，第159頁，浙江古籍出版社，1994。

〔註163〕　同上註，第513頁。

二

　　姜夔與張炎詞風相近，但也有各自獨特的藝術個性，有其完全不同的藝術風采。

　　首先，以詞的藝術風格而言，姜夔與張炎有清空與密麗之分。

　　姜夔詞表現清空之一，是在詞的結體上，結構跳躍而又能夠收縱自如，有開闊手段，故詞的蘊含頗豐；在寫法上，既能放得開，又能收得攏。揮灑淋漓，不愧爲大詞家手筆。如《揚州慢》：

　　　　淮左名都，竹西佳處，解鞍少駐初程。過春風十里，
　　盡薺麥青青。自胡馬窺江去後，廢池喬木，猶厭言兵。漸
　　黃昏，清角吹寒，都在空城。　　杜郎俊賞，算而今、重
　　到須驚。縱豆蔻詞工，青樓夢好，難賦深情。二十四橋仍
　　在，波心蕩、冷月無聲。念橋邊紅藥，年年知爲誰生。

此詞上片寫景，寫他初到揚州時對這座名噪千古的歷史名城的印象：他駐足揚州名勝區竹西寺，當年「春風十里揚州路」的繁華景象，而今蕩然無存，一片淒清，一片荒涼。「盡薺麥青青」一句，一掃當年揚州的繁華，寫出了揚州幾經戰亂後的殘敗景象，令人不寒而慄！「廢池喬木，猶厭言兵」，寫出了戰爭創傷之慘烈，直令人刻骨銘心。「清角吹寒，都在空城」，「吹寒」與「空城」是揚州給詞人留下的最爲深刻的印象。二句「瘦硬通神，哀怨如訴」，〔註164〕寫出了詞人失望的感覺與情緒。詞人寫揚州的荒涼、殘破以及戰爭給人們造成的深重災難，是用了虛筆，採用了以虛寫實的手法，但給人的印象卻極深刻，這是因爲他成功地使用了烘托與陪襯等修辭手法的緣故。下片抒情，假如善寫自然風光、諳熟揚州的詩人杜牧故地重遊，也會大吃一驚；即便是他擅長寫詩，爲人又風流倜儻，性格豪邁曠達，也難以抒寫對揚州的深情了——畢竟是物是人非，遠非昔日景象了。詞人以假設之辭，寫出了今日揚州的殘破在心目中留下的極爲深刻的印象。二十四橋雖然仍在，卻早已失去了當年的風采與魅力，只見波心蕩漾，冷月

〔註164〕　邵祖平：《詞心箋評》，第 152 頁，復旦大學出版社，2007。

無聲，一片冷寂！「念橋邊紅藥，年年知爲誰生」，以無情的芍藥，襯托懷有深情的詞人，以無情寫有情，情感更深，情緒更烈。此詞以虛寫實，以無寫有，並將抒寫的筆觸深入到歷史的長河，給人以強烈的時代感，並給人留有較大的思索空間。總之，此詞寫得境界開闊而又空靈，感情表現跌宕而又深厚，是很典型的清空詞風。

張炎在理論上提倡清空，他的一些詞也還寫得比較清新空靈；但與姜夔詞相比，其詞風格則比較密實，結構緊湊，接榫甚緊，詞與詞、句與句之間沒有多大的空間。敘事清晰，針腳綿密，境界則不夠開闊。雖然平實、生動，但似乏空靈。結構上則如周濟所云：「終覺積穀作米，把纜放船，無開闊手段。」〔註165〕如《高陽臺‧西湖春感》：

> 接葉巢鶯，平波卷絮，斷橋斜日歸船。能幾番遊，看花又是明年。東風且伴薔薇住，到薔薇、春已堪憐。更淒然、萬綠西泠，一抹荒煙。　　當年燕子知何處，但苔深韋曲，草暗斜川。見說新愁，如今也到鷗邊。無心再續笙歌夢，掩重門、淺醉閒眠。莫開簾，怕見飛花，怕聽啼鵑。

此詞不像一般詞那樣，上闋寫景，下闋抒情；而是融情於景，情與景緊緊地交織在一起。上闋以寫景爲主，在寫景中，緊密交織著抒情。一句寫景，寫的是典型的暮春景象。二句則抒情，發抒時光悤悤、好景不再的感慨。三句寫希望，東風且伴晚開的薔薇，然到薔薇花開時，春亦結束，企盼中充滿失望的感嘆！四句以詠嘆的筆調寫景，情景交融。結構嚴密，句與句之間接榫甚緊，密實的滴水不漏。下闋以抒情爲主，偶有寫景，則是爲了更加強化抒情。五句寫景，蘊含著深厚的故國之思，六、七、八句都是抒情，抒發亡國後的淒涼暗淡索寞而又無可奈何的情懷。詞人情緒一次比一次低落，感情一層比一層加深。此詞表面寫暮春景色，西湖荒涼，是實寫；抒發亡國之痛與故國之思是虛寫，是用典故暗示自己的眞實情懷。此詞以景襯情，虛實結合，在春之荒涼中，滲透著詞人故國之思的深沉而痛苦的感情。在寫法

〔註165〕周濟：《介存齋論詞雜著》，第 10 頁，人民文學出版社，1959。

上，特別重視章法結構的振起與縮合，使結構十分嚴密。「當年燕子知何處」，縮合上文引起下文。「且」、「更」、「也」、「莫」等詞的運用，使詞的章法嚴整，結構緊湊，榫接特別嚴實。像握緊的拳頭，像一束聚光，將詞人的哀痛，得以集中有力地展現出來。陳廷焯謂：「淒涼幽怨，鬱之至，厚之至，與碧山如出一手。樂笑翁集中，亦不多覯。」〔註166〕感情沉鬱深厚，是這一首詞的最大特色。但因結構嚴密，敘寫比較質實，就難免缺乏空靈之感了。在下闋抒情中，偶而涉景，總是寫暮春詞人的感受。他的一種亡國之痛，無奈何的心情，就淒然流注於筆端，詞境不夠開闊。周濟說他「把纜放船」，這首詞的確沒有「直掛雲帆濟滄海」的開闊手段。

其次，以詞的語言說，姜夔詞善於以硬筆寫柔情，語言極有張力與強度，往往給人以振蕩之感；與姜夔詞相比，張炎詞則語言妥溜，技巧圓熟，但力度似嫌不夠，這樣的語言，雖不至於使詞風柔媚或圓滑，但卻缺乏振蕩之感。

以硬筆寫柔情，是姜夔詞語言表現的一個極鮮明的特色，這在詞句中表現是很多的。如「春漸遠，汀洲自綠，更添了、幾聲啼鴂，」（《琵琶仙》）、「問後約、空指薔薇、算如此溪山，甚時重至」（《解連環》）、「閱人多矣，誰得似長亭樹，樹若有情時，不會得青青如此」、「算空有并刀，難剪離愁千縷」（《長亭怨慢》），如此等等，都是以硬筆寫柔情，尤其是轉折拗怒，能引起感情的振蕩。這是姜夔詞不同於其他婉約詞人詞風的一個很重要的特色，表現出他特有的藝術個性。與姜夔相比，張炎詞語言妥溜，又加上技法圓熟，妥帖而順溜，給人以熨帖之感。如「奈關愁不住，悠悠萬里，渾恰似，天涯草」（《水龍吟・春晚留別故人》）、「望去程無數，并州回首，還又渡，桑乾水」（《水龍吟・寄袁竹初》）、「魚沒浪痕圓，流紅去，翻笑東風難掃」（《南浦・春水》），本來情緒是很強烈的，因用筆妥溜，技法圓熟，硬是將

〔註166〕陳廷焯：《白雨齋詞話》，第50頁，人民文學出版社，1959。

特別激動的感情壓了下去。雖然也有著感人的藝術力量，但卻缺乏一種特別的藝術震撼力，以激發讀者的心靈。然細細咀嚼品賞，卻有一種感情的滲透力與感染力。張炎詞在這一方面，顯現著自己的藝術特色。但也偶有用硬筆寫柔情而似白石者，如「任風飄，夜來酒醒，何處江皋」（《瑤臺聚八仙·為野舟賦》）。白石用硬筆時或因藏鋒不夠，含蓄蘊藉之致時有不足；張炎詞筆技巧圓熟妥溜，感情渾含不露，含蓄蘊藉之致表現充分。誠如鄧廷禎所說：「蓋白石硬語盤空，時露鋒芒；玉田則返虛入渾，不啻嚼蕊吹香。」〔註167〕

姜夔詞語言瘦硬而峭，留有江西詩派使用硬語的跡痕，這可能與他早年學習江西詩派的詩有關；張炎詞語言妥溜而淡，這種特色在詞中表現，也是十分突出的。

談到姜、張詞風之異同時，高亮功說：「予嘗謂白石峭處，玉田似不能及。然玉田淡處，白石亦遜不籌。」〔註168〕這是高亮功在評張炎《木蘭花慢》時寫的，我們看這一首詞：

> 二分春到柳，青未了，欲婆娑。甚書劍飄零，身猶是客，歲月頻過。西湖故園在否，怕東風、今日落梅多。抱瑟空行古道，盟鷗頓冷清波。　　知麼，老子狂歌。心未歇，鬢先皤。嘆敝卻貂裘，驅車萬里，風雪關河。燈前恍疑夢醒，好依然，只著舊漁蓑。流水桃花漸暖，酒船不去如何。

作者感情是很強烈的，但沒有劍拔弩張，也不是聲色俱厲，而將其極為複雜的心情，淡淡寫出。所謂「閑閑寫來，耐人尋味」。〔註169〕他為了謀取個人功名，曾「驅車萬里，風雪關河」地辛苦奔波，儘管已是「敝卻貂裘」，卻仍是「書劍飄零，身猶是客」。「心未歇，鬢先皤」，不免老了英雄，人生真是一場夢啊！功名無望，生活無著，只好隱居。

〔註167〕　黃畬：《山中白雲詞箋》，第515頁，浙江古籍出版社，1994。
〔註168〕　葛渭君、王曉紅校輯：《山中白雲詞》，第159頁，遼寧教育出版社，2001。
〔註169〕　同上註。

此詞抒發了詞人求官不得、書劍飄零的辛酸，寫了對故園的深切思念，也寫了對現實無奈何的心情。但是情緒是緩和的，感情的波瀾是不大的，更談不上有驚濤駭浪了。在這種淡淡的無可奈何的情緒中，表現出對自己生活處境的不滿，對社會生活的不滿，對現實的一種憤懣情緒。這種不滿的態度是緩和的，情緒表現是淡淡的。真是「閑閑寫來」，卻是耐人尋味的。

我們再看姜夔詞的峭，就以《玲瓏四犯・越中歲暮聞簫鼓感懷》為例：

> 疊鼓夜寒，垂燈春淺，匆匆時事如許！倦遊歡意少，俯仰悲今古。江淹又吟《恨賦》，記當時、送君南浦。萬里乾坤，百年身世，唯有此情苦。　　揚州柳垂官路、有輕盈換馬、端正窺戶。酒醒明月下，夢逐潮聲去。文章信美知何用？漫贏得天涯羈旅。教說與，春來要、尋花伴侶。

同是感懷之作，姜夔的牢騷與情緒比張炎詞表現得強烈的多。這首詞從始至終，情緒濃烈，詞人筆端帶有很強烈的感情色彩，使詞顯現著峻峭的特色。時令匆匆，時事如許！「倦遊歡意少，俯仰悲今古！」著筆狠重，情緒表現得較強烈。「江淹又吟《恨賦》」，「萬里乾坤，百年身世，唯有此情苦！」詞人將感情推到了最高潮。從宇宙之大、時間之長，以襯托情懷之悲苦。詞人寫「此情苦」，感情激憤，用力十足。下闋又說：「文章信美知何用？漫贏得天涯羈旅。」滿腹經綸，換來的卻是天涯羈旅。真是憤激之言，情何以堪。遣詞造句，感情色彩極濃。詞人用筆著墨狠重，且層層遞進，從而將濃烈的感情，處處表現出陡峭的特色。

從以上兩首詞可以看出：白石之峭、玉田之淡，其詞的創作特色是十分突出的，他們的詞風各有特色，各有所長，並且都向自己的特長處發展。各自的優長特色，對方均未能至，這是顯而易見的。

第三，以詞句言，姜夔詞詞句雋永、空靈，尤其是結尾，往往是餘意未盡，給人留下無窮的意味，有餘音裊裊之感；張炎詞的詞

句也有雋永空靈者，然其詞中，多是妥溜穩健之句，高曠空靈之音殊少。

姜夔詞的結句如：

> 燕燕飛來，問春何在，唯有池塘自碧。（《淡黃柳》）

> 但盈盈、淚瀧單衣，今夕何夕恨未了。（《秋宵吟》）

> 念唯有，夜來皓月，照伊自睡。（《解連環》）

> 如今安在，唯有欄杆，伴人一霎。（《慶宮春》）

這些詞的結尾，都是餘音裊裊，有蘊含難盡之妙。

張炎詞的結尾，也有相當靈妙的，但似不及姜夔詞之結尾含蘊那麼豐富。如：

> 謾佇立、東風外，愁極還醒，背花一笑。（《鬥嬋娟‧春感》）

> 莫開簾，怕見飛花，怕聽啼鵑！（《高陽臺‧西湖春感》）

前者寫自己無可奈何的情緒，警拔而有餘味。然憤激之情，溢於言表；後者則表現了十分低落的情緒，不免過分消沉。雖然都是雋永空靈的妙句，但與姜夔詞相較，似嫌超妙俊逸之氣不足。縱觀張炎詞的結尾，一般都比較穩妥、平實。既缺乏對全詞內容的深化，也似無感情的振拔與高揚，平平而已，未能給讀者留下深刻的印象。

第七節　姜夔與王沂孫

在宋代格律派詞人中，姜夔實在是他們的中堅，是承前啟後的重要人物。他上承周邦彥之行文雅潔、嚴糾格律的詞風，下啟史達祖、吳文英、張炎、周密、王沂孫等各有獨特創作個性的詞人，推動了格律詞的繼續發展。王沂孫是南宋格律詞派優秀的後繼人物之一，周濟在《宋四家詞選》中，將其作為與辛棄疾、姜夔、吳文英並列的四家之一，可見他在詞史上的地位是何等的重要，為了更準確地評價姜夔、王沂孫的詞作及其在詞史上的崇高地位，我們有必要將其詞作做一比較研究。

一

　　姜夔與王沂孫在詞的藝術風範上，有許多相似之處：諸如語言的
峭拔、筆致的疏淡、詞情的騷雅等方面，都頗有相似之處。這不僅可
以看出王沂孫對姜夔詞的有意承傳，也可稍窺宋代格律詞派在創作上
的藝術風範。

　　首先，語言峭拔，頗有力度。詞作爲文學語言藝術的一種，語言
表達的風範，是極爲重要的特質之一。北宋婉約詞的語言，一般地都
表現爲柔軟俏麗，讀起來軟綿綿地，缺乏力度，給人以柔弱乏力之
感。作爲詩人的姜夔，他的早年詩風，受到江西詩派開山祖黃庭堅的
影響，略顯瘦硬之風。他的詞的語言，與其詩風略似，不爲靡麗之
音，沒有軟綿綿地狀態，是在簡約跳蕩之中，略顯清峭與瘦硬，並有
一定的力度，使詞略含詩的風調與韻味。譬如，他的自度曲詞《淡黃
柳》，就是這種詞風的典型。

　　　　空城曉角，吹入垂楊陌。馬上單衣寒惻惻。看盡鵝黃
　　嫩綠，都是江南舊相識。　　　正岑寂，明朝又寒食。強攜
　　酒，小橋宅，怕梨花落盡成秋色。燕燕飛來，問春何在，
　　唯有池塘自碧。〔註170〕

此詞抒發客居異鄉的惆悵和對時勢的感傷。詞中雖然提到了他的戀人
合肥妓，但沒有進一步抒寫卿卿我我的柔情與鶯鶯燕燕的嬌痴，只是
僅僅把邀妓遊春作爲詞的一個點綴。詞的感情跳躍，語言跌宕峭拔，
句子簡勁有力，結尾餘音繚繞。這是他詞中表現的重要的語言特色。
這種特色在其詞集中時有表現，可以說是屢見不鮮的。如：「數峰清
苦，商略黃昏雨。」(《點絳唇·丁未冬過吳松作》)〔註171〕「淮南皓
月冷千山，冥冥歸去無人管。」(《踏莎行·自沔東來，丁未元日至金
陵，江上感夢而作》)〔註172〕「鴛鴦獨宿何曾慣，化作西樓一縷雲。」

〔註170〕陳書良：《姜白石詞箋注》，第92頁，中華書局，2009。
〔註171〕同上註，第62頁。
〔註172〕同上註，第47頁。

（《鷓鴣天‧己酉之秋，苕溪記所見》）〔註173〕「嫣然搖動，冷香飛上詩句。」（《念奴嬌》「鬧紅一舸」）〔註174〕如此等等，不一而足。這些詞句，或用擬人，或用暗喻，都以巧妙的修辭手段，使其內蘊豐富、語言警拔含蓄而健勁有力。且餘音裊裊，不絕如縷。

王沂孫在詞的語言上，曾認眞向姜夔學習，仔細揣摩他的表現技法，攝取其表現訣竅，以豐富自己語言表現的技能。故在語言表現上，與姜夔多有神似之處，時有簡勁而峭拔的特色。誠如張炎所云：「琢語峭拔，有白石意度。」〔註175〕《齊天樂‧蟬》、《瑣窗寒‧春寒》、《無悶‧雪意》等，都是語言峭拔、表現健勁有力的詞作，它與姜夔的一些詞作，在語言表達上，極爲相似。譬如《無悶‧雪意》：

> 陰積龍荒，寒度雁門，西北高樓獨倚。悵短景無多，亂山如此。欲喚飛瓊起舞，怕攪碎、紛紛銀河水。凍雲一片，藏花護玉，未教輕墜。　　清致，悄無似。有照水一枝，已攪春意。誤幾度憑欄，莫愁凝睇。應是梨花夢好，未肯放、東風來人世。待翠管、吹破蒼茫，看玉壺天地。〔註176〕

此爲詠物詞，乃詠雪託意之作。語言疏朗峭拔，讀起來深感斬截。這首詞的語言風格，與姜夔詞極爲相似。周濟評云：「何嘗不峭拔，然略粗壯，此其所以爲碧山之清剛也。白石好處，無半點粗氣矣。」〔註177〕作爲選家，用筆老辣，點評準確，很有分寸。他既指出王沂孫這首詞與姜夔詞語言的相似，又點出了他的不同特色。由此可見，王沂孫詞的語言，對姜夔詞的語言有所繼承和發展，詞風略含清剛之氣。細讀王沂孫《花外集》，其詞的語言風格，多有似白石者。如：

> 千古盈虧休問，嘆謾磨玉斧，難補金鏡。太乙池猶在，淒涼處，何人重賦清景。《眉嫵‧新月》〔註178〕

〔註173〕陳書良：《姜白石詞箋注》，第77頁，中華書局，2009。
〔註174〕同上註，第80頁。
〔註175〕張炎：《山中白雲詞》，第10頁，中華書局，1983。
〔註176〕王沂孫：《花外集》，第25頁，上海古籍出版社，1988。
〔註177〕周濟：《宋四家詞選》，第47頁，古典文學出版社，1958。
〔註178〕王沂孫：《花外集》，第27頁，上海古籍出版社，1988。

　　　　銅仙鉛淚似洗，嘆攜盤去遠，難貯零露。病翼驚秋，
枯形閱世，消得斜陽幾度。《齊天樂·蟬》〔註179〕

　　　　池館家家芳事，記當時、買栽無地。爭如一朵，幽人
獨對，水邊行際，把酒花前，剩拼醉了，醒來還醉。怕洛
中、春色忽忽，又入杜鵑聲裡。《水龍吟·牡丹》〔註180〕

如此等等，都是「語言峭拔，有白石意度」的詞。由此可見，他對白
石詞學習的認眞與到家。許多詞句與姜夔詞句之相似，已經到了亂眞
的地步。

　　其次，姜夔詞筆疏淡，王沂孫詞也時有清疏之作，二者頗爲相似。
姜夔塡詞不作濃墨重彩地描繪，不爲繁富地形象刻畫，筆致疏宕，情
調搖曳，著意著色都比較淡，詞風顯得清疏豁亮，絕無密不透風之處。
王沂孫很好地學習並繼承了姜夔的優秀詞風，色彩淡薄，行文開闊疏
朗，得到詞評家的普遍嘉許。鄧廷楨云：「王聖與工於體物，而不滯
色相……（《摸魚兒》『洗芳林』）通體一氣卷舒，生香不斷。鄱陽家
法，斯爲嗣音矣。」〔註181〕戈載亦云：「其詞運意高遠，吐韻妍和，
其氣清故無粘滯之音，其筆超故有宕往之趣，是眞白石之入室弟子
也。」〔註182〕鄧說王「工於體物，而不滯色相」，即不於色相著意用
力，詞筆顯得疏朗；戈謂其詞「氣清」、「筆超」，「故有宕往之趣」。
他們都說他繼承了姜夔詞的家法，是姜的「入室弟子」。這無不說明
王沂孫對姜夔詞學習的認眞與到家，他已經學得了白石詞的神髓與不
傳之秘。可見，他向姜夔詞的學習，不是淺嘗輒止或竟在門外徘徊，
而是早已登堂入室了。

　　姜夔的《淒涼犯》「綠楊巷陌」與王沂孫的《摸魚兒》「洗芳林」，

〔註179〕　王沂孫：《花外集》，第 51 頁，上海古籍出版社，1988。
〔註180〕　同上註，第 31 頁。
〔註181〕　鄧廷楨：《雙硯齋詞話》，見唐圭璋：《詞話叢編》，第 2532 頁，中
　　　　　華書局，1986。
〔註182〕　戈載：《宋七家詞選·碧山詞序》，見賈文昭：《姜夔資料匯編》，第
　　　　　310 頁，中華書局，2011。

都是筆致疏淡之作。這兩首詞，似是一個藤上結的兩個瓜，既是那麼相像，又都是那麼碩大、圓美。

> 綠楊巷陌。秋風起、邊城一片離索。馬嘶漸遠，人歸甚處，戍樓吹角。情懷正惡、更衰草寒煙淡薄。似當時、將軍部曲，迤邐度沙漠。　追念西湖上，小舫攜歌，晚花行樂。舊遊在否？想如今、翠凋紅落。漫寫羊裙，等新雁來時繫著。怕匆匆、不肯寄與，誤後約。〔註183〕

這首《淒涼犯》是一篇情緒悲愴，思想深厚之作，蘊含麥秀黍離之悲。上闋寫了邊城的角鳴馬嘶，一片荒涼淒清景象，隱寓收京的無望；下闋回憶西湖舊遊，反襯今日淮南的冷落，在瑟瑟的秋風中，綠楊一片蕭索。詞人深深慨嘆昔日俊賞之難追。小序中說：「予客居闔戶，時聞馬嘶。出城四顧，則荒煙野草，不勝淒黯，乃著此解。」詞人將眼前淒涼景象與不勝淒暗的沉重心情徐徐寫出，雖然筆致疏淡清爽，然卻感慨良深。

再看王沂孫的《摸魚兒》：

> 洗芳林、夜來風雨，忽忽還送春去。方才送得春歸了，那又送君南浦。君聽取，怕此際、春歸也過吳中路。君行到處，便快折湖邊，千條翠柳，為我繫春住。　春還住。休索吟春伴侶，殘花今已塵土。姑蘇臺下煙波遠，西子近來何許？能喚否？又恐怕、殘春到了無憑據。煩君妙語，更為我將春，連花帶柳，寫入翠箋句。〔註184〕

此詞蓋為暮春送人遠行之作，抒其惜春惜別之情。或疑失題，當是。詞人感情跌宕，筆勢跳脫，既送行卻又託行人挽春、寫春，表現其濃鬱的惜春又惜別的情緒，構思奇巧，表現新穎，行文曲折跌宕卻又能夠一氣貫注。內涵豐厚，詞味雋永，語言輕倩，詞評家多讚其疏快。與姜夔疏淡之作相較，的有出藍而勝藍之感。雖然在《花外集》裡清疏之作不多，但這首詞決非孤證。其《南浦·春水》，也是寫得比較

〔註183〕陳書良：《姜白石詞箋注》，第 109 頁，中華書局，2009。
〔註184〕王沂孫：《花外集》，第 97 頁，上海古籍出版社，1988。

清疏的。

　　第三，姜夔詞極騷雅之致，王沂孫詞也寫得嫻雅不凡，二者頗趨一致而又各擅勝場。北宋自柳永以來，俗詞流行，頗有市場，並佔據了詞壇一角。其俗之表現多端：有內容之俗，如寫艷情，將男女之情事寫得露骨顯眼，褻諢不堪；有語言之俗，刻意模仿民間語言，或以方言土語入詞，生澀俚俗；有音調之俗，有似民間小曲小調者，有淫靡之音。或竟兼而有之。姜夔詞學習繼承了周邦彥所爲雅詞的優秀傳統，從內容到形式，極力追求詩意美，其詞感情眞摰，情調高雅，詩味濃鬱，將騷雅之風，推到極致，爲雅詞創作樹立了典範。如《踏莎行》：

> 燕燕輕盈，鶯鶯嬌軟。分明又向華胥見。夜長爭得薄
> 情知，春初早被相思染。　　別後書辭，別時針綫。離魂
> 暗逐郎行遠。淮南皓月冷千山，冥冥歸去無人管。〔註185〕

一二兩句言女主人公體態輕盈，語言嬌軟，極寫其美好的資質。第三句寫夢，是說這是男主人公因思念對方而於夢境中看到的情景。下面五句均寫女主人公，由別後相思、寫信縫衣到離魂逐郎而去，寫女方思念丈夫的深情。最後兩句寫男方深切思念與關懷女方的眞情。此詞寫情，既無香艷，也不淺薄，而能以跳脫之筆調，將年輕夫婦感情，寫得眞摰深厚，風調也極爲騷雅。

　　王沂孫詞，幾無涉男女之私情者，其詞或詠物以寄意，或寫友情之深厚。他抒情能將極眞淳之感情滲透到字裡行間，絕無俗濫之描寫。其詞筆雅致而行文嫻熟，詞論家往往以嫻雅讚之，可謂切中肯綮。如《淡黃柳》：

> 花邊短笛，初結孤山約，雨悄風輕寒漠漠。翠鏡秦鬟
> 釵別，同折幽芳怨搖落。　　素裳薄，重拈舊紅萼。嘆攜
> 手，轉離索。料青禽、一夢春無幾。後夜相思，素蟾低照，
> 誰掃花陰共酌？〔註186〕

〔註185〕陳書良：《姜白石詞箋注》，第47頁，中華書局，2009。
〔註186〕王沂孫：《花外集》，第115頁，上海古籍出版社，1988。

此為別詞友周密之作。其小序云：「甲戌冬，別周公謹丈於孤山中。次冬，公謹遊會稽，相會一月。又次冬，公謹自剡還，執手聚別，且復別去。悵然於懷，敬賦此解。」它交待了寫詞的時代背景，此詞是寫亡國之際朋友之間的聚散流離。上闋寫送別：一、二兩句用逆挽筆法，先寫昔日交遊情事，示友誼之長久深厚。三句寫氣候變化，隱寓人事的淪替。四、五句寫傷別，情感沉鬱。下闋寫別後的悵惘和對詞友的深切思念。此詞寫詞友之間的悲歡離合，縱送自如。感情極深厚而情致又極纏綿，明抒一己之情懷，實寓對時勢之深切慨嘆，情調自然雅致，用典切要嫻熟。餘音裊裊，餘味無窮。

<h2 align="center">二</h2>

王沂孫學習姜夔詞，多有創新與發展，進而形成自己獨特的風格與藝術個性，並足以和白石並駕齊驅，形成雙峰對峙、二分水流、各有風采、難分高下的格局。諸如詞格與詞味、清空與沉鬱淒婉、骨韻與意境，在這兩兩並列的美學範疇中，他們各居其一並都達到了登峰造極的地步，充分展示了各自的藝術風采。

第一，詞格與詞味。格與味都是很高的審美標準，是詞的藝術水平達到極高的一個重要標誌。姜夔的詞格之高與王沂孫的詞味之厚，在詞史上是無與倫比的，這為詞評家所激賞。陳廷焯謂：「詞格之高，無過白石；詞味之厚，無過碧山。」〔註187〕誠哉斯言！「無過」是說他在詞史上獨一無二、登峰造極、無人逾越，他將王沂孫的詞味與姜夔的詞格並列比較，認為他們在各自追求的美的品味上都達到了極則，登上巍巍的藝術高峰。這是極有見地的。

詞格是指詞的格調，蓋有兩層含義：一是詞人高尚品格在詞中的體現，表現其過人的情操；二是蘊含於詞中的感情高潔，使格調高雅不凡。

詞格即人格，是詞人高尚品格在詞中的滲透與展現。姜夔作為江

〔註187〕 陳廷焯：《白雨齋詞話》，第 40 頁，人民文學出版社，1983。

湖詞人，無恆產而有恆心，始終能堅守獨立的人格。「窮且益堅，不墜青雲之志」，不爲困苦之生活所屈，品格高尙。他一生既未做官，也無產業，流浪江湖，淪爲文丐，但卻能堅持操守，保持高潔的品格。雖有時不免曳裾王門，但絕不搖尾乞憐，而對達官豪富的惠贈，視若敝屣，無動於衷。友人張鑑願意爲他出資捐官，被他婉拒；又欲分膏腴之田產作爲他養生之資，他不願接受。他先後與蕭德藻、楊萬里、范成大、辛棄疾、陸游等人往來，能以布衣之身，平交王侯，平等往來，絕不爲權勢所屈。爲人品格孤傲，特立獨行，處處潔身自好。與達官酬唱，不爲阿諛奉承之詞，不以卑詞貌恭討其歡心；他也寫艷情，然卻以硬筆寫柔情，不輕佻，不儇薄，眞情流溢；詠物不爲詠物而詠物，而能借物以抒情，寄意高遠。因其處世處處能保持高風亮節，塡詞則自成高格，詞風高雅，詞品高尙，詞中無寒酸氣與蔬筍氣。王國維讚曰：「古今詞人格調之高，無如白石。」〔註188〕如其《暗香》、《疏影》之詠梅，思想藝術均有獨立之品格。詞中以梅花喻美人，以增其品格之高潔；又以美人喻梅花，以寫其幽冷香艷。詞的思想感情不落俗套，藝術表現獨具一格。從而顯示出詞格之高尙，不同凡響。

　　詞味是指詞旨蘊含深厚，韻味濃鬱雋永，有味外味。內涵大致有二：一是詞味醇正，有高尙的情思寄託；二是詞旨蘊含深厚，耐人品味，韻味無窮。

　　王沂孫作爲遺民詞人，他將其故國之思、愛國之情、感時傷世之意，寄託於詠物詞中，而出以纏綿忠厚，使詞之內容有深厚感，詞味有醇正感。在內容的表現上，既不是直白地說出，也不是淺露地抒發，而是將其深厚的感情，滲透到字裡行間。因此，蘊藉含蓄，韻味無窮，耐人品味。《天香·龍涎香》、《花犯·苔梅》等，都是極耐人品味的詞篇。其詞品味之厚，是無與倫比的。如《天香·龍涎香》：「孤嶠蟠煙，層濤蛻月，驪宮夜採鉛水。訊遠槎風，楚深薇露，化作斷魂心字。

〔註188〕滕咸惠：《人間詞話校注》（修訂本）第 24 頁，齊魯書社，1986。

紅瓷候火，還乍識、冰環玉指。一縷縈簾翠影，依稀海天雲氣。幾回
孆嬌半醉。翦春燈、夜寒花碎。更好故溪飛雪，小窗深閉。荀令如今
頓老。總忘卻、尊前舊風味。謾惜餘熏，空篝素被。」〔註189〕此詞
先對龍涎香的產地、原料、加工、形制以及焚爇時的可愛景象作了生
動、形象的描述，由此勾起對當年焚香之際足以懷念的女子環境與情
事的回憶，結尾再抒寫往事不可復追的悲哀悵惘，情緒迷離、感情深
沉。在寫法上，它披上了炫人眼目的外衣，又以今昔鮮明的對比將感
情強化，詞人情緒強烈而詞旨潛隱，引起了讀者追根刨底探求底蘊的
興致與慾望。

　　第二，清空與沉鬱淒婉。以風格言，姜夔詞清空，王沂孫則沉鬱
而淒婉。

　　姜夔詞的藝術特色，誠如張炎所說：「不惟清空，又且騷雅」。〔註
190〕這一經典概括，恰如其分，不可移易。「清空」是就其詞的風格
而言的，「騷雅」是就謀篇與詞的情調而言的。他既有騷人墨客深厚
之騷雅情韻，又有文人學士的豪情逸致。「清空」是與「質實」相對
而言的，謂其詞之風格空靈清爽透明澄徹。如《揚州慢》「淮左名都」、
《踏莎行》「燕燕輕盈」諸詞都是。王沂孫有的詞也寫得頗為空靈，
略似白石，然其詞的風格主調則是沉鬱淒婉的。

　　清空之極，則顯得輕飄飄地，不夠深厚凝重，或虛無縹緲，令人
不明旨趣所指。姜夔詞則寫得空靈澄徹，清爽透明，極有韻味。這與
其生活境遇有關。姜夔生活的時代，金宋對峙，勢均力敵，南宋朝廷
雖無滅金之力，也似無亡國之憂，兩國處於和平相持階段。作為江湖
詞人的姜夔，雖然只能依附他人，生活上艱難的掙扎。然國內尚平穩，
當時南宋經濟繁榮，故有浪跡江湖的餘裕。他性格超曠，與高層交往
密切，犖犖大方，冠冕堂皇。生活舒適，且能保持獨立的個性與人格，
故詞寫得清空而飄逸。如《點絳唇・丁未冬過吳松作》：

〔註189〕 王沂孫：《花外集》，第 1 頁，上海古籍出版社，1988。
〔註190〕 夏承燾：《詞源注》，第 16 頁，人民文學出版社，1963。

燕雁無心，太湖西畔隨雲去，數峰清苦，商略黃昏雨。

第四橋邊，擬共天隨往。今何許，憑闌懷古，殘柳參差舞。

此詞開頭寫燕雁隨雲，南北無定，實以自況，一種瀟灑自在之情，寫來飄然若仙。「數峰」兩句以擬人手法，將黃昏天欲雨之情狀寫活了。下闋抒情，先寫打算學陸龜蒙之隱逸。後三句吊古傷今，寫得悲壯蒼涼，大有「俯仰悲今古」之意。然用筆卻極輕靈，有縹緲之致。

王沂孫早年逢宋元戰爭，強敵壓境，國家處於危亡之際；後期宋亡，作爲遺民詞人，政治上毫無前途，生活上也無出路，其內心苦悶沉鬱，可想而知。他將這種感情，自然而然地滲透到詞的作品中。因此，詞的風格就顯得沉鬱而淒婉。如《高陽臺·和周草窗寄越中諸友》、《水龍吟·落葉》、《水龍吟·白蓮》，都顯現著沉鬱淒婉之致。其《醉蓬萊·歸故山》，更有風景不殊、舉目有山河之異的淒涼悲楚。其詞云：

掃西風門徑，黃葉凋零，白雲蕭散。柳換枯陰，賦歸來何晚。爽氣霏霏，翠蛾眉嫵，聊慰登臨眼。故國如塵，故人如夢，登高還懶。　　數點寒英，爲誰零落，楚魄難招，暮寒堪攬。步屧荒籬，誰念幽芳遠。一室秋燈，一庭秋雨，更一聲秋雁。試引芳尊，不知消得，幾多依黯？〔註191〕

故國是一派殘破荒涼的景象，令人淒然淚下。「故國如塵，故人如夢，登高還懶。」「一室秋燈，一庭秋雨，更一聲秋雁。」這種淒涼的情緒，以排比句式傾瀉而出，更顯得淒楚、悲涼，沉重的心情無以復加。王沂孫以其所處的時代，以他的性格，都難發出慷慨悲壯之音，只能在低徊淒楚的情緒中，發出沉鬱淒婉之音，令人深感哀痛和悲楚。

王沂孫詞的基調是沉鬱的，其詞隱含著極深沉的憂鬱感情。既有亡國之痛，又因生活之困苦不堪，且有種種難言之隱、難申之恨、難展之志。政治上受到壓抑與歧視，生活在難以窮盡的悲痛之中，這心

〔註191〕　王沂孫：《花外集》，第106頁，上海古籍出版社，1988。

中鬱結的種種愁與恨，無法消解，無以釋放，這種沉重的感情，一寓之於詞。因此，他的詞風就變得沉鬱而淒婉。

第三，骨韻與意境。在談到姜夔、王沂孫詞時，陳廷焯說：「姜、張詞以骨韻勝，碧山詞以意境勝。」〔註192〕這段話概括地指出姜夔、張炎、王沂孫詞的優長。陳對張炎詞的評價，可以存而不論，我們談談他對姜、王詞的評價。所謂骨韻，謂其詞風骨之勁健，韻味之醇肆。陳廷焯評姜夔《霓裳中序第一》，謂其「骨韻俱古」。〔註193〕王國維評姜夔《惜紅衣》：「高樹晚蟬，說西風消息。」稱其「格韻高絕」。〔註194〕「格韻」意近「骨韻」，這裡都是就骨韻而言的。由此可見，姜夔詞以骨韻見長，為詞論家的共識。王沂孫詞，也有以骨韻勝者。如《齊天樂‧贈秋崖道人西歸》：「江雲凍結。算只有梅花，尚堪攀折。」〔註195〕梅花耐寒有節，此亦喻秋崖能持歲寒之志。故陳廷焯謂：「此亦必有所指，骨韻高絕。」〔註196〕又稱讚此詞「淋漓曲折，白石化境」。〔註197〕如《齊天樂‧蟬》：「病葉難留，纖柯易老，空憶斜陽身世。窗明月碎，甚已絕餘音，尚遺枯蛻。鬢影參差，斷魂青鏡裡。」〔註198〕以蟬喻人，詞旨瞭然，意境亦深遠。《掃花遊‧秋聲》、《掃花遊‧綠陰》、《三姝媚‧櫻桃》、《一萼紅‧紅梅》等，都是意境深遠之作。如《一萼紅‧紅梅》：

> 翦丹雲。怕紅皋路冷，千疊擁清芬。彈淚綃單，凝粧
> 枕重，驚認消瘦冰魂。為誰趁、東風換色，任絳雪、飛滿
> 綠羅裙。吳苑雙身，蜀城高鬢，忽到柴門。　　欲寄故人
> 千里，恨燕支太薄，寂寞春痕。玉管難留，金尊易泣，幾

〔註192〕陳廷焯：《白雨齋詞話》，第149頁，人民文學出版社，1959。
〔註193〕陳廷焯：《詞則‧大雅集》，見賈文昭：《姜夔資料匯編》，第443頁，中華局，2011。
〔註194〕滕咸惠：《人間詞話校注》（修訂本），第67頁，齊魯書社，1986。
〔註195〕王沂孫：《花外集》，第53頁，上海古籍出版社，1988。
〔註196〕陳廷焯：《白雨齋詞話》，第45頁，人民文學出版社，1959。
〔註197〕王沂孫：《花外集》，第55頁，上海古籍出版社，1988。
〔註198〕同上註，第49頁。

度殘醉紛紛。謾重記、羅浮夢覺，步芳影、如宿杏花村。

一樹珊瑚淡月，獨照黃昏。〔註199〕

此詞用了擬人化手法，對梅花做了細膩的描寫。詞人隨意驅使關於紅梅的典故，隨著這些與古代美人有典故的展示，一個美艷俏麗的女性就悄然出現了，好像她冉冉地向我們走來。美人似梅花，梅花像美人，花與人渾然一體，難以分辨。又誰能將其截然分開？這種飽含感情的吟詠，這種非常完美的意境，令人讚嘆不置。詞人特別注重對詞境的描寫，不僅寫出了梅花美麗的姿容，芬芳的清香，還寫了「玉管難留，金尊易泣，幾度殘醉紛紛」的愁情，令人為之動容。「一樹珊瑚淡月，獨照黃昏。」以景語作結，餘味無窮。

詞人姜夔，品格高尚，「襟期灑落，如晉、宋間人。意到語工，不期於高遠而自高遠。」〔註200〕因此，其詞以骨韻勝。即以陳廷焯稱讚的「骨韻俱古」之《霓裳中序第一》為例，透視其詞的「骨韻勝」之表現。

亭皋正望極。亂落紅蓮歸未得。多病卻無氣力。況紈扇漸疏，羅衣初索。流光過隙。歎杏梁、雙燕如客。人何在？一簾淡月，彷彿照顏色。　　幽寂。亂蛩吟壁。動庾信、清愁似織。沉思年少浪跡。笛裡關山，柳下坊陌。墜紅無信息。漫暗水、涓涓溜碧。飄零久，而今何意，醉臥酒壚側。〔註201〕

此詞為羈旅懷人之作。前五句言秋風人倦；「流光」兩句，嘆時光之不居；「人何在」三句，望伊人之宛在，意在懷人。換頭用「動庾信清愁」紐結上下闋，接著寫緬懷舊遊，撫今追昔，更襯出眼前景況淒清，意寥落。「沉思」五句，意深情悲。誠如沈祖芬所云「同是作客，而少年羈旅，猶勝投老江湖，今之幽寂淒清，跡遜昔之疏狂豪放，雖

〔註199〕王沂孫：《花外集》，第62頁，上海古籍出版社，1988。

〔註200〕陳郁：《藏一話諛》，見賈文昭：《姜夔資料匯編》，第30頁，中華書局，2011。

〔註201〕陳書良：《姜白石詞箋注》，第11頁，中華書局，2009。

欲求如昔之年少浪跡，豈可得乎？意愈深而情愈悲矣！」〔註202〕詞人聯繫環境與景物描寫羈旅情懷，遲暮之感，飄零之悲，紛至沓來。更兼懷人，思緒更紛亂，愁苦愈深沉，以至「不自知其辭之怨抑也。」〔註203〕其風骨健朗，感人至深，自不待言。

第八節　南宋婉約派詞人的豪放詞

一

　　豪放派詞人的婉約詞，近年來受到了研究者的普遍重視。它雖不代表這些詞人創作的最高成就或創新成績，但畢竟是其創作成就的一個重要方面。而其數量之多與質量之高，都不容許有些微的忽視。如果我們要從豪放派詞人的詞集中找婉約詞，可以隨手拈來，俯拾即是。許多著名的豪放派詞人的詞集中，婉約詞的數量都是超過半數的。試檢蘇軾、張元幹、張孝祥、辛棄疾、陳亮等著名的豪放派詞人的詞集。其婉約詞數量之多都是非常驚人的。豪放派詞人筆下婉約詞數量之多，這是為詞體本身的特點所決定的：詞原初是以婉約為正統、以婉約風調為其本色的。詞人寫婉約詞，是填詞者的本分，寫起來也是駕輕就熟的。在創作中，也自然是數量居多了。因此，近年來探討蘇軾、辛棄疾婉約詞的論文，就有十多篇。但要從婉約派詞人的詞集中找豪放詞，卻不是那麼容易了，甚至可以說是相當困難的。譬如，我們在周邦彥、秦觀、晏殊、晏幾道詞集中，都很難找到一首豪放詞。至於南宋婉約派詞人，他們刻意繼承周、秦的傳統，從詞的創作思想與藝術風格上，都是排斥豪放詞的。雖然如此，但南宋最著名的婉約派詞人姜夔、史達祖、吳文英、周密、蔣捷、張炎等人的詞集中，都能找到幾首頗有藝術特色的豪放詞，令人愛不釋手，百讀不厭；我們在讀婉約派詞人詞集時，偶而發現一兩首豪放詞，令人特別驚

〔註202〕　沈祖棻：《宋詞賞析》，第 156 頁，上海古籍出版社，1980。
〔註203〕　陳書良：《姜白石詞箋注》，第 11 頁，中華書局，2009。

喜，且有耳目一新之感。然這並沒有引起學界的特別重視，至今還沒有人對這種現象加以探討，本書或將是一篇發軔之作。

誠然，南宋婉約派詞人，都是特別精通音樂、強調詞的協律的。他們把音樂性視作詞的第一要義，詞的協律則是天經地義的。爲此他們知難而上，以期達到詞的韻律的完全和諧。所謂「詞不難作，而難於改；語不難工，而難於協」。〔註204〕他們爲了詞的協律而反覆修改，不惜以辭害義或以律傷義。吳文英則謂「蓋音律欲其協，不協則成長短之詩。下字欲其雅，不雅則近乎纏令之體。用字不可太露，露則直突而無深長之味。發意不可太高，高則狂怪而失柔婉之意」。〔註205〕這雖是吳文英的主張，但可視作南宋婉約派詞人共同的藝術追求。張炎在《詞源》中，以仰止的口吻，敘述了乃父張樞填詞協律的情景：

先人曉暢音律，有《寄閒集》，旁綴音譜，刊行於世。每作一詞，必使歌者按之，稍有不協，隨即改正……又作惜花春起早云：「鎖窗深」，深字音不協，改爲幽字，又不協，改爲明字，歌之始協。〔註206〕

張樞爲了詞的協律，不憚修改，竟將「幽」字改爲與其詞義相反的「明」字，可見，他的填詞，不是以描寫的對象是否眞實爲標尺，也不是以追求詞的境界的高妙爲準繩，而是以是否協音爲準則。「幽」與「明」雖然都是平聲，但有輕清重濁之分。其改易已不是詞的調平仄，而是分清濁輕重，音律之細密達到如此嚴酷的程度，令人驚嘆！從詞的創作說，這已走上了純粹的唯美主義道路。然張炎對此卻視爲典範，予以肯定和讚賞。這說明張炎及婉約派詞人以協律作爲詞的創作的第一要義。在他們看來，詞不是文學的驕子，而是音樂的附庸。婉約派詞

〔註204〕　周密：《蘭花慢·序》，引自唐圭璋：《全宋詞》，第 3264 頁，中華書局，1965。

〔註205〕　沈義父：《樂府指迷》，引自唐圭璋：《詞話叢編》，第 277 頁，中華書局，1986。

〔註206〕　張炎：《詞源》，引自唐圭璋：《詞話叢編》，第 256 頁，中華書局，1986。

人在詞在創作上，過分強調詞的協律，強調詞的藝術性，走上了重音樂、輕文學，重藝術、輕思想的道路，鑽進了唯美主義的死胡同，並拼命掙扎，在那裡企圖創造詞的輝煌世界。然而奮鬥的結果，前景畢竟是比較暗淡的，與其期望值有很大的差距。這是他們的悲哀。然姜夔、史達祖、吳文英、周密、蔣捷、張炎等著名的婉約派詞人，在大量創作騷雅而細柔的婉約詞的同時，畢竟還都寫出了為數不多的幾首豪放詞，這些豪放詞又都特別引人注目，這是值得我們認真思索和仔細探討的。

二

南宋婉約派詞人，刻意地寫騷雅婉柔的格律詞，這是他們共同遵守的藝術規範，是其終生執著的藝術追求。他們之所以偶而違背其藝術信條而寫出數首豪放詞來，是因為受到了當時政治環境的巨大影響，是為特定的時間、特定的歷史背景所決定的，是在特殊的氛圍中的產物，而絕不是詞人一時的心血來潮。

姜夔晚年與辛棄疾曾有幾次較深的接觸，受了辛棄疾強烈的愛國情緒的感染與豪放詞風的影響，創作了表現一定現實、據有一定的愛國熱情的幾首豪放詞，唱出了時代的強音。《漢宮春‧次韻稼軒》、《漢宮春‧次韻稼軒蓬萊閣》、《洞仙歌‧黃木香贈辛稼軒》、《永遇樂‧次稼軒北固樓詞韻》，是他與辛棄疾幾次交往唱和的記錄，也是他作為江湖派詞人關注國家前途命運較集中的表現。其中如《永遇樂‧次稼軒北固樓詞韻》一詞，氣魄宏大，聲調比較高昂，接近辛詞的鏜鞳之聲，而又有著自己的藝術個性。開禧元年（1205），史達祖隨李壁出使金國，是受宰相韓侂胄之重託去打探金國虛實，以決定戰和國策的。他赴金國負有「覘國」的特殊使命，這一莊嚴而神聖的使命，使他胸懷浩然之氣，充滿了士人報國的豪情。《龍吟曲‧陪節欲行留別社友》、《滿江紅‧九月一日出京懷古》等，豪情激蕩，飽含著莊嚴的使命感。餘如，在任中書省堂吏初期所作的《滿江紅‧書懷》，蓋作

於晚年遇赦重反臨安時的《滿江紅・中秋夜潮》，都是感情憤激的豪放之作。高觀國的《雨中花》，是爲祖餞史達祖的北行之作，也很有感情。史達祖、高觀國的這些詞，頗有豪情壯采，與蘇軾、辛棄疾那些著名的豪放詞相比，是不大遜色的。吳文英處於南宋衰亡之際，國運衰頹，已無挽回的可能。易代之際，作爲一名愛國的有著雄偉抱負的士人，遭此際遇，情何以堪？縱有強烈的憂患意識，終無挽狂瀾於既倒之可能。他的《八聲甘州・陪庾幕諸公遊靈巖》、《高陽臺・過種山即越文種墓》、《木蘭花慢》「紫騮嘶凍草」、《木蘭花慢》「步層丘翠莽」、《滿江紅・甲辰歲盤木寓居過重午》，這些詞既有深沉的歷史感與現實隱喻性的融合，又有境界闊大、氣勢雄渾、想像豐富的藝術特色，是頗爲優秀的豪放詞。周密在宋亡之後，有《一萼紅》「步深幽」之作，悼古傷今，撫時感事，蒼莽感慨，感情深沉。蔣捷宋亡不仕，浪跡江湖，有《賀新郎・兵後寓吳》、《尾犯・寒夜》等詞，詞裡悲中寓壯，慷慨淒涼，飽含亡國之痛。張炎在宋亡以後，奉命北行，雄偉壯麗的山河與不甘屈服異族統治的民心，激起了他的愛國情懷，創作了《壺中天・夜渡古黃河與沈堯道曾子敬同賦》的壯麗詞篇。如此等等，都是南宋著名的婉約派詞人，在特殊環境下所創作的頗有雄渾闊大景象的豪放詞。由此可見，當詞人的境遇與生活環境改變以後，新的現實生活激起了他的悲慨情緒與豪情壯志，逼著他改變了以往的立場，自覺地，自然而然地拋開了自己固有的藝術理念與以往執著的藝術追求，寫出了與自己固有的藝術理念相背離的而又有著一定社會價值的詞篇。這些詞風格豪放、情調高昂，是時代頗爲雄壯的回聲。

三

　　南宋婉約派詞人所寫的豪放詞，有特殊的背景與原因，有其產生的必然之勢。

　　首先，以創作的時代背景而言，這些詞的產生，都有引起慷慨激越感情的時勢，多爲時勢所迫有感而作。因此，詞人情緒昂揚，感情

激越，其詞則為斯時斯地感情的自然流瀉。譬如姜夔《永遇樂‧次稼軒北固樓詞韻》：

> 雲鬲迷樓，苔封狠石，人向何處。數騎秋煙，一篙寒汐，千古空來去。使君心在，蒼厓綠嶂，苦被北門留住。有尊中酒，差可飲，大旗盡繡熊虎。　前身諸葛，來遊此地，數語便酬三顧。樓外冥冥，江皋隱隱，認得征西路。中原生聚，神京耆老，南望長淮金鼓。問當時，依依種柳，至今在否？

宋寧宗嘉泰四年（1204），知紹興兼浙東安撫使的辛棄疾奉詔入京，陳奏抗金政見，三月派知鎮江府，時宰相韓侂冑正籌備北伐，他既感興奮，又憂慮韓忽忙出兵會蹈前人北伐失敗的覆轍。當年秋，登北固山賦《永遇樂‧京口北固亭懷古》詞以見志，他在詞中借古諷今，表現了堅決主張北伐、但又反對草率從事、輕敵冒進的思想情緒。姜夔詞是奉和辛詞之作，上闋呼應辛詞的憑欄懷古，抒發千古江山猶在而往古英傑已不可見的感慨，言外之意，謂當今的抗敵領袖正可繼踵前人而施展宏圖。以下則承前啓後，落筆到稼軒的處境與時代重任，並指出北伐所具備種種優勢，即鎮江的物質條件差強人意，稼軒統率下的兵將勇武可欽。下闋頌揚辛棄疾才略高超，並以歷史上著名英雄裴度、諸葛亮、桓溫比擬辛棄疾，謂其胸有成竹而北伐路線隱然可見。當時興師北伐為人心所向，詞中表達了對北伐的特別關注及對勝利的殷切企盼。詞作氣度恢宏，感情昂揚，筆力雄勁，表達了作者積極支持北代的愛國熱情，也表現了中原人民盼望統一的迫切心情，激勵辛棄疾奮起完成恢復中原的重任。詞的感情健康，氣魄宏大，接近辛詞的藝術風格。

　　這首詞產生於南宋偏安七八十年後的一次旨在恢復中原的恢宏計劃的醞釀時期。南宋建國以後，朝政始終被議和派所控制。在那不准抗戰、群眾愛國情緒受到嚴重壓制的時代，有人在廟堂之上振臂疾呼抗戰，並積極準備北伐、恢復中原故土，這真如嚴冬的驚雷，對廣大人民與愛國士人的心靈有著巨大的震憾。愛國情緒要發泄，

這首詞正反映了這種強烈的呼聲。辛棄疾是一生圖謀恢復中原的抗金將領與愛國詞人，豪放詞著稱於世。姜夔這首詞就是在全國秣馬厲兵準備北伐的氣氛中寫成的，且是奉和辛詞之作。這就決定了這首詞的主題、基調與風格，它是典型的時代情勢的產物，有著非常鮮明的時代烙印。

作為江湖派詞人，姜夔一生過著孤雲野鶴式的生活，他遠離政治，本來是一位有著為藝術而藝術傾向的詞人，或者說是一位純情詞人。然作為正直的士人，天生就有著憂念時局、關心時政、關心國家社稷的淑世情懷，有著強烈的時代憂患意識。從早年寫的《揚州慢》「淮左名都」，表現出對戰爭嚴重破壞性的憎惡，到後來寫的《滿江紅》「仙姥來時」，對神姥的熱烈歌讚，都可以看出他對國計民生的特別關注，並非總是超脫世俗的。當時局發生了變化，與此同時，他又受到了辛棄疾的愛國思想的影響，喚起了他固有的愛國熱情，感情驟然起了重大的變化，於是情緒昂揚奮發，遂寫了內容、情調、風格都與辛棄疾相似的詞。

國家政治情勢的變化，引起了婉約派詞人姜夔詞風的變化，寫出了數首豪放詞，這並非是一個特殊的孤例。史達祖、吳文英、周密、蔣捷、張炎等人所寫的幾首豪放詞，都是在政治情勢變化引起了詞人境遇改變時所寫的，這就是很有力的證據。特別是史達祖隨李壁出使金國「覘國」前後寫的幾首詞，其詞風的轉變更為明晰。這都足以說明，時勢變化，詞人感情也跟著變化，而詞風也有了相應的轉變。質言之，婉約派詞人所寫的幾首豪放詞，都是時勢變化的產物。

其次，以作家言，姜夔、史達祖、高觀國、吳文英、周密、蔣捷、張炎等，都是典型的婉約詞人，其詞風騷雅婉約，但又各有自己的個性特色。譬如，姜夔詞風之騷雅清剛，所謂「變雄健為清剛，變馳驟為疏宕」，〔註207〕其詞本來就沒有一般婉約詞的柔靡之氣，而清剛、

〔註207〕　周濟：《宋四家詞選‧目錄序論》，第 3 頁，古典文學出版社，1958。

瘦硬、疏宕之詞風，在情調上就有接近豪放詞的一面，因而當時勢發生變化、情感為時勢變化所觸動時，其詞風是很容易走向闊大豪邁的。又如吳文英詞「立意高，取徑遠」，〔註208〕「奇思壯采，騰天潛淵」，〔註 209〕他的一些詞與豪放詞僅有一間之隔，一旦有氣候與土壤，也是很易變為豪放的。至於蔣捷，本來就是深受辛棄疾影響的詞人，其詞集中一些詞很有些辛詞的情調，如《賀新郎·鄉士以狂得罪賦以餞行》、《沁園春·為老人書南堂壁》等。如此這般，當這些詞人受到外界感召，引起內心強烈的衝動，就可能寫出一二首豪放詞來。譬如周密，他在宋亡以前，過著優裕的生活，他愛好填詞，鑽入了藝術的象牙之塔。但在亡國以後，受到異族的統治，心懷亡國之痛，就寫出了感情沉痛、內容深刻的詞篇。如《一萼紅·登蓬萊閣有感》：「步深幽，正雲黃天淡，雪意未全休。鑒曲寒沙，茂林煙草，俛仰千古悠悠。歲華晚、漂零漸遠，誰念我、同載五湖舟。磴古松斜，厓陰苔老，一片清愁。回首天涯歸夢，幾魂飛西浦，淚灑東州。故國山川，故國心眼，還似王粲登樓。最負他，秦鬟妝鏡，好江山。何事此時遊？為喚狂吟老監，共賦銷憂。」詞人撫時感事，感慨遙深，表現出深沉的故國之思與江山易主之痛。陳廷焯謂：「蒼茫感慨，情見乎詞。」〔註210〕此詞對故國思念的深厚之情，躍然紙上。

　　第三，在填詞時，詞人都能精心擇調，以適應激奮昂揚情緒的表達。我們知道，不同的感情，需要不用的詞調來表現。有經驗的詞人，在填詞時，都是非常重視擇調的。他們預先精心選取那些適於表達此時此地感情的詞調，然後鑄意煉字，揮筆填詞。南宋婉約派詞人所寫的豪放詞，都選取了那些適於表現慷慨激越感情昂揚的詞調，以描寫闊大壯美的境界。

　　相調選題，這是詞家填詞首要考慮的問題。沈祥龍云：「詞調不

〔註208〕　周濟：《宋四家詞選·目錄序論》，第 3 頁，古典文學出版社，1958。
〔註209〕　同上註，第 2 頁。
〔註210〕　陳廷焯：《白雨齋詞話》，第 38 頁，人民文學出版社，1959。

下數百，有豪放，有婉約，相題選調，貴得其宜。調合，則詞之聲情始合。」〔註211〕豪放派詞人填詞時常用的詞調有《滿江紅》、《水調歌頭》、《賀新郎》、《八聲甘州》等適於表現奔放激越、慷慨悲涼感情的詞調，以表現其豪壯蒼涼的情感，展示頗為壯闊的境界。譬如，史達祖寫過三首《滿江紅》，都是豪放詞，無一不是為抒發憤激豪壯的感情而相題選調之作。《滿江紅・中秋夜潮》、《滿江紅・書懷》、《滿江紅・九月二十一日出京懷古》，都是情緒激蕩、噴薄而出之作。《滿江紅・九月二十一日出京懷古》下闋云：

> 天相漢，民懷國。天厭虜，臣離德。趁建瓴一舉，並收鰲極。老子豈無經世術，詩人不預平戎策。辦一襟、風月看昇平，吟春色。

大宋北伐，天時地利人和，可以一舉成功。自己雖有經世術而又無職無權，只能看昇平吟春色而已。詩人對形勢充滿信心而又十分無奈，只能一聲嘆息。

南宋婉約派詞人姜夔等寫的豪放詞，其選用的詞調計有《永遇樂》、《滿江紅》、《龍吟曲》、《雨中花》、《賀新郎》、《高陽臺》、《八聲甘州》、《沁園春》、《水龍吟》、《壺中天》等，「《滿江紅》、《念奴嬌》、《水調歌頭》三體宜為慷慨激昂之詞」。〔註212〕「《高陽臺》跌宕生姿，亦為寫情佳調」。〔註213〕他們選用的詞調，都是適於抒發豪放激越感情的。詞調的精心選擇，對表達其豪邁豁達的感情，有相得益彰之妙。

四

南宋婉約派詞人的豪放詞，有其鮮明的藝術個性，有別於一般豪放派詞人所寫的豪放詞的藝術特色。

〔註211〕　沈祥龍：《論詞隨筆》，引自唐圭璋：《詞話叢編》，第 4060 頁，中華書局，1986。

〔註212〕　劉坡公：《填詞百法》，引自漢唐于明編：《胡適王國維等解讀宋詞》，第 136 頁，遼海出版社，2002。

〔註213〕　同上註，第 137 頁。

首先，南宋婉約派詞人所寫的豪放詞，最富於幻想和神奇色彩。
其想像豐富，構思奇特，帶有頗爲濃鬱的浪漫主義情調，有很強的藝
術魅力。如吳文英的《八聲甘州‧靈巖陪庾幕諸公遊》：

　　渺空煙四遠，是何年、青天墜長星？幻蒼崖雲樹，名
　娃金屋，殘霸宮城。箭徑酸風射眼，膩水染花腥。時靸雙
　鴛響，廊葉秋聲。　　宮裡吳王沉醉，倩五湖倦客，獨釣
　醒醒。問蒼波無語，華髮奈山青。水涵空，闌干高處，送
　亂鴉，斜日落漁汀。連呼酒，上琴臺去，秋與雲平。

此詞正如詞題所示，是詞人奉陪庾府幕僚遊蘇州靈巖之作，靈巖風物
自然成爲詞人濃墨重彩描寫的重點所在。靈巖從何寫起？詞人首先從
靈巖的神奇來歷著筆，首句化實爲虛，說靈巖不是蘇州當地固有的一
塊山巖，而是從青天上墜下的一顆長星所化，寫得既空靈而又蒙上了
一層頗爲神秘的色彩。靈巖上的名勝古跡諸如蒼崖雲樹、名娃金屋、
殘霸宮城，均爲青天落下的長星所化。次將吳、越歷史與複雜人生，
略作點染：諸如西施化妝梳洗的膩水、鞋上的雙鴛、吳王夫差的醉生
夢死、越王句踐的臥薪嘗膽與功成後的殘殺功臣、范蠡的清醒與逃
名、文種的貪戀富貴終遭殺身之禍……詞人對歷史事件的點染，既是
遊靈巖的必然聯想，又有著頗深的現實寓意。他給自己的思想披上了
歷史的外衣，又將歷史事件作了幻化的描寫，使歷史與現實、天際與
人事水乳交融，使人產生了豐富而複雜的感受與聯想。詞的結尾，又
回到現實人事，展示了一個極爲開闊的境界。此詞起筆警拔，中間波
瀾起伏，落筆深遠。且構思奇特，感情深厚，是一首極優秀的豪放詞。
所謂「波瀾壯闊，筆力奇橫」，〔註214〕是當之無愧的。

　　姜夔《滿江紅》「仙姥來時」，上闋寫迎神，描寫了仙姥從天而降
的壯美場面：「仙姥來時，正一望千頃翠瀾。旌旗共亂雲俱下，依約
前山。命駕群龍金作軛，相從諸娣玉爲冠。」下闋狀神的法力無邊，
有「奠淮右，阻江南，遣雲丁雷電，別守東關」之效，能「一篙春水

────────
〔註214〕唐圭璋：《唐宋詞簡釋》，第218頁，上海古籍出版社，1981。

走曹瞞」。是傳說，是想像，抑或是眞實？如此神奇而寫得撲朔迷離，似眞似幻，介於現實與神話之間，給讀者留下許多想像的餘地。與此詞風格相近的有史達祖《滿江紅・中秋夜潮》、蔣捷的《賀新郎・吳江》等。蔣捷《賀新郎・吳江》寫垂虹亭云：「浪湧孤亭起。是當年，蓬萊頂上，海風飄墜。帝遣江神長守護，八柱蛟龍纏尾。斗吐出，寒煙寒雨。昨夜鯨翻坤軸動，卷雕甍、擲向虛空裡。但留得，絳虹住。」詞人純從想像著筆，寫出了宋亡前後垂虹亭的巨大變化。首句以奇譎突兀的筆姿，寫出了垂虹亭的峙立與氣勢；次句寫其來歷之非凡，再寫其極爲壯美的外觀與嚴密守護，最後寫了它的毀壞。詞人以浪漫的筆調，將其寫得神奇非凡、壯美輝煌。詞的造境奇譎，驚心動愧，直有鬼斧神工之妙。

　　其次，南宋婉約派詞人筆下的豪放詞，境界宏大，氣勢雄渾，思力深邃，筆筆傳神。既具有一般豪放詞的種種藝術特質，而又能較充分地展示出自家的藝術風采。譬如：

> 　記玉關，踏雪事清遊，寒氣脆貂裘。傍枯林古道，長河飲馬，此意悠悠。短夢依然江表，老淚灑西州。一字無題處，落葉都愁。　　載取白雲歸去，問誰留楚佩，弄影中洲？折蘆花贈遠，零落一身秋。向尋常野橋流水，待招來、不是舊沙鷗。空懷感，有斜陽處，卻怕登樓。(張炎《八聲甘州》)

> 　雲氣樓臺，分一派、滄浪翠蓬。開小景、玉盆寒浸，巧石盤松。風送流花時過岸，浪搖晴練欲飛空。算鮫宮、祇隔一紅塵，無路通。　　神女駕，凌曉風。明月佩，響丁東。對兩蛾猶鎖，怨綠煙中。秋色未教飛盡雁，夕陽長是墜疏鐘。又一聲、欸乃過前巖、移釣篷。(吳文英《滿江紅・澱山湖》)

這兩首詞思路開闊，感情豪放，境界雄渾，很有氣勢。由此不難看出，他們在塡詞上有很高的藝術造詣，有著創作雄壯而高妙的藝術境界的卓越能力。與豪放詞人相比較，感情還比較內斂，情調還不

過分激揚，更沒有絲毫的喧呼叫噪之風，雖有著豪放詞的藝術特質而又不失婉約詞的文雅之氣。然筆下似欠風雲卷舒縱橫恣肆的態勢，也沒有辛棄疾那種鑄經史子集爲一爐、收縱自如以文爲詞的才氣，但也避免了詞的婉柔藝術特性的消逝與缺失。總之，婉約派詞人所寫的豪放詞，奇橫而不恣肆，文筆暢達放縱而終用詞筆，時有婉柔情調的滲透。有詞的疏朗、奇峻、曉暢，卻沒有以文爲詞之嫌。

五

　　詞人一旦走出了書齋，走出詞社或個人活動的小圈子，離開藝術的象牙之塔而走向社會，走向眞實的人生，比較廣泛而深入地接觸社會、瞭解社會，就自然而然地受到社會生活的巨大衝擊，就有了眞實的生活感觸，就會寫出具有眞情實感、足以感人、足以催人奮發的詞篇。南宋婉約派詞人，生活在風雨飄搖的時代，表面的經濟繁榮，掩蓋不了積貧積弱的社會現實。「暖風薰得遊人醉，直把杭州作汴州」的醉生夢死的奢靡生活，畢竟只是少數統治階級的生活情態，這與廣大知識分子是無緣的。廣大知識分子，由於受儒家思想的教育與薰陶，都具有一定的憂患意識和愛國情操，有著「先天下之憂而憂，後天下之樂而樂」的思想基調，有著關心國事、關心現實的深厚情結。這種思想感情在平時是蘊藏於心、含蘊不露的。儘管他們大都如姜夔那樣，流連山水風月，過著孤雲野鶴式的生活，逍遙自在，頗爲瀟灑。爲了養生糊口，有時不免在權門奔走，「朝扣富兒門，暮隨肥馬塵」，有時也身在江湖而心懷魏闕。然畢竟是不在其位，不謀其政的，何況他們爲生活而栖栖奔走，似乎顧不了許多，也管不了許多。但當受到現實生活的強烈衝擊時，在不能不直面人生的時候，就背離了柔聲細氣的婉約基調，免不了粗喉嚨大嗓子地吶喊幾聲，這就有了個別豪放詞的產生，這種情景似有「無意種柳柳成林」的景況。但因生活的現狀與積習，這種創作狀況並不能持續下去，只是偶而放開嗓子吶喊幾聲罷了。但這幾聲，卻是時代的

回聲，甚或是時代的最強音。於是在其詞的創作中，總算是留下了時代的烙印。甚至在某一段時間，塡補了詞的這種主題、風格的空白。這些豪放詞，相對於他們慣常創作的婉約詞來說，只是其詞中的變調或別調而已，不可能與其創作主流婉約詞抗衡。雖然如此，但這些變調或別調的產生，仍有著深刻的啓示意義：即無論如何，對詞人創作而言，生活是一道鐵門檻，沒有生活，固然寫不出深刻反映現實的好作品；而有了深切的生活體驗，不容許你搖頭晃腦地吟風弄月，繼續在藝術的象牙之塔裡徜徉，客觀現實硬是逼著你寫出反映現實的詩篇來。雖然只是少數詞作，但感情是眞切的，內容是寶貴的，我們對此絕不能等閒視之。

　　總之，現實生活激發了他們的愛國情緒，使其寫出境界頗爲壯闊、氣勢較昂揚的詞篇。暫時改變了他們固有的詞風，由婉約而走向豪放，也自覺或不自覺地改變了他們藝術創作的理念。可惜他們並沒有持續地走向群眾，走向人民，站到抗敵報國的前列，繼續寫出思想內容充實、感情昂揚的詞章。客觀形勢沒有能使他們思想與行動徹底改變，只是暫時扭轉了他們創作的航向而已。一旦時過境遷，他們又會回到生活的老路與藝術的老路。因此，這些豪放詞篇與詞風，在其創作道路上，只是偶而地閃現而已，而沒有也不可能成爲其詞的主流，這是顯而易見的。

第九節　宋詞的唐調與宋腔

　　宋詞有唐調與宋腔之別。何謂唐調？何謂宋腔？本書擬對二者之義界、特點、生存狀態與演變，作點初步研究，就正於方家學者。

一

　　詞論家論宋詞之風調，多以南北宋分界，畛域分明。陳廷焯云：「北宋詞，詩中之風也。南宋詞，詩中之雅也。」〔註215〕是就其詞

〔註215〕陳廷焯：《詞壇叢話》，唐圭璋：《詞話叢編》，第 3720 頁，中華書局，1986。

的藝術概貌論述的。謝章鋌云：「北宋多工短調，南宋多工長調。北宋多工軟語，南宋多工硬語。」〔註216〕是就其詞的體裁與語境論述的。周濟云：「北宋詞，多就景敘情，故珠圓玉潤，四照玲瓏，至稼軒白石一變而為即事敘景，使深者反淺，曲者反直。」〔註217〕是就其詞人的感情抒發與詞的客觀之境界論述的。王國維云：「近人祖南宋而祧北宋，以南宋之詞可學，北宋不可學也。」〔註218〕是就其對詞的學習與繼承而言的。如此等等，都是以時代為標誌來區分的，大體來說，這些說法也是比較符合宋詞發展實際的。雖然以時代為界，可以尋覓宋詞的發展演變之跡，然未能對宋詞發展演變的藝術風貌，作出精確的概括。他們把宋詞分作南宋與北宋兩橛，不免將其發展與演變簡單化了，其特點也僅就其一翼而言，難免以偏概全，不足以窺其全貌，不如近人邵祖平拈出唐調與宋腔概念之明白而確切。他說：

> 白石以前諸家之詞，不歸於穠麗，即依於醇肆；以風韻勝也！白石老仙之作，則矯穠麗為清空，變醇肆為疏雋；以意趣勝也！白石以前之作，尚有唐調；白石以下之作，純為宋腔；此亦大關鍵處矣！然白石亦豪傑之士哉？〔註219〕

邵祖平先生的這段論述，極有學術價值。他不僅首先明確的提出了詞的唐調與宋腔的概念，並將其藝術特徵與時代分野，作了精微而準確的概括，這對研究宋詞的時代風尚與格調的演變，都很有啟示。

關於宋詞唐調與宋腔的提法，並非邵祖平先生首創。早在明清時代，即漸有此說興起，只不過沒有像邵祖平先生說的那麼明確和懇切罷了。明人沈際飛評賀鑄《憶秦娥》「曉朦朧」云：「無深意，

〔註216〕 謝章鋌：《賭棋山莊詞話》卷12，唐圭璋：《詞話叢編》，第3470頁，中華書局1986。

〔註217〕 周濟：《介存齋論詞雜著》，第8頁，人民文學出版社，1959。

〔註218〕 王國維著，滕咸惠校注：《人間詞話新注》，第12頁，齊魯書社，1986。

〔註219〕 邵祖平：《詞心箋評》，第151頁，復旦大學出版社，2007。

獨是像唐調，不像宋調。」〔註 220〕這裡所談的「唐調」、「宋調」，
即邵祖平先生所說的「唐調」、「宋腔」，但對其內涵缺乏明確的界定，
也似無褒貶色彩。清代譚獻評李清照《浣溪沙》「髻子傷春懶更梳」
時也說：「易安居士獨此篇有唐調，選家爐冶，遂標此奇。」〔註 221〕
又對彭孫遹《生查子・旅夜》評云：「唐調。」〔註 222〕譚獻在評詞
中，雖則只提到唐調，但其心目中，除唐調以外，肯定還橫亙著一
個與唐調緊密聯繫而且對立的宋腔的概念，只不過沒有明言罷了，
這是不言而喻的。但真正明確提出唐調與宋腔概念並對其內涵加以
初步界定的，無疑是邵祖平先生。

　　唐調與宋腔之義界，源自學界關於「唐詩」與「宋詩」的說法。
「唐詩」與「宋詩」之概念，本來是就詩的不同格調而言的，是對典
型的盛唐詩風與盛宋詩風特質的概括。在歷代關於唐宋詩的論爭中，
每每提到「唐詩」與「宋詩」。關於「唐詩」與「宋詩」，當代學者錢
鍾書、繆鉞對其特質都有頗為精當的概括。錢先生說：「唐詩、宋詩，
亦非僅朝代之別，乃體格性分之殊。」「唐詩多以豐神情韻擅長，宋
詩多以筋骨思理見勝。」「高明者近唐，沉潛者近宋。」「一生之中，
少年才氣發揚，遂為唐體，晚節思慮深沉，乃染宋調。」〔註 223〕繆
鉞先生則說得更為具體：「唐詩以韻勝，故雄雅，而貴蘊藉空靈；宋
詩以意勝，故精能，而貴深折透闢。唐詩之美在情辭，故豐腴；宋詩
之美在氣骨，故瘦硬。」「就內容論，宋詩較唐詩更為廣闊。就技巧
論，宋詩較唐詩更為精細。」〔註 224〕錢先生強調「體格性分」之不
同，並提出「唐體」與「宋調」的概念。繆先生則對二者作了細緻地

〔註 220〕　沈際飛：《草堂詩餘別集評箋》，張璋等：《歷代詞話》，第 608 頁，
　　　　　　大象出版社，2002。
〔註 221〕　譚獻：《復堂詞話》，第 25 頁，人民文學出版社，1959。
〔註 222〕　譚獻：《篋中集》，龍榆生：《近三百家名家詞選》，第 26 頁，古典
　　　　　　文學出版社，1956。
〔註 223〕　錢鍾書：《談藝錄》，第 2、3、4 頁，中華書局，1984。
〔註 224〕　繆鉞：《詩詞散論》，第 17、18 頁，開明書店，民國三十七。

比較，並在比較中顯示其各自的特色。錢、繆二先生關於「唐詩」、「宋詩」特質的論述，都是切中要害的肯綮之談。邵祖平先生蓋將詩史中的「唐詩」與「宋詩」的概念，借用來指稱宋詞風調與不同階段之主要特質，以詩的發展不同階段的特色，比擬詞發展不同階段的藝術特色，在詞的風格的評價上，啓用了唐調與宋腔的概念。這兩個概念的運用，或許受了錢鍾書先生關於唐宋詩「體」、「調」提法的啓示，但畢竟是開創性的新的提法，涵蓋準確，值得肯定。然對其內涵，尚未作明確的規定。竊以爲詞的唐調，是指詞中以風韻擅長者，即詞寫得活潑灑脫，玲瓏剔透，感情眞醇，感染力極強者；詞的宋腔，蓋謂其以意趣取勝者，即詞的體格沉煉，感情隱蔽深藏，詞情深邃，詞語也頗艱澀者。邵先生的提法雖源自詩歌史上的「唐詩」與「宋詩」，然卻新穎、恰當，發人深思。以「調」、「腔」換代「詩」字，不僅概念更明晰，且顯有褒貶之意。

二

詞的唐調與宋腔，各有不同的顯著特徵，就其犖犖大端而言，唐調注重意象描寫，注重抒寫性靈，且多用白描筆法，興象穠鬱。宋腔重視延展鋪敍，注重理性開掘，且多彩繪，善用比興。故唐調詞給人以情緒的感染，宋腔詞則給人以深邃的理性思索。

唐調詞本來是指盛唐詩歌所呈現的一種藝術風貌，它有近體詩特別是七言絕句最爲擅風華之美的藝術特質。絕句詩短小精悍，最能突出的表現詩人一刹那間的情緒和感受。在寫法上往往先敍事而後抒情，是事引起了詩人情緒與感情的波瀾，故其重心在抒情，其感人處也在於抒情，詩是以詩人之情，引發和感染讀者之情。故有靈妙之思，有渺遠之致，玲瓏湊泊，鮮明暢亮。說詞的唐調，其實是帶有借用或比喻性質，是說其格調亦如唐詩之風調，其特點是生活化、形象化與情趣化，表現生動活潑，韻味悠長，有很強的藝術感染力。現試舉例如下：

鳳髻金泥帶，龍紋玉掌梳。走來窗下笑相扶，愛道畫

眉深淺，入時無。　　弄筆偎人久，描花試手初。等閒妨
了繡功夫。笑問雙鴛鴦字、怎生書。

歐陽修《南歌子》

這是寫新婚夫婦日常生活中一個很生動的片段，它將初婚少婦對丈夫
的依戀與親暱之態，合盤托出。其性格活潑爛漫，形象鮮明，新婚生
活之美滿幸福，溢於言表。特別是「笑問雙鴛鴦字、怎生書」這一細
節，情趣盎然。其態度似莊重而實含輕佻，問語略帶挑逗。寫閨中新
婦之感情纏綿，生動逼真。可謂頰上三毫也。

水是眼波橫，山是眉峰聚。欲問行人去那邊，眉眼盈
盈處。　　才始送春歸，又送君歸去。若到江南趕上春，
千萬和春住。

王觀《卜算子‧送鮑浩然之浙東》

詞中以美人的眉峰、眼波比喻自然界山水之秀美，使江南山水的清
新秀麗，別有一種誘人的溫情與魅力。山水在詞人筆下變得活靈活
現，非常傳神。詞的格調，明媚而富有生機，與有別必怨的送別詞
的常調迥別，藝術表現上別開生面，結尾寫惜春之情，躍然紙上。
詞是那麼有生氣，有活力，直是新鮮逼人。與此詞寫法相類的有李
之儀的《卜算子》：「我住長江頭，君住長江尾。日日思君不見君，
共飲長江水。此水幾時休？此恨何時已？只願君心似我心，定不負
相思意。」富於民歌風味，寫得似淺而實深，似質而實腴，極其精
彩而又雋永。又如：

木葉下君山，空水漫漫，十分斟酒斂芳顏。不是渭城
西去客，休唱陽關。　　醉袖撫危欄，天淡雲閒，何人此
路得生還？回首夕陽紅盡處，應是長安。

張舜民《賣花聲‧題岳陽樓》

詞人將極爲複雜的感情，通過寫景與豪語透露出來，將沉鬱悲涼之感
寫得婉曲而含蓄，誠如周煇所說：「殊覺婉而不傷也。」〔註225〕此詞

〔註225〕 周煇：《清波雜志》，施蟄存陳如江：《宋元詞話》，第331頁，上海
　　　　書店出版社，1999。

出語慷慨悲壯而情意厚重，頗有蘊藉深藏之美。

> 照野瀰瀰淺浪，橫空隱隱層霄。障泥未解玉驄驕，我欲醉眠芳草。　可惜一溪明月，莫教踏碎瓊瑤。解鞍欹枕綠楊橋，杜宇一聲春曉。
>
> 蘇軾《西江月》

這實在是一個令人嚮往的美的境界，它簡直就是人們想像中的仙境，令人愉悅，令人陶醉，令人沉醉其中而不能自拔。詞人大筆揮灑，將其無比熱愛自然的天性，將其超逸曠放的性格，將其對自然美景的沉醉，淋漓盡致地展現在讀者面前。

以上四首詞，都是很典型的唐調：以情感言，明朗、圓潤、樂觀，有著濃鬱的生活氣息，健康向上；以外觀言，語言玲瓏、雋美，韻味無窮，是詩人心緒的真實流露。青春向上的情緒，活潑生動的語調，節奏鮮明的語言，似錦如織的畫面。它不僅給人以美的享受，而且給人生以新的啟示。

宋腔多是以才學爲詞者所爲，在寫法上採用延展鋪敘，注重章法技巧，如所謂提頓、勾勒等，在佈局中見巧思，對於字法、句法、典故運用等也特別用心。字煅句煉，一絲不苟。在寫情思時重理趣，求深邃。總之，在寫詞時態度頗爲嚴謹，風調老成持重。讀這類詞，必須具有較高的文化素養與藝術鑒賞力，通過對詞仔細地把捉玩味，才能悟出其中的奧妙與三昧。打開詞卷，撲面而來的不是活生生的畫面，而是字法、句法、章法、典故與情理，讀來頗感晦澀。它不能靠自然感知，而要作理性的揣摩與解讀。如王沂孫《齊天樂‧蟬》：

> 一襟餘恨宮魂斷，年年翠陰庭樹。乍咽涼柯，還移暗葉，重把離愁深訴。西窗過雨。怪瑤杯流空，玉箏調柱。鏡暗粧殘，爲誰嬌鬢尚如許。　銅山鉛淚似洗，歎攜盤去遠，難貯零露。病翼驚秋，枯形閱世，消得斜陽幾度？餘音更苦，甚獨抱清高，頓成淒楚。漫想薰風，柳絲千萬縷。

這是一首很著名的詠物詞。詠物詞是很難寫好的，誠如張炎所說：「詩

難於詠物，詞爲尤難。體認稍眞，則拘而不暢；模寫差遠，則晦而不明；要須收縱聯密，用事合題，一段意思，全在結句，斯爲絕妙。」〔註226〕此詞雖則始終詠蟬，卻不留滯於物，而是以蟬喻人，表現了思念故國的無限憂思，可謂亦蟬亦人，渾化無跡。思力精粹，感情深切。然詞人情思表現頗爲晦澀，而又用了許多有關蟬的典故，行文老練持重，將其愁苦悲涼的感情，表現得極爲深沉。殊覺感情厚重，而讀起來卻十分艱澀。

我們再讀一首辛棄疾的詞。

> 杯汝來前，老子今朝，點檢形骸。甚長年抱渴，咽如焦釜；於今喜睡，氣似奔雷。汝說：「劉伶，古今達者，醉後何妨死便埋。」渾如許，嘆汝於知己，眞少恩哉！　更憑歌舞爲媒。算合作，人間鴆毒猜。況怨無大小，生於所愛；物無美惡，過則爲災。與汝成言：「勿留亟退，吾力猶能肆汝杯。」杯再拜，道「麾之即去，招亦須來。」

《沁園春·將止酒，戒酒杯使勿近》

此詞採用主客對話體，以大段議論入詞。用了散文句式，並打破了上下闋換意定格，一氣而下，語言恣肆，結構散漫，是典型的以文爲詞，缺少詞應有的含蓄與韻味。另外，劉過《沁園春》「斗酒彘肩」，不僅採用以文爲詞的筆法，而且將不同時代的人，放在同一場面對話，有著幻化與怪異的色彩。又如：

> 無名無利，無榮無辱，無煩無惱。夜燈前，獨歌獨酌，獨吟獨笑。況值群山初雪滿，又兼明月交光好。便假饒百歲擬如何，從他老。　知富貴，誰能保；知功業，何時了。算簞瓢金玉，所爭多少。一瞬光陰何足道，但思行樂常不早。待春來攜酒殢東風，眠芳草。

張昇《滿江紅》

這是一首宣揚老莊哲學的哲理詞，表現了詞人對名利榮辱的淡薄。哲理化與理性化是這首詞的突出特點，缺乏感情與生動的形象描寫。因

〔註226〕張炎著，夏承燾校注：《詞源注》，第20頁，人民文學出版社，1963。

之，形象不夠鮮活，情思也不夠深邃，顯得乾癟而乏味。

> 渡江天馬南來，幾人眞是經綸手？長安父老，新亭風
> 景，可憐依舊！夷甫諸人，神州沉陸，幾曾回首？算平戎
> 萬里，功名本是，眞儒事，君知否？　　況有文章山斗，
> 對桐陰，滿庭清畫。當年墜地，而今試看，風雲奔走。綠
> 野風煙，平泉草木，東山歌酒。待他年整頓乾坤事了，爲
> 先生壽。

辛棄疾《水龍吟・甲辰歲壽韓南澗尚書》

這是一首酬應詞，雖然爲人祝壽，卻沒有阿諛奉承令人生厭的文字，
卻是一首充滿激情令人精神奮發的好詞。詞人借祝壽，議論風發地談
論了當前人們最關注的問題，對北伐勝利充滿了信心。詞中用了許多
典故，但卻能做到隨意驅遣，爲我所用，很自然地表現了我之主觀感
情和豐富的精神世界，雖不免有「掉書袋」之譏，有以才學爲詞之嫌，
然由於作者才氣橫溢，感情充沛，語言酣暢淋漓，倒無炫博之弊。

　　以上四首詞，或表現凝澀，詞旨隱晦難明；或酣暢，詞旨太露太
顯。似均少風致，乏韻味，欠靈動，缺少詞應有的含蓄與蘊藉，可謂
典型的宋腔。雖然他們各有自己的優長，藝術表現上不無自己的特
色。然卻遠離詩情畫意，感人的藝術力量似嫌不足。

　　唐調與宋腔，代表著兩種詞的截然不同的風調，各有其優長與不
足：唐調輕清，宋腔沉博；唐調易感人，宋腔耐咀嚼；唐調不脫本色，
宋腔內容深厚。總之，唐調以風華之美取勝，宋腔以渾厚之意見長。
各有千秋，不必抑此而揚彼的。

三

　　詞的唐調與宋腔，在宋詞中是相互交錯、雜糅在一起的。由於詞
人性分之不同，在同一時期，有些詞人所寫爲唐調，有些詞人所作則
爲宋腔；即是同一位作者，因其環境與情緒的變換，都可能既有唐調，
也有宋腔。然按詞的體裁的發展演變與詞人所處的時代不同，卻有一
個大體的發展與演變之趨勢。

　　首先，以詞的體裁言，小令多爲唐調，長調則多爲宋腔。「蓋令詞爲純感情鼓鑄而成，最忌鋪敍，亦不暇鋪敍也！」〔註227〕它多寫一刹那的情緒，只要按照創作的思路略加點染，就能寫出一首頗爲完美的好詞，做到珠圓玉潤，天然本色。詞人往往是一氣呵成，文不加點，根本用不著過多的琢磨或精雕細刻，否則，則已失去了自然本色。因此，詞人寫小令詞，就眼前景，心中事，略加勾描，就能寫出一首玲瓏剔透的好詞。因其寫出了詞人一時眞實的情緒和感情波動，故格外有感染力。慢詞與長調，因其篇幅較長，內容較豐厚，在寫法上則需鋪敍延展，構思不易，下語協音也頗費斟酌。要做到字字妥帖，句句精警，頗費神思。其思緒如繭抽絲，非可提筆立就的。因其構思艱苦，運筆滯澀，故寫出來的詞就不夠靈動，讀起來就難免有點苦澀。總之，唐調以抒情爲主，寫時往往靠靈感的啓動，是主觀感情與客體碰撞的神來之筆，情景兼美，韻味俱佳。長調與慢詞，則靠詞人精心的鋪排，在事典的選擇，境界的描摹，字句的推敲上，都要狠下功夫。一首詞的完成，包含了詞人的諸多匠心，這就勢必成爲爭妍鬥巧、炫博耀奇的宋腔了。

　　其次，以時代言，唐五代北宋詞多係唐調，南宋詞多爲宋腔。讀唐五代北宋詞，有如讀唐詩，感情是那麼醇美，筆調是那麼明快，意境是那麼玲瓏，音調是那麼和諧；讀南宋詞，有如讀宋詩，就不免有些隱晦與苦澀。蓋北宋詞以小令爲主，南宋詞以長調爲多；北宋詞大抵都能歌唱，南宋詞大都是難於歌唱的案頭文學。南宋時代，又以格律派詞人居多。格律派詞家，大多是刻意爲詞，講究詞的技巧，玩弄藝術手法，立意爲高，則不免脫離群眾。不同的創作態勢，鑄就了不同的藝術效果。

　　北宋從開國到仁宗朝，經過近百年的苦心經營，經濟發展繁榮，社會生機勃勃，很有生氣。這反映在詞風上，清淺、明朗、圓潤。詞

〔註227〕邵祖平：《詞心箋評》，第114頁，復旦大學出版社，2007。

人在歌筵酒席，即興創作，極盡瀟灑之能事。社會的穩定與繁榮，經濟的高度發展，人們精神的愉悅，這種種亮色，在詞中都得到了充分的反映，酒筵的觥籌交錯，歌聲靡曼，應歌而寫的詞，也精彩繽紛，詞人多神來之筆。徽宗時代，朝政腐敗；迨南宋政權，則成偏安之勢。統治者卻享樂腐化，不思恢復北方領土。「山外青山樓外樓，西湖歌舞幾時休，暖風薰得遊人醉，直把杭州作汴州。」〔註228〕這是南宋統治者醉生夢死、腐化享樂生活的真實寫照。士人則憂心忡忡，愛國詞人，希望能奮發踔厲，恢復中原，但卻受到了打擊和壓制，愛國之志，不得施展，其詞有著濃厚的憂鬱色彩。以辛棄疾為首的辛派，大都有這種特色。

總之，以創作的體制而言，中、小令多唐調，長調多宋腔。蓋小令略加構思，一氣呵成，長調則要思慮精，多方調遣，難有活潑飄渺之致。以創作時代風尚而言，北宋詞人，寫小令、中調居多；而南宋詞人，創作的長調詞為多；北宋人寫詞隨意，多為逢場作戲，南宋詞人，則多著意為詞，不免雕琢。故北宋詞多為唐調，南宋詞多為宋腔。

四

詞由唐調到宋腔，有一個緩慢的演變過程，這與詞作為一種文體衍變與演化有關，也與時代的藝術風尚有密切的關係。

宋初詞壇，猶沿五代之遺緒，詞人創作，仍為小令，晏殊、歐陽修、張先等人，其詞多為小令。迨至柳永，喜寫慢詞，篇幅漸長。他所寫的慢詞長調，遠不如小令之筆致活潑靈動。蘇軾詞中長調逐漸增多，然因處盛宋時代，而東坡又才氣橫溢，不大苦思，卻能提筆立就。故能做到詞意流暢而又氣韻一貫。所謂「無意為詞，偶然神味泱然。」〔註229〕因之他的詞仍多是靈秀之氣，能做到詞意流暢

〔註228〕 林升：《題臨安邸》，傅璇琮等主編：《全宋詩》，第 50 冊，第 31452
　　　　　頁，北京大學出版社，1998。

〔註229〕 趙尊岳：《填詞叢論》，《詞學》，第五輯，第 215 頁，華東師範大學
　　　　　出版社，1985。

而氣韻一貫。迨至周邦彥，大晟樂府特別強調協律，寫詞難免走精雕細刻的路子，使詞逐漸失去活潑輕快的狀態，感情表達迂迴曲折，情調顯得拗折苦澀，其詞老成持重，風調沉鬱，讀起來頗有沉悶之感。加之典故增多，讀之不易，已漸趨宋腔，可謂唐調轉爲宋腔的關鍵人物。誠如邵祖平所說：「詞至美成，便覺後主、延巳、六一、東坡、淮海、小山之神韻氣焰掃地以盡，下此則駸駸於格制，駸駸於層次，斤斤於詠物，孜孜於琢句，美成蓋於此結集前人，開演後派，成一大關鍵也。」﹝註230﹞從詞的格制、層次、詠物、琢句四方面看，周邦彥都是承前啓後的關鍵人物，也是詞的創作由唐調轉向宋腔的關鍵人物。如果說周邦彥以前的詞的創作在於天巧，而周以後的詞作則轉向人工。寫詞不再是天分的自然發揮，而在於詞人的學力了。姜夔詞承周邦彥而來，詞人雖然有著孤雲野鶴式地飄逸，其詞內容騷雅，風調清空，頗有空靈之氣，但已沒有北宋前期那種輕快活潑的調子了。迨至史達祖、吳文英、周密、王沂孫諸人，其詞成爲典型的宋腔了。當然，吳文英寫了93首小令，這些詞頗近唐調，不能算作宋腔的。辛棄疾與陳亮、劉過、陸游、劉克莊、劉辰翁等辛派詞人，用典較多，以才學爲詞，以文爲詞，雖則詞意流暢，然不免有些質直，韻致不足，也屬宋腔。雖然辛棄疾等人也寫了許多頗爲玲瓏的令詞，有著唐調的風采；即以長調而言，其思想內容之充實，感情之充沛，語言之流暢，使詞頗有氣勢，有很強的流動感，然其詞漸次脫離了音樂，有著濃鬱的詩的格調與意境，使其詞大有「長短不葺之詩」的特質了。甚且雄放恣肆，議論風發，以文爲詞，更遠離了唐調。

談到宋詞的發展衍變，蔡嵩雲有一段頗中肯綮的論述：

> 宋初慢詞，猶接近自然時代，往往有佳句而乏佳章。自屯田出而詞法立，清眞出而詞法密，詞風爲之丕變。如東坡之純任自然者，殆不多見矣。南宋以降，慢詞作法，

﹝註230﹞ 邵祖平：《詞心箋評》，第97頁，復旦大學出版社，2007。

> 窮極工巧。稼軒雖接武東坡，而詞之組織結構，有極精者，
> 則非純任自然矣。梅溪、夢窗、遠紹清眞，碧山、玉田，
> 近宗白石，詞法之密，均臻絕頂。宋詞至此，殆純乎人工
> 矣。〔註231〕

這一段話，將宋詞由自然到人工轉變之關戾說得十分清楚、明白。直
如老吏斷獄，無可回駁。北宋與南宋詞風之迥異，關鍵在於無法與有
法：北宋詞無法，作者寫詞全在靈性，純任自然；南宋詞創作遵法，
創作詞則依詞法以求工巧。工巧之至，則天性與自然不存。

　　在談到南北宋詞風之不同原因時，王國維提出令人深思的「風
會」，他說：

> 白石寫景之作，如「二十四橋仍在，波心蕩，冷月無
> 聲」、「數峰清苦，商略黃昏雨」、「高樹晚蟬，說西風消息」，
> 雖格韻高絕，然如霧裡看花，終隔一層。梅溪、夢窗諸家
> 寫景之病，皆在一「隔」字。北宋風流，過江遂絕。抑眞
> 有風會存乎其間耶？〔註232〕

詞之演變，確有風會。這風會並非天數，而是詞體發展演變的規律以
及詞的創作時代風尚。從創作看，周邦彥、姜夔是詞風轉變的關鍵人
物：周立詞法，使寫詞有章可循；姜立楷模，更易仿模。史達祖、吳
文英等人則變本加厲，從而使詞由歌唱文學變爲案頭文學，格律派詞
人依詞法創作而個人靈氣在詞中則逐漸隱退。另一派詞人以辛棄疾爲
首，陳亮、陸游、三劉接其緒，他們以才學爲詞，以議論爲詞，縱橫
恣肆，筆意暢達，於是詞與詩文創作接近而詩意漸疏。由此可見，詞
作爲一種文學，由盛轉衰，則有其必然的趨勢。這個發展趨勢在詞風
的極其變。吳尺鳧云：

> 臨安以降，詞不必盡歌。明庭淨几，陶詠性靈，其或

〔註231〕蔡嵩雲：《柯亭詞論》，唐圭璋：《詞話叢編》，第 4902 頁，中華書
　　　　局，1986。
〔註232〕王國維著，滕咸惠校注：《人間詞話新注》，第 67 頁，齊魯書社，
　　　　1986。

> 指稱時事，博徵典故，不竭其才不止。且其間名輩斐出，
> 斂其精神，縷心雕肝，切切講求於字句之間。其思泠然，
> 其色煥然，其音錚然，其態亭亭然。至是而極其工，亦極
> 其變。〔註233〕

從詞發展的總趨勢看，南宋詞既極其工，又極其變，於是北宋詞的風致
掃地以盡。當南宋詞達到他輝煌頂峰的時候，也預示著他的漸次衰落。

附錄：溫庭筠與韋莊

　　溫庭筠、韋莊在詞史上最早名家，並稱於世，影響深遠。五代時
期的後蜀趙崇祚編《花間集》，其中收溫詞最多，收韋詞又次於孫光憲、
顧夐，而居第四位，溫、韋詞遂藉以保存與流傳，故後代學者往往視
溫、韋為花間詞派之中堅。當今學者，或以為韋莊詞雖收入《花間集》，
並以此流傳後世，卻並非屬花間派，是以溫、韋詞有別。的確，韋莊
詞別有洞天，非溫詞或花間派之藝術丘壑可以涵蓋的，且溫、韋詞各
有藝術風采與個性，並非同一的藝術類型，不能因其並稱而忽視其獨
立的藝術品格。因試為分析，作一點比較研究，就正於專家學者。

一

　　以詞的題材而言，溫、韋詞多寫閨情，代封建社會不幸的女子立
言，抒離婦怨女之恨，此與詩歌中的閨怨無別，只是能被之管絃罷了。
然溫庭筠全部是以婦女的離情別恨為題材，就連祀神曲《河瀆神》、
邊地曲《蕃女怨》、《遐方怨》、《定西蕃》，也都寫成閨怨思邊懷遠之
詞。這類詞屬代他人立言的代言體，或可稱為角色詞，即詞人抒發感
情時，往往扮演著思婦怨女的角色。韋詞除了寫婦女的離情別恨外，
尚有憶舊歡、悼亡詞、寫進士放榜以及身世之感等，韋詞比溫詞題材
較為廣泛，故其所反映的社會生活，亦比溫詞深廣。

〔註233〕　馮金伯輯：《詞苑萃編》，唐圭璋：《詞話叢編》，第 1787 頁，中華
　　　　　書局，1986。

　　溫庭筠才華出眾，性格傲岸，不願俯就權貴，且對當權者的愚昧無知，多有譏諷，因此受到統治者的排抑，科場屢次敗北，一生鬱鬱不得志。故經常出入歌樓酒館，藉以排遣胸中的苦悶。他對歌樓酒館之情景十分熟悉，其詞大部分爲歌伎演唱之詞。所謂「綺筵公子，繡幌佳人，遞葉葉之花箋，文抽麗錦；舉纖纖之玉指，拍按香檀」，〔註234〕《花間集》就是在這種背景下寫成的，被譽爲「《花間集》之冠」的溫詞，〔註235〕自不例外。爲適應上流社會以歌伎勸酒侑觴的習俗，因以婦女的生活爲題材，寫其狹隘的生活與感情，以滿足達官貴人與豪華公子的庸俗娛樂，填補其空虛的靈魂。因此顯現著「香而軟」的風格特色。

　　溫庭筠詞以《菩薩蠻》十四首最爲著名，均係代閨中人立言，寫貴婦人的離愁別恨以及他們極其空虛的精神世界，其風格縷金錯彩，穠艷異常。其一云：

　　　　小山重疊金明滅，鬢雲欲度香腮雪，懶起畫蛾眉，弄
妝梳洗遲。　　　照花前後鏡，花面交相映。新帖繡羅襦，
雙雙金鷓鴣。

此詞前半闋寫女主人公遲起後懶洋洋的神態，後半闋描寫她起床後梳妝打扮的情景，並以貼身繡羅襦上的一對金鷓鴣圖案，反襯其形隻影單閨中孤寂索寞的心情。全詞對人物的神態、動作、衣飾、所用器物都作了客觀的描寫，主人公的心情、神態孕含其中，蘊藉而含蓄。然不免雕繢滿眼，珠光寶氣，沒有出水芙蓉般地清新自然，缺乏鬚眉畢現的活潑，用語也有晦澀之弊。如「小山重疊金明滅」句中的小山，或謂指屏風，或謂指山枕，或謂指眉額，或謂指高高盤起的髮式，真是眾說紛紜，莫衷一是。其餘詞的風格也多類是。

　　溫庭筠除了《菩薩蠻》十四首外，餘如《更漏子》、《歸國謠》、《酒

〔註234〕　歐陽炯：《花間集序》，李冰若：《花間集評注》，第 1 頁，人民文學
　　　　　出版社，1993。
〔註235〕　黃昇：《花庵詞選》，唐圭璋：《唐宋人選唐宋詞》，第 582 頁，上海
　　　　　古籍出版社，2004。

泉子》等十八調近六十首詞，無一不是寫思婦之恨的。他的詞題材狹窄、單一，缺乏深廣的社會意義，因此影響了他在詞史上的地位。

　　韋莊詞今存五十餘首，其詞題材絕大部分仍如溫詞，是描寫婦女的離愁別恨的，如《浣溪沙》五首等。《浣溪沙》其二云：

　　　　欲上鞦韆四體慵，擬交人送又心忪。畫堂簾幕月明風。

　　　　此夜有情誰不極，隔牆梨雪又玲瓏，玉容憔悴惹微紅。

此詞前半闋寫美人打鞦韆的情景，藉以寫其疏懶的情態；後半闋寫她思念情深，徹夜不眠以至玉容憔悴的神態。此首題材與溫詞無異，然溫庭筠詞幾乎全部是寫婦女的內心活動，藉以抒發其異常豐富的情思，而韋莊寫婦女離愁別恨思念情人的詞，不僅寫了女子的思想活動，而且往往從男子一方著筆，寫丈夫對閨中妻子的深切思念。在短短的一闋詞中，有著思想感情的交流，這樣顯得意更深而情更切。如《浣溪沙》其五：

　　　　夜夜相思更漏殘，傷心明月憑欄干。想君思我錦衾寒。

　　　　咫尺畫堂深似海，憶來惟把淚書看，幾時攜手入長安。

此詞前半闋寫她夜夜相思之情，感情執著而深厚。「想君思我錦衾寒」一語，則從對面著筆，以對方對我的思念與關懷寫我的思念之情，如此感情更深一層。此詞主人公代對方想到自己，在寫法上透過一層，寫其內心深處的活動，故曲而能達，感情深摯。誠如李冰若先生所云：「『想君思我錦衾寒』句由己推人，代人念己，語彌淡而情彌深矣。」〔註236〕下半闋謂思念對方情結難解，只好重溫往日書信，以取得心情的暫時慰藉。最後寫其企盼早日團聚，感情明朗而深厚。

　　韋莊詞除了寫婦女的離愁別恨外，也還有其他方面的內容，且多寓身世之感。題材的廣泛，使他的詞有了較廣闊的社會內容，比起溫詞清一色的寫怨婦思念之情來說，似要高出一籌。譬如《菩薩蠻・勸君今夜須沉醉》一闋，詩人感情悲傷，打上了深刻的時代亂離的烙印。「遇酒且呵呵，人生能幾何？」這種看似消極頹唐的調子，

〔註236〕　李冰若：《花間集評注》，第 57 頁，人民文學出版社，1993。

其孕含的感情是十分沉痛的，是時代感傷在詞中的表現。《喜遷鶯》二首，以浪漫誇張的筆調，描寫了進士放榜日的歡樂情景，以濃鬱的氣氛烘托出士人極其歡樂的心情，以及世人極端仰慕進士登科的心態。詞云：

> 街鼓動，禁城開，天上探人迴。鳳銜金牓出雲來，平地一聲雷。　　鶯已遷，龍已化，一夜滿城車馬。家家樓上簇神仙，爭看鶴冲天。

> 人洶洶，鼓鼕鼕，襟袖五更風。大羅天上月朦朧，騎馬上虛空。　　香滿衣，雲滿路，鸞鳳繞身飛舞。霓旌絳節一群群，引見玉華君。

此詞眞實地再現了當時進士放榜時的情景，士人的心態、舉子的感情與世風，一一躍然紙上，生動而逼眞，讀來別有風味。有人以爲《喜遷鶯》其二「詠道醮」，〔註 237〕是「白日鬼話，便頭痛欲睡。」〔註238〕似未當。

總之，以詞的題材而論，溫庭筠僅限於閨中離情別恨的描寫。這雖然成爲後來詞的重要題材之一，甚至成了詞的傳統的題材與特色，然畢竟太狹窄了，似乎天地間除了離情別恨外，就沒有什麼可寫了。當然，也有人把溫詞的思想價值抬得很高，張惠言評《菩薩蠻》其一云：「此感士不遇也。篇法彷彿《長門賦》，而用節節逆敘。……『照花』四句，《離騷》『初服』之意。」〔註 239〕張氏之論未免深文周納，令人難以置信。韋莊詞除了主要寫閨情外，對其他題材有所涉及，對詞反映現實的領域有所擴大。雖然這種擴大是極有限的，然畢竟在突破詞僅描寫閨情狹窄圈子上，跨出了新的一步，儘管我們覺得他的步子邁得很小，甚至步履蹣跚，然總是向前走著。這一點對後來詞的創作有著較大的影響，因而在詞史上是值得大書一筆的。

〔註237〕 吳世昌：《詞林新話》，第 99 頁，北京出版社，1991。

〔註238〕 湯顯祖語，引自李冰若：《花間集評注》，第 75 頁，人民文學出版社，1993。

〔註239〕 張惠言：《茗柯詞選》，第 15 頁，百花洲文藝出版社，1993。

二

　　就詞的藝術表現手法而言，溫庭筠善於作客觀描寫，注重氛圍的渲染。他往往以極其穠艷的筆調，寫貴族婦女的生活環境、服飾、神態，襯托其別離相思之情，詞格蘊藉而含蓄。然外觀不免花團錦繡，富態中時露俗氣；韋莊詞多主觀抒情，他喜歡以清麗秀雅的筆調，寫男女別離之苦，詞格清秀而曉暢。其外觀淡妝素雅，貧儉中自饒國色。因此，以往的詞論家往往左韋而右溫。王國維云：「溫飛卿之詞句秀也，韋端已之詞骨秀也。」〔註240〕又云：「端已詞情深語秀，雖規模不及後主、正中，要在飛卿之上。觀昔人顏、謝優劣論可知矣。」〔註241〕李冰若先生談到皇甫松詞時說：「子奇詞不多見，而秀雅在骨，初日芙蓉春月柳，庶幾於韋相同工。至其詞淺意深饒有寄託處，尤非溫尉所能企及。」〔註242〕又說：「惟韋相此種清靈之筆，深遠之韻，飛卿似所不及。」〔註243〕其於韋、溫語的態度儼然。當代詞學大師唐圭璋謂：「韋詞以情感真摯、明白吐露見長，較之含意深隱、濃得化不開的溫詞自覺略勝一籌。」〔註244〕總之，韋詞詞淺情深，氣清骨秀，比溫詞似略高一籌。

　　詞與詩一樣，都是抒發詩人自己感情的。情感的真摯與深厚，是衡量詩詞藝術價值的重要標尺。溫庭筠詞雖然也有深情綿緲者，然大部分詞感情往往是淡漠的，有些詞竟無詩人真情實感的流注，或者可以說，他以穠艷的色彩與雕飾的筆調，掩飾其空虛的內容與淡漠的感情的。故其詞詞采穠艷而缺乏感人的藝術力量。其所以如此，蓋與其詞的商業化有關。《唐書・溫庭筠傳》謂：「士行塵雜，不修邊幅，能逐弦吹之音，爲側艷之詞。」今傳溫詞，大都是「側艷之詞」，是爲歌伎或妓女寫的唱詞。他寫這些歌詞，是爲了取得較

〔註240〕　王國維：《人間詞話》，《詞話叢編》，第 4242 頁，中華書局，1986。
〔註241〕　同上註，第 4269 頁。
〔註242〕　李冰若：《花間集評注》，第 45 頁，人民文學出版社，1993。
〔註243〕　同上註，第 49 頁，。
〔註244〕　唐圭璋、潘君昭：《唐宋詞學論集》，第 28 頁，齊魯書社，1985。

豐厚的潤筆之資。他曾「丐錢揚子院」，「可能是要索創作歌詞的潤筆。」〔註245〕而歌伎妓女之歌唱，是爲了取悅顧客，贏得他們的青睞。顧客則是達官貴人、公子哥兒以及有閒階級。爲了迎合他們的心理與欣賞情趣，需要一些卑俗的帶有低級情趣甚至帶有某些刺激性的歌詞，配上時行的樂調，以達到吸引顧客的目的。因此，她們的歌唱並非高尚的藝術活動，而是帶有濃鬱的商業化的營業性質。溫詞爲其創作歌詞，不免徇人徇物，也帶有濃鬱的討好觀眾的性質。詩人「以文爲貨」，不惜犧牲自己的藝術個性而適應上流社會的精神需求，寫富貴人家婦女的閨怨、愛情的追求與悵惘、富裕的生活與空虛的心靈、及時行樂消遣時光等；語言縷金錯彩，艷麗異常；情調隱約朦朧感情閃爍。這種以犧牲藝術個性爲代價的交換，戕殺了詞的藝術生命力。詞人在填詞時，不是專注於藝術形象的刻畫、意境完美的追求，而不免仰承於富貴庸人的鼻息，使銅臭味侵染了神聖的藝術殿堂，從而降低了藝術格調，其對藝術的損害是自不待言的。溫詞的寫作雖然並非全部如此，但他爲謀生而做的部分投入，損失已經夠慘重了。藝術史上的教訓是值得深省的，今天在商業大潮面前，有人曲從於金錢而放棄對文藝嚴肅的追求，是應該猛醒的。溫詞也有感情眞切、情緒淒婉之作，《更漏子》六首，《夢江南》二首，都是寫得較好的。李冰若先生評《更漏子》其六云：「飛卿此詞，自是集中之冠。尋常情景，寫來淒婉動人，全由秋思離情爲其骨幹。……溫詞如此淒麗有情致不爲設色所累者，寥寥可數也。溫韋並稱，賴有此耳。」〔註246〕溫庭筠這種淒清而有情致的詞作，有較強的感人的藝術力量，可惜寫得太少了。

溫庭筠填詞，善於客觀地描寫，又喜歡用側面烘托或陪襯來寫思婦的感情，詞的內容都比較含蓄。他往往以鳥的雙棲，反襯主人公的形隻影單，極力表現她的孤獨感，以加強閨中的思念之情。譬如「翠

〔註245〕　胡國瑞：《詩詞賦散論》，第 306 頁，上海古籍出版社，1992。
〔註246〕　李冰若：《花間集評注》，第 27 頁，人民文學出版社，1993。

釵金作股，釵上蝶雙舞。心事竟誰知，月明花滿枝。」（《菩薩蠻》十四首之三）前兩句對其頭飾作了客觀描寫，她頭上戴著金翠釵，釵上又有一雙蝴蝶，似翩翩起舞。第三句「心事竟誰知」，既承上句「雙蝶舞」，反襯自己形隻影單，又接下句「月明花滿枝」，面對良辰美景，心緒更加愁煩，大有「春花秋月何時了」之感。對主人公的心緒寫得真切而含蓄。

　　《菩薩蠻》十四首之七，也是很典型的一首，很能體現溫詞的特色：

　　　　鳳皇相對盤金縷，牡丹一夜經微雨，明鏡照新粧，鬢輕雙臉長。　　畫樓相望久，欄外垂絲柳。音信不歸來，社前雙燕回。

此詞上闋寫主人公梳洗妝扮照鏡時，發現「人比黃花瘦」的情景，「鬢輕雙臉長」言其在閨中相思頭髮脫落、面容消瘦、兩頰如削，因而顯得頎長也。此句詞儉義豐，有很強的表現力。但李冰若先生評此詞卻說：「此詞『雙臉長』之『長』字，尤為醜惡。明鏡瑩然，一雙長臉，思之令人發笑。故此字點金成鐵，純為湊韻而已。」〔註247〕真是見仁見智了。「雙臉長」的確不美，然詞人不是要寫主人公的花容月貌，而是用「雙臉長」表現清癯，著力表現其別離長久而思念之深切。後半闋寫畫樓相望，音信杳然。「社前雙燕回」，既寫了燕歸人未歸的失望，又以雙燕反襯主人公的孤零，確是耐人回味咀嚼的。

　　與溫詞相比，韋詞大都是直抒胸臆，感情從肺腑自然流出，其妙處如芙蓉出水，韻味天然，毫無刻畫的跡痕。誠如鄭文焯所云：「鍾仲偉云：『觀古今勝語，多非補假，皆由直尋』，於韋詞益諒其言。」〔註248〕他的詞是質樸的，是樸樸實實的感情的吐露，沒有虛假的感情，沒有溫詞那種穠艷的色彩，他以樸素的語言，表現出很深厚的感情。李冰若先生評《歸國謠》其二云：「五代詞有語極樸拙而情致極

〔註247〕　李冰若：《花間集評注》，第19頁，人民文學出版社，1993。
〔註248〕　同上註，62頁。

深者，如韋莊『別後只相愧，淚珠難遠寄』是也。」〔註249〕他的許多詞都是以質樸甚至貌似笨拙的語言，表現了詩人真實的情思，讀來是十分感人的。他的詞雖然大部分仍以婦女的閨情為描寫對象，也有勸酒侑觴之詞，然他沒有溫庭筠那種浪漫而頹唐的生活情調，也沒有「以文為貨」，所以在填詞時沒有因「向錢看」而有徇人徇物之意，故不必投其某些人所好而犧牲自己的藝術個性。他的詞的藝術個性是突出的，筆致清婉空靈，語言自然本色。「碧天雲，無定處，空有夢魂來去。夜夜綠窗風雨，斷腸君信否？」（《應天長》）「殘月出門時，美人和淚辭。琵琶金翠羽，弦上黃鶯語。勸我早歸家，綠窗人似花。」（《菩薩蠻》）信手拈來，毫不著力，語淺情深，心曲畢吐。「此度見花枝，白頭誓不歸。」（《菩薩蠻》）「妾擬將身嫁與，一生休。縱被無情棄，不能羞。」（《思帝鄉》）這些決絕語，使感情激烈而坦誠。他的語言有時也用修飾，如「暗想玉容何所似，一枝春雪凍梅花，滿身香霧簇朝霞。」（《浣溪沙》），這種擬人化手法的運用，使形象鮮明而生動。詩人在填詞時，總是將其最誠摯的感情凝注筆端，直抒胸臆的詞作是這樣，客觀描寫的詞作也是這樣，因此才有著震撼人心的藝術力量。

三

溫庭筠、韋莊的詞，因其取材不同，表現手法不同，因而形成迥然不同的藝術風格，顯示出不同的藝術特色。其風格特色概而言之：溫詞密，韋詞疏；溫詞隱，韋詞顯；溫詞濃，韋詞淡。溫詞以綺靡穠艷、感情深隱取勝，韋詞以清麗疏淡，明白吐露見長。溫詞有如春日穠艷的花朵，香氣逼人；韋詞似素妝美人，神情灑脫。

疏密是就詞的內容密度而言的，在一首詞中，敘說好幾件事或幾層意思，謂之密，也就是內容密集；在一首詞中，僅說一件事或一層意思，謂之疏，也就是內容稀疏。現以溫、韋的《菩薩蠻》為例：

〔註249〕李冰若：《花間集評注》，第 62 頁，人民文學出版社，1993。

　　　　水精簾裡頗黎枕，暖香惹夢鴛鴦錦。江上柳如煙，雁
飛殘月天。　　藕絲秋色淺，人勝參差剪。雙鬢隔香紅，
玉釵頭上風。

溫庭筠《菩薩蠻》

　　　　人人盡說江南好，遊人只合江南老。春水碧於天，畫
船聽雨眠。　　爐邊人似月，皓腕凝霜雪。未老莫還鄉，
還鄉須斷腸。

韋莊《菩薩蠻》

溫詞上半闋前兩句寫女主人公臥室的雅致與做夢，後兩句寫夢境——
行人的行蹤與環境，寫出了兩個人物的兩種環境，並表現了他們兩種
心情。下半闋寫女主人公服飾的華美。一首詞寫了三件事，內容顯得
繁富、緊湊、密集。韋詞只寫了遊子對江南風光的迷戀，比起溫詞來，
內容顯得單一、蕭散、疏淡。由於疏密有別，從而形成各自不同的韻
味。

　　隱和顯是就詩人感情表達的明朗與否而言的。在一首詞中，詩
人的感情深藏不露，不易窺破，謂之隱，也就是感情隱蔽；在一首
詞中，詩人的感情明白曉暢，情意盡窺，謂之顯，也就是感情顯露。
例如：

　　　　千萬恨，恨極在天涯。山月不知心裡事，水風空落眼
前花，搖曳碧雲斜。

溫庭筠《夢江南》

　　　　春日遊，杏花吹滿頭。陌上誰家年少，足風流。妾擬
將身嫁與，一生休。縱被無情棄，不能羞。

韋莊《思帝鄉》

溫詞《夢江南》是寫思婦之恨，低迴宛轉，情致深藏，詩人的意思不
易窺破。但餘音裊裊，含蓄有味。韋詞寫少女之愛，將其對年少風流
的愛慕之情，表現得真切盡致。感情明朗，態度決絕。溫、韋詞由於
風格隱顯不同，從而形成各自不同的風采。

　　濃淡是就詞采與情采而言的，詞采是指用詞的顏色的輕重，情采

－287－

是指詞人感情的濃淡。溫庭筠的詞一般都詞采華茂，色彩穠艷，而且感情上往往濃得化不開。韋詞一般都不施鉛華，詞采淺淡，其詞有淡遠疏宕之致。

我們比較溫、韋詞的藝術風格，是為了區別他們的詞風，掌握他們詞的特色，並無揚此抑彼之意。風格本身並無高下之分，每一種風格都能寫出獨擅妙絕千古的詞來。關於這一點，先賢多有精彩的論述。周濟云：「毛嬙西施，天下美婦人也。嚴妝佳，淡妝亦佳，麤服亂頭，不掩國色。飛卿嚴妝也，端己淡妝也。後主則麤服亂頭矣。」〔註250〕顧憲融云：「溫、韋並稱，然溫穠而韋淡、各極其妙。」〔註251〕疏密、隱顯之辨，也可作如是觀。

韋莊的詞，風格比較單一，可以說是以一貫之的淺淡色彩；溫庭筠的詞，其風格繁富多樣，他除了穠密含蓄的主導風格之外，尚有少許淒婉清麗之作，如《更漏子》六首其六就是：有近似白描者，如「梳洗罷，獨倚望江樓。過盡千帆皆不似，斜暉脈脈水悠悠，腸斷白蘋洲」就是；也有以決絕語似韋詞者，如「知我意，感君憐，此情須問天。」（《更漏子》）如此等等，形成各種不同的藝術風格。這表明溫庭筠詞在藝術風格上創獲甚豐。創作風格的多樣，說明他在詞的創作上的成熟。就詞的風格多樣來說，溫庭筠的詞似高出韋作一籌。

四

詞如詩一樣，其創作重在意境的提煉與創造。故有成就的詞人，都不遺餘力地追求意境的渾融與完美，溫庭筠、韋莊也不例外。

溫飛卿詞的意境大都是渾融完美的，然由於過分注意錘字煉句，致使有的詞意境不夠渾融，在一首詞中往往時有佳句而通體不稱，形成有句無篇的現象。就是他的代表作《菩薩蠻》十四首，也有此弊。李冰若先生曾經很直率地指出這一點。他說：「《菩薩蠻》

〔註250〕　周濟：《介存齋論詞雜著》，第 7 頁，人民文學出版社，1959。
〔註251〕　孫克強：《唐宋人詞話》，第 39 頁，河南文藝出版社，1999。

十四首中，全首無生硬字而復饒綺怨者，當推『南園滿地』，『夜來皓月』二闋，餘有佳句而無章，非全璧也。」〔註252〕他的詞在同一闋中：有些詞句晦澀，而另一些詞句則明白曉暢；或有全闋詞意不貫等，如《菩薩蠻》「水精簾裡頗黎枕」，兼有二種弊病。關於前者，李冰若謂：「『暖香惹夢』四字，與『江上』二句均佳。但下闋又雕繢滿紙，羌無情趣。即謂夢境有柳煙殘月之中，美人盛服之幻。而四句晦澀已甚，韋相便無此種笨筆也。」〔註253〕關於後者，此詞的上下闋意難貫通，很難將它解釋得一目瞭然，令人信服。詞的意境的不渾融，還表現在語言風格的不統一。譬如：

> 滿宮明月梨花白，故人萬里關山隔。金雁一雙飛，淚痕沾繡衣。　　小園芳草綠，家住越溪曲。楊柳色依依，燕歸君不歸。

《菩薩蠻》

湯顯祖評云：「興語似李賀，結構似李白，中間平調而已。」〔註254〕細細體味此詞，湯顯祖的評語頗能擊中要害的。

　　詞意的重複，是溫庭筠詞的又一弊病。王士禎云：「『蟬鬢美人愁絕』，果是妙語。飛卿《更漏子》、《河瀆神》凡兩見之，李空同所謂自家物，終究還來耶？」〔註255〕李冰若謂：「飛卿詞中重句重意，屢見《花間集》中，由於意境無多，造句過求妍麗，故有此弊，不僅『蟬鬢美人』一句已也。」〔註256〕詩人寫詞之所以捉襟見肘，句重意重，是因爲詩人對現實觀察、分析、研究不夠，生活底子薄弱與才力窘乏，不能以豐富多彩的語匯描繪並表現千姿萬態的現實生活。

　　韋莊的詞，語言的自然，感情的深至，意境的渾融，在詞史上都

〔註252〕　李冰若：《花間集評注》，第 23 頁，人民文學出版社，1993。
〔註253〕　同上註，第 15 頁。
〔註254〕　湯顯祖語，引自李冰若：《花間集評注》，第 20 頁，人民文學出版社，1993。
〔註255〕　《花草蒙拾》，《詞話叢編》，第 673 頁，中華書局，1986。
〔註256〕　李冰若：《花間集評注》，第 25 頁，人民文學出版社，1993。

是空前的，遠勝溫詞的。所謂「明白如話，蘊情深至」，〔註257〕其妙處如芙蓉出水，自然秀艷，或情思婉曲而風神俊逸。也有「語淡而悲，不堪多讀」者，〔註258〕如《荷葉杯》二闋，也有用語雖經鍛煉而不露爐錘之跡者，如「淚沾紅袖黦」（《應天長》），著一黦字使全詞生色。王士禎謂「《花間》字法，最著意設色，異紋細艷，非後人纂組所及。」〔註259〕總之，他的詞沒有溫庭筠詞在意境方面的種種弊病。當然，金無足赤，人無完人，韋詞感情表達或勁直坦露，韻味偶有不足者，要不傷大雅也。

〔註257〕 楊慎：《升庵外集》，引自李冰若：《花間集評注》，第 55 頁，人民文學出版社，1993。

〔註258〕 許昂霄：《詞綜偶評》，《詞話叢編》，第 1545 頁，中華書局，1986。

〔註259〕 《花草蒙拾》，《詞話叢編》，第 673 頁，第 673 頁，中華書局，1986。

後　記

　　拙著《宋詞比較論》由花木蘭文化出版社出版，將與臺灣各界朋友見面了，我非常高興。我忝活七十餘歲，從未跨出大陸一步，不能不是一件遺憾的事。通過此書能與大陸以外的中國朋友交流，或可稍釋遺憾的。

　　展示在讀者面前的這部專著，是拙著《唐詩比較研究》的姊妹篇。她仍秉承《唐詩比較研究》的寫作宗旨，以歷史發展順序為經，以同時並稱的一、二流詞人為緯，力圖展示宋詞創作發展的風貌，突出詞人的藝術個性，寫出一部與時下通行模式異樣的「宋詞史」，供初學中國文學史與宋詞愛好者的閱讀與參考。

　　從 1997 年在《西北大學學報》發表《秦觀黃庭堅詞的異同與歷史地位》，到 2013 年《論宋詞的唐調與宋腔》在《文藝研究》第 10 期刊出，歷時達十六年之久。在這十六年時間裏，我將主要精力，用在閱讀、思考宋詞發展中的諸多問題，對詞人的藝術個性尤為關注，力圖在宋詞研究中，交出一份比較圓滿的答卷。此書出版，我衷心希望得到讀者諸君的批評與指正，使這份答卷得到改善。

　　本書的撰寫，得到各方的關心與支持，這是難以忘懷的。我衷心感謝陝西省教委的立項與資助，感謝西北大學科研處、文學院領導對本課題的關注與督促，感謝西北大學老科協的大力支持。在寫作過程

中，得到了許多師友的熱誠幫助：安旗先生惠贈資料並多次熱情鼓勵，趙俊玠先生幾乎閱讀了我全部書稿，並提出了許多非常中肯的意見。閻愈新先生、薛瑞生先生、閻琦先生多有鼓勵與幫忙，在此一併致謝！研究生黃大宏爲我申請經費，勞神奔波；女兒房向莉爲我查找資料、打字，幫了許多忙，並與我合寫了《蘇軾辛棄疾的婉約詞》、《史達祖與高觀國》、《辛棄疾與劉克莊的壽詞》等三節，獨立完成《趙佶與趙構》一節，這是應當特別說明並加以感謝的。

最後，對黃留珠學長的推薦，高小娟女史的審閱，杜潔祥總編的精校，諸多親友、賢達的關注，均表謝忱，不再一一。

房日晰

2013 年 10 月 25 日於窮白齋